Bettina Darré

Die Wächterin

BETTINA DARRÉ

DIE WÄCHTERIN

DAS GEHEIMNIS DER HILDEGARD VON BINGEN

ROMAN

rütten & loening
AUFBAU VERLAGSGRUPPE

ISBN 978-3-352-00753-8

Rütten & Loening ist eine Marke der Aufbau Verlagsgruppe GmbH

1. Auflage 2008

Umschlaggestaltung Mediabureau Di Stefano
unter Verwendung einer Buchmalerei, um 1310, akg-images
Druck und Binden Bercker Graphischer Betrieb Kevelaer
Printed in Germany

www.ruetten-und-loening.de

Erstes Kapitel

Sommer 1179

Wie hässlich meine Hände sind!, dachte Margarete und betrachtete sie mit leiser Abscheu.

Die rechte Hand hielt den Federkiel, die linke lag schützend neben einer gerade ausgeführten Buchmalerei. Die Nägel waren abgekaut, und die Ränder zeigten blutige, ausgefranste Hautfetzen. Über dem linken Handrücken lief ein verschorfter Striemen, den rechten bedeckten teils vernarbte, teils frische Wunden.

»Ist es Teufelswerk, dass solche hässlichen Hände so gelungene Buchmalereien herstellen können?«

Margarete fuhr zusammen, als sie die Stimme neben sich hörte. Sie sah auf und blickte in die Augen der Lucardis von Algesheim, die wie Blutsteine funkelten. Ein Lächeln, das keineswegs freundlich war, zog über das Gesicht der Scriptoriumsleiterin. Ihr Blick ruhte auf Margaretes Arbeit.

Margarete folgte diesem Blick – und hielt den Atem an. Die schöne Hand mit den gepflegten, gut geformten Nägeln der anderen lag auf der letzten, noch feuchten Buchmalerei. Der Zeigefinger aber bohrte, kratzte und schabte über das Pergament, der Handballen verschmierte die Farben.

»Nicht!«, flüsterte Margarete. »Bitte nicht!«

»Warum nicht?«, fragte die Leiterin des Scriptoriums zurück und warf den Kopf nach hinten, sodass der enge Schleier, den die Benediktinerinnen über dem Haar trugen, ein wenig verrutschte. »Warum nicht?«, zischte sie noch einmal. »Weil du glaubst, dass du etwas Besonderes bist? Weil du die Favoritin der Mutter Oberin bist? Weil du ihre Visionen kopieren und mit Randmalereien versehen darfst? Wer bist du schon, kleine Margarete? Ein Findelkind, nichts als ein Findelkind.«

»Ich habe mir mein Schicksal nicht ausgesucht«, flüsterte Margarete trotzig und starrte noch immer wie gebannt auf Lucardis' Finger, der mittlerweile ein Loch in das Pergament gebohrt hatte.

Kurz sah Margarete hoch, ihr Blick suchte die anderen Nonnen, die in der Schreibstube arbeiteten. Doch keine von ihnen kam ihr zu Hilfe. Sie alle hatten die Köpfe dicht über die Schreibpulte gebeugt und gingen mit rundem Rücken, geduckten Schultern und zusammengepressten Lippen ihrer Arbeit nach.

»Du hast mir den Platz im Herzen unserer Mutter Hildegard gestohlen. Früher war ich ihr Liebling, ihre Schülerin, jetzt hast du dich zu ihrem Schoßkind gemacht. Schoßkind. Schoßhure. Früher war ich es, der sie Bärenfelle für die Klosterzelle schenkte, seidene Unterkleider, die im Sommer kühlen und im Winter wärmen, goldene Reifen für Haar und Finger. Früher war ich die, welche die leckersten Bissen, die sanftesten Worte und zärtlichsten Berührungen bekam. Und nun du! Eine, die ganz sicher nicht einmal von Adel ist. Eine Dahergelaufene, ein Zigeunerkind, ein Wechselbalg am Ende.«

Noch einmal kratzte der Nagel des Zeigefingers über das Pergament, riss eine Linie hinein und zerfetzte die zierliche Malerei. »In die Waschküche gehörst du, ungeschickt wie du bist. Nicht in das Scriptorium. Am liebsten wäre mir, du verschwändest ganz aus dem Kloster. Einen Mann wünsche ich dir, der dir das Begehren in den Schoß pflanzt. Unstillbares Begehren in einen nimmersatten Schoß, der dich zur Hündin macht und allen Stolz raubt.«

Margarete duckte sich unter dem Fluch. Sie legte sogar die Arme über den Kopf, auf dass ihr Körper geschützt sei, aber schon hatten sich die giftigen Worte der anderen in ihrer Seele eingenistet. Margarete schluchzte auf, doch gleich darauf zwang sie sich zur Beherrschung. Niemand hier in der Schreibstube würde sie weinen sehen. Nicht Lucardis von Algesheim, nicht die Mitschwestern. Sie straffte die Schultern, nahm mit noch zitternden Händen einen neuen Bogen Pergament und atmete mehrmals tief ein und aus, um sich zu beruhigen. Dann griff sie nach dem Lineal und dem feinsten Kohlestift und zog zierliche Linien über das Pergament.

Sie war schon wieder in die Arbeit vertieft, als eine Berührung an ihrer Schulter sie aufschreckte.

»Was ist?« Margarete fuhr auf.

Schwester Edelgard sah sie mitleidig an. »Ich habe gesehen, was passiert ist. Es tut mir leid. Sag mir, wenn ich dir helfen kann.«

»Danke, Edelgard.« Immerhin hatte Edelgard sich als Einzige der Schwestern als mitfühlend erwiesen. So wie immer.

»Es war und ist schwer für dich hier im Kloster«, fügte Edelgard an. »Schwer und … hm … ja … in gewissem Sinne ungewiss.«

Margarete spürte die Hand der anderen Nonne kurz auf ihrer Schulter, dann ging die Mitschwester weiter.

Wie recht Edelgard doch hat! dachte Margarete. Es war und ist schwer für mich in diesem Kloster. Dann erinnerte sie sich an die Geschichte, die Hildegard von Bingen, die berühmte Prophetissa teutonica, ihr immer wieder von ihrer Abkunft erzählt hatte.

Eines Tages hatte die Schwester Pförtnerin vom Klostereingang her ein Wimmern gehört. Sogleich lief sie, um zu sehen, wer da Hilfe brauchte – und fand auf der Schwelle des

Klosters einen winzigen Säugling in einem Weidenkörbchen wie einst Moses. Sie nahm das Kind aus dem Körbchen, wiegte es hin und her, sprach sanft darauf ein, doch sie konnte es nicht beruhigen. Nach und nach kamen andere Schwestern, nahmen das Kind, doch niemand vermochte es zu trösten. Erst als Hildegard von Bingen, die Mutter der Benediktinerinnen, hinzukam und den Säugling an ihre Brust drückte, hörte das Kind auf zu wimmern. Doch nicht nur das, es verzog sogar den Mund und lächelte die Äbtissin an. In diesem Augenblick hatte sich sein Schicksal entschieden. »Wenn das Kind ein Mädchen ist, so bleibt es bei uns«, hatte Hildegard bestimmt.

Die Schwestern freuten sich darüber, und so manche faltete still die Hände, um dafür zu beten.

Nur Lucardis von Algesheim, damals ein junges Ding, fast noch ein Kind, das die ersten Jahre ihrer Klosterlaufbahn als Klausnerin auf dem Disibodenberg verlebt hatte, brachte Einwände vor. »Wir alle in diesem Kloster sind von Adel«, wagte sie zu sagen. »Wie verträgt es sich da, hier ein Kind unbestimmter Herkunft aufzuziehen? Ehrwürdige Mutter, Ihr sagt selbst, dass jeder Bauer sein Vieh in getrennten Ställen hält. Niemand sperrt Pferde und Schweine zusammen. So wollen wir hier auch weiter verfahren.«

Doch Hildegard von Bingen hatte nur gelacht. »Sind wir Vieh?«, hatte sie gefragt und sich sogleich die Antwort darauf gegeben. »Was uns vom Vieh unterscheidet, ist der Verstand, den Gott uns gegeben hat. Also werden wir ihn benutzen.«

In der Zwischenzeit hatte die Schwester, die für die Kranken und die Apotheke zuständig war, dem Kind seine Lumpen ausgezogen und hielt es lachend hoch. »Es ist ein Mädchen, ein kleines Mädchen! Seht!«, rief sie und schwenkte das Kind hin und her.

All das geschah am 20. Juli anno 1163. Da dieser Tag der Gedenktag für Margareta von Antiochia war, eine der 14 Nothelfer und zugleich die Schutzpatronin der Bauern, der Schwangeren und Gebärenden, der Jungfrauen, Ammen, Mädchen und unfruchtbaren Ehefrauen, ward das Findelkind noch am selben Tag auf den Namen Margarete getauft.

Margarete lächelte, als sie an diese Erzählung dachte. Ihr Blick schweifte durch das Scriptorium. Die Pulte der Schreiberinnen, Kopistinnen und Buchmalerinnen standen vor den hochbogigen Fenstern, die mit Waschglas versehen waren und das Sonnenlicht als goldenen Glanz einließen. An der gegenüberliegenden, fensterlosen Wand war ein hölzernes Regal befestigt, auf dem einige Bücher gestapelt waren. Daneben hatte man Pergamentbögen aufgespannt, Büchsen mit Löschsand standen auf den Brettern, Federkiele lagen ordentlich angespitzt in langen Reihen nebeneinander, darunter befanden sich Fässchen mit verschiedenfarbigen Tinten und Farben. Ein Geruch nach Lösungsmitteln und Pergament lag in dem Raum.

Der Boden war mit Dielen ausgelegt, eine Seltenheit, auf der jedoch Hildegard von Bingen, unter deren Leitung das Kloster auf dem Rupertsberg aufgebaut worden war, bestanden hatte. Gleich unter dem Scriptorium befand sich die Küche. Die Herdfeuer und Kohlebecken sollten dafür sorgen, dass es im Raum darüber noch ein wenig warm war. Zusätzlich standen neben jedem Schreibpult eigene Kohlebecken, die jedoch jetzt, im Spätsommer, noch nicht gebraucht wurden.

Margaretes Blick schweifte weiter und hinaus aus dem Fenster in den Klostergarten, der ganz nach dem berühmten Vorbild des Klosters auf der Bodenseeinsel Reichenau angelegt worden war. In sechzehn Beeten wuchsen sechzehn unterschiedliche Gewächse, darunter Karotten, Stangenbohnen und Bohnenkraut, Liebstöckel und Kerbel, Minze und Salbei, Fenchel und Rosmarin, Kürbis und Melonen, Mohn und Rettich. Auch einige Blumensorten wurden im Klostergarten gezüchtet, damit der Altar stets mit frischen Blumen geschmückt werden konnte. Margarete liebte den Garten, liebte den würzigen Duft der Kräuter und Pflanzen und wäre, hätte sie die Wahl gehabt, viel lieber in der Apotheke als im Scriptorium beschäftigt gewesen. Mehr als einmal hatte sie der Mutter Hildegard diesen Wunsch vorgetragen, hatte inständig gebeten, in der Heilkunde unterrichtet zu werden, doch Hildegard von Bingen hatte sich unerbittlich gezeigt. »Wem soll ich meine Visionen diktieren?«, hatte sie stirnrunzelnd gefragt. »Du lernst genug über Pflanzen und die Klostermedizin, indem du meine Schriften kopierst. Solltest du dann noch Zeit übrig haben, so gehe in die Bibliothek und lies in den Schriften von Avicenna und Galen, auch Plinius und vor allem die Schriften des Constantinus Africanus, die wir seit Kurzem in unserem Besitz haben. Daraus erfährst du alles über die orientalische Medizin.«

Margarete hatte sich Hildegards Rat zu Herzen genommen und die genannten Schriften eifrig studiert, doch alles in ihr drängte danach, ihr Heilwissen praktisch anzuwenden. Sie seufzte und schob den Ärmel ihrer Kutte etwas höher. Sie war nun sechzehn Jahre alt und wusste nicht, seit wie langer Zeit sie schon im Scriptorium arbeitete. Von der Mutter Hildegard hatte sie lesen und schreiben gelernt, dazu Latein, die Psalmen und natürlich die Regeln des heiligen Benedikt von Nursia, welche die Grundlagen aller Benediktinerorden darstellten. Ein Kind war sie noch gewesen, als sich ihre Hand als ruhig erwiesen und sie eine Begabung für die Buchmalerei gezeigt hatte. Und ein Kind war sie gewesen, als die Mutter Hildegard beschlossen hatte, dass auch sie ihr Leben Gott weihen sollte. Hier im Benediktinerinnenkloster auf dem Rupertsberg. Nun war sie Novizin, hatte die Einkleidung hinter, die Ewige Profess jedoch noch vor sich. Sie konnte nicht sagen, dass es sie mit Stolz erfüllte, das schwarze, weite, bis zum Boden reichende Skapulier und die weiße Haube unter dem weißen Schleier zu tragen. Einzig der breite weiße Kragen über dem Untergewand, das von einem Strick als Gürtel gehalten wurde, fand ihr Wohlgefallen, weil sie den weichen, anschmiegsamen Stoff dafür als Geschenk von Mutter Hildegard bekommen hatte. Ihr schönes, bis zur Hüfte reichendes dunkles Haar, das in der Sonne rötlich schimmerte, war verdeckt. Einige der Schwestern hatten sie schon aufgefordert, es zu schneiden und halblang zu tragen, so wie es die anderen Nonnen taten. Aber Margarete konnte sich nicht von ihrem Haar trennen und trug es unter Haube und Schleier zu einem dicken Zopf geflochten.

Niemand hatte Margarete je gefragt, was sie eigentlich wollte, doch das wäre ohnehin vergebens gewesen, denn sie kannte kein Leben außerhalb der Klostermauern. Täglich kamen Frauen aus der Umgebung auf den Rupertsberg, um sich von der berühmten Prophetissa einen Rat zu holen oder ein Heilmittel. Bäuerinnen waren sie, Winzerinnen oder Mägde auf einer der zahlreichen Burgen der Gegend.

Oft schon hatte Margarete gehört, wie die Frauen der Mutter Hildegard ihr Leid geklagt hatten. Besonders über ihre Ehemänner. Der eine war zu stürmisch und dachte nur an das eine. Der andere tat genau das Gegenteil. Voll Sünde waren sie alle. Nur hier, im Kloster, konnte eine Frau sich ihre Jungfräulichkeit bewahren und damit gleichsam die Geliebte des Herrn Jesus werden und dereinst mit ihm verschmelzen. Mancher der Schwestern gelang diese

Verschmelzung bereits auf Erden. Dann nämlich, wenn sie sich in den Gottesdiensten in Ekstase sangen oder beteten und sich windend auf den Boden stürzten.

Margarete selbst hatte die Anwesenheit und Liebe des Herrn Jesus bislang noch nie gespürt. Zumindest nicht körperlich. Sie war nicht seine Geliebte geworden, obwohl sie sich – Gott allein wusste, wie sehr – darum bemüht hatte. Ein einziges Mal nur war ein Schauer über ihren Rücken gekrochen, hatte die Arme mit Gänsehaut überzogen und die feinen Härchen zum Aufstellen gebracht – neulich, als die Prophetissa teutonica ihrem Sekretär Wibert von Gembloux und ihr die neueste Vision diktiert hatte. Hildegard von Bingen hatte aus ihrer Schau erzählt, hatte berichtet, was Gott – oder wie sie es nannte: das wahre Licht – ihr offenbart hatte: *»Ich bin glücklich. Der Herr Christus Jesus bereitet mich und macht mich schön und weiß … Deshalb bezeichnet ihn die heilige Seele nach gerechtem Urteil auch als Geliebten. Denn im Vertrauen auf die Liebe verlässt sie sich selbst und eilt im heftigen Kampf der fleischlichen Begierden bereitwillig zu ihm. Und in der Glut des tränenreichen Verlangens schmäht sie sich selbst und hängt ihm an, wie eine Frau mit einem Mann in freudigem Verlangen verbunden ist.«*

Margarete hatte eifrig notiert, aber dann war die Prophetissa erschöpft gewesen, und Margarete hatte mit Wibert von Gembloux allein weiterarbeiten müssen. Nachdem Margarete jedes Wort Hildegards mit einem Griffel in die Wachstafeln geritzt hatte, übertrug der Sekretär Wibert die Sätze aus einem ungelenken in ein elegantes Latein. Einmal hatte Wibert dabei Margaretes Handrücken gestreift und sie leise gefragt: »Habt Ihr die Liebe des Herrn schon erfahren?«

Margarete war errötet und hatte den Kopf geschüttelt. Wibert hatte seine Hand auf der ihren liegen lassen, und sein

Daumen hatte sanft ihr Gelenk massiert. Ganz heiß war es Margarete da geworden. Die Schrift auf der Wachstafel war vor ihren Augen zerronnen, und sie hatte nur noch Wibert von Gembloux, ihren Prior und Beichtvater, gesehen. Der Mönch aus dem Kloster Gembloux bei Namur war noch nicht lange auf dem Rupertsberg. Gekommen war er als Ersatz für den verstorbenen Sekretär der Mutter Hildegard. Und nun saß er ihr gegenüber und brachte mit einer einzigen Handbewegung ihre Wangen zum Glühen. Margarete riss sich los und lief hinaus. Erst in der Kapelle nach langem Gebet fand sie ihre Ruhe wieder. In der Nacht hatte sie von Wibert von Gembloux geträumt. Sie hatte sein schmales Gesicht mit den grauen Augen über ihrem Gesicht gesehen, die hagere Nase, die etwas zu lang war, den schmalen Mund mit den scharf umgrenzten Lippen, die sich ihrem Mund immer mehr näherten …

Schweißnass war Margarete aufgeschreckt. Der Teufel der Wollust hatte sich ihrer bemächtigt und war sogar in ihre Träume geschlichen. Margarete stieg von der schmalen Pritsche, ließ sich auf den steinernen Zellenboden auf die Knie sinken und begann zu beten. Schon bald kühlte der Nachtwind, der durch das offene Zellenfenster strich, ihren Körper aus und machte sie zittern, doch noch immer verspürte sie in sich ein Glühen, und noch immer wollten ihre Hände sich nicht zum Gebet falten lassen, sondern weiter über ihre Hüften gleiten. Da nahm Margarete das Talglicht, entzündete es mit dem Feuerschwamm und drückte es schließlich auf ihrem rechten Handrücken aus.

Der Schmerz nahm ihr für einen Augenblick den Atem, doch dann betete sie voller Inbrunst: »Herr Jesus, nimm die Wollust aus meinem Körper, mache mich rein in Gedanken und Werken, lass mich als Jungfrau zu dir kommen und von deiner ewigen Liebe kosten.«

Und siehe da, der Schmerz der Verbrennung tilgte alle Lust aus ihrem Körper und half ihr, sich ganz und gar dem Herrn zuzuwenden.

Ein Geräusch riss Margarete aus ihren Gedanken. Schwester Lucardis war in das Scriptorium zurückgekehrt und hatte die Tür so laut hinter sich geschlossen, dass Margarete zusammenzuckte. Sofort begann ihr Herz in einem schnelleren Takt zu schlagen, ihre Finger zitterten leicht. Und gleichzeitig ärgerte sie sich über sich selbst. Ich bin zwar nur ein Findelkind, dachte sie, aber ich bin nicht weniger wert als die anderen. Es gibt keinen Grund, die Schultern einzuziehen, auch nicht vor Lucardis.

Margarete biss sich auf die Unterlippe und wagte einen Blick zum Oberhaupt des Scriptoriums. Lucardis nahm ihren Platz am vordersten Schreibpult ein, das ein Stück weg vom Fenster, dafür dicht neben dem Kamin stand, und beugte sich über eine Arbeit. Zuvor ließ sie ihren Blick über die Schwestern schweifen, die sich noch dichter über ihre Pulte beugten und jedwedes Getuschel eingestellt hatten.

Als der Blick der Scriptoriumsleiterin auch auf sie fiel, war Margarete schon wieder so in Gedanken, dass sie vergaß, den Kopf zu senken und stattdessen Lucardis freiweg anstarrte, freilich ohne sie zu sehen. Plötzlich erwachte Margarete aus ihrer Versunkenheit, doch es war zu spät. Lucardis hatte ihren Blick bereits abwenden müssen, und Margarete wusste, dass sie ihr das niemals verzeihen würde.

Betroffen betrachtete sie die Linien, die sie auf das Pergament gezeichnet hatte. Dann tauchte sie den Federkiel in die schwarze Tinte und setzte an, den ersten Buchstaben, ein geschlungenes, mit Lorbeer verziertes S zu malen, als die Tür erneut aufgerissen wurde. Wibert von Gembloux stürzte herein. Sein Gesicht war verzerrt, der Atem ging keuchend, und sein spärlicher Haarkranz rund um die Tonsur stand wirr. Mit irrem Blick sah er sich im Scriptorium um.

»Wo ist Margarete?«, fragte er und trat so dicht an das Pult von Lucardis heran, dass diese zurückwich.

»Wo ist Margarete? In Gottes Namen, Weib, so sprich endlich!«

Lucardis fand noch immer keine Worte, doch mit der Hand wies sie auf die junge Schwester, die einige Pulte weiter stumm schrieb.

»Was ist, Vater?«, fragte Margarete, und ihre Augen verdunkelten sich von bösen Vorahnungen.

Auch Lucardis war aufgestanden und sah angespannt zum Prior des Klosters.

»Es ist etwas Furchtbares geschehen«, keuchte Wibert von Gembloux. »Margarete, du musst sofort mit mir kommen.«

Zweites Kapitel

Kaiser Friedrich I., genannt Barbarossa, war von Geburt an ein Januskopf. Mit einer welfischen Mutter und einem Vater aus dem Hause der Staufer schien er wie geschaffen für den Thron, den er mit kaum dreißig Jahren bestieg. Zwar beendete er den jahrelangen Konflikt zwischen den Staufern und den Welfen, schaffte Frieden in den Herzogtümern Sachsen und Bayern, doch seinem zweiten Gesicht, dem Janusgesicht, war der viele Frieden bald überdrüssig. So machte sich Barbarossa daran, das Kaisertum in Reichsitalien durchzusetzen. Das ging nicht ohne Kriege ab. Zwei Jahre nach der Königswahl zog er zum ersten Mal gegen Italien, ein Jahr später krönte ihn Papst Hadrian zum Kaiser. Auf einem Reichstag zwei Jahre danach fühlte sich Friedrich I. in seiner kaiserlichen Macht so gefestigt, dass er sich weigerte, das Deutsche Reich als päpstliches Lehen anzuerkennen. Kaiser und Papst wären gleichrangig, verkündete der Rotbart. Das aber sah der Papst ganz anders. Zahlreiche Kriege schlossen sich an, ein Italienfeldzug folgte auf den anderen. Friedrich I. ernannte mehrere Gegenpäpste, verbrauchte Heere wie Unterkleider und musste schließlich 1177 mit Papst Alexander III. einen Sonderfrieden schließen. Als Ausgleich ließ er sich dafür 1178 zum König von Burgund krönen und begann eine kriegerische Auseinandersetzung mit Heinrich dem Löwen. Alles in allem war Barbarossa ein Kaiser, der mehr außerhalb als innerhalb seiner Reichsgrenzen regierte.

Sein Kurfürst und Erzkanzler Christian von Buch, seines Zeichens Erzbischof von Mainz, war tief in die italienischen Streitigkeiten und das Papstschisma verstrickt, sodass auch er seiner Mainzer Kanzlei zumeist fernblieb und sein Stellvertreter Jörg von der Teileburg die Amtsgeschäfte führte, freilich ohne dafür mit den Privilegien des Erzbischofs ausgestattet zu sein. Im Sommer 1179 befand sich Erzbischof Christian von Buch sogar in Gefangenschaft in Italien.

Kein Wunder, dass Weihbischof Jörg von der Teileburg deshalb meist verschnupft und überdies beständig schlechter Laune war.

»Ich hasse alte Menschen! Ich hasse deren Rechthaberei, Engstirnigkeit, ihre immerwährenden Nörgeleien, kurz: Ich hasse alte Menschen, und ganz besonders hasse ich alte Weiber!«

Der Weihbischof Jörg von der Teileburg schritt aufgebracht durch die Kanzlei. Er hatte soeben eine Messe im Mainzer Dom abgehalten und trug noch die Alba, ein bis zu den Füßen reichendes Unterkleid aus besten Linnen. Die Alba wurde von einem Gürtel gehalten, den an seinen beiden Enden kleine, goldene Glöckchen zierten. Um den Hals lag eine Stola, die bis zu den Füßen reichte. Vor der Brust war das handbreite Wollband gekreuzt und unter den Albagürtel geführt. Über der Alba trug der Bischof eine rote Dalmatika aus rotem Atlas. Selbst das Pallium, ein geschlossener, glockenförmiger Umhang, hatte er noch nicht abgelegt, obwohl im Raum zwei Kohlebecken brannten.

Sein Schreiber Cyriakus, ein Ordensmann aus dem nahen Kloster Hoheneck, lehnte an einem Pult und betrachtete den Weihbischof mit halb geschlossenen Augen.

»Ihr könnt nichts dagegen tun, mein Bischof!«, sagte er und betrachtete seine polierten Fingernägel.

»Diesem elenden Weib muss doch beizukommen sein – Himmel Herrgott!«

Jörg von der Teileburg blieb ruckartig stehen und tippte sich mit dem Finger gegen das Kinn. »Das Interdikt, das ich über das Kloster dieser unheiligen Hildegard verhängt habe, bleibt bestehen. Und ...«, seine Stimme wurde lauter, überschlug sich beinahe, »... und es ist mir ganz und gar gleichgültig, was die Alte auf dem Rupertsberg dagegen vorzubringen hat. Das Interdikt ist berechtigt.«

Cyriakus von Hoheneck zuckte gleichgültig mit den Schultern. »Sie wird das Interdikt nicht auf sich beruhen lassen, mein Bischof. Sie wird wiederkommen nach Mainz und verlangen, dass Ihr sie anhört. Außerdem wird sie bereits an den Erzbischof von Mainz geschrieben und ihm ihr Leid geklagt haben. Es interessiert sie nicht im Geringsten, dass Ihre Exzellenz, der Erzbischof, in Italien weilt und auch nicht so bald zurück ins Reich kommen wird. Sie ist eigensinnig.«

»Altersstarrsinnig meint Ihr wohl, Kaplan. Die Fakten sprechen für sich: Sie hat einen Mörder, den die Heilige Mutter Kirche aufgrund seiner Verbrechen exkommuniziert hat, in der heiligen und geweihten Erde des Klosterfriedhofes begraben. Recht geschieht es ihr, dass sie und ihre Töchter mit dem Interdikt belegt sind. Als gerechte Strafe, mein lieber Kaplan!«

Cyriakus von Hoheneck lächelte schmal und ließ den Weihbischof sich weiter empören.

»Die Frauen auf dem Rupertsberg dürfen während des Gottesdienstes nicht mehr singen. Das Kruzifix muss wie am Karfreitag mit schwarzen Tüchern verhüllt, jeder Schmuck vom Altar muss entfernt werden, die Kirchenglocken haben zu schweigen. Während des Interdiktes dürfen keine Professe vorgenommen werden, es gibt keine Sakramente, und überdies sind keine kirchlichen Begräbnisse gestattet. Hildegard von Bingen hat es nicht anders gewollt. Wenn ihre Töchter unter ihrem Starrsinn leiden, so ist das nicht die Sache des Bischofs.«

Jörg von der Teileburg holte ein Taschentuch aus seinem Ärmel und schnäuzte sich kräftig. Sein Gesicht wirkte grämlich, als er weitersprach: »Außerdem hat die Äbtissin Hildegard mit ihren Visionen die halbe Welt verrückt gemacht. Seit wann kommt der Heilige Geist über eine Frau? Hat nicht schon der Apostel Paulus gesagt, das Weib habe in der Gemeinde zu schweigen, was? Und nun kommt diese Hildegard daher und behauptet dreist, das ›wahre Licht‹ zeige sich ausgerechnet ihr, auf dass sie seine Botschaft in der Welt verkünde! Gehorchen soll das Weib, so steht es in der Schrift, und sich nicht wichtig machen und aufspielen. Dumm ist das Weib, auch das weiß jeder, und eine Nonne, die schon als Kind Gott geweiht wurde, ohnehin. Was weiß so eine schon vom Leben?«

Der Bischof war inzwischen rot angelaufen, und sein Sekretär füllte ihm besorgt einen Becher mit Wein, den Jörg von der Teileburg in einem Zug hinabstürzte, um sofort weiterzuwettern: »Schweigen soll die Alte vom Rupertsberg. Sie hat schon genug Ärger gemacht. Bernhard von Clairvaux und der Papst haben ihre Sehergabe zwar anerkannt, aber ich lasse mich nicht täuschen. Es wird Zeit, dass jemand diesem Weib und allen Weibern einmal wieder zeigt, wo ihr Platz ist und sie daran erinnert, dass Eva es war, die mit ihrer Gier nach dem Apfel den Menschen aus dem Paradies vertrieben hat.« Der Weihbischof hob die Hand und deutete mit Daumen und Zeigefinger einen äußerst geringen Abstand an. »Nur eine winzige Stufe über dem Tier steht das Weib.«

Dann ließ Joachim von der Teileburg erschöpft die Hand sinken, rückte seinen Kragen zurecht und räusperte sich. Mit veränderter Stimme wandte er sich an seinen Sekretär.

»Was ist sonst zu tun?«

Der Sekretär Cyriakus von Hoheneck schöpfte Atem: »Vom Erzbischof kam ein Schreiben aus der Gefangenschaft, Ihr möget in seiner Abwesenheit Konstantin von Buch in seinem Namen zum Titularbischof ernennen.«

»Wieder einer seiner Vettern?«, fragte Jörg von der Teileburg und vermochte es kaum, seinen Unwillen zu unterdrücken. »Wie groß ist seine Verwandtschaft eigentlich noch? Soweit ich mich erinnere, ernenne ich jede Woche jemanden mit dem Nachnamen von Buch zum Abt, Prior, Weihbischof oder wenigstens zum Priester. Also gut! Fertigt die Urkunde aus, sucht eine gute Pfründe, aber nicht zu fett, und überstellt die Dokumente an Konstantin von Buch. Ohne Feier, ohne Messe. Was gibt es noch?«

»Im Kloster Breitenau bei Kassel ist der Abt verstorben. Ihr müsst einen neuen ernennen.«

»Wen schlagt Ihr vor, Kaplan?«, fragte Jörg von der Teileburg und schnäuzte sich seufzend in sein Nasentuch.

»Es gibt zwei Kandidaten. Zum einen ist da Hademar von Alzey, der dem Kloster, das ihn zum Abt bestimmt, große Ländereien vermachen will. Und zum anderen denke ich an Heribert von Ingelheim, einen Vertrauten des Kaisers aus den Zeiten des Kreuzzuges, der zwar keine Ländereien einbringt, dafür aber beste Kontakte zu Friedrich Barbarossa hat.«

»Hm«, schnaubte der Weihbischof. »Was brauchen wir dringender? Gute Verbindungen oder Ländereien?«

»Beides, Exzellenz.« Cyriakus von Hoheneck lächelte mit schmalem Mund.

»Also wird der eine, Hademar, zum Abt gemacht und der andere, Heribert, auf die erste Position der Warteliste gesetzt. Unsere Äbte sind allesamt alt, schon bald wird der Nächste sterben, und dann ist Heribert von Ingelheim an der Reihe.«

Jörg von der Teileburg diktierte seinem Schreiber ein paar

weitere Briefe, danach traf er einige Anordnungen, die das Erzbistum betrafen, und begab sich missmutig zum mittäglichen Stundengebet, zur Sext.

Die Tische bogen sich unter den Speisen, die im Amtssitz des Erzbischofs von Mainz und Erzkanzlers des Kaisers Friedrich I. zu Mittag gereicht wurden. Bedienstete trugen Kessel mit Eiersuppe und silberne Platten mit Bratenscheiben vom Rind und Lamm auf, andere schleppten in Schmalz gebackene kleine Vögel oder frische Flussfische aus dem Rhein herbei. In Mandelmilch gesottene Hühner und gebratene Gänse mit roten Rüben wurden aufgetragen. Dazu gab es feinstes weißes Brot, das noch warm vom Backofen war, dunkle Soßen, gekochtes Gemüse von zarten Karotten, frischen Böhnchen und Lauch, danach köstliche Kuchen mit einer dicken Honigglasur oder süßes Obst aus den Südländern.

Jörg von Teileburg langte kräftig zu, ließ sich auch immer wieder vom Rotwein aus dem nahen Rheingau einschenken, dann stippte er die Finger in kleine Schalen und ließ sich von einem Bediensteten ein Tüchlein aus feinstem Linnen reichen, um sich damit den Mund abzutupfen.

»Ach, wie gut es uns doch geht«, sagte er zu seinem Nachbarn und rülpste leise.

»Und um wie viel besser es uns doch ginge, gäbe es die Weiber nicht«, mischte sich Cyriakus ein, der mit den anderen Sekretären an einem Nachbartisch saß, und lächelte schief.

Jörg von der Teileburg kniff die Augen zusammen. Cyriakus ist manchmal ein wenig übermütig, dachte er mit Verdruss. Zeit wird es, dass ich auch ihn auf seinen Platz verweise. Er betrachtete seinen Sekretär, als hätte er ihn noch nie gesehen.

Dann schlug er mit der flachen Hand auf den Tisch, sodass diejenigen, die schon in den Mittagsschlaf zu sinken drohten, aufschreckten, und verkündete: »Genug geschlemmt. Es wird Zeit, dass wir arbeiten. Schließlich soll unser geliebter Erzbischof einen ordentlichen Amtssitz vorfinden, wenn er aus dem Italienischen zurückkehrt.«

»Neue Besen kehren gut, nicht wahr, lieber Jörg?«, fragte ein anderer Weihbischof, der von der Teileburg um einige Jahre voraus war und Geraldus von Uslar hieß. »Gebt nur Acht, dass Ihr Euch nicht übernehmt. Schon so mancher Besen war schnell verschlissen, und am Ende hat der Dreck doch triumphiert.«

Jörg von der Teileburg funkelte den Weihbischof wütend an. Er öffnete den Mund, um ihm eine barsche Antwort zu geben, doch dann winkte er nur ab und verließ, sich noch einmal die Nase schnäuzend, das Refektorium. Was wollte Geraldus von Uslar von ihm?, fragte er sich, dabei wusste er jedoch genau, dass der andere nicht verwinden konnte, dass er, Jörg von der Teileburg, zu des Erzbischofs Stellvertreter ernannt worden war, während Geraldus nur die zweite Position einnahm.

Teileburg begab sich in sein Wohnhaus, das auf dem Boden des Erzbischofssitzes stand und mit zahlreichen Kostbarkeiten ausgestattet war. Die Wände waren von wertvollen Teppichen bedeckt, die Truhen mit komplizierten Schnitzereien versehen. Ein besonders erlesenes Stück jedoch war das Bett mit den geschnitzten Pfosten, zwischen denen ein Baldachin aus rotem Samt hing.

»Ich komme«, säuselte Jörg von der Teileburg, plötzlich wie verwandelt, als er das Schlafzimmer betrat. Er schlüpfte aus seiner Kleidung, schwang die rot samtenen Vorhänge beiseite und stürzte sich schier in die Berge aus Kissen und Decken, welche die Nacktheit einer drallen jungen Frau nur unzureichend bedeckten.

»Hast du schon auf mich gewartet, mein Herz?«, fragte der Weihbischof und ließ seine Hand über den Leib der Schönen gleiten, welche die Lippen spitzte und sich eng an den Gottesdiener drängte.

»Willst du mich heute gar nicht küssen?«, schmollte sie, doch schon beugte sich Jörg von der Teileburg über das Mädchen, bedeckte ihren Leib mit Küssen, verharrte an ihren Brustwarzen und liebkoste diese, bis das Mädchen aufstöhnte und seinen Schoß kreisen ließ.

»Komm, mein Bischof, mach mich glücklich!«, flüsterte sie.

»Nichts anderes habe ich vor«, raunte Jörg von der Teileburg zurück.

Er spreizte dem Mädchen die Beine und war im Begriff, sich zwischen ihre Schenkel zu begeben, als es überaus heftig an der Tür klopfte.

»Exzellenz!«, hörte er die Stimme von Hohenecks. »Ein Bote ist aus Bingen gekommen. Er hat ein dringliches Schreiben dabei.«

Jörg von der Teileburg, so erhitzt von den Reizen des prallen Mädchens, dass er einfach nicht von ihr lassen konnte, drang in ihren Schoß ein, während er rief: »Lest vor, Kaplan, was in dem Schreiben steht.«

Während das Mädchen unter ihm keuchte und stöhnte und die Lust dem Weihbischof beinahe den Atem nahm, hörte er wie von weit her die Stimme seines Schreibers: »Mein Bischof, etwas Schreckliches ist geschehen! Etwas Furchtbares, welches dennoch an ein Wunder grenzt.«

Drittes Kapitel

»Wir wollen sie noch einmal sehen. Sie soll uns segnen!«, riefen die Menschen vor der Klosterpforte. Beinahe hundert Seelen hatten sich hier versammelt. Einige trugen Wachskerzen, andere billige Talglichter, wieder andere hatten die Hände zum Gebet gefaltet. Sie drängelten vor dem Tor, stießen einander unchristlich in die Rippen, zerrten, schimpften, murmelten, tuschelten und machten ihrem Unmut hin und wieder laut Luft, bis die Schwester von der Pforte sich nicht anders zu helfen wusste, als das große hölzerne Tor mit einem Balken zu verriegeln und sich ins Innere des Klosters zurückzuziehen. Auch dort standen die Nonnen im Kreuzgang in kleinen Gruppen beieinander, hatten die Hände zum Gebet gefaltet, flüsterten und barmten.

»Wie geht es ihr?«, fragte die Schwester Pförtnerin.

Die Nonnen sahen einander an und zuckten mit den Achseln, dann blickten sie mit furchtsamen Mienen hinauf zu einem Fenster, hinter dem sich eine karge Zelle verbarg.

»Nur der Herrgott im Himmel weiß es«, flüsterte eine Schwester und schlug das Kreuzzeichen.

»Was soll ich den Leuten da draußen sagen?«, fragte die Pfortenschwester hilflos. »Und was den Boten, die allenthalben Einlass begehren?«

Die Schwestern schauten sich nur stumm an und antworteten nicht.

Edelgard, eine der älteren Nonnen, befahl die anderen

schließlich in die Kapelle: »Wir wollen gemeinsam für die ehrwürdige Mutter beten.«

Bei diesen Worten fiel die Hilflosigkeit von den anderen ab. »Ja, wir beten für sie.« Ihre Körper strafften sich, Tränen wurden weggewischt, die Köpfe erhoben.

Wie selbstverständlich stellten sich die Nonnen in Zweierreihen auf und gingen eiligen Schrittes, aber geordnet zur Kapelle. Selbst die Pfortenschwester wusste plötzlich, was zu tun war. Sie stellte sich hinter das geschlossenen Tor, öffnete die hölzerne Klappe darinnen und verkündete: »Ruhe, ihr Leute! Seid still und faltet die Hände. Wir wollen gemeinsam beten.«

Auch die Leute wurden still und falteten die Hände, während die Schwester laut das Vaterunser sprach und danach das Ave-Maria.

Margarete fror, obwohl die karge Zelle von zwei Kohlebecken erwärmt wurde. Zahlreiche Bienenwachskerzen spendeten Licht und Duft, doch der Geruch des Todes, der in der Zelle schwebte, war dadurch nicht auszulöschen.

»Nimm auf, Herr, deine Dienerin an den Ort des Heils, dass sie auf Erbarmen hoffen darf. Befreie, Herr, deine Dienerin aus aller Drangsal. Amen«, betete der Prior Wibert von Gembloux leise. Margarete warf einen verzagten Blick auf Hildegard von Bingen, die auf ihrer mit dem Bärenfell bedeckten Pritsche lag und die dürren Lippen zu einem starren Lächeln auseinandergezogen hatte. Noch lebte sie. Noch hob und senkte sich der ausgemergelte Brustkorb, noch blickten die Augen von einer zur anderen.

»Bist du da, mein Wibert?«, fragte die Äbtissin.

»Ja, geliebte Hildegard.«

»Und du, Margarete?«

»Ja, geliebte Mutter, ich sitze zu Euren Füßen.«

»Das ist gut. Tenxwind, bist du auch da?«

»Aber ja«, erwiderte Tenxwind, die Apothekerin, und warf eine Handvoll wohlriechender Kräuter in eines der Kohlebecken.

»Ich habe Durst.«

Sogleich sprang Serafina, eine Mitschwester, auf und setzte Hildegard von Bingen einen Becher mit frischem Brunnenwasser an die Lippen.

»Ah, das tut gut«, sprach Hildegard leise. Dann richtete sie unter Seufzen ihren Oberkörper ein wenig auf und winkte Margarete mit einem Finger zu sich.

Das Mädchen erhob sich zögernd vom Boden. Sie fürchtete sich vor dem Tod, ekelte sich vor dem Geruch, der unter dem der Wachskerzen lag, hatte Angst davor, Hildegards sterbende Haut zu berühren – und gleichzeitig schämte sie sich dieser Gedanken. Hier lag ihre geliebte Mutter Hildegard und bereitete sich auf den Tod vor.

»Da bin ich, Mutter«, sagte Margarete und setzte sich mit Abstand auf einen Schemel, der neben der Bettstatt der Äbtissin stand. Sie sah, wie Hildegard nach ihrer Hand tastete. Einen Augenblick zögerte sie, dann schluckte sie und nahm die Hand der alten Frau, strich behutsam über jeden einzelnen Finger und schmiegte schließlich ihr Gesicht dorthinein. Wie zart ihre Haut doch ist, dachte sie überrascht. Sie erinnert mich an das kostbarste Pergament, das wir im Scriptorium haben. Oder an Alabaster.

»Beuge dich zu mir«, bat Hildegard leise, und Margarete gehorchte.

»Als du damals, vor sechzehn Jahren und drei Monaten, zu uns kamst, warst du in eine Windel gewickelt, welche ein Wappen trug. Verschwunden ist die Windel seither. Ein … ein Vogel war darauf zu sehen, eine …«

Die Stimme erstarb, die Augen der Äbtissin öffneten

sich weit, starrten ins Nirgendwo, das Gesicht entspannte sich.

Margarete schrak zurück.

»Ist sie tot? Stirbt sie in diesem Augenblick?«, fragte sie voller Angst. Ihre flehenden Blicke huschten von Wibert zu Tenxwind, dann zu Serafina und wieder zurück zu der heilkundlichen Nonne. »So tut doch etwas!«

Die Apothekerin beugte sich über die alte Frau, betrachtete sie eine kleine Weile und schüttelte den Kopf. »Sie ist noch nicht tot. Das Herz schlägt nach wie vor, der Atem geht ruhig und gleichmäßig.«

Wibert von Gembloux war aufgestanden und zur Bettstatt getreten. »Ich habe sie so schon des Öfteren gesehen«, murmelte er. »Es sollte mich nicht wundern, wenn sie gleich eine Vision bekommt. Schnell, Margarete, hole die Wachstafeln und den Griffel.«

Das Mädchen nickte, stob aus der Zelle und kehrte kurze Zeit darauf mit den Schreibutensilien zurück.

In der Tür prallte sie mit Lucardis von Algesheim zusammen, die – so schien es Margarete zumindest – mit der alten Serafina rang. »Lass mich ein!«, keuchte Lucardis. »Mein Platz ist an ihrem Bett, besonders zu dieser Stunde. Ich war ihre Favoritin. Ich bin es noch!«

Sie stieß Serafina brüsk zur Seite, sodass die alte Frau gegen den Türrahmen fiel, und eilte an das Fußende des Bettes, genau an die Stelle, an der vor kurzem noch Margarete gesessen hatte.

Wibert winkte Margarete heran und wies ihr den Schemel zu.

»Gleich«, flüsterte der Sekretär. »Gleich wird sie sprechen. Bist du bereit?«

Margarete nickte, packte den Griffel fester. Sie saß ganz starr, hatte jeden Muskel angespannt und den Blick auf Hildegard gerichtet. Sie sah nicht den zahnlosen Mund, der beinahe ohne Lippen war, sah nicht die eingefallenen Wangen, die feinfaltige Haut, sondern nur die großen, hellen Augen, die plötzlich so klar wie Quellwasser waren und noch immer ins Nirgendwo blickten. Doch dann veränderte sich Hildegards Gesicht. Die Wangen füllten sich, der Mund bekam die Lippen zurück und lächelte, die Falten verschwanden und machten der puren Glückseligkeit Platz.

»Ich sehe einen Engel, an dessen Gewand alle Edelsteine dieser Welt funkeln, als da sind Saphire, Diamanten, Blutsteine, Lapislazuli, Jade, Onyx, Karneol, Jaspis, Sarder, Topas, Achat, Amethyst und viele andere.«

An dieser Stelle brach ihre Stimme. Ein heiteres Kichern war zu hören und ein Gesicht zu sehen, welches in höchster Verzückung strahlte.

Leise hatte sich Wibert von Gembloux an Hildegards Bettstatt genau neben Margarete gesetzt. »Ist es der Engel, den Ihr früher schon einmal gesehen habt?«, fragte er mit sanfter Stimme.

»Ja«, hauchte Hildegard. »Der Engel, in dessen Gewand sich die Herrlichkeit und das Licht Gottes spiegelt, aber … ach …«

Hildegard brach ab, ihr Gesicht verschattete sich, die Augen trübten ein. Die alte Frau begann zu zittern. Zuerst bebten die Nasenflügel, dann die Lippen, schließlich zitterte der ganze Leib, als ob sie im Schüttelfrost läge.

»Was ist?«, drängte Lucardis. Sie kam um das Bett herum, packte die Äbtissin bei den Schultern und schüttelte sie. Da sprang Wibert von Gembloux auf und riss Lucardis zurück. »Seid Ihr verrückt geworden? Seht Ihr nicht, dass sie mit unserem Herrgott spricht? Wollt Ihr Euch etwa in dieses Gespräch mischen?«

»Was ist mit dem Engel? Sie muss uns sagen, was sie

sieht!«, beharrte Lucardis mit hochrotem Gesicht, während Wibert an ihrem Ärmel zerrte.

Margarete sah in das Gesicht der Prophetissa und fragte leise und mit sanfter Stimme: »Ist es das Dunkle, das Ihr seht?«

Hildegard nickte heftig. »Die Steine, welche das Licht des Herrn hüten, beleuchten nicht nur Gutes. Nein, auch die Mächte der Finsternis können Macht und Weisheit daraus schöpfen. Hütet die Steine! Hütet die Steine! *Hütet die Steine!*«

Der letzte Satz glich einem Schrei. Hildegard fuchtelte mit den Armen umher, als kämpfe sie gegen Dämonen und Teufel. Wibert fing ihre Arme ein, nahm ihre Hände und sprach leise und beinahe zärtlich auf die alte Äbtissin ein. »Wir sind alle bei Euch. Nichts kann Euch geschehen. Das Böse hat keine Macht über Euch!«

»Aber ...«, stammelte Hildegard und zitterte noch heftiger. »Luzifer hat schon einmal die Macht der Steine missbraucht. Danach musste Gott ihren Glanz löschen. Lange hat es gedauert, bis er den Menschen die Steine wiedergegeben hat, damit wir ihre Heilkräfte nutzen. Doch nun ... doch nun ...«

Sie brach ab, fuchtelte wieder mit den Händen. Schweiß trat auf ihre Stirn, auf die Oberlippe. Ihr Atem ging keuchend.

Wibert sah kurz zu Margarete: »Hast du alles mitgeschrieben? Hast du jedes Wort notiert?«

Das Mädchen nickte. »Alles.«

Wibert von Gembloux strich der alten Frau sanft über die Wangen, glättete mit einem Finger die Falten auf ihrer Stirn. »Was nun? Was seht Ihr, geliebte Mutter?«

»Ich ... ich ... der Engel ... da ist er wieder. Wie damals, als Gott den Glanz der Steine ausgelöscht hatte. Nur einer leuchtet noch am Gewand des Engels ... nur einer noch ...

härter und strahlender als alle. Es ist der Stein der Steine, der Königsstein.«

Margarete schrie leise auf und presste sofort die Hand vor den Mund. Serafina bekreuzigte sich und küsste ihren Rosenkranz. Lucardis kam wieder näher, beugte sich über die Sterbende. »Erzählt«, beschwor sie die Äbtissin. »Sprecht weiter! Bitte!«

Wibert von Gembloux packte Lucardis am Arm und zog sie von der Bettstatt weg. »Es ist genug! Schert Euch raus«, herrschte er die Leiterin des Scriptoriums an. »Ihr wisst genau, dass Hildegard außer Margarete und mir niemanden dabeihaben will, wenn sie ihre Visionen hat.«

Er drängte Lucardis von Algesheim zur Tür, doch da hörte er von der Bettstatt her ein Röcheln. Sofort ließ er Lucardis gehen und eilte an das Bett.

»Der Engel«, stammelte Hildegard von Bingen.

»Was ist mit ihm?«

»Er kommt, um mich zu holen. Heim zu unserem Herrn.« Ihre Zunge fuhr über die aufgesprungenen Lippen.

Serafina tränkte ein Leinentuch mit Brunnenwasser und drückte aus dem Tuch heraus einige Tropfen in Hildegards Mund, bestrich die spröden Lippen.

»Der … der Engel …«

»Ja?«, fragte Wibert von Gembloux. »Was ist mit ihm?« Er warf einen kurzen Blick zu Margarete, die soeben die letzten Worte Hildegards auf eine Wachstafel schrieb.

»Er bahnt mir den Weg mit dem Stein. Dem Stein der Steine, dem Königsstein.«

»Sie spricht vom Stein der Weisen«, flüsterte Lucardis. Ihre Augen waren riesengroß und brannten in ihrem sonst so blassem Gesicht. Die Lippen hatte sie fest aufeinandergepresst. »Vom Stein der Weisen«, wiederholte sie, kniete nieder und schlug das Kreuzzeichen.

Wieder bekreuzigte sich auch Serafina, und Wibert von Gembloux nahm den Rosenkranz zur Hand und führte ihn an die Lippen. Dieses Mal war es Margarete gelungen, einen Aufschrei zu unterdrücken. Die Nennung des Steines der Weisen hatte ihr Schauer über den Rücken gejagt.

»Heller als jeder andere Stein strahlt er«, flüsterte die Sterbende mit schwächer werdender Stimme. »Doch sein Licht kann jede Krankheit heilen und jedes Gemüt erhellen. Unzerstörbar ist er und härter als alles, was es gibt auf der Welt.«

Die Stimme brach ab, und Serafina beträufelte erneut Hildegards Lippen.

Lucardis von Algesheim hatte sich wieder nach vorn gedrängt. »Wo ist der Stein? Sagt, geliebte Mutter, wo Gott ihn vor den Menschen versteckt hat. Sagt es, damit wir Gutes damit tun können.«

»Schweigt endlich!«, zischte der Prior, doch als Margarete ihre Hand auf seinen Arm legte und auf die Sterbende wies, beruhigte er sich sofort wieder.

»Wollt Ihr den Teufel versuchen?«, raunte er. »Jeder Mensch weiß, dass der Stein der Weisen von Luzifer und Gott gleichermaßen gehütet wird. Gott hat ihn vor den Menschen versteckt und sein Licht gedämpft. Mit Hilfe des Steines kann man Gold machen, das Alter besiegen und jede Krankheit heilen. Verdammt aber ist derjenige, der ihn zum falschen Zweck benutzt. Also schweigt!«

Wieder stieß der Sekretär Lucardis zur Seite, doch diese ließ sich nicht einfach abdrängen.

»Wo ist er? Mutter Hildegard, so sprecht doch! Wo ist der Stein der Weisen?«

»Es reicht!« Wibert von Gembloux packte Lucardis am Arm, öffnete die Tür und stieß sie mit aller Kraft aus der Zelle, sodass sie auf dem Gang stürzte. Dann gebot er auch

Serafina und der schweigsamen Tenxwind, die Zelle zu verlassen, und schlug die Tür hinter ihnen zu. Nun waren Margarete und der Mönch mit der Sterbenden allein. Und im selben Augenblick – Wibert war noch damit befasst, den Riegel in das Türschloss zu schieben, der sich verklemmt hatte und nicht von der Stelle rührte – bewegte Hildegard von Bingen die Lippen. Margarete beugte sich weit nach vorn, hielt ihr Ohr ganz dicht über den Mund der Prophetin. Doch schon sank die alte Frau in die Kissen zurück. Margarete starrte auf den Mund der Äbtissin, die soeben etwas Ungeheuerliches ausgesprochen hatte.

»Hat sie noch etwas gesagt?«, fragte Wibert leise und sah auf die Wachstafeln in Margaretes Hand. »Mir schien, als hätte ich etwas gehört.«

Margarete senkte den Blick und schüttelte den Kopf. Die Knöchel der Hand, die den Griffel hielten, waren weiß vor Anstrengung. Auf der Wachstafel hatte der Schweiß ihrer Hand einen dunklen Abdruck hinterlassen.

»Sprichst du die Wahrheit?«, fragte Wibert nach, und Margarete nickte, vermochte jedoch nicht, dem Mönch in die Augen zu schauen. Sie hatte sich verhört; sie musste sich verhört haben. Das, was Hildegard gesagt hatte, konnte so nicht sein. Sie musste etwas falsch verstanden haben. Am besten vergaß sie die wenigen Worte der Prophetin gleich wieder.

Margarete schüttelte so heftig den Kopf, dass ihre Haube verrutschte.

Plötzlich war ein Röcheln von der Bettstatt her zu hören. Hildegards Gesichtsausdruck hatte sich verändert.

Sie wirkte unendlich erschöpft, aber wie von einem inneren Licht erhellt. Ihre Züge waren entspannt und heiter, als wäre ein heiliger Friede in sie gekehrt.

Wie gebannt starrten Wibert und Margarete auf die Frau,

die mit dem Tode rang. Keiner von beiden bemerkte, dass sich die Zellentür leise geöffnet hatte und das Gesicht der Lucardis von Algesheim im Türspalt erschienen war.

Mit letzter Kraft, doch gleichzeitig beinahe ohne Anstrengung hob Hildegard von Bingen die Hand und wies auf Margarete. »Du!«, sagte sie. »Du wirst ihn sehen, den magischen Stein. Und ihr anderen werdet ebenfalls sein Licht leuchten sehen, wenn ihr nur die Gebote des Herrn befolgt. Aber du, Margarete, bist auserkoren, ihn zu finden. Der Weg zu ihm führt über meine Schriften.«

Mit diesen Worten schloss sie die Augen. Einmal noch hob und senkte sich ihre Brust. Die Kerzen flackerten, dann erloschen sie alle auf einmal. Auch die Vögel, die gerade noch draußen gelärmt hatten, verstummten. Schwere Wolken zogen vor die Sonne und verdunkelten die Erde, über die in diesem Augenblick eine ungeheuere Stille kam. Es wurde so still, dass selbst die aufgeregten Menschen vor der Pforte innehielten und die Hände falteten. Auch die Nonnen in der Kapelle schraken zusammen, als die Kerzen allesamt verloschen. Sie sanken auf die Knie, umklammerten ihre Rosenkränze und befahlen ihre Mutter Hildegard von Bingen, die berühmte Prophetissa teutonica, der Liebe des Herrn an.

Margarete rüttelte sanft an ihrer geliebten Mutter, fasste nach ihrer Hand, strich über die ausgezehrten Wangen. Schließlich musste das Mädchen einsehen, dass Hildegard von Bingen soeben gestorben und ihr Seele auf dem Weg in den Himmel war. Sie zeichnete mit dem Finger ein Kreuzzeichen auf Hildegards Stirn, dann beugte sie sich über die Tote und küsste ihre Augenlider.

Danach wandte Margarete sich ihrem Prior zu. »Sie ist tot, Vater.« Und in Gedanken fügte sie an: Und hat mich alleingelassen.

Einen Moment später brach sie in Tränen aus, nahm die Hand der Toten und schmiegte ihr Gesicht hinein.

Wibert von Gembloux segnete die Tote und faltete die Hände zum Gebet. Es war, als würden die Klostermauern leise erbeben, als sich die vielen Stimmen vereinten: »Kommt herzu, ihr Heiligen Gottes, eilt ihr entgegen, ihr Engel des Herrn. Nehmt auf ihre Seele und führt sie vor das Antlitz des Allerhöchsten. Christus nehme dich auf, der dich berufen hat, und ins Himmelreich sollen Engel dich geleiten. Amen.«

Viertes Kapitel

Es war dunkel draußen. Der Mond stand als flache Scheibe am Himmel und übergoss das Land mit einem scharfen Licht, das kantige Schatten warf. Margarete lag in ihrer Zelle auf der Pritsche, hatte sich zusammengekrümmt und sah aus dem Fenster hinaus in die Nacht. Irgendwo heulte ein Hund den Mond an, von anderswo ertönte der Schrei eines Waldkauzes. Am liebsten hätte Margarete in das Geheul eingestimmt, hätte gern ihren Schmerz und ihre Trauer um ihre Mutter Hildegard in die Welt geschrien. Doch sie blieb still, so still wie das ganze Kloster.

»Wenn ein Käuzchen schreit, stirbt ein Mensch«, murmelte Margarete leise den Satz, den die alte Serafina zu sagen pflegte, wann immer sie einen Kauz hörte oder sah. Vor ein paar Stunden nun war die berühmte Seherin von Bingen gestorben. Der Waldkauz kam zu spät.

Margarete lauschte in die Nacht. Sie war müde, ihre Augen vom Weinen angeschwollen, doch gleichzeitig wühlte eine Unruhe in ihr, die sich nicht überwinden ließ. Der Stein der Weisen. Sie, hatte Hildegard gesagt, würde ihn sehen. Sie war auserkoren. Margarete schüttelte ungläubig den Kopf. Bald schon, wenn das Interdikt erst aufgehoben war, würde sie die Ewige Profess ablegen und von da an das Kloster auf dem Rupertsberg niemals mehr verlassen. Die Benediktinerinnen gelobten nicht nur Armut, Gehorsam und Keuschheit, sondern außerdem, dass sie ihr Kloster niemals und solange sie lebten verlassen würden. Ja, selbst nach ihrem Tod blieben sie dem Kloster treu und wurden auf dem klostereigenen Gottesacker zur letzten Ruhe gebettet. Hätte Hildegard recht, dachte Margarete, dann müsste der Stein der Weisen hier auf dem St. Rupertsberg zu finden sein.

Diese Erkenntnis überraschte sie so, dass sie sich aufsetzte. Wenn der Stein der Weisen aber hier im Kloster verborgen war und sie sein Versteck fand, dann würde sie, sobald die Visionen der heiligen Hildegard aufgeschrieben waren, keine ruhige Stunde mehr haben. Nicht nur Lucardis von Algesheim würde jeden ihrer Schritte verfolgen, auch die Obrigkeit wäre ihr beständig auf den Fersen. Und waren die Visionen erst öffentlich gemacht, wie es sich für die Schau einer Prophetin gehörte, dann gnade ihr Gott. Aus der ganzen Welt würden sie anreisen, die Goldgräber und Alchemisten, die Äbte und Pröpste und Bischöfe. Am Ende würde gar der Kaiser Barbarossa kommen, und sie war gezwungen, den Herren zu gehorchen und unaufhörlich den Stein suchen müssen. Wenn sie ihn fand, würde man ihn ihr im nächsten Augenblick entreißen. Fand sie ihn nicht, nun, so würde die Verfolgung kein Ende haben.

»Lieber Gott«, betete Margarete leise. »Ich möchte das Versteck nicht finden, möchte mit dem Stein nichts zu tun haben. Ich bin doch nur ein Findelkind, noch unstet und schwankend im Glauben.«

Sie rang nach Atem. Ob sie ihre Seele an den Teufel verkaufen musste, wenn sie den Stein fand? War es ein Segen oder ein Fluch, auserkoren zu sein?

Schweiß brach dem Mädchen aus. Ihr Herz schlug schnell und hart gegen ihre Rippen. Sie faltete die Hände und fuhr fort in der Zwiesprache mit Gott: »Lieber Herr Jesus, ist das die Strafe dafür, dass ich dich nur unzureichend lieben kann? Bitte vergib mir und zeige mir den richtigen Weg zu deiner Liebe. Nimm die Last des Steines von meiner Schulter.«

Margarete öffnete den Mund, um »Amen« zu sagen, als es an ihrer Tür klopfte.

Sie sprang aus dem Bett, lief auf nackten Füßen zur Tür. »Wer ist da?«, fragte sie leise.

»Ich bin es, Wibert von Gembloux. Mach auf! Ich muss dringend mit dir reden.«

»Jetzt? Mitten in der Nacht? Hat das nicht Zeit bis zur Vigil in den ersten Morgenstunden?«

»Nein. Öffne mir jetzt, Margarete. Es ist wichtig.«

Margarete spürte, wie ihr Herz noch schneller zu schlagen begann. Sie wollte nicht mit dem Mönch sprechen, schon gar nicht allein und mitten in der Nacht.

»Mach schon!«, drängte Wibert von Gembloux.

Wäre Wibert von Gembloux nur der Sekretär der Hildegard von Bingen gewesen, wie leicht hätte Margarete sich ihm entziehen können. Doch Wibert war auch der Prior des Klosters, war der Beichtvater aller Nonnen, und selbst Hildegard war in kirchlichen Dingen ihm unterstellt gewesen. Es war Frauen verboten, ein Amt und die dazugehörige Verantwortung – und sei es auch nur innerhalb eines Frauenkonvents – zu übernehmen. Zwar waren in den letzten Jahrzehnten einige Frauenklöster und sogar einige Doppelklöster entstanden, doch die Hoheit über jene lag noch immer und ohne Ausnahme in den Händen der Männer. So hatten die Frauenklöster zwar samt und sonders Äbtissinen, aber diese waren wiederum einem geweihten Priester und Mönch zumeist aus einem benachbarten Kloster desselben Ordens unterstellt, der nicht nur die Gottesdienste und Messen zelebrierte, sondern auch die Ohrenbeichte abnahm. Schon der Apostel Paulus hatte gewusst, dass man den Frauen keine Ämter überlassen konnte. In der Bibel stand es bei Paulus im 1. Brief an die Korinther 14,34: »Die Weiber sollen in der Gemeinde schweigen, denn es kann ihnen nicht gestattet werden zu reden, sondern sie haben sich unterzuordnen.«

Wenn einer wusste, dass Margarete sich in einem Kloster nicht zu Hause fühlte und zeitlebens Schwierigkeiten hatte, den leibhaftigen Gott zu spüren, dann war es Wibert von Gembloux, Prior und Beichtvater. Und wenn einer wusste, zu welchen Aufgaben der Herrgott im Himmel Margarete trotz allem auserkoren hatte, dann war das wiederum Wibert von Gembloux. Er war vor zwei Jahren aus einem Kloster bei Namur aufgebrochen und an den Rhein gekommen, ohne dass ihn jemand gerufen hatte. Schnell hatte er sich, obwohl niemand etwas von seiner genauen Herkunft wusste, unersetzlich gemacht, indem er Hildegards Sekretär und Beichtvater geworden war. Wibert musste so gute Verbindungen haben, dass selbst der Weihbischof Jörg von der Teileburg ihn nicht als Prior von St. Rupertsberg absetzen konnte, obwohl dieses Amt schon immer die Mönche vom Disibodenberg innegehabt hatten.

»Margarete, öffne endlich die Tür!«

Seufzend zog Margarete den Riegel zurück und ließ den Prior ein.

»Was wollt Ihr, Vater? Sagt es schnell, die Zeit bis zur Vigil ist kurz, und ich habe noch nicht geschlafen.«

»Oh, ich fürchte, dazu wirst du heute auch nicht kommen«, erwiderte der Wibert und setzte sich auf einen Schemel, der neben Margaretes Bett stand.

Dann wies er die junge Frau an, sich ihm gegenüberzusetzen.

»Wir wollen zusammen beten«, sagte er.

Margarete verzog fragend das Gesicht, doch sie wagte keinen Widerspruch. Gehorsam faltete sie die Hände.

»Herr Jesus«, begann Wibert von Gembloux. »In deinem Angesicht werden wir wahrhaftig sein wie die Schrift, uns nicht verstellen, lügen, betrügen oder falsch aussagen. Gib uns die Kraft, uns vom Bösen fernzuhalten. Amen.«

»Amen«, wiederholte Margarete.

Der Prior ließ die Hände sinken und sah die Novizin auffordernd an. »Also? Ich höre.«

»Was wollt Ihr hören, Vater?«

Wibert von Gembloux lächelte. »Das, was die Prophetissa dir gesagt hat, als ich den Ungehorsam der Lucardis brechen musste.«

Margarete schüttelte den Kopf. »Nichts hat sie gesagt.«

Plötzlich sprang der Mönch auf, griff nach Margaretes Schultern und schüttelte sie. »Sag mir, was du weißt!«, schrie er sie an. »Wo ist der Stein der Weisen?«

Margarete erschrak vor dem wilden Gesicht Wiberts. In seinen Augen brannte es, der Mund war verzogen. Trotzdem schüttelte sie den Kopf. »Nichts weiß ich, gar nichts. Sie hat nichts gesagt.«

Genau so plötzlich, wie Wibert sie gepackt hatte, ließ er sie wieder los und stieß sie auf ihr Bett. »Ich glaube dir kein Wort. Du weißt, wo Gott den Stein der Weisen verborgen hat. Hildegard von Bingen hat es dir im Sterben anvertraut – in dem einen Augenblick, als ich abgelenkt war.«

Er griff nach Margaretes Kinn und drückte es nach oben, sodass die junge Frau ihm in die Augen sehen musste. Ganz dicht kam er an sie heran, so dicht, dass Margarete die dunklen Punkte erkannte, die sich im Blau seiner Iris eingestreut hatten.

Sie wollte zurückweichen, doch Wibert hielt sie fest. Er lächelte auf eine merkwürdige Art, strich mit der freien Hand über Margaretes Wange. »Wir werden uns schon einig werden«, sagte er leise. »Schließlich bin ich der einzige

Mensch auf der Welt, der weiß, dass dein Platz nicht im Kloster ist.«

Wieder lachte er leise, dann presste er seine Lippen auf Margaretes Mund und drängte seine Zunge zwischen ihre Lippen.

Fünftes Kapitel

Hildegards Leiche lag in der Apsis im weißen Sarg der Jungfräulichkeit. Die Sonne drang durch eines der hohen schmalen Fenster und schickte einen Strahl direkt auf ihr Gesicht. Es schien, als wolle Gott sie ein letztes Mal streicheln.

Die Schwestern im Chor schluchzten auf. »Gott hat diesen Strahl gesandt«, behauptete Serafina und bekreuzigte sich.

Margarete betrachtete das Gesicht der Hildegard von Bingen mit dem Wissen, dass es das letzte Mal war. Ganz entspannt und voller Frieden sah es aus. Die Falten – an manchen Tagen unzählige – hatten sich geglättet. Die Kinnbinde bewirkte, dass ihre Züge straffer als im Leben aussahen. Sie hatte die Hände über dem Skapulier gefaltet und hielt darinnen ein kleines Holzkreuz, am rechten Handgelenk befand sich ein Rosenkranz.

Wibert von Gembloux segnete noch einmal die Gemeinde, dann ging jede der rund fünfzig Nonnen einzeln an den offenen Sarg, um sich von der Äbtissin zu verabschieden.

Als Margarete an der Reihe war, überkam sie ein Schluchzen. Am liebsten hätte sie sich über die Frau geworfen, die wie eine Mutter für sie gewesen war. Margarete wollte die Tote am liebsten packen und schütteln, zurück ins Leben schütteln; sie wollte nicht ohne ihre Mutter sein, nicht so unendlich allein und verlassen, nicht die große Schuld allein tragen, die der Prior ihr gestern mit seinem Kuss auferlegt hatte. Das Schluchzen war so stark, dass die Schwester, welche hinter ihr stand, ebenfalls in Tränen ausbrach.

Plötzlich trat der Prior neben Margarete. »Knie nieder und bekreuzige dich«, raunte er ihr zu. »Und dann geselle dich zu den anderen Schwestern.«

Margarete tat, wie der Prior ihr befahl. Sie hatte keine eigenen Wünsche mehr, sie fühlte nichts, nur eine große, alles umfassende Leere. Ihre Bewegungen waren hölzern, so, als hinge sie wie eine Puppe an Fäden.

Später, am Grab, als der Sarg in die Erde gesenkt wurde, überfiel sie Übelkeit. Plötzlich konnte sie den Weihrauch nicht mehr riechen, nicht mehr den Geruch der Bienenwachskerzen und nicht den Duft der vielen Blumen. Alles, so schien es Margarete, roch nach Tod und Vergehen.

Am liebsten wäre sie vor dem Grab geflohen, doch ein einziger Blick des Priors lähmte ihren Willen. Margarete spürte, wie das Blut in ihre Wangen schoss. Die Erinnerung an die letzte Nacht machte sie glühen. »Nicht unseren Herrn Jesus liebst du, Margarete. Oder sollte ich dich besser Magdalena nennen? Die Männer sind es, die du liebst. So ist das.«

Diese Worte hatte Wibert nach dem unzüchtigen Kuss gesagt, während sie vor Scham am liebsten im Boden versunken wäre.

»Mach dir nichts draus«, hatte er hinzugefügt und ihre Pein noch vergrößert. »Wollüstige Novizinnen können ebenfalls ein Geschenk des Himmels sein. Nur Jungfrauen bleiben sie auf diese Art nicht lange.«

Dann war er gegangen, und Margarete hatte sich die Hände vor das Gesicht geschlagen und war auf ihr Bett gesunken. Sie schämte sich so abgrundtief, dass es für sie in diesem Augenblick eine Gnade gewesen wäre, sterben zu dürfen.

»Ich habe ihn geküsst«, hatte sie fassungslos gemurmelt. Dann war sie in Tränen ausgebrochen.

Nun stand sie am Grab und wünschte sich, an Hildegards Stelle zu sein. In ihrem Kopf herrschte seit dem Kuss ihres Beichtvaters Leere. Sosehr sie sich auch bemühte, es gelang ihr einfach nicht mehr, sich an den gestrigen Tag zu erinnern. Nur die Lippen des Priors sah sie vor sich, nur seinen Atem schmeckte sie. Mit diesem einen Kuss war ihre Zukunft zunichtegemacht worden.

Der Himmel war von dunkelgrauen Wolken ganz und gar bedeckt. Ein leiser Nieselregen fiel, und der Herbstwind trieb das Laub über die Gräber des kleinen Friedhofes. Ein einzelner Rabe saß auf einem Baum und ließ sein schauerliches Gekrächze hören.

Wie konnte sie jetzt, nach dem Erlebnis der letzten Nacht, noch in diesem Kloster bleiben? Wie konnte sie sich jetzt noch als Braut Christi bezeichnen, wenn sie doch ihren himmlischen Bräutigam betrogen hatte? Betrogen nicht nur in Gedanken, noch bevor sie die Ewige Profess abgelegt hatte.

Margarete stand am Grab und sah auf den weißen Sarg, der schon halb mit Erde bedeckt war. Sie sank auf die Knie, streckte ihre Arme nach dem Grabe aus. Da riss der Himmel plötzlich auf, und ein Sonnenstrahl traf sie genau auf ihrem Scheitel, der freilich unter Haube und Schleier verborgen war.

Die Umstehenden schrien leise auf. »Das ist ein Zeichen«, verkündete Schwester Edelgard und schlug ein Kreuz.

Auch die anderen starrten Margarete an, als hätte sie ein Wunder vollbracht. Nur Lucardis von Algesheim biss die Zähne aufeinander.

Margarete stand auf und lächelte unter Tränen. »Ja, ein Zeichen wohl«, sagte sie leise. »Ein Zeichen dafür, dass es an der Zeit für mich ist, die Ewige Profess abzulegen. Doch zuvor muss ich noch eine Aufgabe erfüllen.«

Dann wandte sie sich um und ging mit gesenktem Haupt zurück ins Kloster.

Den Rest des Tages beteten und sangen die Nonnen in der Kapelle und ehrten somit das Andenken der Hildegard. Erst am übernächsten Tag, am 19. September Anno Domini 1179, nahm das Leben im Kloster wieder seinen Lauf.

Nach dem Morgenlob, Laudes genannt, versammelten sich die Schwestern im Refektorium zum gemeinsamen Frühstück. Es herrschte absolute Ruhe. Allein die Nonne, die zum Vorlesen bestimmt war, stand vorn an einem Pult und verlas Psalmen oder die Regeln des heiligen Benedikt von Nursia. Trotz des Schweigegebotes hatten die Schwestern gelernt, sich lautlos zu verständigen. Margarete formte mit Zeigefinger und Daumen einen Kreis und bekam prompt das Brot gereicht. Danach presste sie beide Hände aneinander und erhielt den Käse.

Nach der Mahlzeit begab sich Margarete ins Scriptorium und wollte ihren gewohnten Platz am zweiten Pult auf der linken Seite einnehmen.

Doch das Pult war leer, ohne ihre Utensilien. Suchend sah sie sich um. Hatte Lucardis von Algesheim ihr ein anderes Pult zugewiesen?

Wo waren die Blätter, an denen sie gestern gearbeitet hatte?

»Wo ist das Pergament mit den Linien und dem ersten Buchstaben? Wo sind meine Federn? Wo die Tinte? Der Löschsand?«

Die anderen Schwestern schwiegen, beugten sich noch tiefer über ihre Pulte und taten, als hätten sie nichts gehört. Einzig Edelgard sah auf, hob kurz die Augenbrauen und schüttelte leicht den Kopf.

Margarete grub die Fingernägel der linken in den Handrücken der rechten Hand, dann stellte sie sich hinter ihr Pult und wartete. Sie wollte ruhig und sicher wirken, doch ihre Lippen zitterten, und ihr Herz schlug heftig. Was hatte sich Lucardis von Algesheim für eine Demütigung für sie ausgedacht?

Es dauert nicht lange, bis die Leiterin des Scriptoriums erschien.

»Wo ist meine Arbeit?«, fragte Margarete schüchtern.

Lucardis von Algesheim lächelte und legte Margarete eine Hand auf die Schulter. »Du hast hier keine Arbeit mehr. Ab heute ist das Scriptorium für dich ein verbotener Ort. Also schere dich hinaus!« Mit diesen Worten versetzte sie Margarete einen Stoß, der die junge Frau taumeln ließ.

Margarete wagte vor Scham nicht aufzuschauen. Mit gesenktem Kopf und hängenden Schultern ging sie davon.

Sie musste nicht lange nach dem Prior suchen. Sie traf ihn im Kreuzgang, der um diese Uhrzeit meist verlassen dalag.

»Lucardis von Algesheim hat mir den Zugang zur Schreibstube verboten«, erklärte Margarete. Sie hob den Blick und spürte, wie Trotz in ihr aufstieg. Sie hörte in Gedanken die geliebte Mutter sagen: *Der Weg zum Stein führt über meine Schriften.* Margarete war sich sicher, dass nur die Erfüllung von Hildegards Auftrag den schändlichen Kuss aufheben konnte.

»Aber ich möchte dorthin zurück. Bitte sorgt dafür, Vater, dass sie ihr Verbot zurücknimmt.«

Wibert von Gembloux betrachtete sie nachdenklich und legte die Hand um sein Kinn, ehe er sprach: »Vielleicht bist du in der Schreibstube wirklich nicht gut aufgehoben.«

Er hatte eine Art, sie anzusehen, die Margarete verlegen machte. Mit zusammengekniffenen Augen musterte er sie, als wäre sie ein besonders appetitliches Stück Braten. Peinlich berührt, senkte sie den Blick. Etwas in ihr hatte gehofft,

Wibert von Gembloux wäre ihr nach der letzten Nacht freundschaftlich gesonnen. Ja, sie hatte sogar geglaubt, der Kuss entspränge seiner Zuneigung zu ihr. Deshalb und weil sie sich nach Hildegards Tod so allein gefühlt hatte, hatte sie ihn erwidert oder wenigstens geduldet.

Nun jedoch begriff sie, dass sie für den Prior nichts anderes war als ein Weib, das trotz Nonnentracht der Wollust frönte. »Und wohin soll ich dann?«, fragte sie leise, aber mit geschärften Sinnen.

»Wohin möchtest du denn gern?«, fragte Wibert.

Margarete wäre am liebsten in Tränen ausgebrochen. Das Vertrauen, das sie bisher in den Prior gehabt hatte, war erloschen. Trotz seiner sanften Stimme befürchtete sie, dass er sich nicht um ihre Wünsche scherte, sondern dass ihm ihr Unbehagen obendrein Vergnügen bereiten würde.

»Ich … ich würde gern in die Wäscherei gehen«, log Margarete deshalb leise. »In die Wäscherei, weil dort auch Ragnhild arbeitet, die wie ich Novizin ist und auf die Ewige Profess wartet.«

»In die Wäscherei also. Damit ihr dort schwatzen könnt wie die Mägde am Brunnen? Nein, mein Kind, in die Wäscherei kommst du ganz bestimmt nicht.«

Margarete hielt den Kopf noch immer gesenkt, sonst hätte Wibert das winzige Lächeln bemerkt.

»Nicht in die Apotheke oder in die Krankenstube«, bat sie weiter. »Mich ekelt vor den Wunden, mich graust vor den Kranken.«

»Dann«, meinte Wibert von Gembloux. »bist du dort genau richtig. Du wirst Demut lernen, eine Eigenschaft, die ich bisher bei dir vermisse, mein Kind. Geh gleich in die Apotheke, jetzt auf der Stelle, und beginne dort deine Arbeit. Ich werde Schwester Tenxwind anweisen, dass sie dich ruhig etwas härter herannehmen soll.«

Wibert von Gembloux packte sie am Arm und wollte sie in den gemauerten Trakt führen, welcher der Kapelle gegenüber lag und außer der Klosterküche noch das Refektorium und die Zellen der Nonnen barg. Da hörten sie, wie plötzlich mit großer Heftigkeit gegen die Klosterpforte geklopft wurde.

Schon rief die Schwester von der Pforte: »Gelobt sei Jesus Christus, Exzellenz.«

Wibert von Gembloux blieb wie festgefroren stehen, und auch Margarete wusste, wer der überraschende Gast war. Niemand außer dem Erzbischof oder seinem ersten Vertreter gebührte die Anrede »Exzellenz«.

Jörg von der Teileburg war mit seinem Gefolge auf dem St. Rupertsberg eingetroffen, offenbar, um sich höchstselbst vom Ableben der Prophetissa teutonica zu überzeugen und Anstalten für die Wahl einer neuen Äbtissin zu treffen.

»Geh allein in die Apotheke!«, befahl Wibert. Er ließ Margaretes Arm los und eilte dem Stellvertreter des Erzbischofs von Mainz entgegen.

Es dauerte nicht lange, da saßen Jörg von der Teileburg, sein Sekretär Cyriakus von Hoheneck und Wibert von Gembloux im Gästehaus zusammen. Die Nonne, die das Pilgerhaus leitete, hatte gewürzten Wein aus dem eigenen Weinberg zur Stärkung gebracht, frisches, noch warmes Brot aus der Klosterbäckerei und goldgelbe Butter in einem Fässchen, dazu Käse aus der Meierei und Äpfel aus dem Klostergarten.

Jörg von der Teileburg war schlank von Gestalt, doch hatte er noch nie einem guten Bissen widerstehen können. Seine scharf begrenzten, weder schmalen noch ausgeprägten Lippen gemahnten an ein Raubtier. Es schien, als könne er mit diesen Lippen alles festhalten, was ihm vor den Mund kam und mit den kräftigen Zähnen in Stücke reißen.

Cyriakus von Hoheneck, der stets den Gesichtsausdruck eines Magenkranken zur Schau trug, ließ sich von der Schwester einen Kräutersud bereiten und verschmähte die Köstlichkeiten der Tafel.

»Nun ist die Äbtissin endlich tot«, bemerkte Jörg von der Teileburg, als er den letzten Bissen verschlungen hatte. »Gott habe sie selig.«

»Ja. Gott möge sie in sein ewiges Reich aufnehmen und ihr einen Platz an seiner Seite geben«, erwiderte Wibert und bekreuzigte sich.

Der Bischof zog die Stirn in Falten. »Mir gegenüber könnt Ihr Euch die Komödie sparen, mein lieber Prior. Ich weiß zwar noch immer nicht, wie und warum Ihr aus dem Kloster bei Namur hierhergekommen seid. Fest steht für mich jedoch: Ihr seid nicht aus christlicher Liebe zu unserer seligen Hildegard gekommen, also erspart uns den Trauersermon.«

Wibert von Gembloux neigte den Kopf, ohne den Blick von Bischof Jörg zu wenden. »Ganz, wie Ihr meint, Exzellenz.«

»Gut, kommen wir gleich zu meinem Anliegen. Ich werde hier nicht länger verweilen als unbedingt nötig. Die Schriften dieser anmaßenden, selbsternannten Prophetin hätte ich gern, und zwar samt und sonders, das heißt: sämtliche Originale und Kopien.«

Der Prior schüttelte traurig den Kopf. »So leid es mir tut, Exzellenz, das wird kaum möglich sein.«

Der Erzbischof zog die Stirn noch stärker in Falten. »Was spricht dagegen?«

»Die Schriften der Hildegard von Bingen sind Eigentum dieses Klosters. Niemand kann deren Herausgabe verlangen.

Nicht der Erzbischof von Mainz, nicht der Kaiser, niemand.«

Jörg von der Teileburg maß Wibert mit langen Blicken. »Wer redet denn hier von ›verlangen‹, mein lieber Prior? Das Kloster auf dem St. Rupertsberg ist dem Erzbischof von Mainz unterstellt. Alles hier gehört der Erzdiözese von Mainz und kann zu jeder Zeit von dieser eingezogen werden. Das wisst Ihr genau, Wibert von Gembloux. Also lasst uns die Zeit nicht mit sinnlosen Reden vergeuden.«

»Hildegards Schriften sind ihr Vermächtnis an das Kloster. Damit erhalten sie denselben Status wie die Güter und Ländereien, welche die Nonnen bei ihrem Eintritt dem Kloster vermachen.«

Der Weihbischof winkte ab. »Wenn der Erzbischof von Mainz oder sein Stellvertreter sich hierher bemüht, um die Schriften zu holen ... etwa um sie in der Bibliothek des Erzbistums sicher zu verwahren, dann habt Ihr Euch zu fügen. Außerdem hat die Alte, so wie ich sie kenne, ihr Vermächtnis der Welt hinterlassen und nicht nur den paar Nonnen hier im Kloster.«

»Gut. Es sei, wie es sei. Doch eine Frage erlaubt mir: Warum wollt Ihr die Schriften? Und warum wollt Ihr auch die Kopien?«

»Das sind zwei Fragen, mein Prior. Doch ich werde sie Euch trotzdem beantworten.«

Der Weihbischof beugte sich über den hölzernen Tisch zu dem Mönch aus Namur und zischte: »Weil ich dieses Weib und seine Verkündigungen satthabe.« Er fuhr sich mit der Hand über die Kehle. »Sie hat mir in den letzten Jahren mehr als einmal Ärger gemacht. Sie hat sich in Dinge gemischt, die sie nichts angingen, hat die Heilige Schrift interpretiert, als wäre sie ein Doktor der Theologie. Und die Leute, dumm wie sie sind, glaubten und glauben noch, was dieses törichte Weib von sich gab. Selbst der Papst ist auf sie hereingefallen, und der große Bernhard von Clairvaux. Ich aber werde diesen Irrtümern ein Ende bereiten. Die Schriften werden ausgelöscht, die Äbtissin wird dem Vergessen anheimfallen. Und das Gewäsch der Dummen, die da behaupten, dass Hildegard gar eine Heilige sei, werde ich ebenfalls unterbinden.«

Wibert von Gembloux wagte ein zaghaftes Lächeln. »Mag sein, dass Ihr Hildegards Schriften auslöschen könnt, aber in den Gedanken der Menschen wird sie eine Heilige bleiben.«

»Unfug!«

Der Weihbischof wischte mit der Hand durch die Luft, sodass sein Weinbecher gefährlich ins Schwanken kam. »Kein Hahn wird nach der Verrückten vom Rupertsberg krähen, wenn sie keine neuen Prophezeiungen mehr ausstößt. Selbst unser geliebter Kaiser wird erleichtert sein, denn sogar ihn hat sie gewagt zu kritisieren. Außerdem steht fest, dass sie keine Prophetin war.«

»Exzellenz, selbst der Papst hat ihre Sehergabe bestätigt.«

»Nun, der Papst ist auch nur ein Mensch. Wie kann ein Weib eine Prophetin sein? Schon unser Kirchenvater Augustinus hat gewusst: ›Das Weib ist ein minderwertiges Wesen, das von Gott nicht nach seinem Ebenbilde geschaffen wurde. Es entspricht der natürlichen Ordnung, dass die Frauen den Männern dienen.‹ – Was Ihr Sehergabe nennt, nenne ich typisch weibliche Hysterie, wie sie bei Nonnen häufiger vorkommt.«

Jörg von der Teileburg erhob sich. Sein Gesicht hatte noch immer eine gefährliche rote Färbung.

»Nun lasst uns gehen und die Schriften holen.«

Seufzend stand Wibert ebenfalls auf und führte den Vertreter des Erzbischofs in das Scriptorium.

»Ihre Exzellenz, der Weihbischof Jörg von der Teileburg, wünscht im Namen des Erzbischofs von Mainz und Reichskanzlers seiner Majestät Christian von Buch die Herausgabe aller Schriften der Hildegard von Bingen«, verkündete Wibert von Gembloux der Leiterin der Schreibstube.

Lucardis lächelte den hochstehenden Gast an. »Ihr kommt gewiss und holt die Schriften, um Hildegard vom Papst in Rom heiligsprechen zu lassen«, erklärte sie.

Jörg von der Teileburg wirkte für einen Augenblick verblüfft, doch dann entspannte sich sein Gesicht. Er kniff Lucardis leicht in die Wange und sagte sanft: »So ist es, meine Tochter. Die Hildegard soll eine Heilige werden.«

Wibert von Gembloux öffnete den Mund, doch im selben Augenblick traf ihn ein Stoß in die Rippen. Er zuckte zusammen, riss die Augen auf und starrte den Bischof wütend an. Jörg von der Teileburg lächelte sanft und sagte: »Nicht wahr, mein lieber Prior, eben haben wir beschlossen, unsere ganze Kraft für das Vermächtnis der Hildegard einzusetzen. Wir sind sozusagen die Wächter ihres Werkes.«

Der Bischof hielt den Prior mit seinen Blicken schier gefangen, sodass Wibert nur noch nicken konnte.

Schwester Edelgard hatte mehr gesehen, als sie sehen sollte. Sie beugte sich noch weiter vor, sodass ihr Skapulier fast das ganze Schreibpult verdeckte. Dann rollte sie mehrere Blätter zusammen und verbarg sie in den Ärmeln ihrer Kutte.

»Dann, Exzellenz, wird Euch ganz bestimmt auch die letzte Vision der Hildegard interessieren«, machte sich Lucardis von Algesheim wichtig und bemerkte dabei nicht, dass Edelgard ihren Platz verließ, zu jeder einzelnen Mitschwester eilte und ihr etwas ins Ohr flüsterte.

»Eine neue Vision? Eine letzte Vision? Am Ende gar aus der Stunde ihres Todes?« Jörg von der Teileburg hakte

Lucardis leutselig unter und ging mit ihr ein paar Schritte durch das Scriptorium. »Erzählt, meine Liebe. Ganz gewiss hattet Ihr die große Ehre, bei dieser letzten Vision dabeizusein.«

Und Lucardis von Algesheim begann von dem Engel zu berichten, von dem Hildegard gesprochen hatte und dessen Gewand ganz und gar von Edelsteinen besetzt war.

Der Bischof nickte gelangweilt. Als die Nonne aber den Stein des Weisen erwähnte, blieb er abrupt stehen.

»Sagt das noch einmal, meine Liebe. Erzählt es mir Wort für Wort.«

»Hildegard von Bingen hat in ihrer letzten Schau den Ort erfahren, an dem Gott den Stein der Weisen versteckt hält. Ihr hat er diesen Ort offenbart, damit die, die ihr Vermächtnis verwalten, den Stein der Weisen der Menschheit zunutze machen.«

»Der Stein der Weisen«, flüsterte Jörg von der Teileburg ergriffen und bekreuzigte sich. »Meine Tochter, du warst also dabei, als Hildegard das Versteck offenbarte?«

Lucardis schüttelte den Kopf und warf Wibert einen düsteren Blick zu. Dann deutete sie gar auf ihn und erklärte anklagend: »Der Prior hat mich des Raumes verwiesen. Er hat mich so heftig in den Gang gestoßen, dass ich an die Wand geprallt bin. Da, seht selbst!«

Sie machte Anstalten, ihren Arm zu entblößen, um ihre Wunde zu zeigen, aber Jörg von der Teileburg schrak mit angewidertem Gesicht zurück. »Ich glaube Euch, meine Tochter, und bedaure Euren Schmerz. Aber sagt: Was ist mit dem Versteck?«

»Ich habe nichts Genaues gehört, weil der Prior mich hinausgeworfen hat.«

»So?«

Lucardis von Algesheim nickte kläglich.

Wibert von Gembloux hob nur die Achseln. »Wenn unsere geliebte Mutter eine Vision hatte, so duldete sie stets nur Margarete und mich, der ich auch als ihr Sekretär tätig war, bei ihr in der Kammer. Unsere Aufgabe war es, jedes Wort, welches Hildegard in ihrer Schau erfuhr, niederzuschreiben.«

»Niederzuschreiben?«, fragte Johann von der Teileburg nach.

Wibert von Gembloux nickte.

»Habt Ihr, mein Prior, dann die Worte über das Versteck vernommen?«

»Bedaure, mein Bischof. Genau in diesem Augenblick war ich damit befasst, die Unberechtigten aus dem Zimmer zu entfernen. Eine Vision ist nur für Eingeweihte und muss unter höchster Konzentration aufgeschrieben werden.«

»Also gibt es Aufzeichnungen?«

Wieder nickte der Prior. »Die Novizin Margarete hat auf Wachstafeln Hildegards Worte notiert, damit ich sie später in elegantes Latein übertrage und auf Pergament schreibe.«

»Wo sind diese Wachstafeln nun?«, wollte der Weihbischof wissen.

»Sie sollten dort sein, wo wir sie immer bis zur Abschrift lagern. In Hildegards Zelle, in einer Schublade ihres Pultes.«

»Dann lasst uns auf der Stelle dorthin gehen.«

Jörg von der Teileburg wandte sich um und schob den Prior vor sich her.

Lucardis wollte ihm hinterhereilen, doch auf der Schwelle des Scriptoriums blieb Wibert stehen, sah sich um und entdeckte, dass die Schreiberinnen emsige Aktivitäten entwickelten und eine jede im Begriff war, sich Pergamentbögen in die Ärmel oder unter das Skapulier zu schieben. Laut, sodass alle ihn hören konnten, sprach er zu Lucardis: »Ihr bleibt hier! In den Räumen der Verstorbenen habt Ihr nichts zu suchen. Nicht zu ihren Lebzeiten und erst recht nicht nach ihrem Tod.«

Damit verließ er das Scriptorium.

In Hildegards karger Zelle hing noch der Geruch des Todes, der dem Weihbischof sofort in die Nase stieg. Er holte ein Tuch hervor, um sich zu schnäuzen. Unwohl fühlte er sich in dieser Zelle, die zwar von der Apothekerin nach Hildegards Tod mit Kräutern und Weihrauch ausgeräuchert worden war, aber er meinte den Eishauch des Sterbens noch zu spüren. Überdies mochte es Jörg von der Teileburg generell nicht, sich in den Gemächern der Weiber aufzuhalten. Ihm schien stets, dass die Luft in Frauenklöstern schwerer war als anderswo. Er erklärte sich dieses Phänomen mit den zahlreichen Körpersäften der Weiber, die diese nicht vollständig bei sich behalten konnten. Einzig seine Liebste, die dralle Küchenmagd, duldete er in seinen privaten Gemächern. Oder besser gesagt: in seinem Bett.

»Öffnet das Pult!«, näselte er. »Öffnet das Pult und holt die Wachstafeln.« Er hastete zum Fenster, das trotz des kalten Septembers noch nicht mit ölgetränktem Pergament verhangen war, um die Kälte abzuhalten. Weit lehnte er sich hinaus und schöpfte tief Luft, die seiner Nase jedoch keine Befreiung schenkte. Seufzend wand er sich zurück in das Zimmer und sah zum Prior, der wie angewachsen dastand.

»Na?«, drängte er. »Ich habe nicht ewig Zeit.«

Wibert von Gembloux nickte. Der dunkle Haarkranz um die Tonsur war zerzaust, die Augen mit der blauen Iris und den braunen Punkten wurden von dunklen Ringen verschattet. Er zitterte leicht. Was hat der Prior?, überlegte Jörg von der Teileburg. Hatte ihn der Tod Hildegards dermaßen erschüttert? Oder geschah etwas in diesem Kloster, das einen Mann zum Zittern bringen konnte?

»Nun?«, fragte der Weihbischof ungeduldig und wies mit der Hand auf das Pult.

Wibert von Gembloux sah den Bischof an und sagte langsam: »Die Wachstafeln sind verschwunden.«

»Gib mir die Wachstafeln«, sprach Wibert leise und mühsam beherrscht. Es war Abend, die Komplet soeben vorüber. Im Kloster herrschte ein wenig Unruhe, so wie immer, wenn die Nonnen sich zum Schlafen bereitmachten. Auch Margarete saß auf ihrer Bettstatt, die Hände im Schoß, und sah ihrem Beichtvater mit großen Augen ins Gesicht. »Ich habe die Tafeln nicht.«

»Lüge mich nicht an! Wo sollen sie sonst sein, wenn nicht bei dir?«

Der Prior zog Margarete von ihrer Bettstatt, riss die Decke herunter und schüttelte den Strohsack aus.

»Wo sind die Tafeln?«, fragte er drohend.

»Bei Gott, ich weiß es nicht. Ich habe sie wie immer in eine Schublade des Pults in Hildegards Zelle gelegt.« Margarete spürte, wie sie zu zittern begann. Sie biss sich auf die Unterlippe, presste die Fingernägel der linken Hand in den Rücken der rechten, bis ein wenig Blut hervorquoll.

»Bevor oder nachdem der Leichnam in die Kapelle gebracht worden ist?«

Margarete zuckte mit den Schultern. »Ich weiß es nicht mehr. Es ging alles so schnell. Ich glaube, nachdem man die ehrwürdige Äbtissin weggebracht hat. Ich war ganz allein in der Zelle.«

»Die Wachstafeln sind nicht in Hildegards Pult. Und ich bin sicher, sie waren auch niemals darin.«

Wiberts Blick traf Margarete.

»Ich schwöre bei Gott, dass ich die Tafeln nicht genommen habe. Was sollte ich auch mit ihnen? Ihr seid es, der sie ins hohe Latein übertragen muss, Vater.«

Margaretes Herz begann plötzlich sehr schnell zu schlagen. Die Tafeln waren verschwunden, und ihr wurde mit einem Mal klar, dass sie unter dem Verdacht stand, das Geheimnis um den Stein der Weisen allein lösen zu wollen. Sie rang die Hände. Was würde mit ihr geschehen, wenn ihr niemand glaubte, dass sie nicht wusste, wo die Tafeln waren? Selbst ihr Beichtvater zweifelte an ihr. Was, wenn sie von nun an keinen Schritt mehr ohne Beobachtung tun konnte?

Und was – Margarete wurde ganz starr bei diesem Gedanken –, wenn der Bischof davon erfuhr und sie am Ende der Häresie anklagte?

Wibert trat nahe an Margarete heran. »Ich glaube dir nicht«, flüsterte er rau.

Sechstes Kapitel

Der Vollmond stand am Himmel, die Bäume wiegten sich leise im Herbstwind. Ein Specht hockte auf einem Ast, eine Nuss im Schnabel, die er aufbrechen wollte. Krähen und Raben stolzierten im Mondlicht wie finstere Wächter über die abgeernteten Felder. Ein Fuchs fraß im nahen Wald einen Hasen, ein Marder brach einer Feldmaus das Genick.

Das Aroma des Herbstes lag über dem Land – dunkel, schwer und süß, durchbrochen nur vom Geruch des Rheines, der zu Füßen des St. Rupertsberges floss.

Im Kreuzgang des Klosters huschte ein Schatten vorbei, Kleiderrascheln erklang und verklang im selben Atemzug.

Dann ein zweiter Schatten, erneutes Rascheln. Kleine Trippelschritte, ausgeführt in feinen Lederschuhen. Eine Tür klappte. Eine Fackel wurde entzündet.

Margarete hielt sich eng an der Wand im Kreuzgang. Die Geräusche kamen ihr über die Maßen laut vor. Selbst das leise Knistern ihres Gewandes erschien ihr so dröhnend wie das Grollen eines nahenden Gewitters.

»Komm! Schnell! Wie lange willst du noch hier stehen?«, fragte Edelgard, fasste Margarete bei der Hand und zog sie in die Kapelle hinein.

Vor dem Chorraum befand sich im Fußboden eine Klappe, die eine Treppe verdeckte. Steile Stufen führten hinunter in die unterirdischen Gänge des Klosters, die lange schon da gewesen waren, bevor die ehrwürdige Hildegard das Kloster hatte neu aufbauen lassen. Niemand wusste genau, was sich hier unten befand, keiner hatte je den Mut besessen, sämtliche Gänge und Nischen, Vorsprünge und Buchten zu erforschen.

Nun stiegen sieben Nonnen die schmalen Stufen hinab und duckten sich im Schein einer einzelnen Fackel ängstlich aneinander. Von Ferne hörte man wieder ein Rascheln. Tropfen fielen von der Decke, bei jedem Schritte knirschte es unter den Sohlen. Manchmal schrie eine der Schwestern auf, und die anderen riefen sie leise zur Ordnung.

Die Sieben durchquerten vorsichtig den ersten Gang, bis sie zu einer Nische kamen, in der an der Wand Fackelhalter eingelassen waren. Die erste Nonne steckte die Fackel dort hinein und entzündete weitere, bis die Nische erhellt war. Die Benediktinerinnen stellten sich im Kreis auf, sodass jede die anderen sechs gut sehen konnte.

»Ihr alle habt erfahren, dass der Weihbischof Jörg von der Teileburg im Kloster weilt?«

Es war Edelgard, die das Wort ergriff und den Mitschwestern nacheinander ins Gesicht schaute, bis jede mit einem Nicken antwortete.

»Einige haben sogar gehört, wie er Lucardis von Algesheim heute im Scriptorium erzählt hat, er suche nach Hildegards Schriften, um ihre Heiligsprechung beim Papst in Rom zu bewirken. Aber unsere Schwester Benediktine, die im Gästehaus für die Bewirtung sorgt, hat anderes aus seinem Mund gehört. Jörg von der Teileburg will die Schriften und das Andenken unserer geliebten Mutter Hildegard von Bingen vernichten. Und nicht nur das: Falls es ihm nicht gelingt, ihren Ruf zu zerstören, so will er sie der Häresie bezichtigen. Und mit ihr letztendlich auch uns, denn wir sind ihre Töchter.«

Sie seufzte, die anderen Schwestern schlugen ein Kreuzzeichen. Gemurmel setzte ein, leise Rufe der Empörung wurden laut.

»Mir scheint«, fuhr Edelgard fort. »dass der Weihbischof Angst vor Hildegard hat. Unser Kloster ist berühmt geworden durch Hildegard von Bingen. Die adeligen Frauen drängen sich danach, in unseren Orden einzutreten. Sie vermachen dem Kloster Ländereien und Besitzungen, die uns reich und mächtig sein lassen. Sie kommen zu uns, weil unser Kloster in einem besonderen Sinne geführt wird. Die Jungfräulichkeit wird als Symbol der Schönheit verstanden, die Vermählung mit dem Herrn als Akt, der nicht nur aus geistigen Genüssen besteht. Wir schmücken uns an hohen Feiertagen wie Bräute, tragen unser Haar offen, zeigen Ringe und Haarreifen aus Gold, wenn wir den Herrn im Besonderen loben und preisen. Hildegard hat uns beigebracht, dass wir Frauen mit genügend Verstand ausgestattet sind, um die Welt zu begreifen und dem Herrn in aller Demut zu dienen. Wir kennen nicht nur die philosophischen Schriften der Vergangenheit und der Gegenwart, wir sind überdies in der Heilkunde bewandert, wissen von mehr Dingen, die es zwischen Himmel und Erde gibt, als die meisten anderen. Wir sind Frauen, die sich nicht schämen, Frauen zu sein.« Sie machte eine kurze Pause und seufzte.

»Das alles haben wir Hildegard von Bingen zu verdanken. Und alles das macht dem Weihbischof Angst. Stumm will er uns wieder machen. Doch das lassen wir nicht zu.«

Sie bedeutete den Schwestern, ihre Hände zum Schwur zu erheben, dann fuhr Edelgard feierlich fort: »Wir schwören: Wir werden Hildegards Vermächtnis bewahren und nicht gestatten, dass der Weihbischof oder irgendein anderer Mann uns das nimmt, was Hildegard uns gegeben hat: unser Wissen und unseren Stolz darauf, Frauen zu sein. Wir werden sämtliche Schriften und insbesondere die Abschrift der letzten Vision unserer Mutter suchen und sammeln, bis sie vollständig wieder dort sind, wo sie hingehören: in die Bibliothek dieses Klosters. Wir werden Hildegards Schriften verbreiten, werden nach ihren Lehren leben und jeden, der es möchte, darin unterrichten. Wir werden nicht zulassen, dass jemand den Namen, die Lehren oder Hildegard von Bingen als Person herabsetzt und verächtlich macht. Das schwören wir!«

Edelgard verstummte und sah jeder Schwester ins Antlitz.

Zuerst hob Adelgunde die Hand: »Ich schwöre«!, sprach sie, die noch sehr jung war, aber neben Latein sogar die französische Sprache beherrschte, da sie als Tochter einer Hofdame am Hofe des französischen Königs aufgewachsen war und eine erstklassige Erziehung genossen hatte. Niemand wusste, warum die kluge und schöne Adelgunde ins Kloster eingetreten war und nicht geheiratet hatte. Allein Lucardis von Algesheim behauptete, Adelgunde wäre eine leichte Beute des Teufels mit ihrem einem blauen und dem anderen braunen Auge. Adelgunde selbst sprach nie über ihre Vergangenheit.

Dann schwor Tenxwind, die Apothekerin, deren Vater vom Kreuzzug einen Dunkelhäutigen als Gefangenen mitgebracht hatte, der sich auf die Heilkunde verstand und ihrer gräflichen Familie zu guten Diensten war. Tenxwind hatte viel von ihm gelernt und zog die orientalische Medizin der einheimischen Heilkunde vor. Gern berichtete sie, wie der Medicus Salihe einen Herzog heilen wollte, der auf der Durchreise war. Die Auszehrung hatte ihn befallen. Salihe verordnete dem Kranken eine Diät und führte ihm gehörige Mengen Kräutertee zu, sodass sich der Herzog sichtbar erholte. Dann traf der Leibarzt des Herzogs ein. Er besah den Kranken, diagnostizierte, dass der Teufel in den Herzog gedrungen war, und machte sich sogleich daran, ihm das Haar zu scheren. Er schnitt mit einem scharfen Messer ein Kreuz in den Kopf und zog die Haut in der Mitte ab, bis die Schädelknochen sichtbar waren. Dann streute er Salz in die Wunde und schickte seine Bediensteten in die Kapelle, um für das Seelenheil ihres Herrn zu beten. Das war auch nötig, denn der Herr überlebte die Salzkur nur wenige Stunden. Dieses Erlebnis, erklärte Tenxwind, habe sie dazu gebracht, sich für die Heilkunde zu interessieren.

Nach ihr nickte Mirjam. »Ich schwöre«, sprach sie, und ihre Stimme bebte dabei. Sie war dunkler als eine Sarazenin, und manche der Nonnen wollte wissen, dass sie einst bei den Ungläubigen in einem Harem gedient hatte. Mirjam selbst schwieg dazu. Einmal nur hatte sie von ihrer Heimat erzählt, von den Tieren dort, die man Elefanten nannte, und von den Saris, einem Kleidungsstück, das die Frauen schöner machte. Wenn man Mirjam ganz genau betrachtete, konnte man auf ihrer Stirn einen kreisrunden dunklen Fleck erkennen.

Auch Rautgundis schwor und lächelte leise, als sie daran dachte, was Hildegard über die Liebe geschrieben hat. Sie kam aus dem kühlen Norden, wo man wenig sprach und schon gar nicht über Gefühle, sodass sie, die von anderer Art war, gar nicht genug davon bekommen konnte, sich dem Herrn mit all ihrem Sein hinzugeben. Beinahe jeden Tag verfiel Rautgundis beim gemeinsamen Gesang in Ekstase. Für sie war das verhängte Interdikt eine Strafe, die sie altern ließ. Sie hatte neuerdings tiefe Ränder unter ihren Augen.

Magdalena, die noch nicht lange im Kloster war und sehr oft weinte, weil man sie dem Geliebten entrissen hatte, schwor ebenfalls. Sie war die Hübscheste der Nonnen mit ihren grünen Augen, dem roten Haar und der bleichen Haut.

Zum Schluss hob Margarete die Hand zum Schwur. Sie

sprach klar und deutlich die Worte, nickte so heftig, dass ihr Haube und Schleier verrutschten und ihr Haar zu sehen war. Sogleich kam Rautgundis zu ihr und half, die Haube zu richten.

Dann streckte Edelgard ihre Hände aus. Die sieben Frauen hielten sich aneinander fest, um ihren Schwur zu besiegeln. Margarete sah die tanzenden Schatten der Fackeln an den Wänden, und sie erschienen ihr wie die Wesen, vor denen sie sich mehr als vor allem anderen in der Welt fürchtete: jene Incubi genannten Dämonen, die sich von der Lebensenergie der Frauen nährten, sich nachts in deren Träume schlichen und dort mit ihnen schliefen, ohne dass die Frauen etwas davon bemerkten. Schon oft war Margarete am Morgen aufgewacht und hatte sich seltsam erschöpft gefühlt, ganz so, als wäre in den Stunden des Schlafes ein Incubus bei ihr gewesen. Und immer hatte sie sich danach die Hand verbrüht oder geschlagen oder gequetscht, um sich dafür zu bestrafen, dass sie sich heimlich nach dem sehnte, was die Incubi nachts mit den Frauen taten.

Edelgard sah die Nonnen nacheinander an und sagte mit feierlicher Stimme: »Wir sieben Töchter der Hildegard schwören einander bei unserem Seelenheil, das Vermächtnis unserer Prophetin Hildegard zu bewahren, ihre Lehren zu leben und ihr Andenken gegen alle Widrigkeiten, Angriffe, Verletzungen und Verleumdungen zu schützen und hochzuhalten.«

Sie machte eine bedeutungsvolle Pause. Dann fügte sie leise hinzu: »Wenn es sein muss, geben wir dafür unser Leben.«

Margarete begriff plötzlich, welche Bedeutung diese Worte hatten: Ja, sie würden es nicht zulassen, dass Frauen sich ihres Geschlechts schämen mussten, und dann erkannte sie auch die Demütigung, die im Kuss des Priors gelegen hatte. Sie ballte die Fäuste. Niemals mehr, beschloss sie, darf ein Mann mich so behandeln.

Die sieben Nonnen hatten feierliche Gesichter, als sie gemeinsam sprachen: »Das schwören wir.«

Einen Augenblick lang standen sie Hand in Hand da, ergriffen von dem Schwur, den sie soeben mit klopfendem Herzen und feuchten Augen geleistet hatten.

Dann ergriff Edelgard erneut das Wort: »Der Weihbischof will sämtliche Schriften unserer Mutter einziehen, aber jede von uns – das weiß ich genau – hat sich eigene Abschriften gemacht. Diese Kopien dürfen dem Bischof auf keinen Fall in die Hände fallen.«

Sie wandte sich an Tenxwind. »Hast du die Abschriften zur Heilkunde?«

Die Apothekerin nickte. »Gewiss habe ich sie. Und dazu noch sämtliche Rezepte.«

Nacheinander fragte Edelgard ihre Mitschwestern, und jede hatte etwas von dem, was Hildegard von Bingen gesprochen hatte, aufgeschrieben und heimlich in ihrer Zelle bewahrt. Dazu hatten die Schreiberinnen, Kopistinnen und Buchmalerinnen, zu denen Edelgard, Adelgunde, Rautgundis und Magdalena zählten, weitere Abschriften aus dem Scriptorium geschafft. Diese Schriftrollen legten sie nun in die Mitte ihres Kreises.

Dann sahen alle zu Margarete. Sie stand da und sprach schließlich leise: »Die Wachstafeln der letzten Vision – sie sind verschwunden, gestohlen vermutlich. Wibert von Gembloux war vorhin bei mir. Der Bischof tobt. Er glaubt, ich habe die Tafeln. Auch der Prior glaubt das.«

Die Schwestern stöhnten leise auf und sahen einander an.

»Wie konnten die Tafeln verschwinden?«, verlangte Edelgard zu wissen.

Margarete zuckte mit den Achseln. »Ich habe die Tafeln

nach dem Tod Hildegards in ihr Pult gelegt. Das tat ich nach jeder Vision, und Wibert von Gembloux holte sie dort heraus, nahm sie mit in seine Zelle, fertigte von den Wachstafeln Abschriften auf Pergament an, die er ins Scriptorium gab, damit davon Kopien hergestellt wurden. Bitte, Ihr müsst mir glauben! Ich weiß nicht, wo die Tafeln sind. Das schwöre ich beim Grab unserer Mutter Hildegard.« Margarete sah reihum in die Gesichter ihrer Freundinnen – und atmete auf. »Ihr glaubt mir doch, nicht wahr?«

Die Schwestern nickten.

»Vielleicht hat Wibert die Wachstafeln bereits aus dem Pult geholt, dies aber vergessen bei all den Dingen, die seither geschahen«, meinte Adelgunde.

Margarete schüttelte den Kopf. »Er sagt, er habe die Tafeln nicht. Er ist so wütend geworden, dass ich ihm geglaubt habe. Eine dicke blaue Zornesader ist ihm auf der Stirn gewachsen.«

Ratlos sahen sich die Schwestern an. Dann sprach Magdalena: »Margarete, du hast die Tafeln beschrieben. Wort für Wort hast du das notiert, was Hildegard gesprochen hat. Du hast doch im Kopf, was der Weihbischof so dringend sucht.«

Plötzlich brach Margarete in Tränen aus. »Ich fürchte, es geht um mehr als um verschwundene Tafeln«, brachte sie hervor. »Hildegards letzte Vision bezog sich auf den Stein der Steine. Sie sprach über seine Beschaffenheit und über den Ort, an dem Gott den Stein versteckt hält. Wer den Stein findet, hat die Herrschaft über Leben und Tod, kann Gold machen und sich unendliche Macht und Reichtum sichern, sagt Vater Wibert. Aber auch der Teufel hat seine Hand im Spiel. Die Macht des Steines kann das Glück oder der Untergang der Welt sein.«

Bei diesen Worten wurde Margarete so sehr von Schluchzen geschüttelt, dass Mirjam sie in den Arm nahm und ihr beruhigend über den Rücken strich.

»Und?«, fragte Edelgard nach einer Weile weiter. »Hat Hildegard diesen Ort genannt?«

Margarete schüttelte den Kopf. »Mein Kopf ist wie leergefegt. Erinnern kann ich mich nur noch daran, dass Hildegard auf mich deutete und sagte: ›Du! Du wirst ihn sehen.‹«

Die Nonnen schwiegen nachdenklich.

Schließlich sagte Tenxwind leise: »Eine große Verantwortung, die du da hast, Margarete.«

Rautgundis erklärte: »Du bist in Gefahr, Margarete. Wenn der Weihbischof Hildegard vernichten will, du aber die Hüterin ihres letzten Geheimnisses bist, so wird er dir nach dem Leben trachten.«

»Und nicht nur er«, fügte Edelgard hinzu, und alle Freundlichkeit verschwand aus ihrem Gesicht und machte einer großen Besorgnis Platz. »Jeder, der erfährt, dass du ausersehen bist, das Geheimnis um den Stein der Weisen zu lüften, wird dich auf Schritt und Tritt verfolgen, um an dem Geheimnis teilzuhaben. Nach Macht und Reichtum drängt es die meisten Menschen.«

»Was soll ich nun tun?«, fragte Margarete leise. »Ich weiß nicht mehr, was Hildegard noch gesagt hat. Mein Kopf ist so leer wie ein vertrockneter Brunnen. Da Lucardis von Algesheim mir den Zutritt zum Scriptorium verwehrt hat, ist es mir nicht einmal gelungen, Abschriften von Hildegards Wissen über die Kraft der Edelsteine herauszuschmuggeln. Vielleicht würde ich mich mit ihrer Hilfe erinnern.«

Tenxwind trat an Margarete heran und legte ihr eine Hand auf die Schulter. »Sorge dich nicht«, sprach sie. »Jede von uns weiß um dein Gedächtnis. Du musst keine Abschriften machen. Alles, was Hildegard dir jemals über die Kraft der Heilsteine berichtet hat, trägst du in deinem Kopf.«

»Nein«, rief Margarete verzweifelt. »Sosehr ich auch nachdenke und grüble, sosehr ich versuche, mich zu erinnern, es ist vergeblich.«

Sie schlug die Hände vor das Gesicht, schloss die Augen und wollte in ihren Gedanken mit Macht zurück in die Nacht von Hildegards Tod. »Wibert hat Lucardis beschimpft und hinausgeworfen«, flüsterte sie. »Auch Tenxwind und Serafina mussten das Sterbezimmer verlassen. Plötzlich begann Hildegard zu sprechen. Ich beugte mich über sie, passte genau auf, um nichts zu versäumen … doch …doch … alle Worte sind verflogen. Mein Kopf ist leer wie ein ausgehöhlter Kürbis.«

Siebtes Kapitel

»Verdammt, dieses verfluchte Weiberpack. Ich traue ihnen nicht, nicht einer einzigen. Noch nicht einmal dieser törichten Lucardis von Algesheim.«

Jörg von der Teileburg hatte seine Stimme wiedergefunden, doch seine Nase war noch immer ein wenig verstopft, sodass er dauernd mit Daumen und Zeigefinger die beiden Nasenflügel zusammendrückte und dabei die Luft hochsog. Dabei entstand ein Geräusch, das Cyriakus von Hoheneck jedes Mal zusammenzucken ließ.

Die beiden Geistlichen standen allein im Scriptorium, während die Nonnen den Vespergottesdienst besuchten. Ja, die Benediktinerinnen waren sogar mit Begeisterung in die Messe gegangen, denn der Weihbischof hatte für die Dauer seines Aufenthaltes auf dem St. Rupertsberg das Interdikt aufgehoben und damit den Chorgesang, die größte Freude der Nonnen, gestattet. Endlich konnten sie wieder die Lieder singen, die Hildegard von Bingen komponiert hatte und die sie sosehr liebten. Zugleich hatte der Bischof gedroht, das Interdikt zu verschärfen und das Kloster notfalls unter den Kirchenbann zu stellen, wenn nicht alsbald sämtliche Schriften der verstorbenen Äbtissin auftauchten.

Jörg von der Teileburg drehte sich einmal um sich selbst, sodass seine Arme wie bei einer Marionette herumschlenkerten. »Wo können diese Weiber bloß weitere Abschriften versteckt haben?«, fragte er. Dann trat er zum ersten Pult und wischte mit einer heftigen Armbewegung Federn, Büchsen mit Löschsand und Tintenfässer zu Boden.

»So kommt Ihr nicht weiter, mein Bischof«, stellte Cyriakus von Hoheneck fest.

»Ach nein, Kaplan? Aber Ihr habt einen Einfall, der uns weiterhilft?«, fragte der Weihbischof spöttisch.

Cyriakus von Hoheneck verzog sein Gesicht. »Wir sollten die Nonnen durchsuchen lassen. Nicht nur ihre Zellen, auch ihre Gewänder, ihre Hauben und Unterkleider. Alles, was sie auf dem Leib tragen.«

»Wie meint Ihr das?«

Der Weihbischof trat an seinen Sekretär heran und sah ihm auf eine Art ins Gesicht, wie er es sonst nur bei Narren und höchst unliebsamen Bittstellern tat.

»Leibesvisitationen«, erklärte der Sekretär ungerührt. »Das wird die Frauen so erschrecken, dass sie jeden Widerstand aufgeben und uns von selbst zu ihren geheimen Abschriften führen, wenn es denn überhaupt solche gibt.«

»Zweifelt Ihr daran, Kaplan?«

Cyriakus von Hoheneck hob die Achseln. »Über die heilende Wirkung von Edelsteinen haben wir jedenfalls nichts gefunden.«

Der Weihbischof legte den Finger an sein Kinn und überlegte. Dann packte er seinen Sekretär beim Ärmel der Benediktinerkutte und zog ihn aus dem Scriptorium. »Ihr habt recht. Lasst die braven Nönnchen ruhig zurück in ihr geliebtes Scriptorium gehen. Wir geben uns mit anderen Dingen beschäftigt und lassen verlautbaren, dass wir für morgen eine Versammlung in den Kapitelsaal einberufen, um eine neue Oberin zu bestimmen. Somit sind die Nonnen in Sicherheit gewiegt. Wir werden kurz vor der Komplet zurück ins Scriptorium gehen und die Schreiberinnen, Kopistinnen und Buchmalerinnen durchsuchen.«

Cyriakus von Hoheneck lächelte. »Ausziehen sollen die Nonnen sich, jawohl, das wird ihren Hochmut brechen. Aber wäre es nicht besser, wenn ich in dieser Zeit ihre Zellen durchsuche? Wahrscheinlich haben sie dort die Abschriften versteckt. Wir sollten mit Lucardis von Algesheim sprechen. Sie wird uns sagen, welche der braven Schwestern womit beschäftigt war.«

»So soll es geschehen«, brummte der Weihbischof, dann verließ er das Scriptorium, um in der Kapelle der Predigt des Wibert von Gembloux zu lauschen, dem er ebenfalls nicht über den Weg traute. Sein Sekretär folgte ihm.

Ihr Erstaunen war groß, als sie sich der Kapelle näherten, ohne ein einziges Wort zu vernehmen! Kein Gesang, keine lauten Gebete, nichts.

Der Weihbischof verharrte. »Was geschieht hier?«, fragte er.

Cyriakus von Hoheneck zuckte mit den Achseln. »Ich habe keine Ahnung, mein Bischof.«

Der Weihbischof, ansonsten ein Mann der Tat, sank plötzlich in sich zusammen. Fast schien es, als würde er kleiner werden. »Ich ahne nichts Gutes. Herrgott im Himmel, jeder Tag in diesem verfluchten Kloster bringt nur neues Unheil«, murmelte er, ging mit halber Entschlossenheit und ganzem Pflichtgefühl zur Kapelle und stieß die Tür weit auf. Dann klappte ihm die Kinnlade herunter, und Cyriakus von Hoheneck stieß ein seltsames Geräusch aus.

Vorn, am heiligen Altar, stand, obwohl es streng verboten war, eine Frau mit der Bibel in der Hand und hatte die Stimme erhoben!

»Das ... das gibt es doch nicht!«, flüsterte der Weihbischof rau. »Ein Weib entweiht den heiligen Altar!«

Er stürzte zwei Schritte nach vorn.

»Blasphemie«, schrie der Weihbischof und fuchtelte mit

den Händen in der Luft herum. »Häresie! Euch klage ich alle an.«

Edelgard verließ langsam ihren Platz hinter dem Altar, kam auf den Weihbischof zu, legte ihm eine Hand auf den Arm, welche dieser sofort abschüttelte. »Was habt Ihr, Exzellenz?«, fragte sie ohne den geringsten Anschein von Schuld.

»Ihr …«, keuchte Jörg von der Teileburg. »Ihr wagt es, den heiligen Altar mit Eurer Gegenwart zu beschmutzen! Nur Männern, geweihten Priestern, ist es gestattet zu predigen, aber doch keinem Weib!« Das letzte Wort hallte schrill durch die Kapelle.

Edelgard behielt ihr Lächeln. »Ich habe nicht gepredigt, Exzellenz. Ich habe lediglich ein paar Psalmen verlesen. So, wie es zur Vesper bei uns üblich ist. Wie Ihr seht, war kein Mann zur Stelle. Sollten wir deshalb unseren Gott etwa nicht loben?«

Die Ruhe der Nonne brachte den Bischof fast zur Weißglut. Er hob die Arme, drohte blind und schrie so laut er konnte: »Weiber haben nichts am Altar zu suchen! Das Weib verunreinigt ihn nur. Sünde und Wollust ist in diesen Mauern. Aber das dulde ich nicht! Das Erbe Hildegards muss vernichtet werden!«

Jörg von der Teileburg sah nicht, dass genau sieben der Nonnen nicht erschraken, sondern leise lächelten. Nun wusste jede über die wahren Absichten des Bischofs Bescheid.

Auf ein Zeichen Edelgards versammelten sich die Nonnen, bekreuzigten sich brav und verließen beinahe geräuschlos die Kapelle.

Nur Lucardis von Algesheim blieb neben dem Bischof stehen. »Ihr habt mir gesagt, Ihr wolltet Hildegard vom Papst heiligsprechen lassen«, erklärte sie. »Aber in Wahrheit habt Ihr etwas ganz anderes vor.«

Jörg von der Teileburg wollte das Weib zur Seite stoßen, doch Cyriakus von Hoheneck kam ihm zuvor und fasste die Leiterin der Schreibstube freundschaftlich beim Arm, um sie in eine kleine Seitenkapelle zu führen.

»Ihr täuscht Euch, meine Tochter«, raunte er beruhigend auf sie ein. »Das Gegenteil ist der Fall. Das Vermächtnis der heiligen Hildegard muss auch vor den selbstsüchtigen Bestrebungen ihrer Töchter bewahrt werden. Sagt selbst, liebe Tochter, welche der Nonnen hat es verdient, Hildegards Platz einzunehmen? Wie Ihr wisst, war die Prophetissa in ihren letzten Lebensjahren häufig als Predigerin unterwegs.«

Er hob den Zeigefinger und sah Lucardis von Algesheim in die Augen. »Und nun kommt eine beliebige Schwester ohne große Verdienste daher, stellt sich an den Altar und predigt und versucht, den Platz Eurer guten Mutter Hildegard einzunehmen. Findet Ihr nicht auch, dass dies zu weit geht? Seid Ihr nicht auch der Ansicht, dass ausschließlich eine Nonne mit großen Verdiensten es wagen darf, auch nur in die Nähe des Altars zu kommen?«

Lucardis nickte eifrig.

Cyriakus von Hoheneck lächelte ihr aufmunternd zu. »Seht Ihr, wir sind da einer Meinung. Nun geht ins Scriptorium. Demnächst wird der Weihbischof und Vertreter des Erzbischofs zu Mainz Euch um ein Gespräch ersuchen.«

Das Lächeln auf Lucardis' Gesicht verschwand, ihr Blick begann zu flackern.

Cyriakus von Hoheneck tätschelte ihr die Hand. »Nein, Ihr müsst keine Angst haben. Der Weihbischof hat noch nie eine Nonne gefressen.« Dann lachte er so heftig über seinen albernen Scherz, dass Lucardis von Algesheim schließlich ein zögerliches Lächeln wagte, ihm zunickte und auf sein Zeichen erleichtert die Kapelle verließ.

Jörg von der Teileburg hatte sich indes auf einer der hölzernen Bänke niedergelassen und rang nach Atem.

»Ich kann es noch immer nicht fassen«, keuchte er. »Was sich diese Nonnen hier herausnehmen! Ein Weib am Altar! War es nicht schon Häresie, dass Hildegard gepredigt hat, obwohl dies einem Weib von Gott verboten ist? Nun wollen die anderen Nonnen es ihr gleichtun! Wir müssen jede Erinnerung an Hildegard und ihre Schriften auslöschen, sonst haben wir alsbald einen Aufstand der Weiber im Lande.«

Cyriakus von Hoheneck nahm neben seinem Bischof Platz. »Was nun zu tun ist, will gut überlegt sein, mein Bischof. Wir dürfen hier keine Fehler machen, sonst passiert es uns am Ende noch, dass die Macht der Hildegard von Bingen noch größer wird..«

Jörg von der Teileburg erhob sich langsam. »Ich möchte mit der Leiterin der Schreibstube sprechen. Wie war noch einmal ihr Name?«

»Lucardis von Algesheim, mein Bischof«, erwiderte Cyriakus von Hoheneck. »Zuerst schlage ich vor, dass Ihr die Nonnen des Scriptoriums noch einmal eindringlich und mit allen Mitteln der Leibesvisitation nach den Schriften befragt, während ich ihre Zellen durchsuche.«

Der Weihbischof hatte schon fast den Ausgang erreicht, da blieb er plötzlich stehen und wandte sich um: »Wo ist eigentlich Wibert von Gembloux? Warum hat er nicht den Gottesdienst abgehalten?«

Auf diese Frage wusste auch Cyriakus von Hoheneck keine Antwort.

»Schließt die Tür ab!«, befahl der Bischof Lucardis von Algesheim. »Ich will weder, dass jemand hereinkommt, noch dass jemand hinausgeht.«

Die Frauen an den Schreibpulten hielten in ihrer Arbeit

inne und hoben die Köpfe. Der Weihbischof spazierte in seiner prächtigen Kutte mit den Händen auf dem Rücken durch das Scriptorium und betrachtete die Schreiberinnen, Kopistinnen und Buchmalerinnen mit dunklem Blick.

Schließlich befahl der Bischof, man möge ihm einen bequemen Lehnstuhl bringen. Kaum hatten zwei Nonnen ihn beflissen herangetragen, nahm er hoheitsvoll darin Platz und ließ die erste Schreiberin, Juliana mit Namen, vortreten.

»Mit welcher Arbeit bist du derzeit beschäftigt, meine Tochter?«, fragte er.

»Ich kopiere die Geschichte des heiligen Rupert, auf dessen Berg unser Kloster steht«, erwiderte Juliana mit gesenktem Blick.

»Und was hast du davor gemacht?«

»Davor habe ich die Geschichte des heiligen Disibod, welche unsere Mutter Hildegard für unsere Brüder in Christi auf dem Disibodenberg aufgeschrieben hat, mit Randmalereien versehen.«

»Die Schriften der Hildegard selbst sind dir nicht zu Gesicht gekommen?«

»O doch, mein Bischof. Ich durfte ihr erstes Werk, welches ›Scivias‹« genannt wird, zu deutsch ›Wisse die Wege!‹, kopieren.«

»Und wo sind diese Kopien jetzt?«, fragte Jörg von der Teileburg, der langsam ungeduldig wurde.

»Sie sind entweder hier in der Bibliothek, oder die Mutter Hildegard hat sie verschickt.«

»Und wohin?«

»Die Mutter Hildegard pflegte einen regen Briefwechsel mit allen Großen dieser Welt: mit dem Papst, mit dem Kaiser, früher sogar mit Abaelard von Paris und Bernhard von Clairvaux. Ich habe keine Ahnung, welchem der Großen sie ihr Werk geschickt hat, weiß aber, dass viele Klöster sich Abschriften bei uns bestellten.«

Der Weihbischof holte geräuschvoll Luft. Dass die Schriften der Hildegard bereits rege Verbreitung genossen hatten, hatte er nicht bedacht. Aber darum würde er sich später kümmern. Nun galt es erst einmal, die Quelle allen Übels trockenzulegen. Und diese Quelle war das Scriptorium des Klosters auf dem St. Rupertsberg.

»Hast du jemals Abschriften aus dem Scriptorium entwendet, meine Tochter?«

»Niemals, Exzellenz.«

Jörg von der Teileburg nickte, reichte der Nonne seine Hand, auf dass diese den Ring küsse, dann herrschte er sie im barschen Ton an: »Zieh das Skapulier aus!«

Die Nonne Juliana stand starr und schaute mit vor Entsetzen weiten Augen auf den Weihbischof.

»Skapulier, Haube und Schleier – alles muss abgelegt werden.«

Noch immer stand Juliana wie erstarrt da. Um ihr zu helfen, trat schließlich Edelgard vor, sprach leise auf die Mitschwester ein, löste den Schleier, die Haube und ging ihr zur Hand, das Skapulier abzulegen.

Mit bis auf die Schultern reichenden braunen Haaren stand Juliana im Unterkleid vor dem Weihbischof. Tränen rannen über ihr Gesicht. Sie hielt einen Arm vor die Brust gelegt, der andere schützte ihren Schoß. Den Blick hielt sie auf den Boden gerichtet, ihr Körper bebte vor unterdrücktem Schluchzen.

Der Weihbischof bedachte die halbnackte Nonne mit einem forschenden Blick und holte keuchend Atem.

»Zieh dich an, meine Tochter!«, schnaufte er und wedelte mit der Hand. Als Juliana von Edelgard weggeführt worden war, beschied er den anderen: »Jede von Euch wird nacheinander vor mich treten und mir mit dem Kreuz in der Hand berichten, womit sie gerade beschäftigt ist und ob sie etwas über Abschriften weiß.«

Der Weihbischof schritt zum Fenster und schöpfte tief Luft, doch die Hitze in seinem Leib ließ sich nicht so rasch kühlen. Dann setzte er sich zurück in den Lehnstuhl. Jede Einzelne trat vor den Bischof, nahm das Kreuz aus seiner Hand, küsste es, um dann zu erklären, dass sie keine geheimen Abschriften gefertigt habe.

Freilich gab es Kopien von Hildegards Büchern – »Liber Scivias«, »Liber vitae meritorim«, »Liber divinorum operum« – und ihren Schriften »Physica« und »Causae et curae«, welche sich hervorragend mit Heilkunde befassten. Und diese Abschriften und sämtliche Originale, deren er habhaft werden konnte, ließ der Bischof von seinem Sekretär einziehen.

Aber im ganzen Kloster schien es nicht ein einziges geschriebenes Wort zu geben, das sich mit der Heilkraft der Edelsteine und der letzten Vision befasste.

Am liebsten hätte der Weihbischof das Scriptorium vor Wut dem Erdboden gleichgemacht. Zu Lucardis sagte er, bereits auf der Schwelle stehend: »Ich erwarte dich, meine Tochter, im Gästehaus.«

Cyriakus von Hoheneck war schon im Speiseraum des Gästehauses, als der Weihbischof kam und sich seufzend auf einen Stuhl setzte.

»Ihr seht müde aus, mein Bischof«, stellte Hoheneck fest.

»Das bin ich auch, Kaplan. Und zwar seit der Stunde unserer Ankunft. Ich werde nicht einmal munter, wenn ich eine ganze Nacht lang gut durchgeschlafen habe. Die Müdigkeit sitzt mir steinschwer in den Knochen, und ich fürchte, sie hat etwas mit diesem Kloster zu tun. Habt Ihr etwas in den Zellen gefunden, Kaplan?«

Cyriakus von Hoheneck schüttelte den Kopf. »Nichts von Belang, mein Bischof. Ein Haarband bei der einen, einen Kamm aus Perlmutter bei einer anderen. Ein Pergament mit magischen Zahlen, einen heimlichen Brief. Keine Abschriften, keine Worte über Heilsteine oder gar den Stein der Weisen. Und Ihr, mein Bischof? Was habt Ihr herausgefunden?«

»Ich habe nichts gefunden außer den Originalen und Abschriften ihrer drei Bücher, zweier heilkundlicher Schriften und des Briefwechsels, den ohnehin die ganze Welt zu kennen scheint. Beinahe befürchte ich, wir suchen vergeblich.«

»Wieso vergeblich, mein Bischof?«

Für einen Augenblick überfiel Jörg von der Teileburg das Bedürfnis, aus der Haut zu fahren. Toben wollte er, um sich schlagen, gegen Tische und Bänke treten und dabei brüllen wie ein Stier. Doch das ziemte sich nicht für den Stellvertreter des Erzbischofs von Mainz. Also atmete er tief ein und aus, fühlte, wie sich seine Nase verschloss, und erklärte seinen Sekretär: »Weil ich befürchte, mein lieber Kaplan, dass der Prior des Klosters, der Mönch Wibert vom Gembloux, samt der Schriften über die Edelsteine und der letzten Vision verschwunden ist.«

Cyriakus von Hoheneck schlug sich mit der flachen Hand gegen die Stirn. »Natürlich! Deshalb war er nicht in der Kapelle zum Vespergottesdienst, deshalb finden wir hier nicht, was wir suchen. Wahrscheinlich steckt das Weibsvolk mit ihm unter einer Decke.«

Er sprang von der Bank auf und wollte aus dem Raum eilen, doch die Stimme des Weihbischofs hinderte ihn daran: »Halt! Wo wollt Ihr hin, Kaplan?«

»Einen Boten wollte ich ausschicken, der nach Wibert von Gembloux sucht. Weit kann der Kerl noch nicht gekommen sein. Runter zum Fluss muss jemand laufen, damit von den Fährleuten zu hören ist, welchen Weg der hinterhältige Prior genommen hat.«

»Wartet!«

Der Weihbischof wand sich seufzend in dem Armlehnstuhl, der vor einem brennenden Kamin stand. Sein Blick fiel durch das Fenster nach draußen. Dunkelgraue Wolken krochen am Himmel entlang. Nieselregen hing wie ein dünner Vorhang vor der Landschaft. Jörg von der Teileburg fröstelte. »Schürt das Feuer im Kamin ein wenig stärker, Kaplan«, bat er. »Mir ist elend kalt hier.«

Dann stützte er seinen Kopf in die aufgestellte Hand und blickte lange schweigend in die Flammen, während Hoheneck unruhig im Raum auf und ab lief.

Endlich räusperte sich der Weihbischof. »Es wäre dumm, Wibert von Gembloux einen Boten hinterherzuschicken. Wir müssen ihn in Sicherheit wiegen. Nur wenn er sich nicht bedroht fühlt, wird er uns zum Stein der Weisen führen.«

»Weiß er denn, wo dieser Stein zu finden ist?«

»Natürlich. Er war dabei, als Hildegard von Bingen darüber sprach. Außerdem hatte er nach dem Tod der Äbtissin Zugang zu ihrer Zelle und hat mit Sicherheit die Wachstafeln gestohlen. Seine Flucht ist der Beweis. Morgen, gleich in der Frühe, Kaplan, werdet Ihr Wibert von Gembloux einen Verfolger nachschicken. Lasst ihn nicht aus den Augen! Bewacht jeden seiner Schritte! Ihr müsst ihn auf frischer Tat ertappen. Erst, wenn er nach dem Stein gräbt oder ihn auf andere Art ans Tageslicht bringen will, schlagt Ihr zu und verhaftet ihn mit Hilfe ortsansässiger Büttel. Danach schickt Ihr sogleich einen Boten ins Erzbistum, um anzuzeigen, dass ich mich auf den Weg machen soll.«

Cyriakus von Hoheneck nickte. Jörg von der Teileburg betrachtete ihn mit zusammengezogenen Augenbrauen.

»Merkt Euch eins, Kaplan«, fügte er leise und mit dunkler Stimme hinzu. »Wenn Ihr den Stein der Weisen ohne mich zu finden gedenkt, so seid Ihr des Todes. Tut Ihr aber das, was ich Euch sage, so werdet Ihr ein reicher und mächtiger Mann werden. Habt Ihr verstanden?«

»Voll und ganz, mein Bischof«, erwiderte Kaplan von Hoheneck und lächelte mit schmalem Mund.

»Gut. Und nun seht zu, dass Ihr Lucardis, das Weib aus dem Scriptorium, hierher bringt. Zuvor sagt Ihr den Nonnen, dass das Interdikt wieder gültig ist. Ab sofort!«

Der Kaplan verneigte sich ein wenig, dann eilte er mit sehr geradem Rücken aus dem Raum.

Der Bischof sah ihm nach, und auch auf seinem Gesicht erblühte plötzlich ein Lächeln. »Vielleicht war nicht alles, was die Alte von sich gegeben hat, Unfug. Vielleicht hat Gott sich ihr tatsächlich offenbart«, murmelte er. »Immerhin waren es Frauen, die als Erste von der Auferstehung Christi gekündet hatten. Warum also nicht auch beim Stein der Weisen?«

Achtes Kapitel

Margarete war es bisher gelungen, dem Weihbischof und seinem Sekretär aus dem Weg zu gehen. In der Apotheke und in der Krankenstation war sie vor den beiden Würdenträgern sicher. Wer wollte schon mit schwarzer und gelber Galle zu tun haben?

»Hast du den Schwalbenkot mit dem Klettenkraut vermengt?«, fragte Tenxwind, die Vorsteherin der Apotheke.

Margarete nickte. »Ich zerstoße gerade das Pulver.«

»Und weißt du auch, wofür das gut ist?«

Wieder nickte Margarete. »Ein Pulver aus Schwalbenkot und Klettenkraut ist ein Heilmittel gegen den Aussatz. Auch eine Salbe aus geschmolzenem Geier- oder Storchenfett, versetzt mit ein wenig Schwefel und aufgetragen im Schwitzbad, heilt die Lepra.«

Tenxwind lächelte. »Gut, Margarete. Du lernst schnell. Und wie wirken die Salben aus dem Vogelfett?«

»Das Ungleichgewicht der vier Körpersäfte, als da sind Schleim und Blut, schwarze und gelbe Galle, ist die Ursache für jedwede Krankheit. Und ein jedes Heilmittel hat die Aufgabe, die Temperierung der Körpersäfte wieder in Gleichklang zu bringen. Die Lepra ist eine kalte und trockene Krankheit. Der Schwefel in der Vogelsalbe ist warm, ebenso Schwalbenkot und Storchenfett im Unterschied zur kalten Natur von Klettenkraut und Geierfett. Wird die Salbe auf die fauligen Hautstellen aufgetragen, so werden diese durch die Fette und den Schwefel herausgelöst sowie durch die anderen Zutaten zersetzt. Damit sind die Körperkräfte wieder im Gleichgewicht, und die Heilung kann beginnen.«

Tenxwind, an Jahren fast doppelt so alt wie Margarete, legte der jungen Frau eine Hand leicht auf die Schulter. »Ich bin sehr froh, dass du in die Krankenpflege gekommen bist. Du hast eine Begabung dafür. Die Kranken lächeln, wenn sie dich sehen. Bei manchen von ihnen hilft schon ein gutes Wort von dir, um hohes Fieber zu senken.«

Margarete errötete vor Freude über das Lob. »Das ist nicht mein Verdienst«, erwiderte sie. »Ich habe alle Schriften unsere Mutter Hildegard nicht nur kopiert, sondern dabei auch gründlich studiert. Mein Wunsch war es immer …«

Heftiges Klopfen an der Tür des Infirmariums ließ Margarete innehalten. Tenxwind eilte, um zu öffnen.

Ein Bauer stand davor, der einen Esel führte, auf dem bäuchlings ein bewusstloser Mann lag.

»Da«, rief der Bauer, als wären alle Menschen in seiner Umgebung schwerhörig. »Das ist mein Nachbar. Schon seit Tagen ist er so krank. Der Medicus aus Bingen hat ihm sein ganzes Geld abgenommen. Geholfen hat er nicht. Seine Frau und die beiden Mädchen sind schon tot. Nur der Junge lebt noch.« Er sah zu Boden. »Und meine Frau hat es auch erwischt. Sie war die Erste, die der Sensenmann geholt hat.«

»Legt den Mann auf die Pritsche«, bat Tenxwind. »Aber seid vorsichtig mit ihm.«

Sie schob dem Bewusstlosen ein Dinkelkissen unter den Kopf und zog ihm vorsichtig seine ärmlichen Kleider aus. Nur die Bruche, die Unterhose, ließ sie ihm. Der Gestank, der von dem Kranken ausging, war unerträglich. Trotzdem trat Margarete auf einen Wink Tenxwinds hinzu.

»Sprich, Bauer, wie hat die Krankheit angefangen?«

Der Bauer kratzte sich am Kopf und kniff die Augen zusammen. »Erst die beiden Frauen und dann die Mädchen, am nächsten Tag Gottlieb selbst. Gekotzt haben sie alle über sieben Beete. Mit kühlen Tüchern auf dem Kopf lagen sie im Halbdunkel, weil das Licht ihnen in den Augen schmerzte. Und dann haben sie angefangen, sich zu jucken. Die Haut haben sie sich blutig gekratzt. Meine Frau hat wirr geredet und sich in Krämpfen gewunden wie eine Fallsüchtige. Und dann …« Der Bauer verzog schmerzvoll das Gesicht und schüttelte den Kopf. »Die andere Frau war meine Schwester«, murmelte er und sah Tenxwind hilfesuchend an. »Ihre ganze Haut war voller Blasen. Große, stinkende Blasen. Dann wurden Arme und Beine schwarz. Sie faulten regelrecht ab. Eine Kerze habe ich gestiftet, als es endlich vorbei war. Aber der hier, mein Schwager, darf nicht auch noch sterben. Der Junge braucht ihn.«

Er schüttelte wieder den Kopf und wischte sich eine Träne aus dem Augenwinkel. »Ich bin ein einfacher Mann. Aber das dies hier eine Krankheit ist, bei der Gebete allein nicht helfen, das weiß auch ich.«

Tenxwind nickte. Sie hatte die Hand auf den Oberarm des Bauern gelegt. »Ihr habt gut und richtig gehandelt, Bauer. Geht nun nach Hause und ruht Euch aus. Gibt es jemanden, der nach dem Jungen sieht?«

Der Bauer schüttelte den Kopf. »Es ist niemand mehr da, der auf ihn aufpassen könnte. Meine Alte und ich, wir haben keine Kinder.«

Plötzlich riss er sich die Mütze vom Kopf, verbeugte sich ungeschickt und stürmte davon.

Eine junge Magd kicherte.

»Halt den Mund!«, schalt Tenxwind. »Hast du nicht bemerkt, dass er uns nur seine Achtung ausdrücken wollte? Schäme dich für dein Gelächter.«

Die Apothekerin ging langsam um die Pritsche, auf welcher

der Kranke lag. Sie betrachtete seine Haut, zog die Lider hoch, schaute in Ohren, Mund und Nase. Dann fragte sie: »Weißt du, Margarete, woran der Mann leidet?«

»Ich habe so etwas noch nie gesehen«, gab Margarete zu. »Die Blasen und das Abfaulen der Arme und Beine deuten auf das Antoniusfeuer hin.«

Tenxwind nickte. »Du hast recht. Diesem Mann ist nicht mehr zu helfen. Innerhalb der nächsten Stunden wird er sterben. Zum Glück ist er schon ohne Bewusstsein. Die Schmerzen sind höllisch bei dieser Krankheit. Man kann von Glück sagen, wenn das Antoniusfeuer nur vier Menschen hingerafft hat. Leider trifft es immer die Armen!«

Tenxwind sah so wütend aus, dass Margarete ihr einen Arm um die Schulter legte, um sie zu trösten. »Antoniusfeuer wird durch das Mutterkorn im Getreide ausgelöst, nicht wahr?«

Die Apothekerin nickte mit düsterer Miene. »Das giftige Mutterkorn findet sich vorwiegend im Roggen. Und nur die armen Leute essen Roggenbrot. Für die Reichen ist der weiße Weizen gerade gut genug. Auch dieser kann von Mutterkorn befallen sein, aber – Gott weiß, warum – die meisten Krankheiten treffen nun einmal die Armen. Beim Antoniusfeuer ist es nicht anders.«

Tenxwind sah voller Mitleid auf den Mann, strich ihm sanft über die fieberheiße Stirn.

Margarete hielt die Wachstafel und den Griffel hoch, auf dem sie sich wie gewohnt Tenxwinds Anweisungen notieren wollte. »Was geschieht mit ihm?«

Ratlos hob die Apothekerin die Schultern. »Es gibt nichts, was ihm hilft. Wir sollten für sein Seelenheil zum heiligen Antonius beten.«

In diesem Augenblick kam der Kranke für einen Augenblick zu sich. Er sah flehend zu Tenxwind, dann schrie er lautlos auf wie ein Tier, bevor er erneut in gnädige Ohnmacht sank.

»Absinthium«, befahl Tenxwind. »Er braucht einen Trank aus Absinthium, um die Schmerzen ein wenig zu lindern.«

Margarete nickte und notierte auf ihrer Tafel *Wermutkraut*, wie Absinthium auf Deutsch hieß.

»Koch es in Regenwasser ab, Margarete, und lass es unter freiem Himmel abkühlen. Flöße dem Kranken drei Mal stündlich einen Löffel voll ein.«

Dann reinigte Tenxwind die aufgeplatzten Beulen, in denen schon die ersten Maden zu sehen waren. »Hierfür braucht er Pflaster aus Nesselblättern, das die Wunden reinigt.«

Margarete schrieb eifrig mit, dann ging sie in den Klostergarten, um die benötigten Kräuter zu besorgen und die Heilmittel herzustellen. Sorgsam zerkleinerte sie das Wermutkraut, schöpfte aus einer Tonne eine Kelle voll Regenwasser und brachte die Mischung unter Rühren zum Kochen. Hernach stellte sie den gusseisernen Topf zum Abkühlen vor die Tür und begann, das Nesselpflaster herzustellen.

Der Mann lag inzwischen auf einer Bettstatt mit Strohsack und Decke und schlief. Ganz behutsam strich Margarete das Pflaster aus Nesselblättern und Kamille auf die Beulen. Der Mann wälzte sich unruhig auf dem Lager hin und her, bis Margarete seine Hand nahm und leise Gebete sprach. Der Bauer war noch einmal zurückgekommen, hatte den kleinen Sohn des Kranken dabei, auf dass dieser sich von seinem Vater verabschiedete. Zu dritt saßen sie am Lager des Kranken und warteten auf sein Ende.

Zwei Stunden später war der Mann tot. Margarete und Tenxwind legten ein Laken über seinen Leib und ließen den Leichnam von zwei Knechten in die Kapelle transportieren.

Am nächsten Tag sollte er begraben werden. Wieder stand der Bauer da, trat von einem Fuß auf den anderen. »Er hat meine Schwester sehr geliebt«, sagte er leise. »Keinen Tag waren sie voneinander getrennt. Die Kinder waren alle mit einem Lachen gezeugt.« Er sah hoch, starrte Margarete ins Gesicht. »Ihr seid sehr schön«, stammelte er. »So schön, wie meine Schwester gewesen ist. Ich wünsche Euch, dass auch Ihr einer so großen Liebe begegnet. Auch meine Alte war nicht die Schlechteste. Ein gutes Weib war sie sogar. Aber die große Liebe, die haben meine Schwester und mein Schwager erlebt.«

Dann verbeugte er sich wieder linkisch, nahm den Jungen an die Hand und ging davon.

Margarete war über und über errötet und eilte verlegen aus der Krankenstation. Draußen griff sie zu einem Talglicht und ließ sich den heißen Talg auf die Hand tropfen. Sie biss sich auf die Lippen, um einen Schmerzensschrei zu unterdrücken, und hörte erst auf, als Brandblasen auf ihrer Hand entstanden.

Später stand sie neben Tenxwind in der Apotheke und bereitete eine Heilsalbe aus Ringelblumen und Gänsefett zu, welche die Beinwunde eines Winzers heilen sollte. Doch einmal fiel ihr der Spatel zu Boden, ein anderes Mal stieß sie ein Tongefäß mit Honig um.

»Was ist los mit dir?«, fragte Tenxwind und strich Margarete sanft über die Hand.

Wieder zog Margarete ihre Hand schnell weg, doch Tenxwind schüttelte den Kopf. »Ich habe die Wundmale und Narben auf deinen Händen längst gesehen. Fragen werde ich dich nicht danach. Vielleicht willst du mir eines Tages erzählen, wie du zu diesen Verletzungen gekommen bist. Bis dahin nimm diese Salbe und schmiere sie am Abend auf deine

Hände. Die Wundränder werden danach weniger wulstig und rot sein. Jetzt aber sage mir, was dich heute so verstört hat, dass du ungeschickt in meiner Apotheke herumhantierst.«

Margarete fuhr sich mit dem Handrücken über die Stirn. Ein Lächeln glitt über ihr Gesicht, als sie an die Worte des Bauern dachte, erlosch jedoch sofort wieder. Sollte sie Tenxwind wirklich erzählen, was ihr das Herz beschwerte. Sollte sie ihr gestehen, dass sie den Herrn Jesus noch nie gespürt hatte und nun glaubte, Hildegards Auftrag – wie sollte sie es sonst nennen? – sei die Gottesstrafe für ihre mangelnde Gottesliebe.

Doch gerade als sie den Mund öffnen wollte, kam eine Schwester aus dem Gästehaus in die Apotheke gestürmt: »Margarete«, keuchte sie. »Ich soll dich holen. Seine Exzellenz, der Bischof, will mit dir reden.«

Margarete verharrte. »Was … was will er von mir?«, fragte sie ängstlich.

Die Schwester zuckte mit den Achseln, doch alle drei Frauen ahnten, dass es nur mit Hildegards Tod und ihrer letzten Vision zu tun haben konnte.

»Nun geh schon«, forderte Tenxwind sie auf. »Und hab keine Angst. Denk immer daran, dass Hildegards Worte direkt von unserem Herrn kommen.«

Margarete stolperte über den Klosterhof und den Kreuzgang entlang bis zum Gästehaus für die Fremden, die mit eigenen Pferden unterwegs waren und deshalb Anspruch auf ein wenig Komfort hatten.

Als sie vor dem Raum angelangt war, in dem der Weihbischof Jörg von der Teileburg sich aufhielt, seufzte Margarete und klopfte zaghaft an.

»Herein!«

Noch einmal atmete Margarete ganz tief ein und aus, dann öffnete sie langsam die Tür und trat ein. Sie blieb direkt hinter der Tür stehen, die Hände vorn auf dem Skapulier gefaltet, den Blick auf die Füße gesenkt.

»Gelobt sei Jesus Christus, Exzellenz«, flüsterte sie.

»In Ewigkeit. Amen. Komm näher, meine Tochter«, hörte sie den Bischof rufen.

Mit unsicheren Schritten durchquerte sie den Raum, blieb schließlich vor dem Lehnstuhl nahe des Kamins stehen, ohne den Blick von ihren Füßen zu lassen. Dabei bemerkte sie, dass sie noch immer ein Bündel mit Wermutkraut in den Händen hielt.

»Sieh mich an!«, forderte Jörg von der Teileburg.

Langsam hob Margarete den Kopf und sah dem Weihbischof ins Gesicht. Der starrte sie an, als hätte er einen Geist gesehen. »Wer … wer … wer um Gottes willen bist du?«, fragte er und schüttelte ungläubig den Kopf.

»Margarete ist mein Name.«

Plötzlich hüstelte jemand, und erst da bemerkte Margarete, dass Lucardis von Algesheim neben dem Bischof saß. Welche Anmaßung!

»Ein Findelkind ist sie«, plapperte die Leiterin der Schreibstube ungefragt. »Vor sechzehn Jahren fand die Pfortenschwester sie hier auf der Türschwelle. Unsere geliebte Mutter Hildegard brachte es nicht über das Herz, sie in ein anderes Kloster zu geben. Nun, deshalb weilt der Findling hier unter uns adligen Frauen. Keinen Tag lang konnte sie verbergen, dass sie nicht von edlem Blut ist. Nur für die Schreiberei hat sie eine Begabung. Deshalb und weil sie der Liebling der Mutter Hildegard war durfte sie im Scriptorium arbeiten. Niemand hat verstanden, warum Hildegard ausgerechnet sie zu ihrer Vertrauten erkoren hat.«

»Still!« Der Weihbischof gebot Lucardis von Algesheim mit einer Handbewegung Schweigen, dann wandte er sich Margarete zu und sah sie lange an.

»Ein Findelkind?«, wiederholte er. »Du bist ein Findelkind?«

Margarete nickte.

»Und kein Hinweis auf deine Abkunft?«

»Nein, Exzellenz. Man hatte mich wie dereinst Moses in ein Weidenkörbchen gelegt.«

»Merkwürdig«, befand der Weihbischof. »Drehe dich einmal um dich selbst, meine Tochter«, befahl er dann, und Margarete tat es errötend.

»Welche Farbe haben deine Augen?«, fragte er weiter.

»Blaugrau, Exzellenz.«

»Grau wie der Himmel an einem Regentag«, mischte sich Lucardis wieder ein. »Schaut sie Euch nur an, Exzellenz. Man fühlt sich unbehaglich unter ihrem Blick.«

»Halt den Mund!«, fuhr der Bischof Lucardis an. »Oder alles, was wir in der letzten Stunde hier besprochen haben, ist hinfällig.«

Lucardis murmelte noch etwas vor sich hin, dann faltete sie fromm die Hände im Schoss.

»Dein Haar – wie sieht es aus?«, wollte der Weihbischof nun weiter von Margarete wissen.

»Die ehrwürdige Hildegard nannte es haselnussbraun«, erwiderte Margarete.

»Hmm«, machte der Bischof wieder und versank ins Nachdenken. Dann rief er seinen Sekretär.

»Seht Euch diese Novizin an, Kaplan«, befahl er.

Cyriakus von Hoheneck lief um Margarete herum, dann überzog ein Lächeln sein Gesicht. »Ich glaube, ich weiß, worauf Ihr hinauswollt, mein Bischof.«

Die beiden Männer sahen sich an und lächelten, doch es war kein freundliches Lächeln, sondern eins, das Margarete ängstliche Schauer über den Rücken jagte. »Was meint Ihr, Exzellenz?«, wagte sie die schüchterne Frage.

Der Bischof betrachtete sie noch immer interessiert. Schließlich winkte er ab. »Du siehst jemandem so ähnlich, als wäret ihr miteinander verwandt. So etwas kommt vor. Es gibt Dinge, die mich im Augenblick stärker bewegen. Warst du dabei, als Hildegard ihre letzte Vision diktiert hat?«

Er fasste nach ihrer Hand, nahm das Wermutkraut und legte es achtlos beiseite. Dann betrachtete er flüchtig die Wunden und ließ ihre Hand wieder fahren.

Margarete konnte nicht verhindern, dass ihr Herz bis zum Halse schlug, als sie seine Frage bejahte.

»Hast du ihre Worte auf die Wachstafeln notiert und danach ins Pult der Äbtissin gelegt?«

»Ja, das habe ich. So haben wir es immer gehalten.«

»Wen meinst du mit ›wir‹?«

»Vater Wibert und mich.«

»Und wo befinden sich die Tafeln jetzt?«, wollte der Bischof wissen.

»Ich weiß es nicht, Exzellenz.«

»Gut. Glaube ja nicht, dass wir uns mit dem Verschwinden der Tafeln abfinden. Du aber, mein Kind«, er deutete mit dem Zeigefinger auf Margarete, »solltest als Schreiberin ein gutes Gedächtnis haben. Ich erwarte von dir bis morgen eine wortgetreue Niederschrift der letzten Vision der Hildegard von Bingen. Ansonsten …«

Margarete konnte förmlich spüren, wie das Blut aus ihren Wangen wich. Die Knie fühlten sich plötzlich weich an. Sie taumelte ein paar Schritte, wurde dann gehalten von Cyriakus von Hoheneck.

»Ist alles in Ordnung mit dir, liebe Tochter?«, fragte er.

Margarete wandte den Kopf und sah in sein Gesicht. Sie erblickte die Verschlagenheit als flackerndes Glimmen in seinen Augen. Ihre Haut begann unter seinem Griff zu prickeln. Auf der Stelle machte sie sich los. »Es … es geht schon«, murmelte sie.

Dann presste sie eine Hand auf ihr schnell schlagendes Herz, schloss für einen Moment die Augen und atmete tief ein und aus.

Jörg von der Teileburg hatte den Zwischenfall von seinem Lehnstuhl aus beobachtet. Die Beine hatte er weit von sich gestreckt, die Hände hinter dem Kopf verschränkt.

Ich bin ihm Gehorsam schuldig, dachte Margarete. Was immer geschieht, ich bin ihm untertan. Sie konnte ihre Abneigung gegen den Mann mit dem schmalen Gesicht kaum unterdrücken, aber sie hatte keine Wahl, deshalb nickte sie fügsam: »Ich werde mich bemühen, Exzellenz.«

Jörg von der Teileburg schüttelte den Kopf. »Nein, mein Kind, du wirst dich nicht bemühen, sondern tun, was ich dir aufgetragen habe. Morgen nach der Laudes erwarte ich deinen umfangreichen Bericht. Und wage es nicht, auch nur ein Wort auszulassen! Du wärst nicht die erste Novizin, die sich wegen Bruchs des Gehorsamkeitsgelübdes zu verantworten hat. Und du wärst auch nicht die erste Novizin, die ihren Ungehorsam gegenüber der Mutter Kirche mit dem Tode büßt.«

Margarete konnte nicht einmal mehr nicken, bevor sie aus dem Zimmer floh. Der Bischof hatte seine Aufmerksamkeit ohnehin längst Lucardis von Algesheim zugewandt.

»Nun, meine Liebe«, fragte er leutselig. »Habt Ihr über meinen Vorschlag nachgedacht? Ihr übergebt mir sämtliche Schriften und Kopien der Hildegard, die Ihr finden könnt, sodass nichts mehr als ihr Grab hier auf dem St. Rupertsberg an sie erinnert. Ich werde dafür sorgen, dass Ihr die nächste Äbtissin und würdige Nachfolgerin der Hildegard von Bingen werdet.«

Lucardis lächelte geschmeichelt, doch dann sah sie den

Bischof verunsichert an. »Was geschieht mit den Schriften der Hildegard?«, wollte sie wissen.

Jörg von der Teileburg lachte. »Ihr denkt doch nicht etwa, dass wir etwas Unschickliches damit vorhaben?« .

Lucardis von Algesheim schluckte. »Natürlich nicht, Exzellenz.«

Der Bischof sah die Benediktinerin streng, aber unvermindert lächelnd an, bis diese den Blick senkte.

»Wir werden in der Bibliothek im Sitz des Erzbischofs von Mainz einen ganz besonderen Platz für die Schriften unserer allseits geliebten Hildegard von Bingen finden. Schließlich ist sie eine Berühmtheit.«

»Aber eine Bibliothek haben auch wir in unserem Kloster«, wagte Lucardis vorzubringen.

Der Bischof griff nach ihrem Arm, legte seine Hand wie eine Eisenklammer darum und drückte zu. »Ihr, liebe Tochter, werdet doch nicht etwa behaupten, dass ein Haufen Weiber das Vermächtnis der großen Seherin besser bewahren kann als ich, nicht wahr?«

Als Margarete kurz vor dem Infirmarium war, fiel ihr auf, dass sie das Bündel mit dem Wermutkraut beim Bischof vergessen hatte. Obwohl ihr das Herz bis zum Halse schlug, nahm sie noch einmal all ihren Mut zusammen und ging zurück. Wermutkraut war hier und zu dieser Jahreszeit ein begehrtes, aber knappes Heilmittel. Es wäre sträflich den Kranken gegenüber gewesen, das Kraut nicht zu holen.

Als sie den Hof überquerte, kam ihr Lucardis von Algesheim entgegen. Ihrem triumphierenden Lächeln entnahm Margarete, dass die Angelegenheiten der Scriptoriumsleiterin sich offenbar bestens zu entwickeln schienen.

Vor der Tür des Raumes, in dem sich der Bischof und sein Sekretär aufhielten, lehnte sich Margarete für einen Augenblick an die Wand, um noch ein wenig Mut zu schöpfen. Da bemerkte sie, dass die Tür einen Spalt offen stand. Worte drangen an ihr Ohr; sie hörte Cyriakus von Hoheneck sagen: »Wirklich verblüffend, diese Ähnlichkeit.«

»Nicht wahr, Kaplan?« Der Bischof lachte schallend. »Ich wusste schon immer, dass er ein Schlitzohr ist, unser guter, alter Geraldus von Uslar. Dass er eine Tochter besitzt, die er der alten Hildegard untergeschoben hat, ist wahrhaft bemerkenswert. Ich gedenke, dieses Wissen weidlich zu nutzen.«

»Meint Ihr wirklich, Exzellenz, diese Novizin Margarete ist seine leibliche Tochter?«

»Ich habe natürlich nicht die Fackel gehalten, aber eine so große Ähnlichkeit kommt nicht von ungefähr.«

Margarete spürte, wie sich ihr die Kehle zusammenzog. Mit weichen Knien und das Wermutkraut vergessend, taumelte sie davon.

Neuntes Kapitel

Margarete hörte die Glocken, die zum letzten Mal zum Vespergottesdienst riefen, bevor das Interdikt sie wieder zum Verstummen bringen würde. Doch sie war zu schwach für die Messe, zu schwach auch, sich in das Infirmarium zu Tenxwind zu schleppen. Sie wollte nur noch allein sein.

Als sie endlich in ihrer Zelle angekommen war, klebte das Unterkleid feucht an ihrem Körper. Ihre Haare im Nacken waren nass, Schweißperlen standen auf Stirn und Oberlippe.

Schwer atmend ließ sie sich auf die harte Pritsche sinken und wischte sich mit dem Zipfel ihres Skapuliers den Schweiß aus dem Gesicht. Ihre Hände und Füße waren eiskalt. Sie hatte Angst, so gewaltige Angst wie noch nie in ihrem Leben. Bis morgen, hatte der Weihbischof gesagt, musste sie die letzte Vision der Hildegard aus ihrem Gedächtnis aufgeschrieben haben, sonst drohe ihr der Scheiterhaufen. Was sollte sie nur schreiben? Ihr Kopf war noch immer so leer wie ein ausgetrockneter Brunnen. Sie hatte nicht die leiseste Ahnung, was Hildegard von Bingen über das Versteck des Steins der Weisen gesagt hatte. Sie wusste nichts mehr. Margarete kniff vor Anstrengung die Augen zusammen, doch es war hoffnungslos: Sie konnte sich einfach nicht mehr erinnern.

Und was hatten die Worte des Weihbischofs über sie und Geraldus von Uslar zu bedeuten? Konnte dieser hohe Herr tatsächlich ihr Vater sein? Margarete hatte den Namen schon mehrmals gehört. Der Streit zwischen den beiden Weihbischöfen, zwischen Jörg von der Teileburg und Geraldus von Uslar, war allseits bekannt; immer wieder flammte er auf, jeder von ihnen versuchte der Favorit des Erzbischofs Christian von Buch zu sein. Wie es hieß, lauerte Geraldus von Uslar auf jede Gelegenheit, Jörg von der Teileburg beim Erzbischof Christian von Buch schlechtzumachen, um selbst die Stellung als erster Stellvertreter des Mainzer Erzbischofs einnehmen zu können.

Seit sie denken konnte, hatte sich Margarete gewünscht, zu wissen, wer ihre Eltern waren. Sie hatte Geschichten über sie erdacht. Darin waren die Eltern immer gute, rechtschaffene Leute gewesen, die das Schicksal gezwungen hatte, die geliebte kleine Tochter wegzugeben. Vielleicht, hatte sie sich ausgemalt, war sie auch geraubt worden, und ihre Mutter verzehrte sich noch immer vor Kummer. Doch dass sie der Bastard eines Bischofs war, hätte sie nie gedacht. Zu gern wäre sie auf der Stelle aufgebrochen, um den Mann kennenzulernen, den der Bischof als ihren Vater bezeichnet hatte. Doch das konnte sie nicht – sie glaubte nicht einmal, genügend Kraft zu haben, um sich von ihrem Lager zu erheben und Tenxwind zur Hand zu gehen, die sie schon seit einiger Zeit erwartete.

Schließlich nahm sie sich jedoch zusammen, ordnete ihre Kleidung, wusch sich das Gesicht mit kaltem Wasser und ging, den anderen Nonnen ausweichend, auf schnellstem Wege in die Krankenstation. Sie kontrollierte die Wunden des Winzers, legte ihm ein neues Pflaster auf und kochte ihm einen Trank von Melissenkraut.

Es ging ihm besser, das Fieber war gesunken. Doch seine Augen blickten dunkel.

Plötzlich öffnete sich die Tür, und der Bauer, dessen

Schwager gerade auf dem Friedhof neben dem Kloster beerdigt worden war, stand da und hielt den kleinen Jungen an der Hand. Ohne Gruß wandte er sich an Margarete. »Wann«, fragte er. »werdet Ihr das Ewige Gelübde ablegen?«

Margarete zuckte mit den Achseln. Gestern noch hätte sie geantwortet: »Lieber heute als morgen!« Doch da hatte sie das Kloster auf dem St. Rupertsberg noch als ihr Zuhause betrachtet. Heute meinte sie zu ahnen, dass es eine tödliche Falle für sie geworden war.

»Ich weiß es nicht«, flüsterte sie. »Das Kloster steht unter einem Interdikt. Solange dieses dauert, ist es verboten, die Ewige Profess abzulegen.«

Der Bauer lächelte matt. »Habt Ihr nie über … über ein Leben außerhalb des Klosters nachgedacht?«, fragte er leise. »Vielleicht sogar an der Seite eines Mannes, der Euch gut ist und den Ihr liebt? Seid Ihr glücklich hier?«

Margarete schrak zurück.

»Ein Leben außerhalb des Klosters?«, wiederholte sie voller Erstaunen und starrte den Bauern an, als wäre er ein Geist.

»Ich würde Euch heiraten – wenn Ihr es wollt.« Der Bauer legte eine Hand auf den Scheitel des Kindes. »Reich bin ich nicht, aber gutherzig und treu.«

»Ihr wollt mich heiraten?«, fragte Margarete.

Der Bauer nickte. »Es sei denn, Ihr seid bereits Gott versprochen.«

Sie sah den Bauern an, als hätte sie noch nie einen Mann gesehen, stand auf, ging wie eine Schlafwandlerin aus dem Krankensaal, hörte nicht einmal, dass der Mann ihren Namen rief. Auch ihre Mitschwestern, die sie bereits eine geraume Weile suchten, bemerkte sie nicht.

Margarete verließ die Krankenstation und schritt, noch immer blind und taub für ihre Umwelt, in den Klostergarten.

Der Himmel hing wolkenschwer über dem Rhein. Feiner Nieselregen ging hernieder, Windböen jagten das Laub über die Erde. Margarete ließ sich auf einer steinernen Bank nieder und starrte in die Ferne, ohne etwas zu sehen. Ein Leben außerhalb des Klosters. Ein Leben … mit … mit einem Mann.

Nein, bisher hatte Margarete niemals daran gedacht, das Kloster zu verlassen. Warum auch? Sie kannte nichts anderes. War sie glücklich hier?

Sie schluckte. Der Nieselregen war durch das Skapulier gedrungen und tränkte nun das Unterkleid.

Glück? Was war das? Unwillkürlich schüttelte Margarete den Kopf. Glück?

Bis gestern hatte ihr nichts gefehlt. Sie litt weder Hunger noch Durst, hatte einen Platz zum Schlafen und Schutz vor Regen und Kälte. War das schon Glück gewesen?

»Hier bist du«, sprach plötzlich eine Stimme neben ihr. Es war Mirjam. »Wir haben dich alle gesucht.«

Margarete nickte stumm, dann blickte sie Mirjam an und fragte: »Was ist Glück, Mirjam?«

Die Nonne atmete tief ein und aus. Margarete bemerkte, wie sich ihr Gesichtsausdruck veränderte und plötzlich ganz weich wurde.

»Glück ist es, geliebt zu werden.«

»Dann«, folgerte Margarete. »müssten alle Christen glücklich sein, denn unser Herrgott liebt uns über alle Maßen.«

»Ja, so sollte es wohl sein.«

»Aber so ist es nicht, nicht wahr?«, fragte Margarete.

Mirjam schüttelte den Kopf.

»Bist du glücklich hier im Kloster?« Margarete ließ nicht locker.

»Ich bin zufrieden. Das ist sehr viel. Fast so viel wie Glück.«

Mirjam griff nach Margaretes Hand, schmiegte ihr Gesicht dorthinein. Es war eine Geste, die nicht so sehr durch die Zärtlichkeit, sondern durch das Vertrauen berührte, das darin zum Ausdruck kam.

»Glück ist eine Eigenschaft. Oder eine Begabung«, fuhr sie leise fort. »Es gibt Menschen, die haben ein Talent dazu, glücklich zu sein, sie sehen noch im finstersten Tal die Gnade Gottes leuchten. Und dann gibt es die anderen. Jene, die keine Begabung für das Glück haben. Niemals scheint ihnen die Sonne hell genug.«

»Und ich? Habe ich eine Begabung für das Glück?«, fragte Margarete.

Mirjam ließ Margaretes Hand los.

»Ich weiß es nicht«, sagte sie. »Ich weiß nur eins: Glück kann man lernen. Hier, in diesem Kloster aber wird eine Frau wie du niemals glücklich werden.«

»Warum?« Margaretes Haube war inzwischen ebenfalls vom Regen getränkt. Sie zitterte in ihren nassen Kleidern.

»Du bist zu sehr ein Weib, um im Kloster glücklich zu werden.«

»Was meinst du damit?«

Mirjam antwortete nicht, sondern stand auf, zog Margarete auf die Füße und brachte sie zu Tenxwind in das Infirmarium. Dort warteten auch die anderen Schwestern.

»Was ist geschehen?«, fragte Edelgard. »Wir haben gehört, dass der Bischof dich zu sich holen ließ. Was hat er gewollt?«

Margarete schluckte, dann sagte sie leise und mit von Verzweiflung geprägter Stimme: »Ich soll bis morgen eine Niederschrift mit dem genauen Wortlaut der letzten Vision anfertigen. Sonst lässt mich der Bischof der Ketzerei bezichtigen.«

Die junge Magdalena schlug sich erschrocken eine Hand vor den Mund, Rautgundis wollte sie in ihre Arme ziehen, doch Margarete stand so steif, als wäre sie festgefroren.

»Was soll ich nur tun?«, fragte sie hilflos und sah von einer Schwester zu anderen.

Edelgard fasste sich als Erste. »Wir sollten erst einmal in Ruhe nachdenken. Wir dürfen jetzt keinen Fehler machen. Später werden wir uns noch einmal treffen.«

Dann raffte sie ihr Skapulier und verließ das Infirmarium. Die anderen Schwestern folgten ihr.

Tenxwind reichte Margarete einen Becher mit heißer Milch und Honig. »Trink das! Es wird dir guttun. Du bist ganz durchnässt. Danach gehst du dich umziehen. Wir wollen doch nicht, dass du krank wirst.«

Margarete ließ sich die Fürsorge der Apothekerin gefallen, doch das Wissen, dass sie am Ende ganz alleine war und sich ihrem Schicksal stellen musste, beherrschte bereits ihre Gedanken.

Zur Komplet, dem Nachtgebet, weilte sie wieder unter ihren Mitschwestern in der Kapelle. Nur manchmal suchten ihre Augen den Blick des Bischofs, doch der beachtete sie gar nicht.

Während des Gottesdienstes drängte sich Edelgard zu ihr: »Wir sehen uns nachher im unterirdischen Gang«, flüsterte sie. »Komm, es ist wichtig.«

Das Kloster schien bereits zu schlafen und von den Mühen des Tages auszuruhen. Sieben Schwestern jedoch schliefen nicht. Sie schlichen über kalte Steinböden, hatten die Hauben tief in die Stirn gezogen und achteten darauf, dass die Tür zur Kapelle nicht knarrte. Es war schon recht spät, als sie sich im unterirdischen Gewölbe in einer von Fackeln nur unzureichend erleuchteten Nische trafen.

Mirjam ergriff als Erste das Wort. In der Dunkelheit verschwamm ihr Gesicht mit der Umgebung, wurde umrissen nur durch die weiße Haube. »Margarete ist in Gefahr«, sagte sie leise, aber mit Nachdruck. »In wenigen Stunden schon verlangt der Bischof von ihr die Niederschrift von Hildegards letzter Vision. Ihr wisst alle, was das bedeutet.«

Die Schwestern nickten.

Die kühle Rautgundis erklärte: »Der Bischof will das Geheimnis um den Stein der Weisen unbedingt lösen. Er wird dabei über Leichen gehen, wenn es sein muss. Margaretes Leben bedeutet ihm nichts – er will den Stein, koste es, was es wolle.«

Edelgard trat zu Margarete. »Hab keine Angst, mein Kind.«

»Ich … ich kann mich an nichts erinnern«, hauchte Margarete. »Aber niemand wird mir das glauben.«

»Ich glaube dir«, warf Tenxwind ein. »Schon oft habe ich gehört oder in medizinischen Schriften gelesen, dass jemand sein Gedächtnis verloren hat. Manchmal nur auf Zeit, manchmal für immer.«

»Wie es auch sei, fest steht, dass Margarete das Kloster verlassen muss.«

Mirjams Stimme klang noch immer sehr nachdrücklich.

Plötzlich begann Margarete zu zittern. »Aber wohin soll ich denn? Ich kenne niemanden außerhalb des Klosters, habe keine Familie.«

»Trotzdem«, beharrte Mirjam. »Wenn du hierbleibst, ist dein Leben in Gefahr.« Sie sah die Nonnen nacheinander an und fügte hinzu: »Und das Vermächtnis unserer geliebten Mutter ebenfalls. Es geht nicht nur um den Stein der Weisen, es geht darum, die Schriften der Prophetissa zu bewahren.«

Adelgunde meldete sich zu Wort: »Hildegards drei Bücher sowie die Schriften über den heiligen Rupert und den heiligen Disibod hat der Bischof bereits aus dem Scriptorium mitgenommen. Mit Mühe ist es uns gelungen, von jeder Schrift eine Kopie in Sicherheit zu bringen. Auch den Briefwechsel haben wir in Kopien noch da. Aber sämtliche Niederschriften, die sich mit der Heilkunde der Edelsteine befassen, sind verschwunden. Außerdem die Wachstafeln mit der letzten Vision. Wir haben geschworen, Hildegards Vermächtnis zu bewahren. Nun müssen wir dafür sorgen, dass die fehlenden Teile dorthin zurückkommen, wohin sie gehören: in unsere Obhut. Und Margarete ist die einzige, die weiß, was auf den Wachstafeln steht.«

»Nein, ich weiß es eben nicht.« Margarete rang die Hände. »Auch das habe ich vollkommen vergessen.«

Tenxwind legte ihr eine Hand auf die Schulter. »Du wirst dich daran erinnern, wenn du die richtigen Tafeln vor dir hast. Mach dir keine Sorgen!«

»Heißt das, Margarete soll das Kloster verlassen und als ganz normale Frau ohne Gelübde die Schriften über die Heilsteine und die letzte Vision suchen?«, fragte die junge Magdalena und staunte Margarete, die nur ein halbes Jahr älter war als sie, ehrfürchtig an.

»Ja«, sagte Edelgard. »Anders geht es nicht.«

Margarete spürte, wie der Schrecken ihr einen kalten Schauer über den Rücken trieb. »Das … das kann ich nicht«, flüsterte sie. »Ich weiß doch nichts von der Welt da draußen.«

Plötzlich fiel ihr der Bauer ein, der sie heiraten wollte. So viel war geschehen in den vergangenen Tagen. Die letzte Vision, Hildegards Tod, die Ankunft des Weihbischofs, die Hinweise auf ihre mögliche Herkunft. Sie war so durcheinander, wusste kaum noch, wie sie ihre Gedanken ordnen sollte. Sie schlug die Hände vor ihr Gesicht und brach in ein verzweifeltes Schluchzen aus. So sehr sie den Schwestern auch vertraute, etwas hielt sie davon ab, ihnen von dem belauschten Gespräch zwischen dem Bischof und seinem Sekretär zu erzählen.

»Mit Gottes Hilfe wird alles gut«, tröstete Tenxwind sie. »Wir müssen auf seine Hilfe vertrauen.« Sie nahm Margarete in den Arm.

Edelgard strich über ihre Haube und sagte: »Du musst noch heute das Kloster verlassen, um nicht als Ketzerin vom Weihbischof Jörg von der Teileburg verurteilt zu werden.«

Mirjam fragte: »Wohin soll sie denn gehen, wenn sie keine Familie hat, die sie aufnehmen und beschützen kann?«

Die Frauen sahen sich ratlos an. »In ein anderes Kloster vielleicht. Vielleicht nach Maria Laach. Das liegt in der Eifel und gehört nicht mehr zum Erzbistum Mainz, sondern untersteht dem Erzbischof von Köln.«

»Wäre ich der Bischof, so würde ich genau dort zuerst nach Margarete suchen lassen«, warf die kluge Adelgunde ein. »Töricht wäre sie, ginge sie in ein anderes Kloster. Woher soll sie wissen, wem sie dort vertrauen kann? Die Äbtissinnen sind zumeist mit den Bischöfen verwandt oder wenigstens sind ihre Familien miteinander befreundet. Nein, in ein anderes Kloster darf Margarete auf gar keinen Fall.«

»Und wohin dann?«, fragte Magdalena.

»Ich weiß es«, sagte Margarete unvermittelt und brachte sogar ein schwaches Lächeln zustande. »Ich weiß jetzt, an wen ich mich wenden kann.«

»Und wohin willst du?«, fragte Tenxwind.

»Direkt in die Höhle des Löwen«, erwiderte Margarete.

Zehntes Kapitel

Noch spürte Margarete die Nähe ihrer Mitschwestern. Noch konnte sie das Kloster auf dem St. Rupertsberg erahnen, wenn sie sich umdrehte, doch gleich würde es hinter Nebelschwaden versinken, die vom Rhein aufstiegen.

Margarete hüllte sich fest in den Umhang aus einfachem Tuch. Ihre Novizinnenkleidung hatte sie im Kloster gelassen und trug stattdessen wie eine Magd ein Kleid aus billigem Stoff. Ihr langes, dunkles Haar fiel in einem glänzenden Zopf bis zu ihrer Hüfte hinab, war nur von der Kapuze ihres dünnen Umhangs bedeckt. Margarete kam sich nackt vor ohne Schleier und Gebinde.

Sie würde sich an sehr vieles gewöhnen müssen. Der raue Stoff rieb auf ihrer Haut, die Holzschuhe, an die ihre Füße nicht gewöhnt waren, scheuerten bei jedem Schritt.

Zum ersten Mal in ihrem ganzen Leben war sie ganz auf sich allein gestellt und außerhalb der Klostermauern. Sie wusste nichts von den Gefahren, die auf sie warteten, und hegte doch die schlimmsten Befürchtungen. Der Rheingau und der angrenzende Taunus waren bekannt für die dort lebenden Raubritter. Immer wieder hatten sie auf dem Rupertsberg von Überfällen auf Wagenkolonnen gehört. Auch von Vergewaltigungen war die Rede gewesen.

Margarete lief auf einem ausgetretenen Weg, der tiefe Rinnen von Wagen und Fuhrwerken aufwies. Der kalte Nebel ließ sie frösteln. Nur der Mond erhellte ihren Weg, doch immer wieder zogen Wolkenbänke vorüber, sodass sie zuweilen nicht die Hand vor Augen erkennen konnte.

Links und rechts neben dem Weg erhob sich dichter Wald, der im Dunkel der Nacht bedrohlich wirkte. Hin und wieder knackte etwas, manchmal leuchteten die Augen der Tiere zwischen den Stämmen hindurch. Nie war es still, immer knackte und knarrte es in Margaretes Nähe. Und jedes Mal zuckte sie zusammen und lief noch ein wenig schneller.

Es dauerte über eine Stunde, ehe sie eine Herberge erreichte, die zum Glück noch hell erleuchtet war. Sie betrat zögernd die Gaststube und fühlte die Blicke der Gäste auf sich gerichtet. Sofort schlug sie die Augen nieder, doch dann fiel ihr ein, was Hildegard ihr beigebracht hatte: Senke niemals den Kopf – außer in Demut vor Gott! Einige der Gäste lächelten Margarete zu, andere wandten den Blick ab und beachteten sie gar nicht. Sie drückte sich an das Ende einer hölzernen Bank und bestellte beim Wirt mit Wasser verdünnten Wein. Dann sah sie sich um. Die Wände der Herberge waren mit Lehm verputzt, der Boden war gestampft. Die Tische waren aus einfachem Holz mit splittrigen Kanten und Ecken. Drum herum standen Bänke, die allesamt besetzt waren. Margarete sah eine Frau in mittleren Jahren, deren Kleidung ihr kostbar erschien. Die Frau wurde von vier Wachleuten begleitet. Ein älteres Ehepaar saß daneben. Mann und Frau hielten einander an den Händen und schwiegen.

»Sie haben gerade ihre einzige Tochter verloren«, hörte Margarete neben sich sagen und wandte sich um. Ein Stück entfernt von ihr saßen eine ältere und eine jüngere Frau. Die Ältere hatte gesprochen.

»Woher wisst Ihr das?«, fragte Margarete.

»In der letzten Herberge haben sie es uns erzählt. Im Kindbett ist die junge Frau gestorben und hat Mann und

Säugling allein gelassen. Zwei Tage später war auch das Kind tot. Sie sind dreißig Meilen gelaufen, um an der Beerdigung ihrer einzigen Tochter teilzunehmen. Nun sind sie auf dem Rückweg.«

Margarete nickte.

»Und Ihr? Woher kommt Ihr? Wohin seid Ihr unterwegs? Es ist ungewöhnlich, dass eine Frau allein reist.«

Margarete zuckte zusammen. Sie hätte mit diesen Fragen rechnen müssen, doch so schnell fiel ihr keine Antwort ein.

»Ich … ich bin auf dem Weg zu meinem Vater«, stammelte sie schließlich. »Aus einem Kloster komme ich, bin dort erzogen wurden.«

»Ach ja?«, fragte die Jüngere. »Und von dort hat man Euch ohne Begleitung gehen lassen? Und ohne Gepäck?«

Verlegen wandte Margarete den Blick ab. »Ich werde mich schlafen legen«, sagte sie. »Ich bin hundemüde.«

Einige der anderen Gäste hatten inzwischen damit begonnen, Tische und Bänke nahe an die Wand zu schieben. Manche breiteten Strohsäcke auf dem Boden aus, andere Decken, wieder andere legten sich auf ihre Umhänge. Nur die vornehme Frau mit den vier Wachmännern wurde vom Wirt in eine Kammer geleitet.

Margarete suchte sich einen Platz nahe am Küchenherd, rollte ihren Umhang zusammen und kuschelte sich hinein. Ihre Hand ließ sie auf dem kleinen Geldtäschchen liegen, das sie am Gürtel trug. Es waren nur wenige Münzen darin, gerade so viel, wie Tenxwind in ihrer Apothekenkasse vom Verkauf einiger Heilmittel hatte.

Es dauerte nicht lange, bis sie einschlief. Margarete war es gewohnt, mitten in der Nacht aufzuwachen und zum Gottesdienst, der Vigil, zu gehen. Auch diesmal schlug sie die Augen auf, kaum dass die Glocke der nahen Kirche die zweite Stunde nach Mitternacht schlug. Sie brauchte einen Moment, bis sie wusste, wo sie sich befand. Rings um sie herum hörte sie die Geräusche schlafender Körper. Links neben ihr schnarchte jemand, hinter ihr stöhnte es. Der Geruch, der in der Luft hing, war schwer und muffig.

Als Margarete das nächste Mal erwachte, herrschte helle Aufregung in der Herberge.

»Mein ganzes Geld ist weg!«, rief die ältere Frau, die gestern neben Margarete gesessen und sich mit ihr unterhalten hatte.

»Und meine goldene Kette ist auch nicht mehr da!«, rief die Jüngere aus.

Die Frau, von der es hieß, dass sie ihre Tochter verloren habe, saß still da und weinte, während ihr Mann mit erhobener Faust in der Wirtsstube stand und empört rief: »Hier sind Diebe unter uns. Niemand verlässt die Herberge! Alle müssen durchsucht werden.«

Margarete sah sich nach dem Wirt um. Auch sie hatte nach einem schnellen Griff zu ihrem Gürtel festgestellt, dass sie bestohlen worden war. Sie konnte es jedoch nicht riskieren zu warten, bis der Wirt nach dem Büttel des nächsten Dorfes rief und sie alle befragt wurden. Immerhin war sie auf der Flucht vor dem Stellvertreter des Erzbischofs von Mainz. Also schlich sie aus der Herberge und rannte, so schnell sie konnte, bis zum Waldrand. An einem Bach wusch sie sich flüchtig das Gesicht, dann wanderte sie weiter in Richtung Mainz.

»Das darf doch nicht wahr sein!« Jörg von der Teileburg hieb mit der Faust auf den Tisch, dass das Geschirr klirrte.

Cyriakus von Hoheneck, der dem Weihbischof gegenübersaß, musterte aufmerksam Edelgard, welche die Nachricht vom Verschwinden Margaretes überbracht hatte.

»Bin ich denn nur von Dummköpfen umgeben? Wie konnte das passieren? Rede schon, Nonne!«

Edelgard richtete sich kerzengerade auf und sah den Stellvertreter des Erzbischofs gerade an. »Wenn Ihr dem Mädchen nicht gedroht hättet, so wäre sie noch hier. Unter Hildegard von Bingen jedenfalls ist niemals eine Nonne aus dem Kloster geflohen.«

Mit diesen Worten wandte sie sich ab und verließ das Refektorium des Gästehauses.

Jörg von der Teileburg seufzte und starrte nachdenklich aus dem Fenster. Dann erhob er sich und teilte seinem Sekretär knapp mit: »Wir reisen ab.«

»Abreisen? Und was wird aus der letzten Vision und dem Stein der Weisen?«, fragte er.

Der Weihbischof funkelte ihn an. »Begreift Ihr nicht, dass man uns hier zum Narren hält? In diesen Mauern werden wir jedenfalls keinen Hinweis auf die letzte Vision der Hildegard finden. Wibert von Gembloux und Margarete sind verschwunden und mit ihnen die beiden Zeugen der letzten Worte der Prophetissa teutonica. Hier verschwenden wir nur unsere Zeit. Gibt es eigentlich Nachricht von dem Boten, der dem Mönch aus Namur gefolgt ist, Kaplan?«

Cyriak von Hoheneck schüttelte den Kopf. »Bisher noch nicht. Vielleicht, mein Bischof, wäre es doch besser gewesen, Ihr hättet mich geschickt.«

»Unfug! Und wer soll mir als Sekretär dienen, während Ihr den Büttel spielt, Kaplan?«

Jörg von der Teileburg kratzte sich nun im Stehen am Kinn und starrte blicklos aus dem Fenster, während der Kaplan stumm blieb. »Wir werden weitersuchen. Schickt einen zweiten Boten nach dem Mönch Wibert! Er soll in der entgegengesetzten Richtung des ersten Boten suchen. In jeder

Herberge soll er nachfragen, jeden Fährmann, jeden Torwächter prüfen. Und dann stellt eine Mannschaft aus Lehnsleuten von hier zusammen, die nach Margarete forschen sollen. Nehmt Euch ein paar von den Raubrittern, die es in dieser Gegend zuhauf gibt. Die sind nicht zimperlich und haben bei Gott noch einiges gutzumachen.«

Jörg von der Teileburg wartete nicht, bis Cyriakus von Hoheneck nickte, sondern ging, ohne eine Antwort zu erwarten, aus dem Refektorium und hinüber zum Kapitel, um seine letzte Amtshandlung auf dem St. Rupertsberg hinter sich zu bringen – die Wahl der neuen Äbtissin. Es würde nicht leicht werden, seine Favoritin Lucaris von Algesheim auf den Posten zu hieven, doch Bischof von der Teileburg war gewillt, all seine Macht dafür einzusetzen.

Margarete war schon beinahe schlecht vor Hunger. Seit gestern Mittag hatte sie nichts mehr gegessen, denn am Abend, als alle anderen im Refektorium das Nachtmahl verzehrt hatten, war sie im Infirmarium gewesen, um sich von den beiden Besuchen beim Bischof zu sammeln. Margarete seufzte. Schon jetzt hatte sie Heimweh nach dem Kloster. Die Welt hier draußen war ihr so fremd und voller Regeln, die sie nicht beherrschte. Wie hatte sie nur vergessen können, sich eine gute Begründung dafür einfallen zu lassen, warum sie allein reiste. Nur Wanderhuren taten das.

Sie blieb stehen, sah sich aufmerksam um. Dann ging sie auf der Suche nach einem Bach oder einem See ein Stück in den Wald hinein.

Vor ihr lag ein Pfad, wie ihn das Wild benutzte. Einmal hatte Hildegard von Bingen ihr erklärt, dass man diese Pfade Wildwechsel nannte und dass sie meist an einen Wasserlauf oder zu einer Stelle führten, an der es Futter gab. Nun verfolgte Margarete diesen Pfad und gelangte tatsächlich nach kurzer Zeit an einen Bach. Sie zog die Holzpantinen von den Füßen, raffte ihr Kleid und lief ein paar Schritte durch die kühle, wohltuende Nässe. Dann schöpfte sie mit beiden Händen Wasser und trank.

Sie war im Begriff, ihr Kleid abzulegen, um sich gründlich zu waschen, als sie Geräusche hörte: Männerstimmen und Hufgetrappel von Pferden. Eilig stieg sie aus dem Bach und verbarg sich hinter einem dichten Strauch. Im nächsten Moment kamen drei Reiter in ihr Blickfeld – große Männer von bedrohlichem Aussehen. Alle drei trugen Kettenhemden, als befänden sie sich auf dem Weg in eine Schlacht. Einer hatte sehr auffällig das halblange Haar im Nacken mit einem Lederband zu einem Zopf zusammengefasst. Ein anderer trug seinen Bart beinahe bis auf die Brust, und das Gesicht des Dritten und Jüngsten, welcher dem Bärtigen so ähnlich sah, dass man meinen könnte, es handle sich um Vater und Sohn, war von Pickeln übersät.

Margarete drückte sich in das Gesträuch und atmete so ruhig wie möglich, obwohl ihr das Herz bis zum Halse schlug. Sie hatte schon viel von den Gefahren der Landstraßen gehört; beinahe jeder Pilger, der auf dem St. Rupertsberg um ein Nachtlager nachsuchte, wusste davon eine Schreckensgeschichte zu erzählen.

Die Männer stiegen von den Pferden und führten sie zum Bach, um sie zu tränken. Dann drückte der Bärtige dem Pickligen die Zügel in die Hand, trat einige Schritte zur Seite, bis er genau vor dem Busch stand, hinter dem Margarete sich verborgen hielt. Das Mädchen hielt den Atem an, faltete die Hände zum Gebet und erstarrte. Der Bärtige öffnete seinen Hosenlatz und holte daraus ein Körperteil hervor, welches sie noch nie zu Gesicht bekommen hatte. Margarete hob die Arme schützend vor ihre Augen. Einen Atemzug später prasselte Urin vor ihr auf den Boden und bespritzte ihr Kleid. Der Bärtige hatte beim Pinkeln die Augen geschlossen und genoss es offenbar, sich zu erleichtern.

Als er fertig war, krönte er sein Geschäft mit einem lauten Furz, dann ordnete er seine Kleider und ging zu den Kameraden zurück. Margarete schlug rasch ein Kreuzzeichen.

»Was meint Ihr«, fragte der Bärtige laut. »wohin die Nonne geflohen sein mag?«

Der Bezopfte zuckte mit den Schultern. »Ich habe keine Ahnung, wie Nonnen denken. Meine Schwester ist eine, aber die betet ununterbrochen. Einmal habe ich sie besucht, da wollte sie meine Seele retten.«

Er lachte rau.

»Nach Mainz wird sie gegangen sein«, sagte der Jüngste und sah den Bärtigen dabei an.

»Hmmm«, knurrte der. »Wie kommst du darauf?«

»Sie ist allein unterwegs, braucht etwas zu essen und ein Nachtlager. Entweder findet sie Zuflucht in einem anderen Kloster, oder sie muss sich eine Arbeit suchen. In einer Stadt wie Mainz bekommt sie leicht eine Anstellung als Magd. Außerdem liegt die Herberge, in der sie übernachtet hat, auf dem Weg nach Mainz.«

»Wenn sie das Mädchen war, von dem dort gesprochen wurde. Vielleicht haben uns die braven Leute auch einen Bären aufgebunden, verstört, wie sie nach dem Diebstahl waren.«

Der Bezopfte schüttelte den Kopf. »Der Weihbischof hätte uns nicht auf die Suche nach ihr geschickt, wenn er glaubte, sie wäre auf dem Weg nach Mainz. Sie ist eine Novizin aus dem Kloster der adligen Hildegard von Bingen …«

Vor Entsetzen hielt Margarete die Luft an. Diese Männer waren keine Räuber, die Wagenkolonnen auflauerten, sondern von Jörg von der Teileburg gedungene Häscher auf der Suche nach ihr!

»… und wird als Adlige sich natürlich nicht als Magd verdingen. Ich wette, sie hat das Kloster in Richtung Mosel verlassen. In Andernach oder in Maria Laach wird sie eine neue Heimat finden.«

»Niemals!« Der Bärtige schüttelte den Kopf. »Alle Klöster hier unterstehen dem Erzbischof von Mainz. Und alle Klöster haben den schriftlichen Befehl bekommen, Margarete vom Rupertsberg an Jörg von der Teileburg auszuliefern.«

»Was hat sie eigentlich verbrochen?«, fragte der Jüngere.

»Sie soll mit dem Teufel gebuhlt haben. Und dieser hat ihr das Geheimnis des Ewigen Lebens anvertraut. Zur Göttin will sie sich aufschwingen, sich über alle erheben. Auch über die Männer!«

Der Jüngere schüttelte sich vor Abscheu.

Dann entnahm er der Satteltasche zwei Äpfel, gab einen seinem Pferd und aß den anderen selbst.

Margarete hockte zitternd hinter dem Busch, unfähig, einen klaren Gedanken zu fassen. Der Erzbischof ließ verbreiten, dass sie eine Ketzerin war! Er ließ sie verleumden! Ihr wurde beinahe schwarz vor Augen. Dass sie in Gefahr war, solange die letzte Vision der Hildegard nicht im Besitz des amtierenden Erzbischofs war, hatte sie gewusst. Doch nun ging es tatsächlich um ihr Leben!

Die drei Reiter bestiegen ihre Pferde.

Der Bezopfte fragte noch einmal: »In welche Richtung?«

Und der Bärtige erwiderte: »Auf keinen Fall in Richtung Mainz. Sie wird sich ihrem Feind nicht auf die Bettkante setzen.«

Dann gaben die Männer ihren Pferden die Sporen und ritten davon.

Elftes Kapitel

Margarete atmete so laut auf, dass sie glaubte, es wäre noch meilenweit entfernt zu hören.

Ihr Leben war in Gefahr. Wo sollte sie nun hin? Konnte sie es wagen, nach Mainz zu gehen? Sie musste! Geraldus von Uslar war der Einzige, der sie retten konnte.

Langsam erhob sie sich und lief, jeden Weg vermeidend, durch den Wald. Sie hatte Hunger und Durst, und ihr war kalt. Und sie hatte Angst, Angst vor den Tieren des Waldes. Und Angst auch vor den Menschen.

Lange lief sie so. Nur ein einziges Mal gestattete sie sich eine kurze Rast. Ihr Hunger war so groß, dass sie nach Pilzen Ausschau hielt. Steinpilze waren zwar roh keine Köstlichkeit, doch sie linderten den größten Hunger. Gebückt, die Blicke fest vor sich auf den Boden gerichtet, verließ sie den Weg und suchte. Einen winzigen Pilz fand sie, der schon von Würmern zerfressen war. Ekel überkam Margarete. Sie führte den Pilz zum Mund, brachte es dann doch nicht fertig, ihn zu essen. Ein Stück entfernt sah sie mehrere Fliegenpilze stehen. Ihre roten Hüte mit den weißen Punkten leuchteten in der Abendsonne. Margarete wusste, dass auch Fliegenpilze essbar waren, doch zuvor musste man sie einen Tag und eine Nacht in Wasser weichen lassen und dann gut abkochen. Tat man das nicht, konnte ihr Genuss tödlich sein.

Margarete wollte sich schon abwenden, als sie bemerkte, dass einige der Fliegenpilze abgebrochen waren. Die besonders giftigen Hüte fehlten. Sie trat in der Hoffnung näher, vielleicht hier ein paar Steinpilze, Butterpilze oder Maronen zu finden, doch vergeblich.

Ohne auf die Dornen, die an ihrem Umhang rissen, und die Zweige, die ihr Gesicht peitschten, zu achten, lief sie weiter. Nach einer Weile gelangte sie zu einem Waldrand und hielt inne.

Vor ihr lag ein Dorf. Knapp ein Dutzend Katen duckte sich um einen kleinen Teich. Margarete legte die Hand über die Augen und beobachtete den Weiler, doch sie sah nicht einen einzigen Menschen. Ihr Magen knurrte, und sie schlug den Weg in das Dorf ein, in der Hoffnung, dort etwas zu essen zu finden und vielleicht ein Lager für die Nacht, denn die Dämmerung war über die Landschaft herabgesunken. Der Weiler lag so versteckt, dass Margarete glaubte, hier vor den Häschern des Erzbischofs sicher zu sein.

Sie hatte die erste Kate erreicht, als sie plötzlich Lärm vernahm. Ein Kind lachte lauthals, dass es fast wie ein langgezogener Schrei klang, eine Frau heulte auf, ein Mann drohte. Rasch bog Margarete um eine Ecke und blieb wie angewurzelt stehen. Sie befand sich am Rande eines kleinen Platzes, in dessen Mitte ein Baum stand, die Dorflinde.

Davor hatte sich eine Menschenmenge versammelt.

»Die da«, keifte eine Frau und zeigte mit dem Finger auf eine andere Frau, die ärmlich gekleidet war. »Die da hat meinen Sohn auf dem Gewissen. Verhext hat sie ihn, weil er einen Stein nach ihr geworfen hat. Verflucht soll sie sein!«

Ein jüngerer Mann mit großem Kinderblick nickte, strich sich über das spärlich behaarte Kinn. »Unsere Kuh hat sie auch verhext. Letzten Monat kam das Kalb tot zur Welt.«

»Und der Hagelschlag im August, der die halbe Ernte vernichtet hat, war auch ihr Werk.«

»Nein, ich bin keine Zauberin . Ich liebe Kinder. Niemals würde ich ihnen etwas antun können.« Die Frau in den ärmlichen Kleidern schüttelte den Kopf, doch niemand hörte ihr zu.

Schauerliche Klänge fegten plötzlich über den Dorfplatz, die Margarete an Wolfsgeheul erinnerten. Dann sah sie den Jungen. Er war vielleicht sechs Jahre alt, hatte einen blonden Schopf, dünne Arme und Beine, und tanzte wie ein Derwisch. Er hüpfte auf und ab, riss die Arme noch oben, schleuderte die Beine nach vorn, ging in die Knie, um sofort wieder nach oben zu schnellen und wie wild mit den Armen zu rudern und mit den Füßen zu trampeln.

Zögernd trat Margarete näher, doch die Dorfbewohner beachteten sie gar nicht.

»Seht ihn euch an!«, heulte die Frau auf. »Seht euch meinen einzigen Sohn an. Er ist vom Teufel besessen. Das Kräuterweib hat ihn verflucht, die Zauberin hat ihn auf dem Gewissen.«

Die Menge der Dorfbewohner wogte hin und her. Es wurde gewispert und getuschelt. Der Erste hob die Faust, schüttelte sie in Richtung des Kräuterweibes , das sich unter seinem Fluch duckte. Margarete sah nicht, wer den ersten Stein warf, aber plötzlich hagelte es von Würfen. Die Frau riss die Arme hoch, um ihren Kopf zu schützen, derweil dicht neben ihr das Kind noch immer seinen schrecklichen Tanz aufführte und dabei wie ein junger Wolf heulte.

»Vom ersten Tag an hast du Unglück über unser Dorf gebracht!«, rief eine Frau und schleuderte einen Steinen, der das Kräuterweib an der Schläfe traf. Blut rann ihr über das Gesicht.

In Margaretes Brust kämpften zwei Empfindungen. Ich sollte mich nicht einmischen, meinte die eine. Womöglich finden die Häscher dieses Dorf. Die andere aber empörte sich: Du kannst die Frau doch nicht ihrem Schicksal überlassen!

»Die Strafe Gottes soll über dich kommen«, schrie der Mann mit dem zarten Kinn. »Schon immer warst du anders, als ein Weib sein sollte.«

»Jawohl! Und deshalb ist es auch kein Wunder, dass die Männer dich verschmähten.«

»Immer hat sie alles besser gewusst, hat sich über uns erhoben.«

Die Mutter des wild tanzenden Jungen hatte plötzlich eine Rute in der Hand und versetzte dem Kräuterweib einen heftigen Streich quer über die Brust. Schon war ihr hellgraues Kleid von Blut durchdrungen, da setzte es schon den nächsten Streich. Die Frau wusste nicht, wie sie sich schützen konnte.

Schließlich fiel sie zu Boden, zog die Knie fest an den Leib und bedeckte mit beiden Armen ihren Kopf. Noch immer prasselten Steine auf sie nieder, noch immer trafen sie Rutenstreiche. Als der erste Mann ausholte und der Frau so heftig in die Rippen trat, dass sie laut aufheulte, hielt es Margarete nicht mehr an ihrem Platz. Sie schob sich durch die Menge, spürte Ellbogen in ihren Seiten, doch all das störte sie nicht. Sie kämpfte sich durch, bis sie vor der am Boden liegenden Frau stand.

Margarete hob beide Hände und rief so laut sie konnte: »Diese Frau ist keine Hexe oder Zauberin. Sie hat den Jungen nicht verzaubert. Ich bin heilkundig und kann ihm helfen.«

Für einen Augenblick wurde es still unter der Dorflinde, nur der Junge stampfte noch immer wie besessen den Boden.

»Rot«, schrie er und lachte irre. »Blau«, schrie er und warf sich strampelnd auf den Boden. »Grün« schrie er und sprang wieder auf.

Seine Mutter trat hervor, wies mit der Hand auf den Sohn.

»Ach ja?«, fragte sie und betrachtete Margarete voller Widerwillen. »Und wie nennt Ihr das?«

»Holt ein Kind herbei, das mit ihm gestern gespielt hat. Denn seit gestern Nachmittag führt er sich doch so auf, nicht wahr?«

Die Mutter kniff die Augen zusammen. »Woher wisst Ihr das?«, fragte sie misstrauisch. »Und wer seid Ihr überhaupt?«

»Rot, grün, gelb«, schrie der Junge.

Margarete musste nicht lange überlegen. »Aus der Eifel komme ich, bin schon seit Tagen unterwegs, um meine Schwester in Frankfurt zu besuchen. Von einer Hebamme habe ich die Heilkunde erlernt. Deshalb weiß ich, was mit Eurem Jungen ist. Er hat vom Fliegenpilz gegessen. Jetzt sieht er leuchtende Farben – das und der Tanz sind sichere Anzeichen für eine Pilzvergiftung. Holt seine Kameraden!«

Ein junger Mann mit harten Zügen schob einen etwas kleineren Jungen vor sich her. »Hier, mein Jakob war gestern mit ihm zusammen. Pilze sollten sie sammeln. Und einen Korb voll Eicheln für die Schweine.«

Margarete lächelte das Kind freundlich an, streckte eine Hand nach ihm aus und ging in die Hocke.

Das Kind lief ihr unbefangen entgegen. »Du warst gestern mit dem Knaben im Wald?«, fragte sie.

Der Junge nickte und fuhr mit dem nackten Fuß über den Boden, warf dabei ängstliche Blicke auf seinen Spielkameraden.

»Habt ihr gespielt im Wald?«, fragte Margarete weiter. »Oder habt ihr Hunger bekommen?«

»Hunger«, bekannte das Kind. »Wir hatten Hunger. Da hat Michael die Hüte der roten Pilze mit den weißen Punkten abgeschnitten und sie sich in den Mund gestopft. ›Meine Mutter‹, hat er gesagt, ›kocht aus diesen Pilzen eine leckere Mahlzeit.‹«

»Und warum hast du nichts davon gegessen?«, fragte Margarete und strich dem Jungen eine Strähne seines braunen Haares aus der Stirn. »Du hattest doch auch Hunger.«

»Schon. Meine Mutter hat mich immer vor den Fliegenpilzen gewarnt. Sie wären giftig, hat sie gesagt. Michaels Mutter dagegen kocht sie.«

»Lüge, alles Lüge. Die Zauberin ist schuld. Schon immer hat mein Sohn Fliegenpilze gegessen, und nie ist ihm etwas dabei geschehen. Uns allen sind die Pilze gut bekommen. Warum soll er auf einmal davon besessen werden?« Die Frau drehte sich einmal um sich selbst, zeigte mit dem Finger auf das Kräuterweib, das sich unterdessen aufgerappelt hatte und von einem kräftigen Mann festgehalten wurde. »Sie hat ihn verzaubert.« Dann stemmte sie die Arme in die Hüften, baute sich vor Margarete auf. »Wie könnt Ihr es wagen, mich zu beschuldigen, meiner Familie giftige Sachen zu essen geben?«

Margarete lächelte noch immer. »Es gibt viele Dinge, die roh unbekömmlich, in gekochtem Zustand aber köstlich sind. Kalbshirn würde niemand ungekocht zu sich nehmen. Bohnen in großen Mengen sind giftig, ebenso Apfelkerne. Besonders gefährlich sind Pilze. Einige von ihnen sind ungekocht giftig, gekocht oder gebraten aber durchaus genießbar. So auch der Fliegenpilz.«

Plötzlich schien die Mutter unsicher zu werden. Sie warf eine Blick auf ihren Sohn, der nun am Boden lag und mit Armen und Beinen zappelte, dabei ein Lied brüllte, sich immer wieder selbst dabei unterbrechend, um die Namen von Farben zu rufen.

»Dann ist er nicht vom Teufel besessen?«

Margarete schüttelte den Kopf und wandte sich zu dem Jungen. Sie hockte sich neben ihn und streichelte seine Wange. Unter ihren Berührungen wurde der Junge ruhiger.

Sein Gesicht nahm einen friedlichen Ausdruck an, die Lippen waren zu einem Lächeln verzogen. »Nein, das ist er nicht«, erwiderte Margarete. »Ihr müsst ihm viel Flüssigkeit geben, damit das Gift aus dem Körper geschwemmt wird. Seht, er wird schon ruhiger. Morgen ist er wieder gesund.«

»Und wenn sie nun lügt? Wenn das junge Weib mit der alten Kräuterfrau unter einer Decke steckt?«, wollte eine andere, ältere Frau wissen. »Zauberweiber halten zusammen.«

»Was ist hier los?« Ein Mann mit breiten Schultern schob sich vor. Sein Auftreten war so selbstbewusst und bestimmend, dass es sich um den Dorfschulten handeln musste.

»Der Junge hat sich mit rohen Fliegenpilzen vergiftet«, berichtete Margarete. »Nicht weit vom Dorf entfernt. Wenn Ihr wollt, kann ich Euch die Stelle zeigen, denn ich bin vorhin daran vorbeigekommen.«

»Wer hat dir geboten zu reden, Weib?«, herrschte der Mann sie an. »Wer bist du überhaupt?«

»Eine Heilkundige auf dem Weg zu ihrer Schwester, die sich unterwegs ein Nachtlager und einen Kanten Brot verdienen will.«

»Und doch ist das Weib da drüben eine Zauberin«, rief der Mann mit dem spärlichen Bartwuchs. »Hagel hat sie im August geschickt und meine Kuh verzaubert, weil ich ihr keine Milch verkaufen wollte. Vor Gericht gehört sie. Am besten wäre es, sie gleich zum nächsten Marktflecken zu schleifen. Übermorgen ist Donnerstag und Gerichtstag. Am Freitag könnte der Henker bereits seines Amtes walten.«

Einige der Umstehenden murmelten zustimmend, andere schüttelten die Köpfe.

Der Schulte kratzte sich am Kinn, sah unschlüssig von dem Kräuterweib auf die Dörfler.

Ein alter Mann hob seinen Krückstock. »Ich kenne die Trude schon seit ihrer Geburt«, nuschelte er. Er war zahnlos und deshalb nicht leicht zu verstehen. »Mit Kräutern hat schon ihre Mutter gehandelt und davor ihre Großmutter. Niemals hat sie jemandem ein Unrecht getan. Und dass Fliegenpilze roh giftig sind, weiß jeder von uns. Lasst sie gehen! Sie ist unschuldig. Wer soll uns sonst helfen, wenn wir Magendrücken haben oder die Scheißerei? Wer braut uns einen Sud gegen Fieber und macht uns Breiumschläge für unsere Wunden?«

Die Mutter des kranken Jungen trat zu ihm. »Wenn die Fremde recht hat und mein Michael sich an einem Pilz vergiftet hat, dann müsste er bis morgen früh wieder gesund sein. Dann ist auch die Trude frei von Schuld. Ist er morgen aber noch immer wie irre, so gehören beide Weiber an den Pranger.«

Diese Lösung schien dem Dorfschulten zu gefallen. Auch die Umstehenden nickten eifrig.

»So soll es geschehen«, erklärte der Schulte mit fester Stimme. Er deutete auf Margarete. »Du schläfst heute bei mir im Stall. Ich werde die Tür verriegeln, sodass du nicht fliehen kannst.« Dann wandte er sich an die Kräuterfrau. »Und du gehst in deine Kate! Ich werde ein Brett über deine Tür nageln und Kuhglocken in die Fensteröffnung stellen, damit du nicht verschwinden kannst.«

»So ist es richtig, so ist es gerecht«, erklärte der Alte mit dem Krückstock.

Die meisten Bewohner des Weilers nickten, nur der Mann mit dem dünnen Bart war nicht zufrieden. »Wenn sie Zauberinnen sind, können sie in der Nacht auf ihren Besen davonreiten«, warnte er. »Es ist bekannt, dass sie durch Wände gehen können.«

»Wenn das so ist«, befand der Dorfschulte. »dann können sie auch aus jedem Kerker fliehen.«

Er sprach ein »Gelobt sei Jesus Christus«, und die Leute

antworteten mit »In Ewigkeit. Amen«. Dann zerstreute sich das Volk.

Margarete wandte sich noch einmal an die Mutter des Jungen. »Gib ihm so viel zu trinken, wie er verträgt. Am besten klares Quellwasser. Je mehr er trinkt, umso schneller wird er wieder gesund werden.«

Die Frau nickte, dann machte sie einem Mann, der die ganze Zeit über schweigend gestanden hatte, ein Zeichen. Er packte den Knaben und stapfte davon. Die Frau folgte ihm.

Ein anderer Mann hatte vom Dorfschulten Anweisung bekommen, die Kate der Kräuterfrau herzurichten, dass sie nicht fliehen konnte, während Margarete selbst dem Schulten folgen musste.

Als sie vor seiner Scheune angelangt waren, musterte er Margarete. Er zog ein mürrisches Gesicht, aber seine Augen blickten freundlich. »Hast du Hunger, Weib?«, fragte er.

Margarete nickte. »Und Durst auch.«

»Rühr dich nicht vom Fleck!«, befahl er und verschwand in einer kleinen Lehmhütte.

Nach wenigen Augenblicken kehrte er zurück, drückte Margarete einen mächtigen Kanten Brot, ein Stück Speck und zwei Äpfel in die Hand, dazu eine leere Kanne. »Dort ist der Brunnen, hole dir selbst das Wasser.«

Margarete füllte die Kanne, dann folgte sie dem Mann in die Scheune, hörte, wie er von außen die Tür verriegelte, und fühlte sich so sicher und geborgen wie seit ihrer Flucht aus dem Kloster nicht mehr. Sie aß und trank sich satt, dann legte sie sich ins Heu und war schon bald eingeschlafen.

Am nächsten Morgen öffnete der Mann das Scheunentor. »Der Junge ist gesund«, knurrte er. »Du kannst gehen.«

Margarete nickte, doch da kam plötzlich eine junge Frau mit einem kleinen Kind auf dem Arm herbei.

»Die Trine hat am Brunnen erzählt, Ihr wärt eine Heilerin.

Mein Kleiner hat Schorf auf dem Kopf. Könnt Ihr ihn davon befreien?«

Margarete nickte. Sie dachte daran, dass sie gut etwas Proviant für den weiteren Weg gebrauchen konnte. Auch ein paar Geldstücke für eine billige Herberge würde sie nicht verschmähen.

»Ich kann es versuchen. Etwas zu essen müsstet Ihr mir allerdings dafür bringen und zwei Heller dazu.«

Die Frau nickte und griff, das Kind fest im rechten Arm, mit der linken in die Rocktasche, holte ein Stück Schinken, ein Ei und einen kleinen Beutel mit Hafer hervor. Dann nestelte sie an einer Geldkatze, die sie am Gürtel trug, und legte zwei Geldstücke in Margaretes Hand.

Margarete verstaute die Gaben, nahm der Frau das Kind ab und betrachtete den Schorf. Nachdem sie dessen Kopf eingehend betrachtet hatte, riet sie der Frau zu Fett und Kamille. Mit dem Fett sollte sie den Schorf lösen, danach den Kopf mit einem Auszug aus Kamille einreiben.

Die Frau bedankte sich, doch in ihren Augen stand noch immer Misstrauen. Deshalb nahm Margarete den Schinken, schnitt ein winziges Stück davon ab und rieb dem Jungen damit den Kopf ein. Schon löste sich der erste Schorf, und das Kind fingerte nicht mehr mit seinen kleinen Händen auf seinem Köpfchen herum.

Die Frau lachte zufrieden.

Es war schon heller Vormittag, als Margarete endlich den Weiler verließ und sich weiter auf den Weg nach Mainz machte.

Sie lief durch den herbstlichen Wald, freute sich an den reifen Eicheln und Bucheckern, genoss den Duft des feuchten Waldes, bestaunte die vielen verschiedenen Farben in den Blättern der Bäume. Die Geschehnisse in dem Dorf hatten sie nachdenklich gemacht. Eine Kräuterfrau, die wegen ihrer Klugheit gemieden wurde. Bisher war Margarete der Ansicht gewesen, dass Klugheit auch bei Frauen eine Eigenschaft war, die sie auszeichnete, doch nun ahnte sie, dass außerhalb des Klosters auf dem St. Rupertsberg andere Werte von Wichtigkeit waren. Ihre Bildung hatte sie Hildegard von Bingen zu verdanken und ebenso den Stolz darauf, auch als Frau ein wertvoller Mensch zu sein.

Doch zunächst musste sie nach Mainz und Geraldus von Uslar finden. Nur er konnte ihr helfen und sie vor seinen Häschern schützen.

Und vielleicht – sie wagte es kaum, diesen Gedanken zu Ende zu führen – war er tatsächlich ihr Vater! Es wäre nicht das erste Mal, dass ein Geistlicher trotz des Keuschheitsgelübdes Nachkommen hat. Auch das hatte Margarete unterdessen begriffen: Erst wenn sie wusste, woher sie kam, konnte sie ihren eigenen Weg finden. Ob er sie zurück ins Kloster oder vielleicht doch an die Seite eines Mannes stellen würde, würde sich zeigen. .

Sie ging den Weg entlang und begann eines der Lieder zu singen, die Hildegard von Bingen komponiert hatte.

Alle Furcht war von ihr gefallen. Die Geschehnisse im Weiler hatten ihr gezeigt, um wie viel weltklüger sie doch war, weil es die Prophetissa teutonica war, die sie unterrichtet hatte.

Margarete war so unbeschwert, dass sie das Herannahen einer Gruppe von Reitern zwar hörte, sich aber nicht vor ihnen verbarg. Sie fühlte sich sicher. Schließlich war sie weit von der großen Straße nach Mainz entfernt.

Mit einem Gruß auf den Lippen wandte sie sich um, die Hand bereits erhoben. Doch unvermittelt traf sie ein heftiger Schlag in den Nacken, der sie wie einen Baum fällte. Für einen Augenblick schwanden ihr die Sinne. Schwarze Kreise tanzten vor ihren Augen. Eine Stimme sprach wie aus weiter Ferne: »Ich hoffe, es ist die Richtige, die wir hier haben. Wenn der Mann aus dem Weiler gelogen hat, so gnade ihm Gott.«

»Sie wird's schon sein. Habt ihr ihre Hände gesehen? Solche Hände haben nur Nonnen, die sich die Wollust mit Kerzenwachs aus dem Leib brennen wollen.«

Margarete wollte schreien, sich gegen ihre Häscher wehren, doch geschickt wurde ihr ein Sack über den Kopf geworfen. Starke Arme packten sie und warfen sie auf einen Pferderücken.

Zwölftes Kapitel

»Gibt es neue Nachrichten?«, wollte der Weihbischof von seinem Sekretär wissen. »Habt Ihr etwas von Wibert von Gembloux oder der Novizin gehört, Kaplan?«

»Nein, mein Bischof. Der erste Bote, den wir nach dem geflohenen Mönch ausgeschickt haben, ist wie vom Erdboden verschluckt. Vom zweiten haben wir noch keine Nachricht. Vorgestern habe ich einige Raubritter rekrutiert und ihnen einen gehörigen Sündenablass versprochen, wenn sie die entlaufene Nonne finden.«

»Was habt Ihr noch mit den Raubrittern vereinbart?«, wollte der Weihbischof wissen.

»Wenn sie Margarete gefangen haben, sollen sie uns sofort benachrichtigen und das Mädchen bis zu unserem Eintreffen auf einer Burgruine bei Heidesheim auf der anderen Rheinseite festhalten.«

Jörg von der Teileburg nickte. »Das ist gut, Kaplan. Wir werden dann maskiert in das Versteck des Mädchens gehen. Nicht auszudenken, erführe das Volk, dass der Stellvertreter des Erzbischofs von Mainz eine Novizin gefangennehmen ließ. Haltet mich weiter auf dem Laufenden. Was hat die Auswertung der Schriften der Hildegard von Bingen erbracht?«

»Nicht allzu viel, mein Bischof.« Der Kaplan hielt einige Bögen Pergament in der Hand und lächelte.

»Was belustigt Euch so, Kaplan?«

»Hildegard von Bingen, Benediktinerin, hat sich über die

männliche Geschlechtskraft ausgelassen. Soll ich vorlesen, mein Bischof?«

Jörg von der Teileburg nickte zwar, doch sein Gesicht verriet Unmut.

»*Die Choleriker lieben den Beischlaf mit Frauen ... Denn sie haben so sehr ihr ganzes Liebesverlangen auf weibliche Formen und Verbindungen mit ihnen gerichtet, dass sie sich ihrer nicht zu enthalten vermögen ... Wegen der gewaltig in ihnen innewohnenden feurigen Kraft beim Beischlaf verhalten sie sich wie Pfeile. Wenn sie Verkehr mit Frauen haben, sind sie gesund und munter, wenn sie ihn aber entbehren ...*«

»Haltet ein, Kaplan! Hört sofort auf mit diesem Unsinn! Ich konnte diese Frau bei Gott nicht leiden, aber das ist noch kein Grund, sie nach dem Tode zu verunglimpfen.«

Jörg von der Teileburg sah seinen Sekretär missbilligend an.

»Aber nein, mein Bischof, diese Dinge hat Hildegard von Bingen wahrhaftig geschrieben.«

»Zeige her!«

Der Weihbischof griff so heftig nach dem Pergament, dass es beinahe zerrissen wäre. Dann las er selbst. Und während er las, entspannte sich sein Gesicht, der Zorn daraus verschwand und machte einem Lächeln Platz.

»Hat sie mir am Ende doch gegeben, was sie mir zeitlebens verwehrt hat«, raunte er, und seine Augen blitzten dabei. »Das ist der Beweis dafür, dass sie ihr Keuschheitsgelübde gebrochen und ihre Nonnen verdorben hat.«

Margarete hielt die Luft an. Sie hing noch immer über einem Pferderücken, den Sack über dem Kopf. Jemand, der nach Schweiß und Branntwein roch, hielt sie am Kragen gepackt. Margarete hörte, wie er gelegentlich ausspuckte. Allmählich begann ihr Magen zu schmerzen, und das Blut stieg ihr in den Kopf. Sie bewegte sich ein wenig, doch der Reiter holte aus und schlug ihr mit der nackten Hand auf den Hintern.

Margarete schossen vor Scham die Tränen in die Augen. Noch nie hatte jemand sie an dieser delikaten Stelle berührt oder gar geschlagen. Sie hörte zwei andere Männer lachen und schloss daraus, dass ihre Angreifer zu dritt waren. Wahrscheinlich war sie den drei Männer in die Hände gefallen, die sie gestern im Wald beobachtet hatte.

Endlich schienen sie am Ziel angelangt zu sein. Margarete wurde vom Pferd gezerrt und an beiden Armen gepackt. Sie verlor die Holzpantinen, ihre Füße strichen über etwas, das sich wie Moos anfühlte. Dann hörte sie eine Tür in den Angeln quietschen und wurde weitergeschleift. Sie roch muffige, dumpfe Kellerluft, ihre Füße holperten über Steinboden, der sich feucht anfühlte. Endlich wurde sie losgelassen. Ihr Rücken prallte hart auf, ihr Kopf schlug gegen eine Wand. Margarete schrie leise auf. Schon wurde ihr Körper gedreht, die Arme auf den Rücken gezwungen und mit einem groben Strick in den Handgelenken zusammengebunden.

Dann zog ihr jemand den Sack vom Kopf.

Margarete blinzelte. Das Licht tat ihr in den Augen weh.

»Was wollt Ihr von mir?«, fragte sie, bemüht, ihre Stimme nicht allzu ängstlich klingen zu lassen.

»Was wir von dir wollen?«, fragte der Bärtige höhnisch und hockte sich so dicht vor Margarete, dass sie seinen säuerlichen Atem riechen konnte.

»Der Stellvertreter des Erzbischofs lässt dich suchen. Einen großzügigen Lohn hat er uns versprochen, wenn wir dich hierherbringen und ihn rufen lassen.«

Margarete atmete ein, dann nickte sie, als hätte sie genau diese Antwort erwartet.

Nun trat der Bezopfte hinzu, hockte sich ebenfalls vor

Margarete und sah ihr in die Augen. »Du musst keine Angst haben«, sagte er. »Wir werden dir nichts tun, wenn du uns sagst, was wir wissen wollen. Bevor wir dich dem Pfaffen ausliefern, wüssten wir zu gern, warum er dich so dringend suchen lässt. Hat es etwas mit der letzten Vision der Hildegard von Bingen zu tun, von der alle Welt spricht?«

Margarete sah dem Bezopften direkt in die Augen. »Ich habe keine Ahnung, wovon Ihr sprecht«, sagte sie so hochmütig, wie sie nur konnte.

Der Bärtige drängte sich vor, holte aus und versetzte ihr eine so gewaltige Maulschelle, dass ihr Kopf gegen die Wand prallte.

Margarete schossen die Tränen in die Augen. Ihre Wange brannte, und in ihrem Hinterkopf pochte der Schmerz. Doch sie schwieg.

»Was will der Weihbischof von dir?«, verlangte der Bärtige erneut zu wissen.

Margarete öffnete den Mund. »Wasser«, flüsterte sie. »Ich brauche Wasser.«

Der Jüngere, der neben der offenen Tür gesessen und die Geschehnisse beobachtet hatte, stand auf, verließ das seltsame Gemäuer und kam kurz darauf mit einem Tonkrug zurück.

Der Bezopfte nahm ihm den Krug aus der Hand, setzte ihn Margarete an die Lippen. »Geht es jetzt besser?«

Margarete sah ihn eindringlich an und bemerkte, dass er ihrem Blick nicht standhalten konnte. Langsam nickte sie.

»Na?«, fragte der Bärtige drohend. »Willst du jetzt reden?«

Margarete zuckte mit den Achseln. »Ich habe keine Ahnung, was Ihr von mir wollt. Ich weiß nichts über Hildegards letzte Vision.«

Wieder holte der Bärtige aus, doch der Bezopfte fiel ihm in den Arm. »Nicht, lass sie! Wir müssen ihr erst klarmachen, dass es für sie von Vorteil ist, uns zu sagen, was sie weiß. Wir werden sehr viel gnädiger mit ihr sein als der Erzbischof.«

Margarete sah fragend von einem zum anderen. »Was meint Ihr damit?«

»Das soll heißen, dass der Weihbischof dich als Ketzerin suchen lässt. Für jeden, der dich ihm bringt, gibt es einen Generalablass. Anscheinend verfügst du über ein mächtiges Wissen. Liefern wir dich dem Erzbischof aus, so wird er dich intensiv befragen, sagst du nichts, wird aus der strengen Befragung eine hochnotpeinliche werden. Du weißt, was das bedeutet?«

Margarete schüttelte den Kopf.

Der Bärtige setzte sich auf den Boden und kreuzte die Beine. »Hast du noch nie vom spanischen Stiefel gehört?«, fragte er. »Weißt du nicht, was Daumenschrauben sind? Nun, das ist ganz einfach. Deine Daumen werden zwischen zwei Eisen geklemmt und zusammengequetscht. Die Knochen werden dir brechen dabei, das Blut wird unter deinen Nägeln hervorquellen, und der Schmerz wird dir den Atem nehmen. Sagst du dann noch immer nichts, so wirst du an diesen gequetschten Daumen aufgehängt. Du wirst vor Schmerzen bewusstlos werden, und man wird kaltes Wasser über dich schütten, bis du deinen ganzen wehen Körper wieder spürst. Spätestens dann wirst du alles sagen, was du weißt, und auch das, was du nicht weißt. Der Weihbischof wird dein Geheimnis kennen. Du wirst entweder in dunklen Kerkern verdursten oder als Ketzerin verbrannt, denn Jörg von der Teileburg kann nicht zulassen, dass jemand erfährt, auf welche Art er dir das Geheimnis der letzten Vision der Hildegard abgepresst hat. Du kannst jetzt wählen: Entweder du sagst uns, was du weißt, und wir lassen dich laufen, oder du sagst es uns nicht, und wir überstellen dich an den Erzbischof. Überlege es dir gut!«

Margarete sah sich gehetzt um. Dann schüttelte sie den Kopf, presste Tränen zwischen ihren Lidern hervor. »Aber ich weiß wirklich nichts. Hildegard von Bingen hat mir ihre letzte Vision auf Wachstafeln diktiert, die nun alle verschwunden sind.«

»Verschwunden sind«, äffte der Jüngere sie nach. Er war vielleicht so alt wie sie, gerade sechzehn oder siebzehn Jahre, und hatte Mühe, sich im Kreise der beiden anderen Männer zu behaupten. Nun riss er an ihrem Haar, bog ihr den Kopf weit nach hinten.

»Aua!«, schrie Margarete, und der Jüngere lachte hämisch.

»Lass sie los!«, gebot der Bezopfte, dann wandte er sich an Margarete. »Was genau weißt du noch von der Vision?«

Margarete schüttelte den Kopf. »Nichts weiß ich mehr. Der Schreck über den Tod meiner geliebten Mutter Hildegard war so groß, dass mein Kopf ganz leer darüber geworden ist.«

Der Bärtige stand auf, schlug mit der Faust der rechten Hand in seine linke. »Du willst also nicht reden. Na, gut, mein Täubchen! Wir haben unsere Methoden, Menschen zum Sprechen zu bringen.« Dann drehte er sich um und ging nach draußen.

Der Bezopfte sah Margarete an und raunte ihr zu: »Sag mir doch, was du weißt! Du ersparst dir viel Schmerz.«

Margarete erwiderte nichts, sondern schloss die Augen.

Sie hörte, wie der Bezopfte aufstand und ebenfalls ging. Wenig später vernahm sie die Stimmen des Bärtigen und des Bezopften von draußen. Die beiden sprachen darüber, wer in der Nacht bei ihr wachen sollte.

»Ich werde sie schon zum Reden bringen«, erklärte der

Bärtige. »Sie ist ein hübsches Ding, bei der einem wahren Mann das Wasser im Munde zusammenläuft. Wirst schon sehen, morgen frisst sie mir aus der Hand.«

Der Bezopfte erwiderte: »Vergiss nicht – sie gehört dem Weihbischof. Du darfst sie nicht schänden.«

»Ach, glaubst du, der Weihbischof fragt nach ihrem Jungfernhäutchen? Wenn ich ihm sage, dass es mir so gelungen ist, sie zum Reden zu bringen, dann wird er mir dafür einen Taler extra geben.«

Margarete öffnete die Augen und sah sich zum ersten Mal wirklich um. Sie befand sich in einem dunklen Raum, dessen Fensteröffnungen mit Brettern vernagelt waren. Die Wände und der Boden bestanden aus Bruchsteinen. An einigen Stellen waren Fackelhalter in die Wand eingelassen. Es war so finster hier, dass sie nur Umrisse wahrnehmen konnte.

»Wo sind wir?«, fragte sie den Jüngeren.

Er bohrte mit der Spitze eines Hirschfängers unter seinen Fingernägeln herum, sah nur kurz auf und brummte: »Halt's Maul! Du hast hier keine Fragen zu stellen.«

Margarete lächelte und sagte mit der sanftesten Stimme, zu der sie fähig war: »Ich habe gesehen, dass du von den dreien hier der Stärkste bist. Du vergibst dir nichts, wenn du einer Dame sagst, wo sie sich befindet. Was soll dir daran gefährlich werden?«

Der Jüngere sah kurz auf, dann brummte er: »In der Burgruine Heidesheim.«

Margarete lächelte und hauchte. »Ich danke dir.«

Der Junge errötete, und Margarete lehnte sich an die Wand und schloss erneut die Augen.

Unterdessen hatten sich die beiden anderen draußen vor der Tür geeinigt.

»Ich übernehme die erste Nachtwache«, sagte der Bärtige. »Die zweite Nachtwache gehört dir.«

Dann vernahm Margarete, wie draußen ein Feuer entzündet wurde. Kurze Zeit später roch sie gebratenes Fleisch und geröstetes Brot. Der Jüngere wandte den Kopf noch einmal in ihre Richtung, dann verließ auch er den dunklen Raum. Nachdem er gegangen war, bemerkte sie plötzlich, wie groß ihr Hunger war. Margarete rutschte hin und her, um die Fesseln an ihren Handgelenken etwas zu lösen, doch vergeblich. Der harte Strick schnitt ihr ins Fleisch, ihre Arme kribbelten unangenehm.

»He, Ihr«, rief sie und versuchte so zu klingen, wie die Mägde auf dem St. Rupertsberg. »Wollt Ihr mich verhungern lassen? Der Weihbischof wäre nicht erfreut, brächtet Ihr ihm eine Leiche.«

Kurz darauf kam der Bezopfte in den Raum, griff ihren rechten Oberarm und zog sie auf die nackten Füße.

»Friert Ihr?«, fragte er, und Margarete nickte. Ihr war tatsächlich kalt. Es war bereits später Herbst, die Nacht war angebrochen, und sie saß ohne Schuhe und Strümpfe, angetan nur mit einem dünnen Kleid und einem fadenscheinigen Umhang in einem eiskalten Raum.

»Ja«, erwiderte sie. »Ich friere sehr.«

Für einen Augenblick ließ der Bezopfte sie los, als überlege er, dann nahm er ihren Arm erneut. »Kommt mit nach draußen!«, sagte er. »Wärmt Euch am Feuer.«

Margarete stolperte neben dem Mann her und gelangte in den Lichtkreis des Feuers. Plötzlich ließ der Bezopfte sie los, hielt ihr einen brennenden Holzscheit vor das Gesicht und betrachtete sie mit großen Augen.

»Das gibt es doch nicht«, murmelte er dabei leise vor sich hin.

»Was ist?«, fragte der Bärtige, doch der Bezopfte winkte ab. »Gib ihr zu essen und zu trinken. Dann reden wir.«

Später lag Margarete auf einem Bündel Stroh, das der Jüngere ihr hingeworfen hatte. Während des Essens hatten die Männer sie von ihren Fesseln befreit, doch nun waren ihre Handgelenke wieder mit dem Strick zusammengebunden, der ihr schmerzhaft ins Fleisch schnitt. Sie war ungeheuer müde, doch hatte sie Angst, in den Schlaf zu fallen. Das Gesicht des Bezopften ging ihr nicht aus dem Kopf, als er sie am Feuer genauer betrachtet hatte.

Angestrengt versuchte sie auf das Gespräch der Männer draußen zu lauschen, doch sie sprachen so leise, dass sie nur jedes zweite Wort verstand.

»Sie ... Ähnlichkeit ... vorsichtig sein.«

Dann die Stimme des Bärtigen: »Ähnlichkeit ... gleichgültig ... meinen Spaß haben.«

Und wieder die Stimme des Bezopften: »Nichts antun ... unverletzt und unversehrt ... zweiter Stellvertreter ... Erzbischof.«

Und der Bärtige: »Geraldus von Uslar?«

»Eben dieser.«

Als der Name des Bischofs fiel, zuckte Margarete zusammen. Geraldus von Uslar – der Mann, auf den ihre ganze Hoffnung gerichtet war. Was hatten die Raubritter mit ihm zu tun?

Mitten in der Nacht wurde sie wach – und erstarrte auf der Stelle. Eine Hand machte sich unter ihrem Kleid zu schaffen, tastete grob nach ihren Brüsten. In dem Raum war es so dunkel, dass sie die Hand nicht vor Augen sehen konnte, doch Margarete hatte den Mann an seinem säuerlichen Atem erkannt. Es war der Bärtige, dessen eine Hand ihre rechte Brustwarze rieb, während die andere versuchte, sich zwischen ihre Beine zu drängen.

Margarete überlegte, ob sie schreien sollte, doch dann

zischte sie nur: »Nimm die Pfoten von mir, du Hundesohn!«

Der Atem des Mannes ging keuchend, während sie kaum wagte, Luft zu holen. Sie presste die Beine fest zusammen und hatte einen Arm über ihre Brüste gelegt. Als er sagte: »Wehr dich nur, mein Kätzchen, so habe ich es am liebsten«, begann sie zu schreien.

Schon einen Augenblick später hörte sie Stiefeltritte. Der Bezopfte kam herein, leuchtete mit einer Fackel. Er riss den Bärtigen an der Schulter zurück. »Lass sie in Ruhe! Hast du vergessen, was ich dir vorhin gesagt habe?«

Der Bärtige zog die Augenbrauen zusammen. »Ich will meinen Spaß haben«, beharrte er. »Von der Geistlichkeit in Mainz ist kein großer Lohn zu erwarten. Ablass für alle meine Sünden – davon werde ich weder satt noch froh.«

»Und ich sage dir, nimm die Hände von dem Mädchen.«

Der Bezopfte hatte sich bedrohlich vor dem Bärtigen aufgebaut, die Hände zu Fäusten geballt. Als der Jüngere auch noch in der dunklen Höhle erschien, winkte der Bärtige ab. »Ist sowieso nichts dran an dem Weib. Hätte mir womöglich noch einen Splitter eingezogen.«

Margarete sah ganz genau, dass der Blick des Bärtigen, den er dem Bezopften zuwarf, voller Wut und Rachegelüste war.

Den Rest der Nacht verbrachte sie in einem unruhigen Halbschlaf. Bei jedem Geräusch schreckte sie hoch, jedes Knistern machte ihr Angst. Als die Morgendämmerung endlich die Schwärze der Nacht wegwischte, atmete sie auf.

Allmählich erwachten auch die Männer, die, eingehüllt in dicke Felle, draußen neben dem Feuer geschlafen hatten. Sie hörte, wie der Jüngere nach Wasser geschickt wurde. Kurz darauf nahm sie den Duft von geröstetem Brot und Fleisch wahr. Als der Bezopfte kam, ihr die Fesseln abnahm und sie zum Feuer führte, damit sie sich aufwärmen und essen konnte, lächelte sie ihn dankbar an.

Hungrig nahm Margarete einen Kanten Röstbrot und eine dicke Scheibe heißen Räucherschinken und biss hinein. Der Bärtige ließ seine finsteren Blicke unablässig zwischen dem Bezopften und ihr hin und her schweifen. Plötzlich wurde ihr klar, dass sie in größerer Gefahr schwebte als jemals zuvor. Auch der Jüngere betrachtete den Bezopften missmutig. Wahrscheinlich, vermutete Margarete, hatte der Bärtige den Jüngeren auf seine Seite gezogen.

Der Bezopfte war zwar groß und breit in den Schultern, doch gegen seine beiden Kumpane würde er sich nicht wehren können. Was würde passieren, wenn der Bezopfte von ihnen unschädlich gemacht wurde? Margarete wagte gar nicht, daran zu denken.

»Was … was habt Ihr mit mir vor?«, fragte sie, um die Männer voneinander abzulenken.

Der Bärtige stieß ein Brummen aus, dann griff er nach einer weiteren Fleischscheibe. Der Bezopfte schwieg. Nur der Jüngere grinste über das ganze Gesicht.

Margarete konnte die Spannung zwischen den Männern beinahe mit den Händen greifen. Ein falsches Wort und es würde zu einem offenen Kampf kommen.

Sie überlegte fieberhaft und schloss die Lider, um sich das Bild der ehrwürdigen Mutter Hildegard vor Augen zu holen.

Auf einmal wusste sie, was zu tun war. Sie stöhnte laut auf, verdrehte die Augen, fiel nach hinten über und blieb mit starren Blicken liegen. Sie hörte, wie der Bärtige und der Bezopfte aufsprangen. Doch bevor einer der Männer an ihr rütteln konnte, öffnete sie den Mund und begann zu sprechen: »Ach, wenn Ihr ihn doch sehen könntet, unseren Herrn. Wie er da steht in all seiner Pracht. Pst! Leise!«

Noch immer liegend und starr blickend, hob sie den Finger und legte ihn über ihre Lippen. »Der Herr – er spricht!«

Sie wartete einen Atemzug lang, dann begann sie zu reden. »Ich sehe die heilige Hildegard. Durch ihren Mund spricht der Herr. Und der Herr spricht, dass man den Stein der Weisen nicht in den Bergen suchen soll, sondern in den Flüssen. Dort, spricht der Herr, werden aufrechte Männer ihn finden.«

Sie brach ab, starrte zum Himmel.

»Was? Was hat sie gesagt? Was soll das?«, rief der Bärtige.

»Halt's Maul«, zischte der Bezopfte. »Sie hat eine Vision – begreifst du das nicht? Der Herr spricht zu ihr. Er spricht zu ihr durch die heilige Hildegard.«

Margarete zeigte mit dem Finger in eine Richtung. »Im Fluss«, flüsterte sie. »Im Fluss, sagt der Herr. Dort hat der Herr ihn verborgen. Nur drei wackere Männer sind in der Lage, ihn zu heben. Sie brauchen das einzelne Haar einer gottesfürchtigen Jungfrau. Der Mond wird ihnen den Weg weisen. Im Flusssssss«, sie ließ das letzte »s« zischen, »im Flussssss liegt der Schschschschtein. Wo die Nacht den Morgen küsssssssssssst, dort werdet ihr ihn finden, spricht der Herr.«

Margarete zuckte mit Armen und Beinen, verdrehte die Augen wie eine Närrin, lag schließlich ganz still. Sie wartete drei Atemzüge lang, dann öffnete sie die Augen und sah sich scheinbar verwirrt um. »Was ist geschehen?«, fragte sie. »Ich habe die Prophetissa gesehen. Sie sprach zu mir, und durch sie hörte ich die Stimme des Herrn.«

»Was hast du gesehen?«, fragte der Bärtige und rüttelte an ihrem Arm. »Los, sagt schon! Was genau hast du gesehen?«

»Ich sah Hildegard von Bingen. Sie war sehr blass, ihr Haar hing wirr. Schmal war sie, so wie sie in der Nacht ihres Todes war. Sie trug dasselbe Hemd wie in der Nacht ihres Todes.«

Margarete sprach sehr langsam und so, als müsse sie jedes Wort erst aus der Tiefe ihres Inneren hervorholen.

»Am Ufer eines Flusses stand sie und deutete mit dem Finger auf das Wasser. Im Hintergrund waren Hügel mit Wingerten zu erkennen, und auf einem Hügel stand eine Kirche.«

»Der Rhein«, flüsterte der Jüngere und trat ebenfalls an sie heran, packte ihren anderen Arm und rüttelte sie. »Wo hat Gott den Stein versteckt? Wo hat er ihn in den Rhein versenkt?«

Margarete presste beide Fäuste an ihre Stirn und schüttelte den Kopf. »Ich weiß es nicht, vor meinen Augen verschwimmt mir alles.«

Sie schloss die Augen, bewegte den Kopf ein wenig hin und her, dann sagte sie langsam und sehr leise: »Unterhalb des St. Rupertsberges. Dort, wo Gott der Prophetissa aufgetragen hat, das Kloster zu bauen, dort ist auch der Schatz versteckt. Er selbst hat ihn dort versenkt. Inmitten der Stromschnellen.«

Sie öffnete die Augen, und ihr Blick fiel auf den Bezopften. Der Raubritter stand ruhig da, hatte die Hände hinter dem Rücken gefaltet und sah sie an. Margarete schien es, als wäre ein winziges Leuchten in seinen Augen. Sie nickte leise. Sie hatte gehört, dass es früher im Rhein Gold gegeben haben soll. Noch heute fand ab und an ein eifriger Goldwäscher ein winziges Korn. Jeder, der im Umkreis von einigen Meilen vom Rhein wohnte, wusste davon. Warum sollte dort nicht auch der Stein der Weisen versteckt sein? Sie musste ein Lächeln unterdrücken, als sie in den Augen des Bärtigen die Gier erkannte.

»Die letzte Vision«, flüsterte sie. »Die letzte Vision der Hildegard.«

Dann sank sie wieder zurück, als wäre sie unsagbar erschöpft.

»Der Stein der Weisen!«, stöhnte der Bärtige. »Der Schatz!«

Margarete blinzelte und sah, dass er sich an den Bezopften wandte: »Glaubst du, sie hat recht?«

Der Bezopfte hatte noch immer das winzige Leuchten in den Augen. »Warum sollte sie lügen? Sie weiß doch, dass sie in unserer Hand ist. Was sie sagt, klingt einleuchtend. Immerhin galt sie als der Liebling der Äbtissin von Bingen – so hat es jedenfalls der Weihbischof gesagt.«

»Dann«, die Wangen des Bärtigen glühten, »dann lasst uns keine Zeit verlieren. Bis zum St. Rupertsberg sind es nur ein paar Stunden zu Pferd.«

»Gut. Lasst uns aufbrechen, aber das Mädchen muss hierbleiben. Wir bringen sie zurück in die Höhle. Sie wird auf uns warten. Und wenn sie uns zum Narren gehalten hat, dann gnade ihr Gott«, erklärte der Bezopfte entschieden.

Der Bärtige war schon aufgesprungen, um zu packen. Er sammelte das Kochgeschirr und den Feuerschwamm auf, verstaute beides in den Packtaschen seines Pferdes.

»Nicht so eilig«, brummte der Bezopfte. »Einer von uns muss sich hier um die Nonne kümmern. Wir können das Mädchen nicht unbewacht lassen. Ich schlage vor, du bleibst, während ich mit deinem Sohn zum Rhein reite.«

Der Bärtige richtete sich kerzengerade auf und stemmte die Hände in die Seiten. »So hast du dir das also gedacht: Ich bleibe hier, während du unterwegs meinen Sohn niederschlägst und dich mit dem Stein aus dem Staub machst. Aber darauf lasse ich mich nicht ein!« Er holte aus und schlug dem Bezopften seine Faust ins Gesicht.

Der Bezopfte taumelte unter dem Schlag, dann riss er sich zusammen und rammte dem Bärtigen seinen Ellbogen in den Magen. Während der nach Luft schnappte, war sein Sohn zur Stelle. Er sprang den Bezopften an, stieß ihn mit der Schulter, doch der Bedrängte schwankte nicht, sondern bückte sich und zog ein Messer aus seinem Stiefel.

Margarete hatte sich unterdessen vorsichtig vom Feuer entfernt. Auf Zehenspitzen, den Blick fest auf die Kämpfenden gerichtet, suchte sie Schutz hinter Bäumen und Sträuchern. Sie verbarg sich im Dickicht, häufte Laub über sich, sodass sie ganz mit ihrer Umgebung verschmolz.

Bald schon hörte sie Schreie. »Das Mädchen! Es ist weg!«

»Verdammter Mist!«

Die Männer fluchten, Pferde wieherten, Zweige brachen, Geschirr klapperte. Eine Feuerstelle wurde mit Wasser gelöscht, sodass das Zischen bis zu Margarete zu hören war. Dann wurde eine Tür ins Schloss geschlagen.

»Auf geht's – wir müssen sie suchen!«

Hufgetrappel war zu vernehmen, das sich rasch entfernte.

Und plötzlich herrschte Stille, eine Stille, die so laut war, dass sie in Margaretes Ohren hallte.

Dreizehntes Kapitel

Margarete rannte, stolperte, stürzte, raffte sich auf, keuchte, rannte weiter. Immer weiter. Ihre Kehle war trocken, die nackten Füße schmerzten, doch sie ließ sich nicht aufhalten. Sie musste nach Mainz zu Geraldus von Uslar. Der Bischof war der Einzige, der ihr noch helfen konnte – und der ihr helfen musste, wenn sie mit ihm verwandt war. Sie würde direkt in die Höhle des Löwen gehen und sich Geraldus von Uslar in die Arme werfen. Niemand würde sie dort suchen.

Sie lächelte, als sie an die Häscher dachte und rannte weiter. Der Bärtige, der so dem Gold nachjagte, dass niemand ihn halten konnte. Der Jüngere, der sie zu gern angefasst hätte und dabei ungeschickt wie ein Welpe war. Und der Bezopfte, der Klügste von allen, der auch, der am besten und recht gepflegt aussah. Er hatte ihr die Vision nicht ganz geglaubt.

Leider hatte Margarete ihre Holzpantinen nicht mehr. Wahrscheinlich hatte einer der Männer sie ins Feuer geworfen.

Plötzlich blieb sie stehen. In der Ferne sah sie die Stadt. Die Türme des Mainzer Domes überragten alle anderen Häuser. Dächer glänzten im Sonnenlicht.

Sie versuchte Atem zu schöpfen. Was sollte sie Geraldus von Uslar sagen? »Grüß Gott, Ihr seid mein Vater, ich bin in Gefahr, ihr müsst mich vor Eurem Vorgesetzten verstecken?« Unmöglich! Sie musste ihn dazu bringen, dass er sie schützte und versteckte. Falls sie ihn nicht überzeugte und er ihr half, hätte sie sich gleich seinem Rivalen, dem Weihbischof Jörg von der Teileburg, vor die Füße werfen können.

Margarete war noch sehr jung, aber sie war nicht naiv. Ihr war klar, dass Geraldus von Uslar sie nicht voller Freude in die Arme schließen würde. Sie konnte nur darauf hoffen, dass die Abneigung gegen Jörg von der Teileburg stark genug war, dass er ihr half. Und vielleicht würde es ihr gelingen, ihn für sich einzunehmen.

Langsam ging sie weiter, die Hände auf die schmerzenden Seiten gestützt, der Atem noch hastig und heiß. Bald hatte sie das Stadttor erreicht. Es war noch früh am Tag, vor dem Mittag. Als die Männer nach ihrem Streit aufgebrochen waren, um sie und den Stein zu suchen, war auch sie losgelaufen, jedoch in die entgegengesetzte Richtung. Und nun war sie in Mainz, hatte die Stadt erreicht, staunte über die felsige Stadtmauer, die trotzig und stark wirkte. Das Stadttor bestand aus dicken Eichenholzbohlen, die mit Eisenbeschlägen versehen waren. Undenkbar, dass jemand dieses Tor stürmen konnte.

Davor standen die Menschen Schlange. Ein Bauer, der den Marktbeginn verschlafen hatte, wartete neben seinem Karren, der mit Äpfeln und Kohlköpfen beladen war. Auf einem anderen Wagen gackerten Hühner durcheinander. Man hatte sie an den Füßen zusammengebunden, damit sie nicht weglaufen konnten.

Zwei Boten mit gehetzten Gesichtern und prall gefüllten Satteltaschen warteten ungeduldig auf Einlass, daneben standen drei Frauen in grellen Kleidern und mit geschminkten Gesichtern, die in einem fort kicherten. Dahinter warteten ein Weiblein mit einem Reisigkorb auf dem Rücken, zwei Kinder mit einem Schaf und Margarete.

Langsam nur ging es voran. Die Torwächter versahen ihr Amt gründlich. »Woher?« – »Mit welchem Begehr?« – »Wohin?«

Die Frauen mit den grellen Kleidern wurden zurückgeschickt. »Packt Euch, ihr Hübschlerinnen. Kommt wieder, wenn Reichstag ist oder der Kaiser zu Gast!«

Die Frauen keiften, bespuckten die Torwächter, schlugen gar nach ihnen und wurden mit Stangen zurückgedrängt, bis sie schließlich gingen.

Margaretes Herz schlug einen Takt schneller, als der Torwächter sie mürrisch betrachtete. »Woher?«

»Aus … aus Heidesheim.«

»Wohin?«

»In die Stadt, den alten Vater besuchen.«

»Zeig deine Taschen!«

Margarete zuckte mit den Achseln. »Ich habe keine Taschen dabei. Auf dem Markt wollte ich einkaufen für den Vater, bevor ich sein Haus betrete.«

»Wer ist Euer Vater?«

Margarete schloss ganz kurz die Augen – wie immer, wenn sie scharf nachdenken musste. »Jakobus, genannt der Schmied.« Margarete hatte einen Namen gewählt, der häufig vorkam, und einen Beruf, den viele in einer Stadt ausübten.

»Du kannst passieren.«

Der Torwächter machte ihr den Weg frei.

Endlich befand sich Margarete auf der anderen Seite des Tores. Sie war noch nie in einer Stadt gewesen und sah sich neugierig um. Die Straßen waren dreckig, und es stank so sehr, dass Margarete sich die Nase zuhalten musste. In der Nähe des Stadttores duckten sich ärmliche Buden an die verschlammten Gassen. Ein paar magere Kinder spielten auf einer kargen Wiese. Nein, sie spielten nicht, sondern versuchten, eine offensichtlich kranke Ratte mit Stockhieben zu töten. Neben den Katen schwammen Exkremente in braunen Pfützen.

Margarete ließ die Katen hinter sich und gelangte in das Quartier der Handwerker. Bäcker hatten ihre Fenster geöffnet und duftende Brote in die Auslage gepackt. Aus den Metzgerhäusern roch es süß und schwer, bei den Bierbrauern dagegen sauer. Lehrjungen eilten in Holzschuhen daher, schwankend unter den schweren Lasten, die sie schleppen mussten. Meister standen in den offenen Türen und schwatzten mit den Kunden, während die Gesellen die Arbeit taten.

Je näher Margarete dem Dom kam, umso vornehmer wurden die Häuser. Sie waren aus Stein gemauert, hatten hölzerne Läden vor und Waschglas in den Fenstern. Mägde kamen aus den Haustüren, trugen Weidenkörbe über dem Arm und gingen in Richtung Markt. Andere schleppten Wassereimer aus Rindshaut vom Brunnen. Manche standen beieinander und plauderten, andere liefen, ohne aufzublicken. In den offenen Fenstern hingen dicke Frauen mit gestickten Hauben.

Ein Junge trieb eine magere Sau vor sich her, eine Magd schüttete den Inhalt eines Nachttopfes aus dem Fenster auf die Gasse, ohne darauf zu achten, wer unter dem Haus entlanglief. Ein Bauer, wohl auf dem Weg zum Markt, sprang zur Seite und drohte mit der Faust, doch die Frau lachte nur.

Margarete schritt immer langsamer. Der Duft der Pastetenbäcker zog sie magisch an. Die Garküchen lockten sie. Sie sah sich um und betrachtete einen bemalten Hausgiebel, ein Fensterbeet, das Kleid einer Vorübergehenden. Dann ging sie ein paar Schritte weiter, wandte sich bei jedem Lachen um, sah in jede Werkstatt. Es dauerte eine Weile, bis sie endlich auf dem Markt ankam. Dort blieb sie wie angewurzelt stehen. Der Lärm drohte ihren Kopf zu sprengen. Sie presste die Hände auf die Ohren, aber das Schreien, Kreischen, Lachen, Fluchen, Jubeln, Klatschen, Patschen, Reißen, Hacken und Hämmern drang trotzdem bis zu ihr durch.

Und die Vielzahl der Gerüche! Es roch nach ranzigem Fett, nach Kräutern von den Marktweibern, nach gegerbtem Leder, nach frischer Schafwolle und nach tausend anderen Dingen, die Margarete nicht einordnen konnte. Ihr wurde beinahe übel von all den Düften, doch gleichzeitig übte der Markt eine solche Faszination auf sie aus, dass sie zwischen den Gängen hin und her lief und die Auslagen betrachtete. Sie blieb vor einer Bude stehen, in der es Holzkämme, Haarspangen aus Horn, Bänder aus Samt, Broschen und anderen Zierrat gab.

»Na, Mädchen, wollt Ihr etwas kaufen? Bald ist Erntedank. Da wollt Ihr beim Tanz bestimmt die Schönste sein.«

»Wie? Was meint Ihr damit?« Margarete schrak hoch und starrte die dünne Marktfrau verblüfft an. »Tanz?«

»Aber ja! Oder tanzt Ihr etwa nicht gern? Hier, dieses grüne Band passt wunderbar zu Eurem braunen Haar. Probiert es!«

Margarete fasste nach ihrem Haar, dann schüttelte sie den Kopf. »Nein, nein danke. Ich habe anderes vor.«

Sie drehte sich um und lief schnell weiter. An einem anderen Stand, an dem Honig verkauft wurde, bekam sie einen solchen Appetit, dass ihr das Wasser im Mund zusammenlief. Doch sie hatte kein Geld. Die zwei Groschen von der jungen Mutter aus dem Weiler waren längst ausgegeben.

»Na, Mädchen, wollt Ihr probieren?«

Der Händler, ein Mann in den mittleren Jahren, hielt ihr ein Stück Wabe vor die Nase.

Margarete schloss die Augen und sog den Duft ganz tief

ein, dann schüttelte sie schon wieder den Kopf. »Ich kann das nicht bezahlen.«

»Probieren kostet nichts. Und wenn es Euch schmeckt, so kommt Ihr wieder, wenn Ihr Geld habt. Wer kann einem so hübschen Mädchen, wie Ihr es seid, etwas abschlagen?«

Dankbar nahm Margarete die Wabe und genoss den süßen und würzigen Geschmack des Honigs auf ihrer Zunge. Lächelnd schlenderte sie weiter. Mittlerweile hatte sie sich an das Stimmengewirr gewöhnt.

Sie betrachtete die Auslagen einer Meierin, probierte ein Stückchen vom frischen Ziegenkäse, befühlte Stoffe aus dem Polnischen, erkundete das Kräuterangebot einer alten, gebückten Frau, die keinen einzigen Zahn mehr im Mund hatte. Dabei sah sich Margarete immer wieder nach allen Seiten um – und stand plötzlich vor dem Eingang zum erzbischöflichen Sitz zu Mainz. Sofort begann ihr Herz zu rasen. Trotzdem wagte sie einen Blick durch das geöffnete Tor.

Mehrere Männer in geistlicher Tracht schritten über den Hof. Schreiber, zu erkennen an den Pergamentbögen unter ihrem Arm, eilten hin und her. Knechte schleppten Holzscheite heran, eine Magd stand vor der Küche und stampfte Butter. Alles war ordentlich und sauber. Im Hof liefen weder Hühner noch Schweine, hier wurden auch keine Nachtschüsseln ausgeleert.

Zögernd betrat Margarete den Bischofssitz. Sie fragte eine Magd nach Geraldus von Uslar, die ihr jedoch nicht antwortete, sondern lediglich stumm den Kopf schüttelte. Dann sprach sie einen Schreiber an, um ihn zu befragen.

Der Mann besah sie von Kopf bis Fuß, verzog dann verächtlich seinen Mund. »Geraldus von Uslar? Er ist der vierthöchste Mann im Reich. Er ist der zweite Stellvertreter des Erzbischofs von Mainz. Was, Dirne, willst du von ihm?«

Dem Schreiber schien nicht aufzufallen, das sie Geraldus irgendwie ähnlich sah – jedenfalls zeigte er keine Regung des Erkennens.

Margarete spürte plötzlich, wie Trotz in ihr ausstieg. Sollte Jörg von der Teileburg sich getäuscht haben? Nein, das wollte sie nicht glauben. Sie blies sich eine Haarsträhne aus der Stirn, legte den Kopf schief und sagte langsam: »Mir scheint, Ihr kennt Geraldus von Uslar gar nicht und könnt mir auch gar nicht den Weg zu ihm zeigen. Wahrscheinlich seid Ihr der Geringste der Schreiber.«

Das Gesicht des Schreibers verdunkelte sich.

»Komm mit«, zischte er. »Und wehe, du grüßt nicht ordentlich auf dem Weg. Gelobt sei Jesus Christus, sagt man bei uns. Nicht Grüß Gott wie manche der Bauern da draußen.« Er wies mit dem Finger hinaus auf dem Markt, dann ging er voran, ohne sich nach Margarete umzuschauen.

Sie liefen durch steinerne Gänge, die selbst jetzt am Tag mit Fackeln erleuchtet wurden, und stiegen Treppen hinauf, deren Geländer mit ausgefallenen Schnitzereien versehen waren.

Schließlich gelangten sie an eine Tür aus edlem Holz mit einem Klopfer aus Messing.

»Hier sitzt der Sekretär des Weihbischofs Geraldus von Uslar«, erklärte der Schreiber mit gewichtiger Stimme. »Klopf an und trag ihm dein Begehren vor.«

Margarete nickte. »Ich bin sicher, Ihr werdet sehr bald zum richtigen Schreiber aufsteigen«, sagte sie. »Man wird nicht umhinkommen, Euer Talent zu würdigen.«

Der Schreiber verbeugte sich ein wenig und ging schnellen Schrittes davon. Margarete hob die Hand zum Klopfer, doch kurz bevor sie ihn erreicht hatte, ließ sie ihn wieder sinken. Was, in Gottes Namen, sollte sie Geraldus von Uslar sagen?

Eben noch war Margarete frohen Mutes gewesen, doch nun sank ihre Stimmung auf einen Tiefpunkt. Ich bin verrückt, sagte sie sich. Ich habe mich in die Höhle des Löwen gewagt und werde ganz bestimmt darin umkommen. Dabei sollte ich das Vermächtnis der Hildegard bewahren und das Geheimnis der letzten Vision entschlüsseln.

Sie stand im Gang und hätte am liebsten geweint. Unvermittelt öffnete sich die Tür, und ein Mann im Gewand eines Bischofs kam heraus. Margarete sah ihn an – und erstarrte. Und auch der Mann blieb stehen und blickte Margarete voller Erstaunen an, so als wäre sie ein Gespenst. Dann packte er sie wortlos beim Arm und zog sie vom Gang weg durch eine leere Schreibstube und in einen größeren, prunkvolleren Raum hinein. Dort drückte er sie in einen gepolsterten Lehnstuhl vor einem Kamin, setzte sich selbst daneben, die Ellbogen auf die Lehne gestützt. »Wer seid Ihr und was wollt Ihr von mir?«, fragte er mit dunkler Stimme.

Margarete konnte nicht aufhören, den Mann anzustarren. Er mochte drei Jahrzehnte älter sein als sie, gleichwohl war es, als blicke sie in einen stillen See. Er hatte die gleichen blauen Augen wie sie. Sein Haar war ebenso braun wie ihres, und sein Mund war schön geschwungen und rot wie ihrer. Selbst einen Leberfleck, ein Stück über der Oberlippe, hatte auch er. Unwillkürlich hob sie die Hand und tippte sich an diesen Leberfleck. Geraldus von Uslar tat es ihr nach. Als er es bemerkte, erschrak er und ließ die Hand sinken.

»Nun – seid Ihr stumm?«, fragte er.

Margarete schluckte. »Aus dem Kloster der Hildegard von Bingen komme ich. Vom St. Rupertsberg.«

Geraldus von Uslar musterte sie düster. Er hatte die Augenbrauen zusammengezogen und tippte nervös mit dem Fuß auf. Man konnte nicht sagen, dass er vor plötzlich erwachter Vater- oder Verwandtschaftsliebe überzuströmen drohte.

»Der Weihbischof, der den Erzbischof vertritt, lässt mich suchen. Er hat sogar Häscher nach mir ausgeschickt«, fuhr Margarete fort.

Geraldus lehnte sich in seinem Stuhl zurück und faltete die Hände. »Sprecht weiter«, forderte er.

»Er … er lässt mich suchen, weil ich Zeugin der letzten Vision der ehrwürdigen Hildegard war. Sie sprach vom Stein der Weisen und davon, dass ich ihn sehen werde.«

Margarete warf einen zaghaften Blick auf den Mann, mit dem sie höchstwahrscheinlich verwandt war.

»Weiter!« Er bewegte nervös seine Finger.

Margarete hob die Schultern und ließ sie wieder sinken. »Ich habe die Vision vergessen. Und nicht nur das – auch die Wachstafeln, auf die ich Hildegards Worte diktiert habe, sind verschwunden. Und von dem Mönch, der die Schrift von den Wachstafeln auf Pergament übertragen sollte, fehlt jede Spur.«

»Da kommt ja allerhand abhanden auf dem Rupertsberg, scheint mir«, erwiderte Geraldus von Uslar und warf einen angewiderten Blick auf Margaretes Hände. Schon wieder hatte sie den Nagel des rechten Zeigefingers so tief in den linken Handrücken gebohrt, dass es blutete.

Plötzlich klopfte es an der Tür. Der Bischof schrak auf. »Mein Sekretär«, flüsterte er. »Versteck dich – schnell!«

Margarete verschwand hinter einer gewaltigen Truhe, und der Bischof rief: »Herein.«

Ein Mann trat ein. »Mein Bischof, ein Bote ist gekommen.«

»Nehmt ihm das Schreiben ab, Kaplan, ich werde es später lesen. Oder ist es vom Kaiser?«

Geraldus verzog den Mund, als würde er nicht mehr daran

glauben, dass der Kaiser ihm jemals wieder schreiben könnte.

Nachdem Jörg von der Teileburg statt seiner zum Stellvertreter des Erzbischofs Christian von Buch bestimmt worden war, fühlte er sich in Ungnade gefallen. Und er wusste ganz genau, wie es zu diesem Sturz hatte kommen können. Immer war er der Favorit des Erzbischofs gewesen. Schließlich hatte er ihm stundenlang zugehört und in seinem Größenwahn bestärkt, hatte für ihn den besten Wein beschafft, hatte sogar hier und da eine Jungfrau aufgetrieben, die freilich nach ihrem Zusammensein mit dem Erzbischof keine mehr war, und sodann an einen Knecht oder an einen Ministerialen verheiratet wurde. Er, Geraldus, war da gewesen, wenn der Erzbischof seine schwermütigen Stunden durchlebte oder wenn der Kaiser Friedrich Aufgaben für das Bistum hatte, welche vom Erzbischof schier nicht zu bewältigen waren. Daher war er sich sicher gewesen, dass er den Erzbischof Christian von Buch vertreten würde. Doch dann war Jörg von der Teileburg aufgetaucht, nur wenig jünger als Geraldus, nicht klüger, nicht gewitzter. Dieser Kerl jedoch hatte es vermocht, den Erzbischof zum Lachen zu bringen und ihn für sich einzunehmen. Wie eine Braut ihrem Bräutigam hatte er ihm geschmeichelt, bis Christian von Buch ihm schließlich auf den Leim gegangen war und zu seinem Stellvertreter ernannt hatte. Seit diesem Tag wartete Geraldus von Uslar auf den Untergang des Konkurrenten. Er wollte ihn vernichten, und nun – ein Lächeln glitt über sein Gesicht – hielt er den Schlüssel zu Teileburgs Untergang vielleicht in der Hand. Er musste klug vorgehen, sehr klug. Und das Mädchen würde ihm dabei helfen.

Der Sekretär schüttelte den Kopf. »Nicht vom Kaiser, sondern von Heribert von Ingelheim. Er beschwert sich, dass Jörg von der Teileburg ihn bei der Wahl zum Abt eines

Klosters übergangen hatte. Und das, obwohl er der Nachbar Eurer Schwester ist.«

»Das kann warten. Ich habe Wichtigeres zu tun.«

»Werdet Ihr heute nicht ins Refektorium zum Essen gehen?«

Geraldus von Uslar schüttelte den Kopf. »Nicht zur Messe, nicht zum Essen. Ihr werdet mir aus der Küche eine reichliche Mahlzeit holen. Heute speise ich in meinen Gemächern. Ich muss nachdenken. Und bringt eine große Kanne Wein mit! Stellt die Sachen in den Vorraum; ich hole sie mir, wenn ich hungrig bin. Ich möchte bis mindestens heute Abend von niemandem gestört werden.«

Der Sekretär wirkte verwundert, dann schickte er sich.

Als die Tür hinter ihm ins Schloss gefallen war, sagte Geraldus: »Du kannst wieder hervorkommen.«

Er wies erneut mit der Hand auf den Lehnstuhl, und Margarete setzte sich.

»Hast du Hunger?«

Das Mädchen nickte.

»Wir werden gleich zusammen essen. Doch vorher erzählst du mir genauer aus deinem Leben. Wie bist du in das Kloster der Hildegard gekommen? Wie alt bist du eigentlich?«

Wieder war es Margarete, als dürfe sie jetzt keinen Fehler machen. Sie musste dem Bischof bedeuten, dass von ihr keine Gefahr ausging. Zunächst senkte sie den Kopf und brach in Schluchzen aus, dann berichtete sie unter Tränen, wie schlecht Jörg von der Teileburg sie und die anderen Benediktinerinnen auf dem St. Rupertsberg behandelt hatte. Sie erwähnte auch das Interdikt, die Durchsuchung des Scriptoriums, die Leibesvisitationen der Nonnen und schließlich die drei Raubritter, die ihr aufgelauert und sie entführt hatten.

Je länger sie sprach, umso entspannter wurde die Miene des Bischofs. Ganz angetan war er von ihren Worten, hing schier an ihren Lippen, sodass er nicht einmal zuckte, als im Nebenraum Schüsseln und Kannen klapperten und ein Duft nach köstlichem Essen zu ihnen drang.

Margarete schluckte und sah immer wieder zur Tür, bis Geraldus endlich verstand. Er holte die Platten mit dem Braten, die Schüsseln mit dem Gemüse und die Körbe mit Obst und frischem Brot in das Zimmer, brachte auch die Weinkanne und zwei Becher und sah dann zu, wie Margarete sich stärkte.

Das Essen war gut, der Rinderbraten nicht zu trocken, das Brathähnchen schön zart. Die Bohnen waren knackig, die Möhren von herrlicher Süße. Und erst die Früchte! Margarete hatte noch nie Feigen gegessen. Süßer als Honig schienen sie ihr. Geraldus von Uslar hörte nicht auf, ihr Fragen zu stellen, doch Margarete labte sich so genüsslich an diesem köstlichen Mahl, dass der Bischof schließlich ein Einsehen hatte und wartete, bis Margarete aufgegessen hatte.

»Wie also bist du in das Kloster gekommen?«, fragte er, und Margarete erzählte ihm die Geschichte des Findelkindes, das auf dem St. Rupertsberg bleiben durfte, obwohl es wahrscheinlich nicht von Adel war. Wie ihr Leben danach verlaufen war, interessierte den Kirchenmann weniger. Wissen wollte er nur, ob es irgendeinen Hinweis auf ihre Abkunft gab. »Und du hast nicht die geringste Ahnung, woher du stammst?«, fragte er.

Margarete verneinte und senkte den Kopf. Sie hatte Hildegards Worte nicht vergessen: *»Du warst in eine Windel gewickelt, welche ein Wappen trug. Ein … ein Vogel war darauf zu sehen, eine …«*

»Warum bist du dann ausgerechnet zu mir gekommen?«, fragte Geraldus von Uslar, plötzlich misstrauisch geworden.

»Weil Jörg von der Teileburg Euren Namen nannte, als er mich das erste Mal zu Gesicht bekam.«

»Was hat er genau gesagt?«

Margarete errötete leicht, ehe sie erklärte: »Er sprach von der großen Ähnlichkeit zwischen uns. Genauso wie seine Häscher, in deren Gewalt ich war.«

Sie wartete eine kleine Weile und presste ihre Hand auf ihr Herz, das heftig pochte. Dann fragte sie schüchtern und ängstlich, zugleich jedoch voller Hoffnung: »Ist es wahr? Seid Ihr mein Vater, Geraldus von Uslar?«

»Unfug!« brachte der Bischof heftig hervor. »Ich bin nicht dein Vater. Zufall ist diese Ähnlichkeit, nichts weiter.«

Nun schüttelte Margarete den Kopf, wies auf das Mal über ihrer Lippe. »Nein«, sprach sie mit fester Stimme. »Es handelt sich hier nicht um eine rein zufällige Ähnlichkeit. Wir sind miteinander verwandt. Ihr seid mein Vater, auch wenn Euch das nicht gefallen mag. Es hat keinen Zweck, Exzellenz, mir anderes einreden zu wollen. Auch Jörg von der Teileburg ist ganz dieser Ansicht.«

Geraldus von Uslar atmete einmal ganz tief ein und aus, dann nahm er die Kanne, goss sich den silbernen Becher bis zum Rand voll und trank ihn bis zum letzten Tropfen aus. »Nein«, sagte er dann. »Ich bin ein Kirchenmann, ein Benediktiner. Gelobt habe ich Keuschheit, Armut und Gehorsam. Euer Vater bin ich nicht, wohl aber ist es möglich, dass ich Euer Onkel bin. Ich hatte einen Zwillingsbruder mit Namen Bernhard, der vom letzten Kreuzzug nicht zurückgekehrt ist. Vielleicht ist er den Ungläubigen in die Hände gefallen und nicht mehr am Leben. Vielleicht lebt er auch in Damaskus – niemand weiß es genau.« Der Weihbischof zuckte mit den Achseln. »Ich habe seit Jahren keine Nachricht von ihm bekommen. Um genau zu sein: seit fünfzehn

Jahren nicht mehr. Wenn er dein Vater sein sollte, so muss er kurz nach deiner Zeugung nach Jerusalem aufgebrochen sein.«

Geraldus lehnte sich zurück und hatte wieder die Hände gefaltet. Unvermittelt überzog ein Lächeln sein Gesicht.

»Du musst dir keine Sorgen machen«, sprach er weiter. »Ich werde dich wie meine Nichte halten. Ab heute bin ich dein Vormund und werde für dich sorgen.«

Der Weihbischof Jörg von der Teileburg hatte so gute Laune, dass er seiner Liebsten, die wie immer mittags in seinen Federn auf ihn wartete, ein Schmuckstück versprach. Er war satt vom Essen, satt von der Liebe, schlafsatt auch und stand nun auf mit leichten Gliedern und in denkbar bester Stimmung. Er herzte seine Liebste noch ein letztes Mal, bevor auch sie sich erhob und zu ihrer Arbeit in die Küche ging. Dann machte er sich auf den Weg in die erzbischöfliche Kanzlei.

Cyriakus von Hoheneck stand mit mürrischem Gesicht hinter seinem Pult.

»Nun, Kaplan, was steht Ihr so missmutig da?«, fragte der Weihbischof aufgeräumt.

»Einer der Raubritter, die ich beauftragt hatte, die Nonne zu suchen, ist eingetroffen. Er nennt sich auch ›der Bezopfte‹ und ist der Anführer der Gruppe.«

Jörg von der Teileburg rieb sich die Hände. »Dann schickt ihn herein. Ich bin neugierig, was er zu sagen hat.«

»Ich fürchte, es wird Euch nicht gefallen«, erwiderte der Sekretär zaghaft.

Der Weihbischof hob die Augenbrauen, doch Cyriakus von Hoheneck war bereits zur Tür gegangen und hatte den Raubritter hereingebeten.

Mit einer Mütze in der Hand, den Zopf ganz nass vom

Regen, den Umhang schwer und mit schlammigem Saum, trat der Raubritter vor seinen Auftraggeber.

»Nun, was habt Ihr zu berichten?«, fragte der Bischof energisch.

»Sie ist uns entwischt, Exzellenz. Wir haben sie in einer Burgruine bei Heidesheim gefesselt und haben uns um Nahrung gekümmert. Als wir zurückkamen, waren die Fesseln durchtrennt, und das Mädchen war verschwunden. Wir haben alles abgesucht, haben die Leute in den Dörfern und Weilern gefragt, sind gar bis zum St. Rupertsberg geritten, doch vergeblich. Es ist, als wäre das Mädchen vom Erdboden verschluckt«, log der Raubritter.

Der Bischof stand starr und glotzte den Raubritter an. »Das Mädchen ist Euch entwischt?«

Der Mann nickte.

»Ihr gottverfluchten Hornochsen habt ein Mädchen entkommen lassen, das kostbarer ist als Gold?«

Jörg von der Teileburg trat zu dem Bezopften, packte ihn bei den Schultern und schüttelte ihn.

Sein Gesicht hatte sich puterrot verfärbt, auf seiner Stirn schwoll eine mächtige blaue Zornesader. »Ihr gottverdammten Dummköpfe!«, brüllte er so laut, dass es im halben Bischofssitz zu hören war.

Der Bezopfte duckte sich, doch der Wut des Weihbischofs konnte er nicht entgehen. Jörg von der Teileburg, etwas größer und sehr viel behäbiger, schlug auf seinen Gegenüber ein, der ihn unter anderen Umständen einfach am ausgestreckten Arm hätte verhungern lassen können, aber nicht einmal ein Raubritter wagte es, sich einem Bischof entgegenzustellen.

»Haltet ein!«, brüllte plötzlich eine Stimme. Überrascht ließ Jörg von der Teileburg die Arme sinken.

»Wie kann ein Mann in Eurer Position sich nur so vergessen und zum Marktweib werden!«, fuhr die Stimme fort, während sie sich näherte.

Der Weihbischof ließ die Arme sinken. »Was wollt Ihr, Geraldus von Uslar?«, fragte er.

»Oh, ich wollte Euch helfen. Denn ich weiß, wo das, was Ihr sucht, sich befindet.«

Jörg von der Teileburg versetzte dem Raubritter einen Tritt.

Dann schickte er ihn und auch Cyriakus von Hoheneck hinaus und setzte sich. Er bot auch seinem Rivalen einen Platz an. »Was genau wisst Ihr?«, fragte er voller Neugier.

»Ihr sucht nach meiner Nichte Margarete. Und ich weiß, wo sie sich aufhält.«

»Wie kommt Ihr darauf, dass ich nach einer einfachen Nonne suchen könnte?«

Jörg von der Teileburg wedelte verächtlich mit der Hand.

Geraldus von Uslar dagegen lächelte fein und erhob sich. »Nun, da ich mich doch in der Wichtigkeit dessen, was mir zu Ohren gekommen ist, getäuscht habe, werde ich gehen und mich meinen eigentlichen Aufgaben widmen.«

Er nickte und wollte sich zur Tür begeben, da rief Jörg von der Teileburg: »Wartet! Lasst uns offen wie zwei Männer reden.«

Geraldus von Uslar neigte fragend den Kopf zur Seite und nahm wieder Platz.

»Was wollt Ihr dafür, dass Ihr mir den Aufenthaltsort des Mädchens verratet?«, fragte Jörg von der Teileburg.

»Euren Posten«, erwiderte Geraldus schlicht. »Ich möchte, dass Ihr noch heute ein Schreiben an unseren verehrten Erzbischof Christian von Buch sendet, in dem Ihr Euer Stellvertreteramt niederlegt und es mir überlasst. Zumindest so lange, bis der Erzbischof aus der Gefangenschaft entlassen ist und sich selbst einen neuen Stellvertreter wählen kann. Wen aber sollte er nehmen, wenn nicht mich? Was Ihr als Begründung dafür schreibt, ist mir gleichgültig.«

Jörg von der Teileburg stützte seine Ellbogen auf die Lehnen des Stuhles. Er hatte die Augen zusammengekniffen und die Brauen bedrohlich hochgezogen. Sein Kinn wirkte kantig, seine Körperhaltung glich der einer Raubkatze vor dem Sprung. Doch plötzlich entspannte er sich. Was bedeutete ihm das Amt, das er jetzt innehatte? Nun, es lebte sich angenehm hier, doch Jörg von der Teileburg konnte sich noch andere Dinge für sich vorstellen. Die Küchenmagd mittags in seinem Bett war zwar eine große Annehmlichkeit, doch brachte sie ihm keine Erben. Seine Eltern waren alt, zwei Brüder hatte er während des Kreuzzuges verloren, der dritte war erst kürzlich an der Auszehrung gestorben, sodass jetzt der Platz als Erbe für ihn frei war. Im Grunde hatte sich Jörg von der Teileburg nie um Familie und Erben geschert, doch jetzt, da der Stein der Weisen denkbar nahe schien, sah die ganze Sache anders aus. Mittlerweile schien es erstrebenswerter, ein Burgherr zu sein als ein Weihbischof am Hofe des Erzbischofs, der stets von der Gunst anderer abhängig war. Was hatte er zu verlieren? Hier gefiel ihm einiges schon lange nicht mehr. Er hasste es, für Christian von Buchs Verwandtschaft Ämter und Pfründe zu schaffen, er hasste es, von seinem Sekretär abhängig zu sein, er hasste es, in Klöster reisen zu müssen. Kurz: Er hasste es mittlerweile, nicht so leben zu können, wie er jetzt, da die Brüder tot waren und er Herr der Teileburg werden konnte, gern wollte. Vielleicht würde er diese Margarete sogar heiraten. Hübsch war sie, jung war sie. Er würde sie schon formen, bis sie für ihn passte. Ein härterer Schlag gegen Geraldus von Uslar war nicht zu ersinnen!

Und wenn er dann noch an den Stein der Weisen dachte! Als Stellvertreter des Erzbischofs holte er letztendlich doch nur die Kastanien für seinen Herrn aus dem Feuer. Doch wenn er selbst … er mit dem Stein des Weisen …

Jörg von der Teileburg verlor sich in den schönsten Gedanken. Sein Mund verzog sich zu einem Lächeln.

Geraldus von Uslar verfolgte das Mienenspiel seines Konkurrenten mit größtem Interesse. Er kannte die Ziele von Teileburgs nicht, wusste jedoch nur, dass er so gierig auf den Stein der Weisen war, dass er viel, wenn nicht alles dafür tun würde, ihn zu bekommen. Er, Geraldus, hatte jedoch ganz andere Pläne. Seit Jahrhunderten suchten die Menschen nach diesem Stein. Nun, er hatte lange darüber nachgedacht und war zu dem Ergebnis gekommen, dass er sich nicht an der Suche danach beteiligen wollte, sondern Erzbischof werden wollte. Christian von Buch, der das Amt noch innehatte, war zwar von Kaiser Barbarossa als Erzbischof anerkannt worden, nicht aber vom Papst; überdies zählte er beinahe schon fünfzig Jahre und war von den zahlreichen Feldzügen erschöpft. Dass die Stelle des Erzbischofs von Mainz und Erzkanzlers des Heiligen Römischen Reiches bald vakant war, stand für Geraldus von Uslar fest. Und sein Ziel war es, diesen Posten dann zu übernehmen.

»Ich lasse mich auf den Handel ein, mein lieber Freund«, ließ sich Jörg von der Teileburg endlich vernehmen.

»Gut«, erwiderte Geraldus von Uslar, der sich wunderte, seinen Konkurrenten so rasch in die Knie gezwungen zu haben. »So lasst Euren Sekretär rufen, damit wir das Schreiben am besten gleich aufsetzen. Wir wollen doch keine Zeit verlieren, nicht wahr?«

Schon sprang Jörg von der Teileburg auf und rief nach seinem Sekretär. Cyriakus von Hoheneck betrat mit gleichmütiger Miene die Kanzlei, nahm ohne Eile hinter seinem Schreibpult Aufstellung, glättete das Pergament, spitzte den

Gänsekiel mit einem Messer und schüttelte die Büchse mit dem Löschsand.

Dann sah er seinen Vorgesetzten fragend an und begann zu schreiben. Doch kaum hatte er die ersten Sätze notiert, wurde sein Blick fassungslos. Und als er gar den Satz schreiben musste, dass Jörg von der Teileburg sein Amt an Geraldus von Uslar übergab, starrte er dümmlich vor sich hin. Doch dann kam ihm wohl ein Gedanke, den auch Jörg von der Teileburg gedacht hatte. Seine Miene hellte sich auf, und er führte die Feder so schwungvoll, als ginge es um seine eigene Ernennung zum Stellvertreter des Erzbischofs. Geraldus von Uslar aber bedachte er mit einem mitleidigen Augenaufschlag.

Vierzehntes Kapitel

Die Kutsche fuhr durch die Nacht, die spätherbstlich kühl und voller Nebelschwaden war, doch dieses Mal fror Margarete nicht. Sie trug einen warmen Umhang mit Pelzkragen über ihrem neuen Kleid aus feinem englischem Tuch, hatte dicke Strümpfe aus feiner Schafwolle an den Füßen, darüber Stiefel aus weichem Leder. Sogar eine Bruche, eine Unterhose, trug sie nun. Noch nie hatte sie so ein Kleidungsstück besessen. Die Nonnen waren nackt unter ihren Unterkleidern. Nur auf Reisen trugen sie diese Bruchen, aber Margarete war noch nie auf Reisen gewesen.

Ihr gegenüber saß Geraldus von Uslar in der Kutsche. Die Stadttore von Mainz waren schon verschlossen, doch ein Bote ritt der Kutsche voran und hatte die Torwächter bereits geweckt. Als die Wachleute das Wappen auf der Kutsche sahen, öffneten sie, ohne zu zögern, das große Holztor.

»Wohin fahren wir?«, fragte Margarete, die Geraldus von Uslar seit Stunden nicht mehr gesehen hatte. Er hatte sie nach dem Mittagsmahl einer Frau übergeben, die sie in einen Zuber mit warmem Wasser und Rosenblättern gesteckt hatte. Sogar ihr Haar war frisch gewaschen und duftete nach Mandelöl.

Die Frau hatte Margarete auch neue Kleidung mitgebracht, und ehe sie sich darüber wundern konnte, dass die Sachen wie angegossen passten, war die Frau verschwunden. Eine Magd brachte ihr ein kleines Nachtmahl, dann kam die Frau zurück, hieß Margarete sich anzuziehen und brachte sie unbemerkt durch ein kleines Seitentor aus dem erzbischöflichen Sitz. Sie gingen ein paar verwinkelte Gassen entlang, bis sie schließlich zu einem Haus gelangten, vor dem eine Kutsche wartete. Margarete war eingestiegen und hatte dort den Bischof vorgefunden.

»Wollt Ihr ein Geheimnis daraus machen, wohin wir fahren?«, fragte sie.

Der Bischof lächelte, was in der Dunkelheit jedoch kaum zu erkennen war.

»Wir fahren nach Ingelheim. Der Graf und die Gräfin von Uhlenburg sind mir verpflichtet. Sie werden dich als meine Nichte gern willkommen heißen und dir eine Erziehung angedeihen lassen, wie sie dir zukommt.«

»Und dann?«, fragte Margarete.

»Wie geht es dann weiter mit mir?«

»Nun, du wirst zur Ruhe kommen. Das gute Essen, reichlich Schlaf und ein paar erholsame Spaziergänge an der frischen Luft werden deinem Gedächtnis auf die Sprünge helfen. Du wirst sehen, schon bald wirst du dich an den Inhalt der letzten Vision der Hildegard erinnern. Du wirst sie mir sagen, und ich werde mich um alles Weitere kümmern. Ab sofort hast du nichts mehr mit den Nonnen vom St. Rupertsberg, Hildegard von Bingen und dem Weihbischof Jörg von der Teileburg zu tun. Du wirst heiraten und Kinder bekommen.«

Margarete beugte sich ein wenig nach vorn. »Aber ich will noch nicht heiraten. Ich muss dabei helfen, das Vermächtnis der Hildegard zu bewahren. Erst wenn alle Schriften zurück auf dem St. Rupertsberg sind, kann ich mir um andere Dinge Gedanken machen.«

Der Bischof holte aus und vollführte mit dem Arm eine Bewegung, als würde er ein Schwert führen.

»Hast du im Kloster gelernt, Anweisungen in Frage zu

stellen?«, rief er barsch. »Du tust, was ich dir sage. Keine Widerrede!«

Margarete schwieg einen Augenblick, dann fragte sie leise: »Und Wibert von Gembloux? Was wird mit ihm? Der Weihbischof Jörg von der Teileburg lässt gewiss auch ihn suchen. Er vermutet, dass der Prior die Wachstafeln bei sich hat. Vielleicht steht dort, was Ihr sucht.«

Das Gesicht des Bischofs wurde plötzlich freundlich. Er beugte sich ein wenig zu ihr: »Und du weißt auch nicht mehr, was du auf den Tafeln darüber notiert hast?«

Margarete schüttelte den Kopf und schluchzte leise, wie um ihre Unwissenheit zu betonen..

Der Bischof tätschelte ihr ungeschickt die Hand. »Na, kein Grund zum Weinen.«

Nach einer Weile wischte sich Margarete über das Gesicht, zeigte ein schiefes, schmerzliches Lächeln, dann wiederholte sie: »Meint Ihr auch, dass Wibert von Gembloux die Wachstafeln gestohlen hat?«

»Nun, der Gedanke ist nicht von der Hand zu weisen. Ich werde ihm jedoch niemanden auf den Hals hetzen. Ganz im Gegenteil«, erwiderte er und betrachtete lächelnd den dunklen Wald, durch den sie nun fuhren.

Als sie etwa eine Stunde unterwegs gewesen waren, riss plötzlich die Wolkendecke auf, und der Mond erhellte die Landschaft mit kaltem Licht. Die Bäume warfen lange Schatten, der Wind rüttelte sanft an ihnen. Manchmal streifte ein Busch die Kutsche, manchmal sah Margarete ein Tier, welches angstvoll vor der Kutsche flüchtete. Sie hörte das Krächzen eines Raben und einmal sogar den schauerlichen Gruß eines Waldkauzes. Sie schrak zusammen, doch Geraldus von Uslar legte ihr beruhigend eine Hand auf das Knie. »Du musst dich nicht fürchten. Nie mehr! Ich habe dir doch gesagt, dass ich in Zukunft für dich und dein Wohlergehen sorge.«

Margarete nickte. Sie sehnte sich so sehr nach einem Menschen, dem sie vertrauen konnte, sodass sie den Mann, der ihr gegenübersaß, anlächelte. Er war ihr Oheim, hatte er gesagt, der Bruder ihres Vaters.

»Wer ist eigentlich meine Mutter?«, fiel ihr plötzlich ein.

Das Gesicht des Bischofs nahm für einen Augenblick wieder einen angespannten Ausdruck an, doch dann sagte er sanft und streichelte dabei ihre Hand: »Ich weiß es nicht, mein Kind. Ich wurde schon früh ins Kloster gegeben, lebte nur zehn Jahre mit meinem Bruder zusammen. Kinder waren wir noch, als man uns getrennt hatte. Ich habe keine Ahnung, welchen Weg sein Leben dann ging, welche Frauen ihn kreuzten. Aber eines weiß ich sicher: Mein Bruder war ein Mann von Ehre. Also wird deine Mutter eine ehrenhafte, tugendsame Frau gewesen sein. Wenn Gott will, wirst du sie eines Tages kennenlernen.«

Margarete glaubte Geraldus nicht, doch sie wusste, dass sie gegen seinen Willen nichts aus ihm herauskriegen würde. Vielleicht aber wussten die Herrscher der Uhlenburg ja mehr.

Sie lehnte sich zurück und schloss die Augen, doch sie hatte kaum eine kleine Weile gedöst, als die Kutsche plötzlich vom Weg abbog und kurz darauf durch das Tor einer Burg fuhr und in einem gepflasterten Innenhof hielt. Knechte eilten herbei, der Wagenschlag wurde aufgerissen, Fackeln erhellten den Hof, aus einem Schornstein quoll dicker Rauch.

Margarete stieg aus, zog den Umhang fester um ihre Schultern und blickte sich um. Die Burg war nicht besonders groß, doch die Trutztürme wirkten imposant. Das

Wohngebäude war ein zweistöckiger Bau aus Bruchsteinen mit hohen Fensteröffnungen. Daneben befand sich ein kleinerer Bau, in dem Margarete die Küche erkannte. Links davon schlossen sich das Badehaus, die Brauerei und die Kelterei an, rechts die Pferdeställe und Scheunen.

Es roch nach Geräuchertem, nach nassem Herbstlaub und nach vergorenen Trauben und Hopfen.

Margarete wandte sich um und wollte nach dem Bischof sehen, als sich die Tür der Halle öffnete und der Graf erschien. Er breitete die Arme aus, strahlte über das ganze Gesicht und rief: »Willkommen! Je später der Abend, umso lieber die Gäste.«

Der Bischof umarmte seinen Verwandten – einen Vetter zweiten Grades, hatte er während der Fahrt berichtet –, dann trat Margarete vor und wurde ebenfalls vom Grafen in die Arme geschlossen. Anschließend nahm der Graf Margarete an die Hand und betrachtete sie eingehend, indem er ihr Gesicht mit einer Fackel beleuchtete.

Lächelnd studierte er jeden Zug in ihrem Antlitz und wandte sich schließlich an den Bischof. »Du hast recht, Vetter. Sie ist eine Schönheit. Und sie ist dir ähnlich. Wobei ich immer dachte, dass diese beiden Aussagen einander ausschließen.« Er lachte, schlug sich auf die Schenkel vor Freude, dann hieb er dem Vetter eine Hand auf den Rücken. »Die Tochter deines Bruders und meines Vetters ist sie, sagst du?«

Der Bischof verzog das Gesicht und nickte. »In dem Schreiben, welches ich dir heute per Boten schickte, stand alles, was du wissen musst.«

Der Graf lächelte noch immer. Er trat nun in den Lichtkreis einer Fackel, sodass Margarete ihn ihrerseits genauer betrachten konnte. Er war gerade mittelgroß und hatte bereits schütteres Haar. Sein Gesicht wurde von tiefen Falten durchzogen, die anzeigten, dass er oft und gerne lachte, doch durfte man sich von der Jovialität des Grafen keineswegs in die Irre führen lassen. Seine wachen Augen beobachteten alles und jeden. Die Hände vor seinem stattlichen Bauch gefaltet, bat er seine Gäste: »Tretet ein! Die Köchin hat eigens noch einmal das Feuer im Herd entfacht. Ein heißer Wein mit Gewürzen wird euch guttun.«

Zögernd betrat Margarete die Halle. Die steinernen Wände waren mit kostbar bestickten Teppichen behängt, der Boden war mit Dielen belegt und mit Biesen bestreut. Vor dem Kamin lag ein gewaltiges Bärenfell, darauf standen mehrere gepolsterte Lehnstühle. In der Mitte des Raumes befand sich eine große Tafel, die mit feinem Linnen belegt und von mit Kissen bedeckten Bänken umstellt war. An den Wänden befanden sich Truhen, ebenfalls mit Kissen versehen. Zahlreiche Bienenwachskerzen hüllten den Raum in ein freundliches gelbes Licht und verströmten einen angenehmen Duft.

»Wie schön Ihr es habt!«, rief Margarete aus und hätte beinahe wie ein Kind in die Hände geklatscht.

»Ja, wir fühlen uns sehr wohl hier«, erklang die Stimme einer Frau, die am oberen Rand der linken Treppe stand, die in einem eleganten Schwung in die Halle führte. Margarete sah hoch und verbeugte sich, während die Frau sie mit einem winzigen Nicken begrüßte. Dann schritt sie, das Kleid mit der linken Hand raffend, die Treppe hinab. Margarete konnte den Blick nicht von ihr wenden. Obwohl die Frau ungefähr doppelt so alt war wie Margarete, strahlte sie doch von Schönheit. Die hohe schlanke Gestalt war in ein Kleid aus feinster Wolle gehüllt, welches trichterförmige Ärmel und eine kleine Schleppe hatte. Um die Taille schmückte sie ein bestickter Gürtel, auf dem wertvolle Steine blitzten. Dazu trug sie eine enganliegende Haube mit breitem Kinnband und kleinem Schleier, der mit Goldfäden durchwirkt war. Im Ausschnitt ihres Kleides funkelte ein kirschkerngroßer Lapislazuli. Alles an ihr strahlte Vornehmheit und Schönheit aus.

Margarete, die zum ersten Mal in ihrem Leben ein richtiges Kleid anstatt eines Skapuliers oder Magdkittels trug, kam sich auf der Stelle schäbig und ärmlich vor. Sie versuchte, die gestrickten Strümpfe unter den Säumen ihres Kleides zu verbergen, aber sie war sicher, dass die vornehme Frau diese längst entdeckt hatte.

Nun war die Gräfin in der Halle angelangt. Der Bischof küsste sie auf beide Wangen, machte ihr Komplimente, die sie ungerührt und mit dem Stolz einer Königin entgegennahm. Dann trat Margarete zu ihr.

»Du bist also die Nichte unseres Bischofs«, sagte die Frau, doch als Margarete den Kopf hob, war ihr, als schrak die Frau ein wenig vor ihr zurück.

»Sei willkommen«, sprach sie dann. »Ich werde dich erziehen, als wärst du meine Tochter.«

Die Gräfin von der Uhlenburg betrachtete ihr neues Mündel und griff unvermittelt in Margaretes Haar.

»Dein Haar ist ohne Glanz. Es muss mit Essig und Kamille gespült werden«, sagte sie und fuhr fort: »Deine Haut ist zu rau. Man sollte sie mit grobem Salz abreiben und danach mit einem Öl bestreichen, damit sie weich und zart wird.«

Sie fuhr mit ihrer Hand grob über Margaretes Rücken. »Du musst dich gerade halten, Kind. Gleich morgen werden wir dir einen Besenstiel in das Kleid stecken. Geh ein paar Schritte! Ich möchte deinen Gang sehen.«

Margarete tat, wie ihr geheißen, doch Gräfin Sidonie schüttelte missbilligend den Kopf. »Du sollst gehen, nicht trampeln wie eine Viehmagd. Hebe die Füße, mache kleine

Schritte und setze um Gottes willen nicht den ganzen Fuß auf einmal auf.«

Margarete versuchte zu gehorchen und gab sich alle Mühe, aufrecht zu gehen, doch Sidonie war nicht zufrieden. »Nein, nein, nein!«, rief sie entschieden aus.

»Nun lass sie doch. Sie ist doch gerade erst angekommen, das gute Kind. Sie wird müde sein«, mischte sich Markus von Uhlenburg ein. Er nahm Margarete beim Arm und führte sie zu einem Lehnstuhl vor dem Kamin. Dort hatte bereits der Bischof Platz genommen.

»Sie muss anständig laufen lernen«, beharrte die Gräfin. »Gleich morgen werde ich ihr höchstselbst einen Stein in jeden Schuh legen. So wird es am französischen Hof gemacht, um eine Magd in eine Dame zu verwandeln.«

Margarete lag lange wach in dieser Nacht. Der Mond schien, sein Licht drang durch die Ritzen der hölzernen Läden. Sie hatte die Arme unter dem Kopf verschränkt. Neben ihr, auf einem kleinen Nachtkästchen stand ein silberner Leuchter, in dem drei Wachslichter brannten.

Das Bett selbst war aus Holz geschnitzt und mit Vorhängen aus einem warmen Stoff in Rottönen verhängt. Als Unterlage diente festes Leinen, welches mit Rosshaar gefüllt war und bei jeder Bewegung leise knisterte. Ein kastenförmiger Schrank stand an der Wand, daneben eine mit Kissen belegte Truhe. Auf einer kleinen Anrichte befand sich ein Viereck aus poliertem Metall, in dem Margarete sich sehen konnte. Dieses Viereck faszinierte sie! Sich sehen können, wann immer man mochte! Sie hatte sich erst ein einziges Mal ausführlich betrachten können. Im Kloster war sie vor Tau und Tag zum Brunnen gelaufen und hatte sich im klaren Rund und im Licht der aufgehenden Sonne gespiegelt. Was sie gesehen hatte, hatte ihr gefallen: ein schmales Gesicht mit großen Augen, eine zierliche Nase und einen Mund mit Lippen, die vielleicht ein wenig schmal geraten waren.

Margarete lächelte. Lange hatte sie sich nicht mehr so wohl und sicher gefühlt. Hier auf der Uhlenburg, so schien es ihr, konnte ihr nichts passieren. Die Häscher des Erzbischofs hatten ihre Spur längst verloren, Geraldus von Uslar würde gemeinsam mit dem Grafen über sie wachen. Und die Gräfin? Margaretes Lächeln vertiefte sich. Sie hatte hinter all den Tadeln aus der Stimme der Gräfin auch Sympathie herausgehört. Wohlig kuschelte sie sich in die Kissen und schloss die Lider. Doch schon erschien vor ihrem inneren Auge das Bild der Hildegard von Bingen. Aufrecht stand die einstige Lehrerin inmitten ihrer Träume und wies mit ausgestrecktem Finger auf Margarete. »Du hast ein Gelübde getan!«

Margarete schrak auf. Ja, die Äbtissin hatte recht. Sie hatte ein Gelübde getan und durfte nicht an ihr eigenes Wohlbehagen denken.

Dann, als sie wieder zurücksank, sah sie die sechs Nonnen der geheimen Schwesternschaft vor sich.

Zuerst Adelgunde, die ein besorgtes Gesicht machte. »Was wirst du tun, wenn dich die Suche nach dem Stein ins Französische treibt?«

Dann kam Tenxwind auf sie zu. »Wirst du dich an dein Gelöbnis halten? Und wirst du freundlich und hilfreich sein gegen alle Menschen, die du triffst?«

Mirjam sah sie nur wissend an, warf dann den Kopf nach hinten. »Hüte dich vor den Männern«, sagte sie.

Rautgundis, die Gefühlvolle, streckte die Arme nach Margarete aus. »Die Liebe soll in dir lodern«, beschwor sie. »Die Liebe zu deinem Herrn.«

Magdalena, die schmale, blasse, schüttelte den Kopf: »Nein, fliehe vor der Liebe, wenn du kannst. Sie schmeckt so bitter. Behalte dein Herz in deiner Brust! Gib es nicht weg, wenn du nicht leiden willst.«

Zum Schluss trat Edelgard in Margaretes Gedanken. Sie schwieg eine Weile, dann erst sagte sie: »Du bist die Trägerin unser aller Träume. Vergiss das nicht. Niemals.«

Fünfzehntes Kapitel

Jörg von der Teileburg ging es schlecht. Die ganze Nacht hatte er mit verstopfter Nase wach gelegen und sich schweißnass in den Kissen gewälzt. Jetzt, am Morgen, fühlte er sich wie gerädert. Seine Augen brannten und waren von violetten Ringen umschattet.

Der Weihbischof hing in seinem Armlehnstuhl und betrachtete mürrisch eine Schale mit Hafergrütze, Nüssen, Honig und Sahne. Mit angewiderter Miene schob er sie von sich. »Ich mag nicht essen; ich habe keinen Hunger.«

Cyriakus von Hoheneck zuckte mit den Achseln. »Mit leerem Magen wird Eure Stimmung auch nicht besser, mein Bischof.«

Jörg von der Teileburg bedeutete mit einer Geste, dass sein Sekretär schweigen solle, dann stützte er den Ellbogen schwer auf den Tisch und ließ seinen Kopf in die Hand sinken. »Was sollen wir bloß tun?«, fragte er.

Der Sekretär zuckte wieder mit den Achseln. Seine Miene drückte aus, dass es wohl auf der ganzen Welt kein Problem gab, welches ihn aus der Ruhe brachte. »Wozu braucht Ihr eigentlich dieses Weib, Exzellenz?«, fragte er.

»Um den Stein der Weisen zu finden, das wisst Ihr doch, Kaplan«, erwiderte der Bischof barsch. »Und das so schnell wie möglich.«

»Oh, Ihr meint wegen des Briefes von Kaiser Barbarossa, der heute Morgen von einem Boten gebracht wurde?«

»Der Kaiser hat sein baldiges Kommen angekündigt und

verlauten lassen, dass ihm die seltsamen Zustände im Kloster der Hildegard zu Ohren gekommen sind. Und wem gibt er daran die Schuld? Nicht etwa dieser verrückten Alten mit ihren Visionen und Sprüchen, sondern mir!« Teileburg schlug sich auf die Brust. »Mir, dem Stellvertreter des Erzbischofs! Ich hätte für Ordnung auf dem Rupertsberg sorgen und die Flucht des Priors und der Nonne verhindern müssen.«

Er seufzte tief.

»Nun, ich denke, ein Weib ist wie das andere«, sprach der Sekretär und zeigte eine zufriedene Miene.

»Wie meint Ihr das, Kaplan?«

»Bis der Kaiser kommt, wird sich wohl ein Weib auftreiben lassen, das von sich behauptet, den Stein der Weisen finden zu können. Sie werden wir dem Kaiser übergeben. Mag der Herrscher sehen, wie er mit ihr fertig wird. Er hat so viel zu tun, dass ihm wenig Zeit für das Weib bleibt. Derweil haben wir Ruhe, die Richtige zu suchen. Sie kann ja nicht vom Erdboden verschluckt sein!«

Der Stellvertreter des Erzbischofs richtete sich ein wenig auf und starrte seinen Sekretär an. Dann ließ er den Blick zum Fenster und von dort hinaus schweifen. Es dauerte eine kleine Weile, bis er sagte: »Sie kann nicht weit sein. Und wir dürfen nicht vergessen, dass sie Geraldus von Uslar recht ähnlich sieht. – Wo ist er überhaupt, mein Stellvertreter?«, fragte er.

Cyriakus von Hoheneck zuckte mit den Achseln. »Er ist nicht im Haus. Schon seit gestern Abend nicht.«

Margarete wurde bereits in der Halle der Burg erwartet. Die Gräfin Sidonie sah ihr entgegen und schüttelte den Kopf. »Nein! Recke das Kinn vor, Mädchen, die Schultern nach hinten.«

Margarete erschrak und streckte die Brust vor, doch die

Gräfin war nicht zufrieden. »Du schleifst die Füße über den Boden wie die Geringste der Kuhmägde, Himmelherrgott! Nach dem Frühstück werden wir ein gemessenes Schreiten üben. Jetzt setze dich erst einmal.«

Margarete tat, wie ihr geheißen, und aß die Milchsuppe, in welche die Köchin weißes Rosinenbrot gebrockt hatte.

Die Gräfin hatte ihr gegenüber Platz genommen. »Man führt den Löffel zum Mund und nicht den Mund zum Löffel«, tadelte sie, obwohl Margarete schon von klein auf im Kloster mit dem Erlernen von guten Manieren traktiert worden war. »Was, in Gottes Namen, hat man euch auf dem St. Rupertsberg beigebracht?«

Margarete errötete. Eigentlich hatte sie geglaubt, alles gelernt zu haben, was ein Mädchen in ihrem Alter wissen musste, aber hier auf der Uhlenburg fühlte sie sich ganz und gar unzulänglich. »Ich habe lesen und schreiben, rechnen, singen und Latein gelernt«, erwiderte sie mit leisen Trotz in der Stimme. »Von der Kunst, sich hübsch zu machen und den Männern zu gefallen weiß ich jedoch nichts.«

Die Gräfin runzelte die Stirn. »Rechnen, schreiben, lesen, Latein? Ist das alles, was du kannst?«

»Ist das nicht genug?«

»Himmel, nein! Du bist eine junge Frau und wirst bald heiraten. Kannst du einem Haushalt vorstehen? Kannst du Vorräte anlegen und verwalten? Kannst du die Laute spielen und Speisefolgen zusammenstellen? Kannst du sticken oder wenigstens ein Spinnrad bedienen? Hast du gelernt, den Dienstboten zu befehlen?«

Margarete schüttelte stumm den Kopf. »Nichts von alldem kann ich.«

Die Gräfin befahl: »Wir beginnen gleich heute mit deinem Unterricht. Sobald du die notwendigsten Dinge beherrschst, wirst du heiraten.«

Margarete erschrak. »Heiraten? Aber warum denn?«

Sidonie sah sie an, als wäre sie ein törichtes Kind. »Weil jede junge Frau in deinem Alter heiratet. Es ist die Aufgabe der Frau, zu heiraten und Kinder zu bekommen.«

»Aber …«, setzte Margarete an und wollte von ihrem Gelübde erzählen, doch Sidonie betrachtete sie so streng, dass sie verstummte.

Sogleich nach dem Frühstück begann der Unterricht. Margarete bekam wahrhaftig einen Besenstiel in den Rücken geschoben, der sie zwang, schnurgerade und mit zurückgenommenen Schultern zu gehen. In ihren Lederschuhen steckten Steinchen, sodass sie sich bewegte, als ginge sie über einen gefrorenen See. Immer wieder überkam sie ein Kichern, doch sogleich wurde sie wieder ernst.

Heiraten, dachte sie. Ich kann nicht heiraten! Ein unbehagliches Gefühl beschlich sie. Als Novizin hatte sie geglaubt, Gott nicht richtig und von ganzem Herzen zu lieben. Wie sollte das dann mit einem Mann gehen?

»Wo bist du nur mit deinen Gedanken?«, fuhr die Gräfin sie an. »Heute Abend findet ein Festmahl in unserem Hause statt. Ich habe einige junge Herren eingeladen, um dich ihnen vorzuführen. Sieh also, dass du dich anmutig bewegst.«

Mit hocherhobenem Haupt und vorsichtig einen Fuß vor den anderen setzend schritt Margarete durch die Halle.

Als die Gräfin endlich mit ihr zufrieden war, fühlte sie sich so erschöpft wie nach einem Tag Arbeit in der Krankenstube. Doch sie war noch nicht erlöst.

»Komm mit!«, befahl die Gräfin. »Wir müssen dir ein Kleid aussuchen. Ein wenig Schmuck dazu, ein paar lederne Stiefel und ein wenig Rosenöl hinter die Ohrläppchen.«

Sie nahm Margarete bei der Hand, zog sie die Treppe hinauf in ihre Kemenate. Diese Kammer war so prächtig, dass es

Margarete, die nur die kargen Klosterzellen gewohnt war, schier den Atem verschlug.

Die Wände waren von oben bis unten mit feinen Stoffen bespannt, das Bett reich verziert und mit kostbaren Vorhängen versehen, die Kastendecke aus wertvollen Hölzern gefertigt. Auf dem Boden lagen Teppiche, die so dick waren, dass Margarete darin beinahe bis zu den Knöcheln versank. Jeder freie Fleck, jede Truhe, jeder Schemel war gepolstert und mit Kissen bedeckt. Bienenwachskerzen verströmten einen heimeligen Geruch; in einer Vase neben dem Kamin blühten die letzten Herbstblumen.

»Wie schön Ihr es habt!«, brach es aus Margarete hervor. »Die herrlichen Stoffe, das viele Silber, der liebliche Duft!«

Sidonie lächelte. »Du kannst es eben so schön haben, meine Liebe.«

Dann öffnete sie einen kastenartigen Schrank und holte einige Kleider daraus hervor. Kleider, die ein Vermögen wert sein mussten. Ein dunkelrotes war bestickt mit winzigen goldenen Sternen, ein hellgrünes, leichteres mit Seidenbändern geschmückt, ein drittes, blaues, mit Perlen versehen.

»Du kannst dir ein Kleid aussuchen«, bot Sidonie ihr an und ließ sich auf das weiche Bett sinken.

»Ein ... ein Kleid aussuchen?«, stammelte Margarete. »Aber die sind ja viel zu kostbar.«

Sidonie lächelte. »Du hast recht. Eines hat gut und gern eine halbe Viehherde gekostet, aber so rechnen wir auf der Uhlenburg nicht. Also such dir eines aus! Ich würde an deiner Stelle das grüne oder das blaue Kleid nehmen. Diese Farben stehen dir gut. Zum blauen gehört noch ein Haarnetz, ebenfalls mit Perlen bestickt.«

Margarete hob, noch immer fassungslos, eine Hand und strich behutsam über den Stoff des blauen Kleides. »Samt«, flüsterte sie leise.

»Ganz recht, das ist Samt«, bestätigte Sidonie. »Mailänder Samt sogar.«

Behutsam nahm Margarete das Kleid hoch, hielt es sich an und betrachtete sich im polierten Spiegel, der auch in Sidonies Kemenate stand.

Sie wandte sich um und konnte noch immer nicht glauben, dass sie Samt in den Händen hielt. »Es steht dir wirklich gut«, bemerkte Sidonie. »Die kalten Farben – Blau und Grün gehören zu den kalten Farben – bringen deine Augen zum Strahlen und betonen die Zartheit deiner Haut.«

Margarete hörte gar nicht richtig hin, sie fühlte den Stoff zwischen ihren Fingern, glaubte nicht, dass eine solche Schönheit dafür bestimmt war, sie zu schmücken.

»Wenn du willst, kannst du es gleich heute Abend tragen«, teilte Sidonie ihr mit. »Doch zuvor müssen wir dein Haar spülen und zusehen, dass deine Haut noch weicher wird.«

Sie nahm Margarete das Kleid aus der Hand und führte sie aus der Burg hinüber in ein kleineres Gebäude, in das Bad. Dort hatten die Mägde bereits Zuber mit heißem Wasser gerichtet. Wieder riss Margarete die Augen auf ob der zahlreichen Tiegel und Bürsten, Salben und Öle, die nicht wie im Kloster der Heilung dienten, sondern einzig der Schönheit.

»Zuerst«, erklärte Sidonie. »wird dich eine Magd mit grobem Salz und Öl abreiben. Danach steigst du in den Zuber und genießt den Duft des Rosenöles. Die Magd wird dir das Haar waschen und es hinterher mit Essig spülen, damit es schön glänzt. Am Nachmittag müssen deine Augenbrauen gezupft, deine Haut mit Bleiweiß gebleicht, die Wangen mit rot eingefärbtem Fett bestrichen werden. Erst dann ziehst du das Kleid und die dazugehörigen Stiefel an. Dein Haar wirst du offen tragen, nur von mit Perlen bestickten Bändern gekrönt.«

Margarete nickte wie im Traum. Sie stieg aus dem Kleid,

das sie erst gestern bekommen hatte und das ihr heute im Angesicht der ganzen Pracht schon nicht mehr gefiel. Dann ließ sie sich mit der Salz-Öl-Mischung abreiben, während Sidonie ohne Scham ihren Körper begutachtete.

»Dein Leib ist schön, die Brüste sind fest, die Hüften sanft geschwungen. Die Beine könnten etwas länger sein und die Schenkel einen Hauch schmaler. Die Füße sind nicht zu groß und nicht zu klein.«

Sie kam näher, drehte Margarete einmal um sie selbst – und wurde plötzlich starr. Die Gräfin Sidonie von der Uhlenburg stand und stierte auf das kleine Muttermal, das Margarete über ihrer linken Hüfte hatte.

»Was ist mit Euch?«, fragte Margarete. »Soll ich Euch ein Glas Wasser holen?«

Die Gräfin schüttelte stumm den Kopf, raffte ihre Röcke und taumelte wie gehetzt aus dem Badehaus.

Sechzehntes Kapitel

Den ganzen Tag über war Margarete mit ihrer Schönheit beschäftigt. Hin und wieder kam ihr der Gedanke an ihre Gefährtinnen aus dem Kloster auf dem St. Rupertsberg. Sie dachte an Tenxwind, die in der Apotheke war und sich gewiss wieder um jeden einzelnen Kranken bemühte. Sie dachte an Edelgard, die vermutlich Bücher mit Randmalereien versah. Und sie dachte an Mirjam, Rautgundis und Magdalena, die ebenfalls mit ihren gewohnten Tätigkeiten befasst sein würden. Nur sie frönte der Faulheit, ließ sich verwöhnen – und genoss es. War ich je eine richtige Novizin?, fragte sie sich und atmete den Duft des Rosenöls ein. Habe ich jemals mit ganzer Kraft dem Herrn gedient und das Meine darüber vergessen? überlegte sie und streichelte mit der Hand über ihre vom Salz und Öl geglättete Haut.

Ihr Blick fiel dabei auf die Wundmale auf ihren Handrücken. Einen Augenblick war sie versucht, nach der Kerze zu greifen und sich für ihr Genießen zu bestrafen, doch dann ließ sie es. Ich bin nicht mehr im Kloster, dachte sie. Hier darf ich mich um andere Dinge kümmern.

Wenn Margarete ehrlich war, so konnte sie den Abend kaum erwarten. Sie hatte gehört, wie die Gräfin der Köchin Anweisungen für das Mahl gegeben hatte. Es würde in Weißwein gesottene Hühner geben, dazu eine Soße von Nüssen und Trauben. Wildbret sollte gereicht werden, ein Mus von Kastanien, gedünstetes Gemüse, frische Fische aus dem nahen Rhein, gebratene Hühner in Granatapfelsaft sowie Mandeln, Feigen, Datteln und Rosinen aus dem Süden und zum Nachtisch Honigtörtchen. Außerdem würde roter Wein von den Wingerten des Grafen und weißer Wein vom gegenüberliegenden Rheinufer ausgeschenkt werden.

Aber nicht nur auf das Mahl freute sich Margarete, sondern auch darauf, Musik zu hören und vielleicht sogar zu tanzen. Bisher hatte sie lediglich Lieder, die Hildegard komponiert hatte, oder Psalmen gesungen. Manchmal hatte sie von den Mägden des Klosters Küchenlieder gehört, aber noch nie in ihrem ganzen Leben hatte sie getanzt. Jetzt war sie allein in ihrer Kemenate, ließ ihr duftendes, glänzendes Haar durch die Finger gleiten, summte ein Lied und drehte sich ein wenig. Sie stand vor der polierten Metallplatte, hob die Arme und wiegte sich in den Hüften. Die Gräfin hatte ihr gesagt, dass sie einige Männer eingeladen hat, um zu sehen, ob ein Bräutigam für Margarete dabei war. Doch sie konnte und wollte nicht heiraten, bevor das Vermächtnis der Hildegard erfüllt und die letzte Vision gefunden war.

Die Zeit bis zum Abend kam ihr endlos vor. Ein wenig steif fühlte sich Margarete in ihrem neuen blauen Kleid. Behutsam schritt sie aus, darauf bedacht, nichts zu beschädigen. Die Perlen auf ihrem Gewand schimmerten, ihr Gesicht war mit Bleiweiß blass geschminkt, die Lippen mit roter Paste bestrichen, die Augenbrauen mit Kohle nachgezogen.

Als Margarete sich so im Spiegel sah, erschrak sie ein wenig, denn ihr Mund erschien ihr wie eine große Wunde.

Nun musste sie die große, leicht geschwungene Treppe hinunter in die Halle gehen, wohl wissend, dass alle Blicke auf sie gerichtet waren.

Sie raffte mit beiden Händen das schwere Kleid und stieg, leicht in den feinen Stiefelchen aus Rehleder schwankend, die Treppe hinab.

»Ah, da ist sie ja.«

Geraldus von Uslar stand auf, kam Margarete entgegen und nahm sie an der Treppe in Empfang.

»Darf ich Euch allen meine Nichte Margarete vorstellen? Sie ist die Brudertochter, im Kloster aufgewachsen, bestens erzogen bei guter Bildung und hervorragenden Manieren.«

Margarete wagte gar nicht aufzuschauen.

Nur hin und wieder gestattete sie sich einen zaghaften Blick auf die Männer und Frauen, denen sie vorgestellt wurde. Der Weihbischof führte seine Nichte an einen Platz an der Tafel, und Margarete kam neben einem jungen Mann zu sitzen, der sich Bertram von der Gleichen nannte. Sidonie hatte seinen Namen bereits erwähnt: ein junger Adliger mit einer heruntergekommenen Burg, beinahe mittellos, lebensuntüchtig, aber freundlich.

Vorsichtig hob Margarete den Kopf und musterte ihren Nachbarn. Er war nur wenig älter als sie selbst. Sein gutmütiges Gesicht mit den großen Augen wirkte unschuldig, sein Kinn war kindlich, die Lippen aufgeworfen. Er hatte eine Stimme, die sich in den Höhen brach und in den Tiefen unsicher klang.

Als Bertram von der Gleichen Margaretes Blick erwiderte, schrak sie zusammen und senkte blitzschnell den Kopf. Aus den Augenwinkeln sah sie, wie der Mann, der ihr gegenübersaß, lächelte.

Georg von Radezell war sein Name. Die Zofe hatte ihn erwähnt, als sie Margarete das Haar richtete. »Georg von Radezell«, hatte die Klatschtante geraunt, »wird von vielen auch ›der unheimliche Graf‹ genannt.«

»Warum? Was ist an ihm so unheimlich?«

»Es heißt, er sei ein Magier«, flüsterte die Zofe. »Man erzählt sich, dass er Alchemie betreibt. Sogar mit dem Teufel soll er schon einen Pakt geschlossen haben. Er hat die ganze Welt bereist, war dort, wo die Menschen schwarz wie Kohle sind und die Berge Feuer spucken.«

»In der Hölle?«, fragte Margarete erstaunt.

Die Zofe schüttelte den Kopf. »Nein, nicht in der Hölle. Im Spanischen war er und ist von dort über das Meer, bis er wieder Festland vor sich hatte. Dunkel waren die Menschen dort, dunkler als die Sarazenen. Er ist noch weiter gereist, bis dorthin, wo die Menschen schwarz wie die Nacht waren. Von da hat er seltsame Dinge mitgebracht, die jedem, der sie gesehen hat, Schauer über den Rücken laufen ließen. Aber auch in Calicut war er, heißt es. Dort, wo die Menschen auf Riesentieren mit großen Ohren und langen Rüsseln reiten und wo die Sonne so stark scheint, dass einem das Haar ausbleicht.«

»Woher weißt du das alles?«, fragte Margarete.

Die Zofe zuckte mit den Achseln. »Jeder hier weiß das. Alle reden darüber.«

Margarete hatte nichts darauf erwidert, aber sie hatte schon gehört, dass es irgendwo auf der Welt schwarze Menschen geben sollte. Doch nur, weil einer diese Sonderlichkeiten gesehen hat, muss er noch lange keinen Pakt mit dem Teufel haben, hatte Margarete gedacht, doch als sie ihn sah, war sie sich dessen nicht mehr so sicher. Graf Georg von Radezell war groß und dünn. Das Haar trug er lang bis über die Schultern und hatte es im Nacken mit einer silbernen Spange zusammengefasst, auf der ein Granatstein funkelte. Seine Augen waren so hell und kalt wie Eis. Doch sein Lächeln war warm. Nur ganz leicht verzog er die Mundwinkel und zeigte seine Zähne, die trotz seines Alters – Margarete schätzte, dass er gewiss schon dreißig Jahre alt war – noch weiß und vollständig waren. Er hörte aufmerksam Markus von der Uhlenburg zu, der laut darüber nachdachte, ob die Anschaffung von Heilsteinen sinnvoller als Gebete seien.

Dann fand sein Blick Margarete. »Was sagt Ihr dazu,

meine Liebe?«, fragte Georg von Radezell liebenswürdig, doch in seinen Augen funkelte Spott.

Margarete richtete sich kerzengerade auf. »Die Anschaffung wertvoller Steine lohnt sich immer. Ihr Wert ist beständiger als der Wert von Weizenfeldern, die durch einen einzigen Hagelschlag vernichtet werden können. Viele Heilsteine werden als Schmucksteine getragen. So wie der, den Eure Spange ziert. Der Karfunkel stammt zumeist aus den Ländereien um Calicut. Es heißt, er bringe Licht und Hoffnung und helfe in ausweglosen Situationen, weshalb er auch Krisenstein genannt wird.«

Sie hielt einen Augenblick inne, schloss kurz die Augen, um sich zu konzentrieren, dann sprach sie weiter. »In Krisen würde ich mich allerdings nicht allein auf den Karfunkel verlassen. Eine dicke Wachskerze und Gebete zu den richtigen Heiligen können ebenfalls Wunder bewirken.«

Graf Radezell hatte sich nach vorn gebeugt und Margarete aufmerksam zugehört. »Was wisst Ihr noch über den Stein?«

»Er ist sehr hart und kommt in vielen Farben vor, am häufigsten aber in der Farbe von Blut.«

»Wie wirkt er als Heilstein?«, erkundigte sich der Graf.

»Er … er hilft bei Darmbeschwerden und sorgt dafür, dass die vier Körpersäfte im Gleichgewicht sind und …«

Margarete sah hilflos zu Geraldus von Uslar, doch der Bischof war in ein Gespräch vertieft.

»Ja?«, fragte der Graf nach, und Margarete sah, wie in seinen Augen das spöttische Funkeln stärker wurde.

»Er hilft den Männern bei … bei bestimmten Beschwerden.«

Graf Radezell lachte auf, während Margarete noch verlegener wurde.

»Nun, dann wird es wohl an der Zeit, dass ich mir einen

Karfunkel besorge«, half ihr Markus von Uhlenburg aus der Verlegenheit und zwinkerte ihr zu. »Welchen Stein empfehlt Ihr mir noch?«

»Einen Bergkristall!«

Die Antwort kam so prompt, dass Graf Uhlenburg nickte und erst nach einem Atemzug nach dem Grund fragte.

»Der Bergkristall ist schön«, erwiderte sie einfach. »Er sieht aus wie gefrorenes Eis. Wenn man ihn in die Sonne hält, strahlt er in allen Regenbogenfarben, dabei besteht er nur aus Quarz. Meist wird er als Werkzeug in der Steingravur benutzt, denn er ist ein sehr harter Stein.«

»Und die Heilwirkung?«, wollte Sidonie von Uhlenburg wissen. Sie kramte in einem winzigen Täschchen, das sie am Gürtel trug, und holte einen großen Kristall hervor.

Margarete warf begehrliche Blicke auf diesen Stein, bis die Gräfin ihn ihr reichte. Sie nahm ihn und hielt ihn vor eine Kerzenflamme. »Seht das Licht darin«, bat sie schwärmerisch. »Und sagt selbst, ob Ihr je Schöneres gesehen habt.«

Sie hatte niemanden direkt angesprochen. Graf Georg von Radezell antwortete ihr: »Der Diamant, der Stein der Steine, gibt ein noch schöneres Licht.«

»Was?«, fragte Margarete verstört. »Was habt Ihr da gerade gesagt?«

»Der Diamant gibt ein noch schöneres Licht.«

Margarete schüttelte den Kopf. »Nein, Euer Satz lautete anders.«

»Was habt Ihr plötzlich?«, wollte der Graf wissen, und auch Geraldus von Uslar wirkte alarmiert. »Hat dich der Diamant an etwas erinnert?«

Margarete nickte, dann schüttelte sie den Kopf. »Ich weiß nicht. Einen Augenblick lang hatte ich das Gefühl, diese Worte schon einmal gehört zu haben.« Sie lachte unsicher auf. »Wahrscheinlich habe ich mich getäuscht. Ich bin das erste Mal in einer solchen Gesellschaft.«

Margarete hörte, wie Sidonie von Uhlenburg sich an Georg von Radezell wandte, und lächelte dankbar.

»Ich vernahm«, begann die Gräfin. »dass der Onyx bei Augenleiden und Herzbeschwerden hilft. Auch gegen einen verdorbenen Magen soll er gut sein. Was meint Ihr dazu, Graf?«

Graf Georg von Radezell hob die Schultern und schüttelte den Kopf. »Ich befasse mich sehr intensiv mit Gesteinen«, sagte er, »mit ihren Zusammensetzungen und Eigenschaften, nicht aber mit ihren Heilwirkungen.«

Unvermittelt beugte sich Margarete über den Tisch: »Onyx lindert Fieber und bewahrt den Menschen, welcher diesen Stein auf der bloßen Haut trägt, vor der Schwermut. Ein Diamant ist gut für die Nägel, die Zähne und die Knochen. Er lindert Gallen- und Nierenbeschwerden, ist gut bei Schwermut und Ängstlichkeit. Von allen Steinen wird ihm die größte Heilkraft zugemessen.«

Sidonie sah sie an, und Margarete erschien es, als wäre die Gräfin unzufrieden mit ihr. Der Blick, den sie ihr zuwarf, war forschend.

»Für mich sind Diamanten schlichtweg Dinge, die uns die Erde schenkt. An eine Heilwirkung glaube ich nicht. Dieser Hokuspokus mag für die Nonnen im Kloster aufregend sein, aber er entbehrt jeder Grundlage«, erklärte Graf Georg von Radezell. »Obwohl ich gern zugebe, dass er im Ausschnitt einer schönen Frau, wie Ihr es seid, Gräfin, durchaus auch auf mich heilsam wirkt.«

Die Herren lachten, und auch Sidonie von Uhlenburg lächelte. »Ihr seid ein Schmeichler, Graf.«

Der Graf lehnte sich zurück und musterte Margarete aufmerksam. »Vielleicht mag so mancher Stein als Liebeszauber dienen. Wäre ich ein junges Mädchen, das einen Diamanten geschenkt bekäme, so wäre ich dem Schenker auch zugetan.«

Er kniff die Augen ein wenig zusammen und unterzog Margarete weiterhin einer aufmerksamen Betrachtung.

Margarete spürte, wie der Ärger in ihr hochwallte und ihr die Wangen rot färbte. Sie setzte sich kerzengerade hin, funkelte ihren Gegenüber empört an und brachte trotzig hervor: »Die Lehre von den Heilsteinen ist kein Hokuspokus, mein Herr! Hildegard von Bingen, die Seherin, hat ihre Wirkung erforscht, beschrieben und vielmals erprobt.«

Der Graf lehnte sich zurück und verschränkte die Arme vor der Brust. »Hildegard von Bingen in allen Ehren, liebes Kind. Sie ist eine Nonne, vielleicht auch eine Heilkundige, doch von Alchemie und Logik hat sie keine Ahnung. Es mag viele Dinge geben, an die man glauben muss, weil sie sich nicht beweisen lassen ...«, an dieser Stelle zog der Bischof hörbar Luft durch die Zähne, doch der Graf ließ sich davon nicht beeindrucken, »... doch was Hokuspokus ist, muss auch Hokuspokus genannt werden. Steine sind Gebilde der Natur mit speziellen Eigenschaften. Manche brechen das Licht, andere zeichnen sich durch besondere Härte aus, wieder andere sind als Schmucksteine von großer Schönheit, aber Heilwirkung haben sie ganz gewiss nicht.«

Er schüttelte noch einmal den Kopf, dann griff er nach seinem Weinbecher und prostete Margarete zu.

Margarete stützte die Hände auf die Tischplatte, obwohl sie wusste, dass das ungehörig war, und beugte sich ein wenig über den Tisch und fauchte: »Wie könnt Ihr so etwas behaupten? Wir haben im Kloster mehr als einen Kranken mit Hilfe der Steine geheilt! Und nicht nur, indem wir ihnen den Stein auf die bloße Haut gelegt haben!«

Der Graf zog seine Beine ein, stützte ebenfalls die Hände auf die Tafel und beugte sich darüber, sodass die Köpfe der beiden nur einen Fußbreit voneinander entfernt waren.

»Ihr habt die Steine ins Wasser gelegt, nicht wahr? Oder zu Pulver zerstampft?«

»Genau das haben wir getan. Das und noch viel mehr.«

Der Graf lachte auf. »Steine im Wasserbad! Gott sei Dank kann dabei nicht viel schiefgehen. Schwieriger ist es mit den pulverisierten Steinen. So mancher Magen verkraftet das nicht. Ich möchte nicht wissen, wie viele Menschen dadurch schon Schaden davongetragen haben!«

»Ihr wagt es, uns zu unterstellen, den Menschen zu schaden?« Margarete war kurz davor, sich zu empören, doch plötzlich winkte der Graf ab. Sein Gesicht entspannte sich. Er ließ sich zurück auf seine Platz sinken und goss sich Wein aus der Kanne in den Becher. Dann trank er Margarete zu. »Entschuldigt, Jungfer, ich wollte Euch nicht kränken. Euch nicht und auch Hildegard von Bingen nicht. Tröstet Euch damit, dass ich ein ungehobelter Kerl bin, der bei vielen Geistlichen schon in Ungnade gefallen ist. Ich bitte Euch hiermit um Verzeihung.«

»Wie?« Margarete blickte unsicher um sich. Der Sinneswandel des Grafen kam ihr zu schnell.

Schließlich griff Gräfin Sidonie ein. »Wir nehmen Eure Entschuldigung gerne an, Graf. Zuvor müsst Ihr beweisen, dass Ihr tief in Eurem Herzen ein Ehrenmann seid.«

Sofort lächelte der Graf, hob noch einmal den Becher und brachte einen Trinkspruch aus: »Auf die strahlende Schönheit der anwesenden Damen, auf ihre Klugheit und ihre Gabe zu vergeben.«

Die Gräfin dankte mit einem Nicken, während Margarete, noch immer wütend, auf die Tischplatte starrte.

Am nächsten Morgen begab sich Margarete in aller Frühe in die Halle, um mit ihrem Onkel Geraldus von Uslar zu frühstücken. Doch als sie oben auf der Treppe stand, hörte sie Stimmen, Stimmen, die ihren Namen nannten.

Vorsichtig beugte sie sich über das Geländer und spähte in die Halle. Dort saß ihr Onkel mit der Gräfin, intensiv ins Gespräch vertieft.

»Sie muss heiraten«, hörte sie die Gräfin sagen. »Am besten so schnell wie möglich. Eine große Mitgift kann ich ihr nicht ohne Weiteres beschaffen, aber ganz mit leeren Händen wird sie auch nicht gehen müssen. Ich habe an Bertram von der Gleichen gedacht. Er ist noch jung. Ich bin gewiss, Margarete wird seinen Geschäften sehr bald auf die Beine helfen.«

Geraldus von Uslar nickte. »Auch ich werde ein wenig Geld beisteuern. Ein Säckchen mit Gulden werde ich ihr beigeben. Aber ich habe Bedenken bei dem jungen Mann, den du als Bräutigam ausersehen hast. Margarete ist eine temperamentvolle, junge und eigenwillige Frau. Sie wird sich ihm nicht unterwerfen, wie es sich für ein Weib geziemt. Denk daran, wie sie gestern mit dem Grafen von Radezell gestritten hat! Besser scheint mir für sie ein älterer und energischerer Mann, der die Zügel fest in der Hand hält und dafür sorgt, dass das Mädchen nicht auf Abwege gerät. Wir dürfen nicht vergessen, dass sie ein Zögling der Hildegard von Bingen ist. Und diese Alte hatte ja bei Gott nichts Besseres zu tun, als den ihr anvertrauten Nonnen und Novizinnen den größten Blödsinn beizubringen. Denkt nur daran, dass die Prophetissa am Ende selbst predigend durch das Land gezogen ist. Nein, Margarete braucht eine feste Hand. Ihr Eigensinn muss gebrochen werden, sonst haben wir beide keinen ruhigen Tag mehr. Bertram von Gleichen kann nicht die Lösung sein. Mir wäre es am liebsten, Margarete würde so weit wie möglich vom Kloster entfernt leben. Und das, meine Liebe, wäre auch in deinem Interesse.«

Margarete sah, wie Geraldus von Uslar sich über die Gräfin beugte und sie auf den Hals küsste.

»Nicht, lass das! Höre auf damit!«, herrschte ihn die Gräfin an und rückte mit ihrem Lehnstuhl ein Stück zurück.

Geraldus von Uslar lachte. »Früher warst du nicht so zimperlich.«

Im selben Augenblick betrat Graf Markus von Uhlenburg die Halle. Er brachte einen Schwall frischer Herbstluft von draußen mit herein und ließ das Feuer im Kamin aufflackern. Er stellte sich vor ein Kohlebecken, hielt seine Hände darüber. »Es ist kalt geworden in den letzten beiden Tagen. Wenn das so weitergeht, werden wir vielleicht Eiswein keltern können.«

»Hmm«, erwiderte seine Frau Sidonie zerstreut und suchte im Gesicht ihres Mannes nach einem Zeichen dafür, dass er gesehen hatte, was zwischen ihr und dem Weihbischof geschehen war.

Zumindest deutete Margarete, die noch immer in Lauschposition war, so das Geschehen.

»Margarete soll heiraten«, erklärte Sidonie schließlich in dürren Worten.

Der Graf sah von seiner Frau zu Geraldus von Uslar, ehe er erwiderte: »Mich stört sie nicht. Meinetwegen kann sie hier bleiben, bis sie selbst entscheidet, wie es mit ihr weitergehen soll.«

Er sprach seine Worte ohne Hohn und Spott aus, doch Sidonie von Uhlenburg senkte den Kopf und fuhr mit dem linken Fuß fahrig über den Boden.

Geraldus von Uslar lächelte, breitete die Arme aus und sagte: »Wir alle sind Sünder vor dem Herrn.«

Der Graf erwiderte das Lächeln, klopfte dem Weihbischof

auf die Schulter und sagte: »Es ist genug darüber gesagt. Meinethalben kann sie bleiben, so lange sie möchte. Sie ist mir angenehm; ja, ich glaube sogar, ich mag sie.«

»Was hältst du davon, wenn wir sie mit Bertram von der Gleichen verheiraten?«, fragte seine Frau.

Der Graf wiegte den Kopf hin und her. Als er zu einer Antwort ansetzte, wurde heftig an die Tür geklopft. Eine Magd sprang hinzu, öffnete eilig und gab den Blick auf Graf Georg von Radezell frei, der an der Bediensteten vorbei in die Burghalle trat und sich verneigte.

»Verzeiht meinen unangemeldeten Besuch, aber ich suche Euch in einer dringenden Angelegenheit auf«, rief er aus.

»Aber Graf Radezell, wie kommt Ihr nur darauf, dass Ihr stört. Bitte legt ab!«

Die Gräfin wandte sich an die Magd: »Hole einen Becher gewürzten Wein für den Herrn Grafen.« Und, zu Georg von Radezell gewandt: »Setzt Euch zu mir und lasst Euch erst einmal unseren Wein schmecken. Wie ich an Eurer Kleidung sehe, regnet es draußen. Mir war in der Nacht schon so, als hörte ich die ersten Herbststürme durch die Burg heulen. Die Läden klapperten, und der Regen trommelte gegen das Holz, dass ich beinahe kein Auge zugetan habe.«

»Ihr habt recht, Gräfin. Das Wetter ist wahrhaft grässlich. Dicke, graue Wolken hängen über dem Rhein, kriechen wie große, dicke Ungeheuer in die Täler.«

Margarete beugte sich ein wenig weiter über das Geländer, um genau hören zu können, was gesprochen wurde. Ihr Herz schlug schnell und hart.

»Ich möchte nicht unhöflich sein, Graf, aber wollt Ihr uns nicht den Anlass für Euren Besuch mitteilen? Wie man hört, seid Ihr nicht unbedingt der Mann, der seine Zeit mit Höflichkeiten verbringt«, sagte Graf von Uhlenburg.

Georg von Radezell lachte. »Ihr habt recht, Markus von

Uhlenburg. Für Höflichkeiten und Spielchen jeglicher Art ist mir meine Zeit wahrhaft zu schade. Ich bin mit der Absicht gekommen, bei ihrem Vormund um die Hand von Margarete vom Rupertsberg anzuhalten. Ich möchte sie zu meiner Frau machen.«

Margarete schrie vor Überraschung leise auf und schlug sich rasch die Hand vor den Mund. Doch zum Glück waren alle in der Halle dermaßen überrascht vom Ansinnen des Grafen, dass niemand ihren Ausbruch bemerkt hatte.

»Aber … aber«, stotterte die Gräfin, »das Mädchen hat keine Mitgift. Weder Ländereien noch andere Kostbarkeiten werden ihr mit in die Ehe gegeben.«

Der Graf lächelte und winkte ab. »Ich bin ein reicher Mann, Gräfin. Die Frau, die ich mir zum Weib erwähle, braucht keine Mitgift. Ich kann es mir leisten, auf andere Dinge zu achten.«

Geraldus von Uslar hatte seit der Ankunft des Grafen kein Wort gesprochen. Nun fragte er: »Was sind das für Dinge, Graf, auf die Ihr Wert legt?«

Margarete spürte, wie ihr Herz immer schneller schlug und sie beinahe ins Keuchen geriet.

»Ich kann es mir erlauben, ganz nach meiner Zuneigung zu wählen«, hörte sie den Grafen erwidern. »Und ich kann es mir leisten, der Abkunft und gewissen Ähnlichkeiten nicht nachzugehen. Mein Ruf ist ohnehin nicht der Beste. Das Wichtigste ist die gegenseitige Zuneigung.«

»Das heißt also, dass Margarete Eure Zuneigung besitzt?«, fragte die Gräfin mit harter Stimme.

Der Graf nickte. »Sie wird es gut haben bei mir. Vielleicht ist in meinem Haus nicht immer alles so, wie es üblich ist, dafür kann ich versichern, dass es niemals langweilig wird.«

Geraldus von Uslar räusperte sich. »Ist sie nicht noch ein wenig zu jung?«, fragte er und runzelte die Stirn.

Graf Georg von Radezell hob die Schultern. »Nicht jünger als andere Bräute.«

Ein Räuspern strich durch den Raum. Margarete sah, wie die Gräfin einen Blick mit Geraldus von Uslar wechselte und der Graf von der Uhlenburg aufstand und einige Scheite in das Kaminfeuer warf. Als das Schweigen allmählich unbehaglich wurde, erhob sich Georg von Radezell. »Vielleicht möchtet Ihr über meinen Vorschlag nachdenken«, sprach er höflich.

Sogleich nickte die Gräfin und zeigte ein liebenswürdiges Lächeln. »Das wäre wohl das Beste, Graf. Wie Ihr seht, überrascht uns Euer Angebot. Mit so viel Ehre hat wohl niemand hier im Hause gerechnet. Wir sind uns jedoch nicht sicher, ob Margarete, die ja gerade erst aus einem Kloster gekommen ist, schon die nötige Reife besitzt, um Euch eine vollwertige Ehefrau sein zu können. Es ist gut möglich, dass es ihr noch an einigem fehlt.«

»Das lasst meine Sorge sein«, erwiderte der Graf gelassen. »Und gebt mir bald Eure Antwort. Ich liebe es nicht, hingehalten zu werden.«

Der letzte Satz klang hochmütig. Margarete sah, wie Georg von Radezell sich verbeugte und mit stolzem Schritt die Halle verließ. Der Becher mit dem gewürzten Wein stand unberührt auf dem Tisch.

Kaum war die Tür hinter Georg von Radezell zugeschlagen, ergriff der Graf das Wort. »Der Regen wird nachgelassen haben. Ich muss nach den Wingerten sehen. Ihr kommt auch ohne mich zurecht, schätze ich.«

Die Gräfin sah ihren Mann an und streckte eine Hand nach ihm aus. »Ja, Lieber, geh! Ich werde mit Geraldus alles Notwendige besprechen.«

Wenig später hörte Margarete, wie die Tür geschossen wurde. Ihr war plötzlich schwindelig. Am liebsten hätte sie sich auf die oberste Treppenstufe gesetzt, doch sie hatte Furcht, sich dabei zu verraten.

Geraldus von Uslar und Gräfin Sidonie unten in der Halle schwiegen. Als Margarete sich schon aufraffen und hinuntergehen wollte, hörte sie den Weihbischof sprechen: »Ich bin gegen eine solche Heirat. Du weißt, was man sich über Georg von Radezell erzählt?«

Sidonie verneinte.

»Es heißt, er sei mit dem Teufel im Bunde. In schwarzen Messen sollen sich allerhand Absonderlichkeiten zutragen. So betet er ein umgedrehtes Kruzifix an und schächtet junge Tiere wie ein Sarazene.«

»Und wie hält er es sonst mit der Religion?«, fragte die Gräfin.

»Er meidet die Kirche. Höchstwahrscheinlich ist er ein Ungläubiger und somit von vornherein gefährlich, doch er ist zu klug, um sich offen dazu zu äußern.«

»Nun ja«, befand die Gräfin. »Einige Wendungen in unserem Gespräch gestern schienen mir schon bedenklich.«

Margarete sah, wie sich die Gräfin im Lehnstuhl zurücklehnte. Die Hände hielt sie ruhig im Schoß und war ganz ins Nachdenken versunken. Doch plötzlich entspannten sich ihre Züge. »Ob der Graf an Gott glaubt oder nicht, mein lieber Geraldus, ist mir herzlich gleichgültig. Auch ich kenne Zeiten, in denen meine Zweifel am Herrn größer als mein Glaube waren. Margarete könnte vielleicht in dieser Hinsicht sogar fördernd auf ihn einwirken.«

Der Weihbischof schwieg, aber sein Gesicht wurde immer finsterer. Er hatte die Augen zu zwei schmalen Schlitzen zusammengekniffen.

Die Gräfin ergriff wieder das Wort. »Sage mir bitte den Grund, warum du gegen diese Verbindung bist. Ich halte Georg von Radezell für eine glänzende Partie. Er ist so reich, dass es heißt, er wisse selbst nicht einmal, wie viel Geld und Ländereien er überhaupt besitzt. Zudem ist er oft auf Reisen, sodass Margarete nicht unter ihm zu leiden hat, wenn sie sich nicht verstehen. Er ist älter als sie, erfahrener in jeder Hinsicht. Er wird ihr guttun, da bin ich ganz sicher.«

Geraldus von Uslar schwieg weiterhin.

Erst als die Gräfin fragte: »Warum sagst du nichts?«, erwiderte er: »Ich gelte als ihr Onkel und will nichts falsch machen. Was hältst du davon, wenn wir Margarete selbst fragen? Ich werde zu ihr gehen und ihr von Radezells Angebot sprechen.«

Die Gräfin streckte eine Hand nach dem Weihbischof aus. »Nein, Lieber, lass mich das tun. Frauen sind für solche Dinge besser geeignet als Männer.«

Sie wollte aufstehen, doch der Weihbischof hielt sie zurück. »Sie ist mir verwandtschaftlich nicht ferner als du. Ich werde gehen.«

Damit erhob er sich und ließ die verblüffte Gräfin allein.

Margarete eilte auf Strümpfen, so schnell und so leise sie konnte, in ihre Kemenate. Dort setzte sie sich an das Fenster und nahm den Stickrahmen auf, den sie gestern achtlos neben den Lehnstuhl geworfen hatte.

Kaum hielt sie Nadel und Faden in der Hand, als es klopfte.

»Herein!«, rief sie, rutschte auf ihrem Stuhl hin und her und blies sich eine Haarsträhne aus der Stirn.

Ihr Onkel betrat das Gemach. »Störe ich dich? Darf ich mich setzen?«, fragte er. »Ich habe etwas mit dir zu besprechen.«

Margarete wies ihm einen Lehnstuhl zu und bemühte sich, ruhig und gleichmäßig zu atmen. In Wirklichkeit raste ihr Herz noch immer wie wild.

Sie packte die Nadel ungeschickt mit der ganzen Hand und stach damit in den Stoff, als wolle sie ein Schwein töten.

»Willst du gar nicht wissen, warum ich gekommen bin?«, fragte Geraldus von Uslar.

Margarete sah hoch, wich jedoch dem Blick des Bischofs aus. »Warum seid Ihr gekommen, Oheim?«

»Georg von Radezell hat um deine Hand angehalten. Ich habe mit der Gräfin vereinbart, deine Meinung darüber einzuholen. Obwohl – ich habe die Entscheidung im Grunde bereits für dich getroffen.«

»Und wie lautet sie?«, fragte Margarete und wunderte sich, dass man ihre Stimme überhaupt hören konnte.

»Du wirst ihn nicht heiraten.«

»Und warum nicht?«

»Weil es ihm nicht um dich, sondern um das Geheimnis der letzten Vision geht. Georg von Radezell ist bekannt dafür, dass er Umgang mit Alchemie und schwarzer Magie hält. Aber auch ihm ist es bisher nicht gelungen, den Stein der Weisen zu finden. Nun will er es über dich versuchen. Er hat dich gestern nicht umsonst provoziert und so getan, als glaube er an nichts, was sich nicht in einem Laboratorium beweisen lässt.«

Margarete nickte heftig und hieb die Nadel in den Stoff. »Er ist ein Ekel. Niemals hätte ich ihn geheiratet, ganz gleich, wie es sich mit der Vision verhält, die er wohl ohnehin ›Hokuspokus‹ nennen würde.«

Sie dachte an den Blick aus den kalten Augen, der sie nicht frösteln, sondern schaudern gemacht hatte. Ein Blick, der wie ein Pfeil durch sie hindurchgegangen war.

»Du würdest ihm also auch eine Absage erteilen?«, drängte der Weihbischof.

Margarete nickte. »Natürlich würde ich das. Mit diesem Mann möchte ich keinen Augenblick lang mein Leben teilen.«

Sie sah ihren Onkel an, doch der Weihbischof war mit seinen Gedanken schon wieder weit entfernt. Gern hätte sie ihm gesagt, dass sie ohnehin erst heiraten konnte, wenn das Vermächtnis der Hildegard erfüllt war, doch sie fühlte, dass er anderer Meinung sein würde. Genau wie die Gräfin würde er darauf dringen, dass sie den Erstbesten zum Gemahl nähme, vielleicht sogar den tumben Bertram von der Gleichen.

Margarete seufzte.

Schließlich legte sie den Stickrahmen zur Seite. »Ich will hinuntergehen und sehen, ob ich mich nützlich machen kann«, sprach sie.

Geraldus von Uslar nickte gedankenverloren. Er schien gar nicht mehr auf sie zu achten.

»Wahrscheinlich wird die Gräfin mich schon erwarten«, mutmaßte Margarete. »Ich sollte mich wirklich nicht länger hier oben in meiner Kemenate verkriechen. Es gibt genug zu tun.«

Sie sah nicht, wie Geraldus von Uslar ihr nachsah und merklich aufatmete. »Georg von Radezell«, murmelte er. »Du denkst, du kannst es dir leisten, gewissen Ähnlichkeiten nicht nachzugehen. Ich habe deine Drohung sehr wohl verstanden. Margarete bekommst du nicht. Dafür werde ich sorgen.«

Siebzehntes Kapitel

Heiraten, dachte Margarete. Dieses Wort geisterte in ihrem Kopf hin und her wie ein Irrlicht. Sie hatte keine Vorstellung, wie es sein könnte, verheiratet zu sein, wie es war, mit einem Mann zu leben, die Jungfräulichkeit zu verlieren und Kinder zu haben. Sie hatte keine Vorstellung, nur ein Gefühl, das ihr zu ihrem eigenen Erstaunen behagte.

Margarete blinzelte in die Herbstsonne. Der Tag war kühl, die Sonne wärmte nicht mehr, doch die Luft war so frisch und die Natur duftete so lieblich, dass sie wie berauscht Atem schöpfte. Die wenigen Blätter, die sich noch in Sträuchern und auf den Bäumen hielten, strahlten in Feuerfarben. Am Himmel zog ein Schwarm Graugänse entlang, ein altes Weib mit einem Reisigkorb auf dem Rücken kam aus dem nahen Wald.

Margarete hatte den Burghof schon vor einer ganzen Weile verlassen und war durch Wiesen und Felder gelaufen. Jetzt hatte sie den Waldrand vor sich.

Die Gräfin war beschäftigt, für Margarete hatte sie nichts zu tun gehabt. Also hatte sie sich in der Küche umgesehen. In der Vorratskammer fand sie weißes, dunkles und gemischtes Brot, Gerste, Hafer und Hafermehl, Erbsen, Grieß, Hirse, Salz, Schweineschmalz und Butterfett, gekochtes und gebratenes Fleisch, Schinken, geräucherte Würste, Käse und Milch, Kraut und Rüben, Eier und Fisch, Äpfel, Kochbirnen, Zwiebeln und Gewürze. Aber es fehlten die Heilkräuter. Margarete hatte jedes einzelne Bündel, das an einem Holzgestell im Vorratsraum hing, genau begutachtet. Da gab es Kamille in Hülle und Fülle, ein wenig Kapuzinerkresse, noch weniger Thymian und nur ein einziges, schmales Bündelchen Melisse. Viel zu wenig, um gut über den Winter zu kommen! Graf Markus und Gräfin Sidonie hatten ihr fürs Erste eine Bleibe geschenkt. Es tat ihr gut, sich wenigstens ein bisschen dafür erkenntlich zu zeigen.

Nun lief sie, einen Henkelkorb über dem Arm, ein kleines Messer darin, über die Wiese, die Blicke auf den Boden gerichtet. Schon fand sie Augentrost, ein Kraut mit weißen Blüten, das Hildegard von Bingen gern auch Magentrost genannt hatte. Es vertrieb Blähungen und linderte Magen-Darm-Geschwüre, aber auch Augenbindehautentzündungen und Entzündungen der Lider.

Etwas weiter entfernt stand eine Gruppe von Wacholdersträuchern. Margarete pflückte die Beeren, um später daraus einen Sirup herzustellen, der bei Gliederreißen half. Sie hatte den Korb schon zu einem Viertel gefüllt, als sie am Waldrand Heckenrosen mit zarten rosa Blüten sah. »Hagebuttentee«, murmelte sie vor sich hin, »hilft bei Erkältungen und Unterkühlung. Er vertreibt Halsweh und, als Öl, Hautkrankheiten und brüchige Nägel. Bereitet man Likör davon, so wird dieser gegen die Schwermut eingesetzt.«

Margarete stellte ihr Körbchen ab und pflückte die Früchte. Währenddessen überlegte sie sich, was sie außerdem noch benötigte, um das Öl und den Likör herzustellen. Sie war so in Gedanken versunken, dass sie nicht bemerkte, wie sich drei Männer langsam näherten, die dabei den Schutz von Büschen und Bäumen nutzten.

Plötzlich wurde sie von hinten gepackte. Sie strampelte mit Armen und Beinen, versuchte zu schreien, aber sie war schon viel zu weit von der Burg entfernt, als dass jemand sie hätte hören können.

Ein Mann hielt sie wie mit einer Eisenklammer umfasst.

»Guten Morgen«, wünschte der Bezopfte. »Habt Ihr gut geschlafen? Gewiss habt Ihr uns schon vermisst, nicht wahr? Nun, da sind wir.«

Margarete antwortete nicht. Sie zog ein hochmütiges Gesicht und sah zur Seite. Drei Schritte neben ihr stand der Bärtige und grinste, zeigte dabei seine verfaulten Zähne.

»Jetzt bist du reif, Täubchen!«, grunzte er und reckte den Unterleib vor.

»Halt's Maul!«, befahl der Bezopfte und wandte sich drohend dem Bärtigen zu. »Nicht ein Härchen wird ihr gekrümmt. Sie steht unter dem Schutz des Stellvertreters unseres Erzbischofs. Such dir eine Magd, die dir zu Gefallen ist, oder nimm dir eine Hübschlerin.«

Auch der Jüngere war mittlerweile herangekommen. Margarete sah ihn hinter seinem Vater stehen. Als er ihrem Blick begegnete, wurde er rot.

Der Bezopfte bedeutete dem Jungen, ihr mit einem Kälberstrick die Arme auf den Rücken zu binden.

Margarete hielt dem Jungen mit stolzer Miene ihre Handgelenke hin. »Da! Fesselt mich. Drei Männer gegen ein schwaches Weib; da sind sicher noch Stricke vonnöten.« Sie legte so viel Hohn, wie sie nur konnte, in ihre Stimme.

Der Bezopfte schüttelte den Kopf, wollte etwas erwidern, der Bärtige aber drängte sich nach vorn und blies ihr seinen sauren Atem ins Gesicht. »Sei froh, dass wir dich nicht anrühren dürfen, Dirne!«

Im selben Augenblick preschte ein schwarz gekleideter Reiter auf einem gewaltigen schwarzen Hengst heran. Er trug enge schwarze Beinkleider, die in schwarzen Stulpenstiefeln steckten, darüber ein schwarzes Wams. Die Enden seines schwarzen Umhangs flogen hinter ihm her wie Rabenflügel. Beängstigend aber war, dass er eine schwarze

Maske auf dem Gesicht trug. Mit einer schnellen Bewegung riss er sein Schwert aus der Scheide, brüllte auf und hieb den Bärtigen nieder. Dann sprang er vom Pferd.

Inzwischen hatte der Bezopfte seinerseits das Schwert gezogen. Er hielt es mit beiden Armen hoch über seinen Kopf und hieb es mit einem lauten Schrei gegen den Feind. Der Schwarzgekleidete aber drehte sich, sodass das Schwert nur seinen Arm streifte.

Margarete schien es, als hörte sie einen Knochen knacken. Der Ärmel des Maskierten riss auf, Blut quoll hervor, doch an Kampfesgeist verlor der Mann nichts.

Mit seinem Schwert stieß er nach dem Bezopften und verletzte ihn so schwer am Hals, dass er zu Boden stürzte.

Dann stand nur noch der Junge da. Er hielt sein Schwert in den zitternden Händen. Sein Gesicht war so bleich, als könnte er jeden Augenblick in Ohnmacht fallen.

»Geh nach Hause, Junge!«, rief der Maskierte ihm zu. »Krieche unter die Röcke deiner Mutter. Das hier ist nichts für dich.«

Der Junge presste die Lippen trotzig aufeinander und fuchtelte mit seiner Waffe herum. Da schwang der Maskierte sein Schwert und schlitzte das Wams des Jungen mit einem Schlag vom Nabel bis zur Kehle auf. Der Junge schrie auf, ließ sein Schwert fahren und rannte auf und davon, als wäre der Teufel ihm auf den Fersen.

Margarete stand wie angenagelt da, doch ohne Angst. Sie hatte ihn gleich erkannt, hatte gleich die Augen gesehen, die eigentlich kalt und fischig waren, sie aber trotzdem nicht frösteln ließen.

Sie verfolgte den kurzen Kampf atemlos und zugleich so ruhig, als wäre sie eine unbeteiligte Beobachterin. Für einen Augenblick schloss sie die Augen. Sie roch aufgewühlte feuchte Erde, Schweiß und Pferde. Sie hörte Hufe im Boden wühlen, hörte Ächzen, Stöhnen, unterdrückte Schreie.

Als sie die Augen endlich wieder öffnete, sah sie, wie der Bezopfte aufstand und erneut sein Schwert schwang. Er war verletzt, doch seine Wut war so groß, dass sie ihm Bärenkräfte verlieh. Wieder hielt er sein Schwert über dem Kopf, schöpfte Atem und hieb mit gewaltigem Gebrüll auf den Maskierten ein. Der Schwarzgekleidete hatte den Schlag jedoch kommen sehen und die Waffe in Stellung gebracht. Er parierte den Schwerthieb und hieb seinerseits auf den Bezopften ein. Der Raubritter schrie auf und stürzte zu Boden. Der Maskierte sprang auf sein Pferd, wendete und ritt erneut auf den Kampfplatz.

Auf diesen Augenblick hatte der Bärtige offenbar gewartet. Er hatte sich aufgerappelt, sein Schwert hielt er wie eine Lanze und stürmte mit lautem Gebrüll auf den Maskierten zu. Der Schwarzgekleidete riss sein Pferd hoch, der Hengst stieg auf, wieherte angstvoll und stieß mit den Hufen um sich. Ein Huf traf den Bärtigen am Kopf. Margarete sah, wie er aufstöhnte, die Augen verdrehte und wie ein gefällter Baum zu Boden sank.

Margarete schrie auf, doch der Maskierte ließ sein Pferd auf sie zugaloppieren. Er beugte sich herab, packte sie um die Hüfte, zog sie mit dem gesunden Arm nach oben und preschte mit ihr davon.

Achtzehntes Kapitel

Schweigend ritten sie durch den Wald. Äste peitschten in Margaretes Gesicht, der Wind riss an ihrem Kleid. In ihrem Nacken spürte sie den heißen Atem des Maskierten, an ihrem Rücken seinen warmen Leib, um ihre Hüften seine Arme.

Erst am nächsten Weiler zügelte der Reiter sein Pferd.

»Dort hinten am Waldrand, knapp eine halbe Meile von der Burg entfernt, liegen drei Verletzte. Beeilt Euch, damit nicht jede Hilfe zu spät kommt«, erklärte er einem Bauern, der vom Feld kam. »Geht hin und helft den Leuten.«

Dann ritt er weiter. Noch immer hatte er zu Margarete kein Wort gesagt. Jedoch hatte er sich seine Maske abgerissen und in den Wald geworfen.

Schließlich, als sie den Weiler hinter sich gelassen hatten, öffnete Margarete den Mund: »Woher wusstet Ihr von den Häschern? Wie habt Ihr mich gefunden?«

»Ich habe gewartet«, erklärte Georg von Radezell. »Als ich die Burg heute Morgen verließ, bemerkte ich diese drei Männer, die sich merkwürdig verhielten, und nahm gleich an, dass sie nach Euch suchten. Und siehe da, ich hatte recht.«

Er lachte ein wenig, doch es klang nicht fröhlich.

»Ich will zurück auf die Burg«, erklärte Margarete. »Warum bringt Ihr mich nicht dorthin zurück?«

»Weil ich Eurem Onkel nicht traue. Hildegard von Bingen ist tot; Ihr wart Ihre Schülerin, Häscher lauern Euch auf, und der Bischof Geraldus von Uslar ist nicht erfreut, sondern eher verschreckt, als er von meinen Heiratsabsichten hört. Ich habe keine Ahnung, was hier eigentlich vorgeht, aber ich bin wild entschlossen, es herauszufinden.«

Er gab seinem Pferde die Sporen, sodass Margarete gegen seinen Leib gepresst wurde.

»Wohin bringt Ihr mich?«

»Nach Bonames bei Frankfurt«, erklärte der Graf. »Ich habe dort ein Gut.«

Margarete nickte. Sie hätte gern gewusst, was er mit ihr vorhatte, doch sie wagte es nicht, danach zu fragen. Fieberhaft überlegte sie, was sie tun könnte, um sich ihm geneigt zu machen. Hatte Geraldus von Uslar sie nicht ausdrücklich vor diesem Mann gewarnt? Die Mägde auf der Uhlenburg waren ihm ausgewichen und hatten sich bekreuzigt, sobald sie in seine Nähe mussten. Die jüngste Küchenmagd gar war in Tränen ausgebrochen bei seinem bloßen Anblick. Die schlimmsten Gerüchte strichen wie Wolfsrudel durch die Gegend. Er habe im alchemistischen Versuch aus weißen Menschen schwarze gemacht, hieß es, und umgekehrt. Auch mit dem Blut von Jungfrauen und Kindern habe er in seinem Laboratorium hantiert. Zudem könne er zaubern, aber es sei die schwarze, nicht die weiße Magie, der er sich verschrieben habe. Brunnen könne er vergiften, Pferde lahmen lassen, Gewitter mit Sturm und Hagel heraufbeschwören. Frauen würden in seiner Nähe unfruchtbar, den Männern versiege der Saft.

Es war nicht so, dass Margarete dem Gewäsch der Mägde allzu viel Glauben schenkte, doch sie spürte, dass an diesem Mann etwas Besonderes war. Sie hatte Angst und gleichzeitig fühlte sie sich geborgen bei ihm. Er hielt sie fest, wärmte sie, und seine Blicke waren nicht kalt, sondern konnten so weich wie ein Streicheln sein.

Sie saß vor ihm auf dem Pferd und spürte, wie er allmählich in sich zusammensank. Manchmal stöhnte er leise vor Schmerzen auf.

»Ihr seid verletzt, nicht wahr?«, fragte sie mit besorgter, freundlicher Stimme, so wie sie auch im Infirmarium auf dem Rupertsberg mit den Kranken gesprochen hatte. »Eure Wunde macht Euch zu schaffen.«

Wieder stöhnte der Graf. Margarete wandte sich um und betrachtete ihn. Seine Augen waren gläsern, die Haut war wachsbleich. »Lasst uns eine Herberge suchen. So könnt Ihr nicht weiterreiten.«

»O doch!«, erwiderte Graf Georg von Radezell. »Wir reiten, bis wir Bonames erreicht haben.«

Als sie nach Stunden beim Gut ankamen, war Georg von Radezell so entkräftet, dass er beinahe vom Pferd fiel. Ein Stallknecht kam hinzu, fing ihn in seinen Armen auf und trug den Grafen, obwohl dieser bei Gott kein kleiner, schwacher Mann war, über der Schulter bis ins Haus. Margarete folgte. Eine ältere Frau schrie leise auf, brach sodann in Tränen aus, beugte sich über den Verletzten und rang die Hände. Niemand fragte Margarete, wer sie sei, woher sie komme.

»Legt ihn erst einmal gleich hier auf den Boden«, befahl Margarete. »Ich brauche Wasser und ein paar Kräuter, um den Grafen zu versorgen.«

Während der Knecht bedrückt von einem Bein auf das andere trat, die ältere Frau weinend die Hände rang, stand noch ein blasses Mädchen in der Tür, das von der Halle des Gutshauses zur Küche führen mochte, und beobachtete die Szenerie mit großen, brennenden Augen.

Schließlich ging Margarete in die Küche. Schnell fand sie, was sie suchte. Sie trug der Köchin auf, das Feuer unter der Kochstelle zu schüren, einen Kessel mit Wasser zu füllen und ihn zum Sieden zu bringen. Dann schnupperte sie an den Kräuterbündeln, die in der Nähe des Fensters an einer Stange hingen, nahm eine Handvoll Kamille, eine Handvoll Ringelblumen und ein wenig Weidenrinde und warf alles in den Kessel. Sie seihte das Wasser durch ein feines Tuch, presste die Kamillereste gut aus, nahm noch ein wenig Schweineschmalz dazu und stellte daraus einen Umschlag her. Damit ging sie zurück in die Wohnhalle. Noch immer hockte die dicke, ältere Frau weinend neben dem verletzten Grafen, der mittlerweile das Bewusstsein verloren hatte.

»Helft mir«, befahl Margarete, und da erst schaute die Frau auf.

»Wer seid Ihr?«

»Mein Name ist Margarete vom Rupertsberg.«

»Wie kommt Ihr hierher?«

Margarete schwieg. Sollte sie antworten: »Euer Herr hat mich entführt!«, oder sollte sie sagen: »Ich werde vom Erzbischof von Mainz gesucht, und Euer Herr hat seine Häscher in die Flucht geschlagen?«

»Helft mir bitte«, wiederholte sie stattdessen. Sie setzte den Kräuterumschlag ab. Der Knecht verstand, reichte ihr ein Messer, und Margarete trennte vorsichtig den Ärmel des Wamses auf, zerschnitt auch das Hemd darunter, bis die Wunde frei lag. Wieder schrie die Köchin leise auf, denn der Schwerthieb des Bezopften hatte den linken Arm des Grafen bis auf den Knochen freigelegt. Behutsam säuberte Margarete die Wunde, danach legte sie den Kräuterumschlag darauf.

»Seid Ihr die Köchin?«, fragte Margarete.

»Und ob ich das bin!«, erklärte die Frau stolz. »Von Kindesbeinen an bekoche ich unseren Herrn Grafen.«

»Geht zum Brunnen und holt einen Eimer mit kaltem

Wasser. Dann legt ihr diesen Stein hinein und bringt das Wasser zum Sieden. Könnt Ihr das?«

Die Köchin nickte, dann fragte sie leise: »Seid Ihr eine Heilerin? Wozu dient der Stein?«

»Es ist ein Blutstein, ein Hämatit, der gegen Blutungen hilft und auf die Neubildung des Blutes günstigen Einfluss hat.«

Die Köchin nahm den Stein, betrachtete ihn aus der Nähe. »Einen solchen Stein habe ich auch. Auf dem Jahrmarkt habe ich ihn im letzten Jahr gekauft, weil die Zigeunerin mir aus der Hand gelesen und gesagt hat, dies sei mein Glücksstein.«

»Der Stein ist nicht teuer. Er sollte in keinem Haushalt fehlen. Ob er aber das Glück anzieht, wage ich zu bezweifeln. Ich kenne nur seine Heilwirkung.«

»Also seid Ihr nun eine Heilerin oder nicht?«

Margarete schüttelte den Kopf. »In dem Kloster, aus dem ich stamme, war ich in der Apotheke und der Krankenstation beschäftigt. Hildegard von Bingen hat uns sehr viel über Heilkunde beigebracht.«

Sie hatte diesen Satz beiläufig gesagt und nicht erwartet, dass er irgendwelche Reaktionen auslösen würde.

»Hildegard von Bingen?«, rief die Köchin. »Ihr seid eine Schülerin der großen Mutter Hildegard?«

Margarete hätte ihre Worte am liebsten wieder eingefangen und ungesagt gemacht. Warum konnte sie nur den Mund nicht halten? Warum hatte sie verraten, woher sie kam?

»Geht und bringt mir das Brunnenwasser, dazu zwei Leinentücher«, bat Margarete. Sie befühlte die Stirn und die Wangen des Kranken und machte ein besorgtes Gesicht. In der Küche füllte sie einen Becher mit Wasser, gab einen einzigen Tropfen Essig hinzu und versuchte dann, dem

Kranken etwas Flüssigkeit einzuflößen. Als das misslang, tauchte sie den Zipfel ihres Kleides in das Wasser und drückte den Stoff über seinen Lippen aus, sodass sie wenigstens etwas benetzt wurden.

Der Kranke stöhnte, warf sich hin und her, und Margarete musste alle Kraft aufwenden, um ihn ruhig zu halten. Einmal schlug er kurz die Augen auf, und es schien ihr, als lächle er ihr zu, doch schon war dieser kurze Moment vorüber und der Kranke wieder in seiner Welt, in der niemand ihm folgen konnte.

Die Köchin brachte das Wasser und Leinentücher. Sie blieb in Margaretes Nähe, als wolle sie überprüfen, ob die fremde junge Frau wahrhaftig eine Heilerin war und tat, was sie behauptete. Behutsam benetzte Margarete die Wunde des Kranken mit dem Blutsteinwasser, gab auch ein wenig davon auf seine Lippen. Der andere Blutstein, den die Köchin gebracht hatte, lag auf der bloßen Haut seiner Brust.

Inzwischen war es tiefe Nacht geworden. Der Knecht hatte den Kamin angezündet, bevor er zu Bett gegangen war. Margarete konnte sich vor Müdigkeit kaum noch auf den Beinen halten. Sie saß neben Georg von Radezell, der sich in Fieberkrämpfen wand, und wollte nichts als schlafen. Doch sie konnte sich nicht hinlegen und ihn alleine lassen, nicht einmal für einen Moment. Sie musste beim Grafen bleiben, der ob des großen Blutverlustes gespenstisch bleich war.

Margarete schickte die Köchin, die sich noch immer in der Küche zu schaffen machte, ebenfalls zur Ruhe und bereitete sich in der Halle neben dem Grafen ein Lager. Obwohl sie dagegen ankämpfte, war sie schon bald eingeschlafen.

Ihr Schlaf war unruhig. Immer wieder lauschte sie, ohne sich dessen bewusst zu sein, nach den Atemzügen des Kranken neben ihr.

Als sie am Morgen erwachte, fühlte sie sich, als wäre ein

schwerer Wagen über sie hinweggerollt. Vorsichtig rappelte sie sich auf und betrachtete Georgs Gesicht. Es war nicht mehr so aschgrau wie in der Nacht. Der Graf schlief tief und fest, atmete ruhig und gleichmäßig. Margarete war erleichtert. Sie ging in die Küche, in der die Köchin schon an der Arbeit war und bestellte für Georg gehackte rohe Hühnerleber und eine kräftigende Suppe und für sich ein wenig Brot, dann wusch sie sich in dem kleinen Anbau, bürstete ihr Haar und ging zurück in die Halle. Der Graf schlief noch immer. Behutsam rüttelte Margarete an seiner gesunden Schulter, und langsam, als tauche er aus dem dunklen Meer der Nacht an die Oberfläche des Tages, erwachte Georg von Radezell.

»Wo bin ich?« Er schaute sie an und lächelte matt.

»Ihr seid auf Eurem Gut in Bonames bei Frankfurt«, erklärte Margarete. »Könnt Ihr Euch nicht mehr an den gestrigen Abend erinnern?«

Der Graf schüttelte den Kopf, dann versuchte er aufzustehen, bewegte dabei den verletzten Arm und ließ sich seufzend zurückfallen. »Was ist mit mir?«, fragte er.

Margarete erwiderte besorgt: »Euer rechter Arm ist schwer verletzt. Die Haut ist bis auf den Knochen zerfetzt. Ich kann den Arm nicht so ruhig stellen, wie ich es eigentlich tun sollte. Ihr habt sehr viel Blut verloren.«

Georg von Radezell nickte. »Ich weiß nicht, ob ich froh sein soll, dass Ihr Euch in der Heilkunde auskennt.« Er fuhr sich mit der Hand über die Brust, fand den Blutstein und betrachtete ihn spöttisch.

Margarete verzog das Gesicht. »Fangt Ihr schon wieder damit an? Wollt Ihr schon wieder behaupten, dass die Lehren der Hildegard von Bingen Hokuspokus sind? Immerhin hat sie ihre Visionen und Erkenntnisse von Gott persönlich übermittelt bekommen.«

Sie zog unwirsch die Augenbrauen zusammen, während sich das spöttische Lächeln des Grafen vertiefte.

»Oho! Der Herr hat gesprochen, und die Seherin ist über jeden Zweifel erhaben. Wie gut es doch den Propheten dieser Welt geht! Wir Alchemisten müssen selbst auf unsere Ergebnisse kommen, müssen monatelang in unseren Laboratorien experimentieren, müssen uns Kolben um die Ohren fliegen lassen und verbrennen uns oftmals mehr als nur die Finger. Erzielen wir doch ein Ergebnis, dann müssen wir uns vorwerfen lassen, dass diese wenig glamourös sind, dafür bringen sie niemandem Schaden oder gar den Tod.«

Margarete rümpfte die Nase und riss dem Grafen den Blutstein aus der Hand. »Ihr … Ihr …« Vor Wut hatte es ihr schier die Sprache verschlagen. »Ihr seid ein Ekel«, stieß sie schließlich hervor und stürmte hinaus.

Draußen atmete sie die feuchte Herbstluft ein. Der Regen hatte aufgehört, alles glänzte feucht. Die Erde duftete. Hoch oben am Himmel flog ein Schwarm Zugvögel vorüber. Margarete legte die Hand über die Augen, doch sie konnte nicht erkennen, welche Vögel dort ihren Weg suchten. Bald waren sie verschwunden, und der Himmel hing undurchdringlich wie eine graue Lederhaut über dem Gut. Margarete sah sich um. Das Gutshaus wies zwei Stockwerke auf und bestand aus Fachwerk. Im oberen Stockwerk verschlossen hölzerne Klappläden sechs Fenster. Unten befanden sich neben der Haustür jeweils zwei Fenster.

Neben dem Haupthaus lag ein kleinerer Stall, aus dem der Knecht herauskam. Er grüßte Margarete mit einem Winken. Auf der anderen Seite des Gutshauses befand sich ein kleiner Anbau, in dem Margarete sich am Morgen erfrischt hatte: das Badehaus. Daneben stand ein Schuppen, der über und über mit Holzscheiten gefüllt war. Hinter dem Gebäude schloss sich ein Kräutergärtchen an. Hühner trippelten gackernd darin herum. Ein Zaun begrenzte das Kräutergärtchen, und dahinter erstreckten sich Felder, so weit das Auge sehen konnte.

»Das alles gehört dem Grafen«, hörte sie plötzlich neben sich jemanden sagen. Margarete fuhr herum. Das blasse Mädchen, das gestern Abend in der Tür gestanden hatte und nach einem Blickwechsel mit Margarete verschwunden war, trat neben sie.

»Wer bist du?«, fragte Margarete.

Das Mädchen zuckte mit den Achseln. »Ich bin die Spülmagd, bin erst seit kurzem hier. Wenn ich für Euch jemand anders sein soll, so braucht Ihr es nur zu sagen.«

Margarete runzelte die Stirn. »Was soll das heißen?«, fragte sie.

Das Mädchen lächelte. »Wer soll ich für Euch sein?«, fragte sie leise. »Wen vermisst Ihr am meisten?«

Margarete musste nicht lange darüber nachdenken, wen sie vermisste. Sie vermisste ihre Schwestern aus dem Kloster. Sie sehnte sich nach Tenxwind, Rautgundis, Mirjam, Magdalena, Edelgard und Adelgunde. Laut seufzte sie auf. Das Mädchen schob sich ganz nah an sie heran. »Wer ist es, den Ihr so vermisst? Sagt es.«

»Meine Mitschwestern und Freundinnen aus dem Kloster St. Rupertsberg«, flüsterte Margarete und spürte, wie Tränen in ihr aufstiegen. Sie fühlte sich plötzlich so einsam und gottverlassen, dass sie schließlich zu weinen begann. Schluchzend schlug sie die Hände vor das Gesicht.

Das Mädchen neben ihr schwieg, legte ihr nur eine Hand auf den Rücken. Eine Weile standen sie so da. Dann wischte Margarete sich die Augen trocken und sah das Mädchen an.

»Wer bist du? Wenn du es mir nicht sagst, so werde ich die Köchin fragen.«

Das Mädchen lächelte wieder dieses sanfte Lächeln. »Die Köchin wird bestätigen, dass ich die Spülmagd bin. Noch nicht lange allerdings, einige Tage erst.«

»Wie heißt du?«, fragte Margarete.

»Mina. Ich habe nicht gelogen, als ich sagte, ich wäre das, was Ihr mich zu sein heißt.«

Margarete lächelte. »Dann wünsche ich, dass du von nun an meine Zofe bist. Der Graf wird es gestatten.«

Margarete war so froh, dass sie Mina kurz eine Hand auf den Arm legte. Dann kehrte sie in die Halle zurück und wich dem Grafen den ganzen Tag nicht mehr von der Seite. Er schlief die meiste Zeit. Nur hin und wieder öffnete er die Augen, musterte Margarete, lächelte vielleicht auch einmal und war schon wieder eingeschlafen.

Am Abend erwachte Georg von Radezell, sah Margarete aus glasigen Augen an. Seine Lippen waren spröde, die Stimme war rau. Margarete flößte ihm einen Aufguss von Schafgarbe ein, den sie aus einem Löffel voll Schafgarbenblätter, drei Messerspitzen Schafgarbenblätterpulver und einem Viertel Liter Wasser gebraut hatte. Danach kümmerte sie sich um die Wunde. Sie nahm den Breiumschlag ab, wischte mit einem in Alkohol getunkten Läppchen die Wunde sauber und erblickte dann das Unglück: Die Wunde hatte sich entzündet.

Margarete stöhnte auf und hätte sich am liebsten die Hand vor den Mund geschlagen. Hildegard von Bingen und Tenxwind hatten ihr beigebracht, vor den Kranken und Verletzten niemals den eigenen Schrecken zu zeigen. Zuversicht und Hoffnung, hatte Hildegard immer wieder gepredigt, waren eine ebenso wirksame Medizin wie die Pflanzen und die Steine.

Mina sprach das schreckliche Wort aus: »Der Graf hat den Wundbrand gekriegt.«

Margarete nickte.

»Unser geliebter Herr wird sterben«, jammerte die Köchin. »Und was wird dann aus mir? Ich bin alt. Wer nimmt mich noch in seine Dienste?«

»Halt den Mund!«, befahl Margarete. »Es ziemt sich wahrhaftig nicht, neben einem Todkranken das eigene Leid zu bejammern.« Zum Glück hatte Georg von Radezell diese Worte nicht gehört. Er lag im Fieberwahn, klapperte mit den Zähnen und war blind und taub für das, was in der Halle geschah.

Margarete ging zum Fenster, öffnete den hölzernen Klappladen und ließ frische Luft in die Halle des Gutshauses. Sie blieb am Fenster stehen, sah nach draußen in die Dämmerung, die wie ein großes, graues Tier von den Hügeln des Taunus in die Täler geschlichen kam.

»Eine Möglichkeit haben wir noch«, sagte sie leise vor sich hin und begann dann zu beten.

Die anderen, die noch mit dem Kranken befasst waren, falteten ebenfalls die Hände und beteten.

Danach wandte sich Margarete an Mina. »Willst du in dieser Nacht mit mir wachen?«

Das Mädchen nickte.

»Hole kaltes Wasser, damit wir dem Herrn Wickel um die Waden machen können, die das Fieber senken sollen. Auch ein kühles Tuch auf der Stirn kann uns helfen.«

Dann schickte Margarete den Knecht fort und saß neben Mina am Bett, bis der Nachtwächter die Mitternacht verkündete. Die Köchin hockte auf einem Schemel, den Rücken an die Wand gelehnt, und schnarchte leise vor sich hin. Der Graf aber lag mit wächsernem Gesicht, die Lider beinahe durchsichtig, auf seinem Lager, atmete gleichmäßig, aber viel zu hastig und röchelte ein um das andere Mal im Schlaf.

Margarete betrachtete ihn und spürte plötzlich etwas in sich, das über das übliche Mitfühlen mit einem Kranken hinausging. Ganz deutlich spürte sie, wie sich ihr Herz beim Anblick des kranken Mannes zusammenkrampfte. Er musste leben! Der Wunsch stieg so übermächtig in ihr auf, dass es ihr beinahe die Tränen in die Augen trieb. Gleichzeitig schüttelte sie den Kopf über sich. Der Mann war ein Ekel! Er hatte mehr als einmal schlecht über ihre geliebte Mutter Hildegard gesprochen und alles, woran sie, Margarete, glaubte, Hokuspokus genannt. Er hatte sie verspottet, sie nicht ernst genommen, sich über sie lustig gemacht. Aber trotzdem …

Vorsichtig befühlte sie seine Stirn, fasste auch nach dem Handgelenk, um den Puls zu kontrollieren, strich schließlich mit dem Handrücken flüchtig über seine Wange, dann drehte sie sich zu Mina um.

»Komm mit!«, flüsterte Margarete. »Es gibt nur einen Weg, um den Grafen zu retten.«

»Was müssen wir tun?«

»Hast du den Galgen gesehen, der am Eingang des Ortes auf einem Hügel steht?«, fragte Margarete.

Mina nickte. »Erst vor drei Tagen ist dort einer gehenkt wurden, der seine Frau erschlagen hat.«

»Hängt der Mann noch?«

Mina zuckte mit den Achseln. »Bestimmt. Verbrecher hängen so lange, bis die Geier, Raben und Krähen das Fleisch von ihren Knochen gepickt haben.«

»Gut. So nimm eine Schale aus Ton mit, die verschließbar ist. Wir gehen zum Galgen.«

Mina sagte nichts, aber sie war um noch eine Spur blasser geworden und bekreuzigte sich.

»Du musst keine Angst um dein Seelenheil haben«, tröstete Margarete. »Es kann keine Sünde sein, einen Lebenden mit Hilfe eines Toten gesund zu machen. Das kann nicht Gottes Wille sein.«

Neunzehntes Kapitel

Der Mond hatte sich hinter den Wolken verborgen. Die Nacht war kalt, auf den Wiesen bildete sich Reif. Margarete fror in ihrem dünnen Umhang, und auch Mina schüttelte sich hin und wieder, um die Kälte loszuwerden. Die beiden jungen Frauen bewegten sich in langen Schritten. Es sah aus, als wollten sie sich anschleichen, doch da war niemand, den sie stören konnten.

Sie liefen immer eng an die Hauswände geduckt durch die Gassen, dann ein kleines Stück über eine kahle Weide, bis sie zum Galgen des Dorfes Bonames gelangten. Er befand sich am Ausgang der kleinen Gemeinde, genau dort, wo die Straße von Frankfurt endete.

Der Galgen war aus massivem Holz gefertigt. Eine Holzbohle, ungefähr zweieinhalb Mann hoch, hatte man in den Boden gerammt, darauf war im rechten Winkel ein Querbalken von einem Mann Länge angebracht worden. Um die beiden Balken zu stützen, hatte ein Schreiner noch einen Stützbalken eingezogen, der den rechten Winkel der beiden Hauptbalken verstärkte. Unter dem Galgen lag in einem Kreis von einer guten Elle Kies vom nahen Main. Ein Rabe hockte auf dem oberen Balken und krächzte träge, als wolle er seinen Besitzanspruch auf das bekräftigen, was da hing. Ein anderer saß auf der linken Schulter des Toten und hackte in dessen Gesicht herum.

Mina begann mit den Zähnen zu klappern.

»Fürchtest du dich?«, fragte Margarete.

»Neihein … nein.«

»Es gibt auch keinen Grund dafür. Das, was da hängt, ist nur die leere Hülle, kein Mensch mehr. Seine Seele ist bei Gott.«

»Auch das Böse? Geht nach dem Tod auch das Böse zu Gott? Oder nur das Gute, und das Böse bleibt hier auf der Erde?«

Überrascht schaute Margarete zu Mina. »Das weiß ich nicht«, erwiderte sie. »Darüber muss ich nachdenken. Aber nicht jetzt! Wir haben Wichtigeres zu tun. Der Graf wird sterben, wenn wir ihm nicht helfen. Gegen Wundbrand ist noch kein Kraut gewachsen. Eine von uns muss da hinaufklettern.«

Das junge Mädchen schüttelte den Kopf. »Ich … ich kann da nicht hoch und den Toten womöglich anfassen. Mich graust es wie noch nie in meinem Leben.«

Margarete erkannte, dass Mina grau wie Herdasche geworden war, die braunen Augen brannten groß und dunkel in ihrem Gesicht.

Eine Weile überlegte Margarete. Sie wusste, sie würde niemals den Balken emporklettern können. Schon im Kloster hatten die Mitschwestern sie so manches Mal verspottet, weil sie so wenig Kraft in den Armen hatte, dass sie kaum einen Wäschezuber hochheben konnte. Aber eine von ihnen musste es tun!

»Ich habe die Lösung«, verkündete sie nach einigem Nachdenken. »Du kletterst dort hinauf, bis ganz oben hin. Dann zerschneidest du den Strick, an dem der Tote hängt. Er wird runterfallen, und ich kann meine Arbeit tun, ohne dass du die Leiche berühren musst.«

Wieder sah Mina verängstigt drein. »Störe ich dann nicht die Totenruhe?«, fragte sie. »Begehe ich nicht ein Verbrechen, wenn ich mich an einer Leiche zu schaffen mache?«

Langsam wurde Margarete ungeduldig. Sie fuhr herum und funkelte die Magd an. »Was willst du?«, fragte sie barsch. »Dem Grafen helfen? Nun, im Augenblick brauche ich dringender als alles andere jemanden, der diesen Balken hinaufklettert und einen toten Mann abschneidet. Für einen Disput über die Richtigkeit oder gar die Moral unseres Handels ist jetzt keine Zeit.«

Mina hatte heftig zu zittern begonnen. Zuerst bebten ihre Lippen, dann begann sie mit den Zähnen zu klappern, mit den Schultern zu zucken und schließlich wand sich das ganze Mädchen wie im Schüttelfrost.

Margarete stand hilflos dabei. Ich will nicht, dass Georg von Radezell stirbt, dachte sie. Um Gottes willen, er darf nicht sterben. Sie war drauf und dran, den Balken selbst bezwingen zu wollen, obwohl sie wusste, dass die Kraft ihrer Arme dazu nicht ausreichte.

Einmal noch atmete sie tief ein und aus, doch dann fasste Mina all ihren Mut zusammen. Sie raffte die Röcke, nahm Anlauf, umfasste den Balken und wand sich dann geschwind nach oben. Dort holte sie ein Klappmesser aus dem Futter ihres Stiefels, wandte den Kopf ab und schnitt den Galgenstrick durch.

Die Leiche fiel zu Boden. Ein übler Verwesungsgeruch breitete sich aus. Margarete hätte sich am liebsten die Nase zugehalten, doch sie hatte anderes zu tun.

Sie näherte sich dem Toten, der von den Aasvögel bereits kräftig bearbeitet worden war. Die Augenhöhlen waren leer, auch die Lippen und Teile der Wangen waren von den Raben und Krähen aufgefressen worden. Margarete hätte sich vor Ekel schütteln mögen, doch sie durfte sich von nichts abhalten lassen. Sie war hier, um Graf Georg von Radezell das Leben zu retten, so wie er sie vor wenigen Tagen aus der Gewalt ihrer Häscher gerettet hatte.

Mit vor Abscheu verzerrtem Gesicht hockte sich Margarete neben den Toten und sammelte mit spitzen Fingern die Maden aus den von den Vögeln gerissenen Wunden. Sie hatte die Zähne fest aufeinandergepresst und dachte, so heftig sie konnte, an den Geruch von frischen Blumen, mit denen jeden Tag aufs Neue der Altar im Kloster geschmückt worden war. Sie sammelte so viele Maden, bis das Gefäß, welches sie bei sich trug, voll war. Dann schlug sie ein Kreuzzeichen über dem Leichnam, sprach ein Ave-Maria und das Paternoster, dann winkte sie Mina zu sich, die noch immer gespenstisch blass am Balken lehnte.

Mit flackerndem Blick rannten die beiden Frauen vom Galgen weg und zurück in das Gutshaus.

Die Köchin hatte neben dem Kranken gewacht, hatte die kalten Wickel um die Waden erneuert und immer wieder die trockenen Lippen des Kranken benetzt. Sie war in Tränen aufgelöst, drehte ihren Rosenkranz durch die Finger, als könne sie mit der Schnelligkeit ihrer Gebete die Heilung beeinflussen.

»Der hohe Herr wird immer schwächer«, jammerte sie. »Ich wollte ihm ein wenig Eigelb einflößen, aber er nimmt nichts. Manchmal flattern seine Lider, ein anderes Mal zuckt der verletzte Arm, aber was ich auch getan habe, er ist nicht zu Bewusstsein gekommen. Wahrscheinlich ist seine Seele dem Himmel bereits näher als der Erde.«

Margarete hätte der ältlichen Frau gern den Mund verboten, doch sie wusste, dass es die Angst um ihren Herrn war, die sie so schwatzhaft sein ließ.

»Es ist gut«, sagte sie und legte der Alten eine Hand auf die Schulter. »Ihr könnt jetzt schlafen gehen.«

»Schlafen!«, begehrte die Frau auf. »Wie kann ich schlafen, wenn unser Herr mit dem Tode ringt!«

»Dann geht in die kleine Kapelle, zündet ein Wachslicht an und betet zum heiligen Georg, dem Nothelfer gegen Krankheit und Leid.«

Erst als die Köchin gegangen war, holte Margarete das Tongefäß mit den Maden hervor.

»Was habt Ihr vor?«, fragte Mina, die sich noch immer nicht vom Besuch beim Galgen erholt hatte.

»Du hast gesehen, dass die Maden faulendes Fleisch fressen, nicht wahr?«

Mina nickte schwach.

»Das machen wir uns zunutze. Ich lege die Maden auf ein Tuch und presse dieses auf den Wundbrand, in der Hoffnung, dass die Maden den Wundbrand wegfressen. Tun sie es, so gibt es Hoffnung für Georg von Radezell. Tun sie es nicht, so ist er des Todes.« Ihre Stimme hatte bei den letzten Worten zu zittern begonnen.

Margarete schüttete die Hälfte der Maden auf einen Streifen Stoff. Dann nahm sie den Breiumschlag von der Wunde, die inzwischen rot angeschwollen war. Sie presste das Tuch mit den Maden auf die Wunde, befestigte den Stoff mit einem leichten Knoten auf der Gegenseite und faltete die Hände zum Gebet. Dann schloss sie die Augen und wandte sich an den heiligen Christophorus, dem Nothelfer gegen einen unvorbereiteten Tod.

Inzwischen hatte Mina einen ledernen Eimer mit Wasser und einen Topf mit Asche geholt, damit Margarete sich die Hände waschen konnte.

Nachdem dies geschehen war, setzte sich Margarete neben den Kranken und sagte zu Mina: »Leg dich zur Ruhe! Du bist noch immer so blass. Ich werde beim Grafen wachen. Tun können wir im Augenblick ohnehin nichts.«

»Ihr habt schon die letzte Nacht nicht geschlafen«, warf Mina ein. »Ihr müsst todmüde sein.«

Margarete winkte ab. »Es wird gehen. Gute Nacht! Du warst sehr tapfer.«

Mina lächelte schwach, dann ging sie in ihre winzige Kammer, die unter den Giebeln im obersten Stock des Hauses lag.

Margarete saß neben Georg von Radezell und betete, wie sie es im Kloster gelernt hatte, zu allen Heiligen, die für Krankheiten zuständig waren: zu Cyriakus, zu Vitus, zu Pantaleon, zu Georg, zur heiligen Barbara und immer wieder auch zu Christophorus.

Ihre Lider sanken herab, Arme und Beine wurden ihr schwer. Um die Müdigkeit zu vertreiben, trat sie in den Hof hinaus, ging zum Brunnen und warf sich mit beiden Händen kaltes Wasser ins Gesicht. Dann setzte sie sich wieder zu dem Kranken und nahm ihre Gebete auf. Sein Atem ging ruhig, und ihr war, als wäre auch seine Stirn nicht mehr so glühend heiß. Wenn sie doch nur nicht so müde wäre! Nur einen Augenblick möchte ich liegen und die Augen schließen, dachte sie. Nur einen winzigen Moment, damit ich danach gestärkt wachen kann.

Behutsam ließ sie sich neben dem Kranken nieder und schlief sofort ein. Im Schlaf schmiegte sie sich ganz eng an den Grafen, um der Nachtkühle zu entgehen. Sie bemerkte nicht, dass er die Augen aufschlug, sich aufsetzte und ihr sanft einen Kuss auf die Stirn drückte. Dann legte er sich so, dass er sie mit dem gesunden Arm umfangen konnte, während der kranke Arm ruhig neben ihm lag.

Margarete erwachte am Morgen mit schmerzenden Knochen, aber so erfrischt wie seit langem nicht mehr. Sie fühlte sich geborgen. Ihr war warm, und sie lächelte, noch bevor sie die Augen aufschlug.

»Na, meine Liebe, hast du gut geruht?«

Sie fuhr auf, bemerkte erst jetzt, dass sie in den Armen des Grafen die Nacht verbracht hatte.

»Es … es ist nicht so, wie Ihr denkt«, erwiderte sie und verzog trotzig das Gesicht.

Der Graf, dessen Haut nicht mehr so totenbleich war, lächelte und reckte sich, so gut ihm das mit dem kranken Arm gelingen wollte.

»Nicht? Wie ist es denn dann?«

»Ich … ich war so müde, wollte mich nur für einen Augenblick ausruhen. Dabei …«, sie senkte die Stimme. »muss ich wohl eingeschlafen sein.«

Margarete spürte, wie sie errötete. Wenn er jetzt lacht, dachte sie, laufe ich davon.

Doch der Graf lachte nicht. Er legte ihr seine Hand auf den Unterarm und sagte: »Ich danke dir sehr. Danke dir für alles, was du in den letzten Tagen für mich getan hast.«

Margarete sah ihn an, sah in die eisblauen Augen, die auf einmal so warm leuchteten. Sie schob sich ein wenig von ihm und murmelte: »Ich muss nach dem Frühstück sehen.«

Der Graf lachte so laut, dass die Zinnbecher auf dem Wandregal schepperten. »Hast du in der Zeit meiner Krankheit das Regime in diesem Hause an dich gebracht? Waltest du hier wie eine züchtige Hausfrau?«

Margarete spürte, wie ihr die Röte in die Wangen schoss. »Ihr seid ein Ekel«, fauchte sie. »Ihr seid es nicht wert, sich um Euch zu sorgen.« Dann stand sie auf, schoss einen gekränkten Blick auf den Mann ab und verschwand in der Küche.

Der Graf sah ihr betroffen nach.

»Ich muss Eurer Exzellenz mitteilen, dass der Raubritter Götz von Greifenstein, auch ›Der Bezopfte‹ genannt, erschlagen im Wald aufgefunden worden ist. Sein Kumpan berichtet, ein Mann mit einer schwarzen Maske habe ihm mit dem Schwert den Kopf vom Hals getrennt.«

Der Weihbischof Geraldus von Uslar, nunmehr Stellvertreter des Erzbischofs von Mainz, saß in seinem Lehnstuhl, die Ellbogen auf die Lehnen gestützt, die Hände gefaltet. Der Bote stand vor ihm. Er war grau vor Anstrengung, das Haar hing in wirren Strähnen bis in seine Augen. »So, der Raubritter ist also tot. Gibt es Zeugen dafür, dass der Maskierte ihn erschlagen und obendrein das Mädchen, meine geliebte Nichte, geraubt hat?«

Der Bote nickte. »Ein anderer Raubritter, Sebald von Ammedingen genannt, und sein Sohn, Sebald von Ammedingen der Jüngere, waren dabei. Sie schwören bei der Mutter Gottes, dass es sich genau so zugetragen hat.«

»Können die beiden das beeiden?«

Der Bote erwiderte eifrig: »Auf Euren Ruf hin werden sie nach Mainz eilen und alles beeiden, was Ihr von Ihnen verlangt.«

»Und sie wissen nicht, wer der maskierte Mann war?«, fragte der Erzbischof nach.

Der Bote schüttelte den Kopf.

Geraldus von Uslar holte aus der Geldkatze, die er am Gürtel trug, ein Geldstück hervor und gab es dem Boten. Dann schickte er ihn weg. Kaum fiel die Tür hinter dem Mann ins Schloss, zogen sich seine Augenbrauen vor Unmut zusammen. »Hat Radezell es doch geschafft?«, murmelte er erzürnt. »Hat er das Mädchen doch in seine Gewalt gebracht!«

Er starrte noch eine Weile vor sich hin, dann raffte er sich auf und suchte Jörg von der Teileburg auf.

Cyriakus von Hoheneck meldete ihn an.

Als Geraldus seinem Amtsvorgänger gegenübersaß, hielt er sich nicht lange mit Höflichkeiten auf. »Das Mädchen, das Ihr sucht, ist Euch schon wieder entkommen, nicht wahr?«

Jörg von der Teileburg verzog die Mundwinkel. »So wichtig ist sie nun auch nicht«, log er. Dann suchte er nach einem Schnupftuch.

Geraldus hob den Finger. »Oh, doch, Exzellenz, sie ist überaus wichtig. Das wisst Ihr genau. Nur wegen ihr habt Ihr mir Euren Posten überlassen. Über sie wolltet Ihr an den Stein der Weisen gelangen und Euch zum Herrscher über Leben und Tod, über Himmel und Hades erheben.«

Von der Teileburg schüttelte unwirsch den Kopf. »Meinem Erzbischof will ich sie ausliefern.«

Geraldus von Uslar winkte ab und sagte: »Was immer Ihr vorhabt, Ihr braucht das Mädchen. Aber ich wette, Ihr wisst nicht einmal, wer sie entführt hat.«

»Ein anderer Raubritter, der sie mit auf seine verfallene Burg genommen hat. Wenn für ihn der Reiz des Neuen dahin ist, wird er sie laufen lassen. Sie wird hierher kommen, denn nirgendwo sonst bekommt sie Schutz. Ich brauche nur abzuwarten«, erklärte Jörg von der Teileburg herablassend und sah Geraldus von Uslar trotzig an. Dann griff er erneut nach seinem Schnupftuch und schnäuzte sich ausgiebig.

Geraldus von Uslar wollte sich erheben. »Nun, da Ihr ja in die Zukunft schauen könnt und jetzt schon seht, dass das Mädchen eines Tages von ganz allein Eure Tür findet, will ich Euch nicht länger von Euren Tagesgeschäften abhalten. Gott zum Gruße.«

Geraldus begab sich zur Tür. Aus den Augenwinkeln sah er das Gesicht seines Widersachers, in dem Stolz und Neugier miteinander rangen.

»Wisst Ihr mehr?«, fragte der Sitzende schließlich mit nicht allzu fester Stimme und steckte das Tuch in seine Rocktasche.

Geraldus von Uslar nickte. »Natürlich weiß ich mehr. Ich weiß fast immer mehr als Ihr. Das sollte Euch langsam zu denken geben.«

»Was wisst Ihr?«

»Wer das Mädchen geraubt hat.«

Jörg von der Teileburg schwieg. Er hatte das Gesicht zu einem mürrischen Ausdruck verzogen und starrte missmutig auf den Fußboden.

Geraldus hatte in seinem Leben schon oft gewartet, allein vier Jahre nur darauf, erster Stellvertreter des Erzbischofs zu werden. Nun stand er im Zimmer des zweiten Stellvertreters und wartete dessen Kampf zwischen Stolz und Gier ab.

»Wo ist sie?« Jörg von der Teileburg spuckte diese Worte schier aus.

»Es war aufwendig, an diese Information zu kommen«, erklärte Geraldus von Uslar.

»Was wollt Ihr haben?«

»Die Pfründe in Hechtsheim.«

»Was?« Jörg von der Teileburg war aufgesprungen. »Hechtsheim?«

Geraldus von Uslar nickte. »Ganz richtig, Hechtsheim. Die fette Pfründe mit den saftigsten Weiden, dem größten Viehbestand, den fleißigsten Untertanen in der ganzen Gegend. Gebt Ihr mir Hechtsheim, gebe ich Euch den Namen und den Wohnort des Mannes, der die entflohene Novizin Margarete vom Rupertsberg in seiner Gewalt hat.«

Jörg von der Teileburg maß seinen Widersacher mit bösem Blick.

Geraldus von Uslar beobachtete lächelnd, was im Gesicht des Gegners zu lesen war. Wieder schwankte der zweite Stellvertreter des Erzbischofs zwischen Stolz und Gier. Wenn er die Pfründe Hechtsheim weggäbe, wäre ein Teil seines Vermögens verloren. Es hatte ihn sehr viel Mühe gekostet, an diesen Besitz zu kommen, und lange herrschte er noch nicht über die Pfründe. Wenn er jedoch Gott den Rücken und ins weltliche Leben zurückkehrte, musste er die Pfründe ohnehin abgeben. Eine einzige Pfründe gegen den Stein der Weisen? Ein Narr, wer da zögerte.

»Sagt meinem Schreiber, er soll Euch die Urkunde für Hechtsheim ausstellen.«

»Ihr seid ein Mann, der im rechten Augenblick zu handeln weiß«, sagte Geraldus und konnte nur mühsam ein Lächeln unterdrücken.

Jörg von der Teileburg winkte unwillig ab. »Wo das Mädchen ist, will ich wissen. Und den Namen dessen, der sie geraubt hat.«

Geraldus von Uslar verbeugte sich leicht. »Margarete ist in der Gewalt des Georg von Radezell. Sie hält sich auf einer seiner zahlreichen Besitzungen auf. Ich vermute, sie ist in Bonames bei Frankfurt.«

»Georg von Radezell hat sie entführt?« Unruhe hatte sich in die Stimme des zweiten Weihbischofs geschlichen.

»Ganz recht. Der Mann, der als der gefährlichste Alchemist des gesamten Reiches gilt. Der Mann, von dem es heißt, er sei mit dem Teufel im Bunde. Der Mann, mein lieber Jörg, der vorhat, meine törichte Nichte zu heiraten.«

»Zu heiraten?«

Geraldus von Uslar nickte. »Er hat bereits um ihre Hand angehalten. Ihr müsst Euch beeilen, mein Bischof. Findet Ihr das Mädchen erst nach ihrer Hochzeit, so werdet Ihr ihrer kaum noch habhaft. Eine verheiratete Gräfin lässt sich nicht so einfach in den Bischofssitz laden, verhören und gar ins Verlies sperren. Und falls Ihr mit dem Gedanken gespielt habt, sie am Ende selbst zu ehelichen, nun, auch dafür wäre es zu spät.«

Er lachte leise, dann wandte er sich um und verließ seinen Widersacher.

Der zweite Weihbischof saß in seinem Lehnstuhl und hob die Faust, um sie krachend auf die Lehne des gepolsterten Stuhles fallen zu lassen. »Geraldus von Uslar«, presste er zwischen zusammengebissenen Zähnen hervor. »Geraldus von Uslar, ich schwöre bei Gott und allem, was mir heilig ist, dass ich dich vernichten werde. Dich und deine Nichte Margarete. Gleichgültig, ob sie heiratet oder nicht: Ich werde sie kriegen und das Geheimnis um den Stein der Weisen lüften. So wahr ich Jörg von der Teileburg heiße.«

Zwanzigstes Kapitel

Margarete stand an der brusthohen Mauer, die den Gutshof begrenzte, und sah hinüber in das Dorf Bonames. Sie erblickte Mägde, die mit vollen Wäschekörben hinunter zum Flüsschen Nidda gingen, sah Bauern, die auf ihren Feldern arbeiteten, bemerkte Schweine, die sich grunzend auf der Dorfstraße herumtrieben. Margarete schaute dorthin, aber eigentlich sah sie nichts von all dem. Tränen verschleierten ihren Blick. Vor gut drei Wochen war sie vom Rupertsberg aufgebrochen, um die letzte Vision der Hildegard zu suchen, um ihr Vermächtnis zu bewahren. Und was hatte sie bisher erreicht? Dass sie im ganzen Erzbistum gesucht wurde!

»Ich habe wohl alles falsch gemacht«, murmelte sie leise vor sich hin. »Ich bin keinen Schritt weiter als im Kloster. Noch immer ist mein Kopf so leer wie eine Scheuer im Frühling. Noch immer kann ich mich nicht erinnern. Dafür habe ich lauter neue Sorgen. Jetzt bin ich hier beim Grafen Georg von Radezell und weiß nicht, wie es mit mir weitergehen soll. Dem Auftrag meiner Schwestern bin ich noch keinen Schritt näher gekommen.«

Ihre Augen füllten sich mit Tränen. Sie kam sich so verloren und verlassen vor, dass sie wohl mit dem Erstbesten gegangen wäre, der ihr eine Lösung für ihr Problem anbot. Aber da war niemand. Sie stand allein an der Mauer eines Gutshofes und schaute hinauf zum Himmel, der schon wieder von schweren dunklen Wolken verhangen war. Als es zu regnen begann, hob sie das Gesicht, ließ die Tropfen auf ihre Haut prallen und sich mit den Tränen vermischen. Eine Weile stand sie so, da hörte sie die Tür des Gutshauses aufgehen.

»Kommt herein, Herrin«, rief die Köchin ihr zu. »Kommt schnell, ehe Ihr Euch erkältet.«

Margarete rührte sich nicht.

»Kommt, der Herr hat schon nach Euch gefragt.«

Der Herr kann mir gestohlen bleiben, sagte Margarete sich in Gedanken, doch dann wischte sie sich die Nässe aus den Haaren und zog die Schultern zusammen.

»Ich komme«, erwiderte sie, drehte sich um und lief in die Halle hinein.

»Gib zu, dass du dich absichtlich in den Regen gestellt hast, um ebenfalls krank zu werden, um mit mir gemeinsam dem lieben Gott den Tag zu stehlen.«

Graf Georg von Radezell saß in einem Lehnstuhl vor dem Kamin, den verletzten Arm behutsam im Schoß, und sah in die Flammen.

Als Margarete nicht antwortete, klopfte er mit der freien Hand auf den Lehnstuhl neben sich. »Setz dich zu mir.«

»Ich bin nass und würde alles schmutzig machen.«

»Wundert dich das, meine Liebe?«, fragte der Graf.

Margarete wollte schon wieder wütend werden, als Mina die Halle betrat und Margarete am Arm nahm. »Ihr müsst Euch umziehen, sonst werdet Ihr ebenfalls krank.«

»Leicht gesagt. Ich habe nur die Sachen, die ich auf dem Leib trage.«

Der Graf wandte sich zu ihr um. »Die Köchin war so freundlich, dir ein wenig Kleidung von sich zur Verfügung zu stellen. Auch hat sie dir eine Kammer bereitet. Im ersten Stock, die zweite Tür neben der Treppe.«

Margarete machte sich aus Minas Griff los und maß zuerst den Grafen, dann die Köchin, die gewiss doppelt so viel wog wie Margarete, mit einem vernichtenden Blick. »Die Kleider der Köchin – großer Gott!« Die Köchin schaute verdutzt von ihrem Herrn zu Margarete, dann zuckte sie verständnislos mit den Schultern und schlurfte in die Küche zurück.

Margarete warf den Kopf in den Nacken und stolzierte die Treppe hinauf. Mina folgte ihr.

Doch als sie die Kammertür geöffnet und den Raum betreten hatte, entfuhr ihr ein Ausruf des Entzückens. Der Raum wies weiße Wände auf und war mit gelben Seidenstoffen behängt. Ein kunstvoll geschnitztes Bett, ebenfalls aus hellem Holz, stand darin. Der Baldachin aus Brokatstoff, auf dem ein Muster aus Rot und Orange prangte, wölkte sich um die vier Pfosten mit den geschnitzten Tierköpfen. Gegenüber dem Bett befand sich eine Truhe, die mit gelben Kissen belegt war, daneben ein kleiner Tisch, auf dem ein Krug mit frischem Quellwasser und ein Becher standen.

Auf dem Bett lagen mehrere Kleider, die so schön waren, wie sie Margarete noch nie gesehen hatte. Stoffe, so weich wie Eiderdaunen und so kostbar gearbeitet wie Geschmeide. Zierrat aus Elfenbein, Silber, Gold und Perlen. Gewirkte Bänder, schmückende, mit Steinen besetzte Haarkämme, bestickte Gürtel, Hauben, so leicht wie Eierschaum. Wie im Traum kam sich Margarete vor. Sie trat näher, fuhr mit der Hand über die wertvollen Stoffe, hielt sich die Gürtel an und bewunderte die Haarkämmchen und Spangen.

»Wie schön die Sachen doch sind!«, sagte sie und wandte sich mit glückstrahlendem Gesicht zu Mina. »Hast du jemals etwas Schöneres gesehen?«

Das junge Mädchen schüttelte den Kopf. »Die Kleider der

Köchin sind das bestimmt nicht. Der Herr Graf hat sich einen Scherz mit Euch erlaubt.«

»Nicht den ersten, das kannst du mir glauben. Aber diesen Scherz verzeihe ich ihm nur zu gern.«

Sie setzte sich auf das Bett, schmiegte ihr Gesicht an die Stoffe, probierte ein wenig von dem Duftöl aus Rosenholz und ließ sich von Mina das Haar so lange bürsten, bis es glänzte. Plötzlich, beim Anblick der vielen Sachen, erinnerte sich Margarete an all das, was die Gräfin Sidonie von Uhlenburg ihr beigebracht hatte. Den Kopf zu heben etwa oder die besondere Art zu gehen: Niemals schwenken wie eine Dirne, niemals steif bleiben wie ein Soldat. Geschmeidige Bewegungen. Und immer lächeln.

Zu gern würde sie noch einmal ein Fest erleben, Musikanten aufspielen hören und tanzen. Margarete seufzte. All die Dinge, die ein junges Mädchen ihres Alters und von adliger Herkunft für gewöhnlich tat, blieben ihr verwehrt. Sie hatte anderes zu tun, durfte sich nicht mit Tand und Überfluss befassen, nicht von Musik und Tanz träumen. Erst, wenn alle Schriften einschließlich der letzten Vision wieder auf dem Rupertsberg in der Bibliothek versammelt waren und das Andenken an Hildegard von Bingen öffentlich gelebt werden konnte, war ihre Mission erfüllt.

»Was sollen mir die Kleider«, fragte sie betrübt. »wenn ich sie doch niemals vorführen kann?«

»Euer Leben ist doch hier nicht zu Ende«, befand Mina.

»Nein«, bestätigte Margarete. »Aber fort von hier kann ich nicht. Ich brauche die Hilfe des Grafen, brauche ein Dach über dem Kopf, etwas zu essen und zu trinken. Ich habe eine Aufgabe zu erfüllen und benötige dazu Ruhe.«

»Auf die Burg wollt Ihr nicht zurück?«

Margarete schüttelte den Kopf. »Ich habe mich dort sehr wohlgefühlt, doch ich befürchte, dass Gräfin Sidonie gemeinsam mit meinem Onkel alle Hebel in Bewegung setzt, um mich alsbald zu verheiraten. Bevor ich auch nur an eine Heirat denke, muss ich einen Schwur erfüllen.«

Es klopfte an der Tür. Margarete öffnete. Vor ihr stand die Köchin mit neuer Haube und frisch gestärkter Schürze.

»Der Herr Graf bittet Euch zum Essen«, teilte sie mit und knickste sogar. »Ihr mögt Euch umziehen und das Haar richten.«

»Das hat er gesagt?«, fragte Margarete.

Die Köchin nickte. »Das hat er genau so gesagt.«

Trotz wallte in Margarete hoch. Sie wollte nicht erscheinen, als befolge sie jedes Wort des Grafen wie einen Befehl. Aber widersetzen konnte sie sich auch nicht. Sie war auf seine Hilfe und Gastfreundschaft angewiesen. Also seufzte sie und ließ sich von Mina beim Ankleiden helfen. Als das Mädchen ihr aber mit Bleiweiß das Gesicht schminken wollte und sogar ein Tiegelchen mit roter Paste und Kohlestifte zur Hand hatte, lehnte Margarete ab.

»Ich bin keine Hübschlerin«, erklärte sie mit Nachdruck. »Ich muss mich nicht anschmieren, will niemandem gefallen.«

Dann ging sie nach unten in die Halle.

Der Graf saß mit blassem Gesicht in einem Sessel, den kranken Arm neben sich wie etwas, das nicht zu ihm gehörte. Seinem Gesicht waren die Anstrengungen der letzten Tage anzusehen, doch er wirkte guten Mutes. Er sah ihr mit einem matten Lächeln entgegen.

»Geht es Euch nicht gut?«, fragte sie. Sie trat zu ihm, befühlte seine Stirn. »Ihr fiebert wieder«, erklärte sie. »Es ist nicht gut, ausführlich zu tafeln. Ihr gehört ins Bett. Die Köchin soll Euch eine Hühnersuppe machen. Danach werde ich Eure Wunden versorgen. Seid Ihr stark genug, in Euer Schlafzimmer zu gehen? Da das Schlimmste überstanden ist, seid ihr dort besser ausgehoben als auf dem Nachtlager in der Halle.«

»Ich danke dir für deine Fürsorge«, erwiderte der Graf ungerührt. »Tatsächlich hatte ich in der Nacht das Gefühl, bei lebendigem Leibe gefressen zu werden. Doch nun geht es mir besser. Eine Heilerin brauche ich nicht mehr. Habt vielen Dank!«

»Wahrscheinlich habt Ihr noch nicht genug gelitten, wenn Ihr jetzt bereits wieder große Reden führen könnt.«

»Verzeih, vielleicht kann ich deinen Einsatz besser schätzen, wenn du mir sagst, woran ich litt und was mir die Schmerzen verursacht hat.«

»Ihr hattet Wundbrand. Ich habe Euch einen Wickel mit Maden umgelegt. Nun, die Maden waren fleißig, das verfaulte Fleisch ist beinahe verschwunden.«

»Du hast was?«, fragte der Graf mit einiger Anstrengung. »Maden?«

Margarete nickte. »Ist Euch dieses medizinische Experiment etwa fremd? Dann könnt Ihr jetzt ruhig zusehen, wenn ich den Wundverband wechsle«, erwiderte sie höhnisch, doch dann berichtete sie in knappen Worten von dem, was sie in der letzten Nacht getan hatte. Nur woher sie die Maden hatte, verschwieg sie.

Mina hatte in der Zwischenzeit das Gefäß mit den Maden geholt. Margarete nahm es ihr aus der Hand, öffnete den Deckel und hielt es dem Grafen vor die Nase. Er stöhnte auf, ließ sich gegen die Lehne sinken und schloss die Augen. Margarete arbeitete schnell. Sie reinigte die Wunde, zeigte ein zufriedenes Gesicht, als sie den Heilprozess untersuchte, stellte einen Wickel aus Nesseln und den Maden her und legte ihn um die Wunde. Als sie damit fertig war, war der Graf in Schweiß gebadet, seine Haut aschfahl.

»Ihr müsst Euch hinlegen.«

»Und das Essen?«

»Euer Körper muss sich erholen. Auch eine reichliche Mahlzeit erfordert Anstrengungen.«

Der Graf schloss erneut die Augen.

»Holt … holt den Knecht. Er soll mir helfen«, bat er mit kraftloser Stimme, und Mina lief hinaus, kam kurze Zeit später mit dem Mann zurück. Blass wie ein Leichentuch lag der Graf in seinem Bett.

»Ihr solltet schlafen«, riet Margarete, und der Graf nickte. »Das Fieber und der Wundbrand haben Euch geschwächt. Ich werde nachher noch einmal nach Euch sehen.«

Sie kontrollierte, ob ausreichend klares Wasser in der Nähe des Bettes stand. Dann öffnete sie den Holzfensterladen, um frische Luft hereinzulassen, und blies die Kerzen aus. Noch einmal trat sie an das Bett des Grafen, strich ihm sanft eine Haarsträhne aus der schweißnassen Stirn und lief auf Zehenspitzen aus dem Zimmer.

In der Halle jammerte die Köchin bereits wieder und gab Margarete die Schuld am Rückfall des Grafen. »Ihr habt ihn aufgeregt. Ich weiß es genau. Einen Medicus hätten wir holen sollen.«

»Halt den Mund!«, befahl Margarete und setzte sich an die Tafel. Sie sah die köstlichen Speisen nicht, welche ihr die Köchin auflegte, schmeckte den zarten Kalbsbraten nicht, nicht die Soße, welche mit Weißwein abgeschmeckt war, und auch nicht das Gemüse, das frisch aus dem Garten kam. Sie hob den Becher, doch der Wein aus dem Rheingau belebte sie nicht. Margaretes Gedanken kreisten nur um den Zustand des Grafen Georg von Radezell.

Er hatte natürlich keinen Rückfall gehabt. Ganz im Gegenteil. Der Heilungsprozess verlief genauso wie bei dem einzigen Patienten im Klosterinfirmarium, der an

Wundbrand gelitten und von Hildegard von Bingen so behandelt worden war. In Gedanken ging Margarete alle heilkundlichen Lehren durch, die sie von ihrer Mutter Äbtissin und aus der Bibliothek gelernt hatte. Bei Avicenna hatte sie erfahren, wie man die Gesundheit erhalten konnte, nämlich durch Ordnung bei Speis und Trank, Wahl guter Luft und das rechte Maß an Ruhe und Bewegung. Kam es trotzdem zur Krankheit, so waren bestimmte Arzneien und das Eingreifen eines Chirurgen vonnöten. Doch das war bei Georg von Radezell zum Glück nicht angezeigt. Die Wunde verheilte gut. Ein paar Tage noch würde sie schmerzen, aber spätestens zum Jahreswechsel konnte der Graf mit dem verletzten Arm wieder richtig zupacken.

Margarete kaute an einem Kanten von frischem Roggenbrot und bemerkte es nicht einmal. Sie war so in Gedanken versunken, dass sie weder wusste, was sie aß, noch was sie trank.

Dann erhob sie sich vom Tisch, dankte für das Mahl und lief nach oben in die Kammer des Grafen.

Georg von Radezell lag im tiefen Schlaf. Margarete zündete den Leuchter an, der auf seinem Nachtkästchen stand. Das Licht der Kerze fiel auf sein Gesicht. Zum ersten Mal hatte Margarete Muße, seine Züge zu studieren. Sie sah eine blaue Ader unter der gespannten Haut der Stirn pochen. Dieses Bild rührte sie, rührte sie so, als wäre der Mann dadurch zum Kind geworden. Zärtlichkeit erfasste sie. Sie hob die Hand und strich ihm sanft über die Wange. Ihr Blick war weich und mild wie das Licht der Bienenwachskerze. Plötzlich schoss die Hand des Grafen hoch, umklammerte Margaretes Handgelenk. Er öffnete die Augen und zog sie so tief zu sich herab, dass ihre Lippen seinen Mund berührten.

Sein Kuss war nicht sanft, sondern fordernd. Margarete war überrascht, wehrte sich, doch die Hand des Grafen hielt sie wie eine Eisenklammer umfasst, sodass Margarete nachgeben musste. Und aus dem Kuss, gegen den sie sich gewehrt hatte, wurde auf einmal ein Kuss, der süßer schmeckte, als sie es sich jemals vorgestellt hatte. Ohne es zu wollen, küsste sie ihn zurück. Sie trank seinen Atem, als wäre er der Odem des Lebens.

Margarete ließ sich sinken, fiel neben den Grafen auf das Bett. Er ließ von ihr ab, lag mit seinem Gesicht weniger als einen Fingerbreit von ihrem Gesicht entfernt und sah ihr in die Augen. Ganz heiß wurde es Margarete. Ihr war, als ob Georg von Radezell sie mit seinen Blicken streichelte. Und als er dann wahrhaftig die Hand hob und damit zuerst über ihre Wangen strich und hernach mit dem Daumen die Konturen ihrer Lippen nachzog, schloss sie die Augen und gab sich ganz dem hin, was im Kloster als schwere Sünde galt.

Behutsam streifte Georg von Radezell ihr das Kleid von den Schultern, liebkoste ihren Hals, den Nacken, strich mit seinen Lippen über das glatte Rund ihrer Schultern, schob dabei das Kleid immer weiter nach unten, bis Margarete es schließlich abstreifte. Es war das erste Mal, dass sie sich einem Mann nackt zeigte. Und es war eine Sünde, denn dieser Mann war nicht einmal ihr Ehemann. Für einen Augenblick kam ihr der Fluch von Lucardis von Algesheim in den Sinn: »Einen Mann wünsche ich dir, der dir das Begehren in den Schoß pflanzt. Unstillbares Begehren in einen nimmersatten Schoß, der dich zur Hündin macht und allen Stolz raubt.« Doch dann vergaß sie alles um sich herum, dachte nicht mehr an Schuld und Sühne, sondern nur noch an die Hände des Grafen, die über ihren Körper glitten und eine Gier in ihr entfachten, die sie vorher nicht kannte. Seine Finger streichelten mal sanft und mal rau über ihren Rücken und den Po, sodass Margarete von einer Wonne in die nächste glitt. Ein Seufzer aus tiefster Seele stieg empor, und sie meinte nun die Ekstase zu erleben, an der Rautgundis sich so häufig berauscht hatte.

Dann glitten die Finger des Grafen über ihre Oberschenkel. Margaretes Seufzen wurde zum Stöhnen. Sie sah rote Kreise vor ihren Augen, wähnte sich in einem Feuer, das ihr den Schoß versengte. Der Graf, einen Arm unter Margaretes Bauch, hieß sie, sich umzudrehen. Kaum lag Margarete auf dem Rücken, strich er mit Bewegungen, die so sanft wie Katzenpfoten waren, über ihren Leib, zog mit den Fingerspitzen Striche und Kreise über ihren Bauch und die Brüste. Als er mit dem Zeigefinger langsam Margaretes Brustwarze umkreiste, sie schließlich zwischen zwei Finger nahm, ein wenig drückte und daran rieb, konnte Margarete nicht mehr an sich halten.

»Mehr«, seufzte sie. »Hör nicht auf damit.«

Der Graf lachte leise und dunkel. »So viel du willst, mein Herz. Ich hoffe, du wirst nicht genug davon bekommen.« Seine Hand massierte nun ihren Bauchnabel und glitt langsam zu ihrem Schamhügel, und Margarete konnte nicht verhindern, dass sich ihre Beine wie von selbst spreizten. Ihr Körper war wie im Fieber, glühte und lechzte nach weiteren Berührungen. Ihr Mund sang das leise Lied der Lust, ihr Leib schrie nach seinen Händen. Mal strich er zart wie der erste Frühlingswind über ihr Fleisch, dann benutzte er seine Fingernägel, und Margarete genoss den leichten Schmerz. Doch plötzlich hörte er auf damit.

Margarete wand sich und flüsterte. »Weiter, ich bitte dich! Höre nicht auf damit!«

Seine Fingerspitzen strichen nun mit der Sanftheit von

Schmetterlingsflügeln über die Innenseiten ihrer Oberschenkel. Margarete bäumte sich auf. »Fester«, bat sie. »Fester!« Doch Georg hatte eigene Pläne. Seine Hand tanzte auf ihrer Haut, feuerte sie an, sich ganz und gar der Lust hinzugeben.

»Zeig dich mir«, hörte sie seine Stimme. »Zeig mir dein Begehren, zeig mir deine Wollust.«

Für einen Augenblick verließ seine Hand ihren Leib, doch gleich spürte sie, wie eine ölige Flüssigkeit, die schwer und süß nach Rosen duftete, über ihren Venushügel floss. Mit drei Fingern verteilte der Graf das Öl über ihre Schamlippen.

»Weiter«, stöhnte Margarete. »Weiter. So nah war ich dem Himmel nie!«

»Das ist gut so«, hörte sie seine dunkle Stimme aus weiter Ferne. »Gib dich ganz hin. Vergiss alles um dich herum. Denke nur an das, was du spürst.«

Margarete zuckte unter Georgs Liebkosungen zusammen. Ihr Körper spannte sich wie ein Bogen. Ihr Stöhnen wurde dunkler, kam aus der Tiefe ihrer Seele. Ihr Schoß hatte sich in einen Glutherd verwandelt. Sie wollte sich an den Mann pressen, doch er hielt sie von sich.

Margaretes Körper wand sich, bog sich seiner Hand entgegen. Ihre Finger rissen an seinen Sachen, schälten ihn aus seiner Kleidung. Einmal stöhnte er auf, als sie seine Wunde berührte, doch schon im nächsten Augenblick war der Schmerz vergessen. Haut an Haut. Nie hatte sich Margarete vorstellen können, wie gut es sich anfühlte, die Haut eines Mannes auf ihrer zu spüren. Sie schloss die Augen, ein kehliger Laut drang aus ihrem Mund. Der Graf beugte sich über sie, schien ihr Stöhnen zu trinken. Seine Hand war zwischen ihren Schenkeln. Mit zwei Fingern spreizte er ihre Schamlippen und hatte sofort Margaretes

Knospe der Lust gefunden. Sie schloss die Augen. Rote Kreise tanzten vor ihren Augen. Alles Irdische war von ihr abgefallen. Ihr Körper schwebte. Als Georg sanft, aber entschlossen in sie eindrang, erklang ihr Schrei dunkel und tief wie der eines Tieres …

Einundzwanzigstes Kapitel

Am nächsten Morgen fand sie sich eng an den Grafen geschmiegt wieder. Margarete lauschte in sich hinein – und fand nichts als Ruhe und Glück. Ja, sie war glücklich, hier neben Georg von Radezell zu liegen.

Nach einer Weile wandte sie sich um, drehte sich in die Umarmung des Mannes hinein und sah, dass er wach war. »Ich habe wirklich gut geschlafen«, sagte sie. »Und du?«

Georg von Radezell schwieg, legte sich auf den Rücken und sah an die Decke.

»Wie fühlst du dich?«, fragte Margarete. »Wie geht es deinem Arm?«

Georg von Radezell nickte nur leicht und hatte den Blick weiter auf die hölzerne Kastendecke gerichtet, als wollte er sie nicht anschauen.

Plötzlich verdunkelte sich Margaretes Gesicht. Sie löste sich von ihm, stand auf, hüllte sich in ihr Kleid und verließ die Schlafkammer des Grafen.

In ihrer Kemenate warf sie sich auf das Bett und weinte bittere Tränen. »Ich bin eine Hure«, schluchzte sie. »Habe mich dem Erstbesten an den Hals geworfen, genau wie Lucardis von Algesheim es mir prophezeit hat. Sie hat einen Fluch auf mich gelenkt. Deshalb spricht der Graf nicht mehr mit mir. Wer schenkt einer Dirne auch nur ein Wort?«

Sie entzündete mit dem Feuerschwamm das Wachslicht, wartete, bis die Flamme voll erblüht war, dann drückte sie die Kerze auf ihrem Handrücken aus.

Dabei verfluchte sie ihre Nachgiebigkeit. Sie weinte so laut, dass es bis in die anliegenden Zimmer zu hören war und sie nicht einmal merkte, wie die Tür zu ihrer Kammer geöffnet wurde.

»Warum weinst du?«, hörte sie die Stimme des Grafen und spürte eine warme Hand auf ihrem Rücken. »Bereust du, was letzte Nacht passiert ist?«

»Ja …!«, schluchzte Margarete noch lauter. Sie fühlte sich so sündig wie die Magdalena aus der Bibel.

Der Graf schwieg, streichelte nur ihren Rücken, und Margarete beruhigte sich allmählich. Langsam hob sie den Kopf, sah direkt in die kühlen, blauen Augen des Grafen. Er fasste nach ihrem Kinn, zwang sie, ihn anzusehen. »Was ist los?«, fragte er noch einmal. »Was habe ich falsch gemacht, dass du nun so sehr weinst?«

Margarete schluckte. »Ihr habt nichts falsch gemacht«, stammelte sie und versuchte, seinem Blick auszuweichen. »Männer können in solchen Situationen nie etwas falsch machen. Ich habe gefehlt, habe gesündigt, habe meine Tugend hergeschenkt ohne den Segen Gottes. Ihr tut recht daran, nicht mehr mit mir zu reden.« Die Vertrautheit der letzten Nacht war verschwunden. Margarete hatte vergessen, dass sie Georg von Radezell bereits geduzt hatte. Nun blickte sie ihn mit einer solchen Verzweiflung an, dass ihm das Lachen im Halse stecken blieb. Er ließ sie los, sank vor ihr auf die Knie und sagte mit allem Ernst, zu dem er fähig war: »Ich habe nicht mit dir gesprochen, weil mir die Worte fehlten, das auszudrücken, was ich empfinde. Auch jetzt kann ich nicht mehr sagen, als dass ich dich um deine Hand bitte, meine Liebe. Ich bitte dich darum, vor Gott und den Menschen einen Bund mit mir einzugehen.«

Margarete wischte sich mit beiden Händen die Augen trocken. Dann nickte sie, aber es war ein verzagtes Nicken.

»Sagt Ihr das, um mir die Schande zu ersparen?«, wollte sie wissen.

Sein Lachen ließ auch die Augen des Grafen funkeln. »Nein«, erwiderte er. »Ich möchte dich heiraten, weil ich dich liebe. Ich sage dir diesen Satz nur ein einziges Mal, denn er gilt für immer: Ich liebe dich. Und deshalb möchte ich, dass du meine Frau wirst.« Er nahm ihre Hände, betrachtete sie, verzog schmerzlich das Gesicht, dann küsste er die Narben darauf. »Ich möchte nie, Margarete, nie wieder sehen, dass du dir neue Wunden oder Verbrennungen beibringst. Alles, was du im Kloster gegeißelt hast, ist dir jetzt erlaubt.«

Er stand auf, und Margarete erkannte, dass ihm das Liebesbekenntnis nicht leichtgefallen war.

»Möchtest du meine Frau werden?« Eine leise Ungeduld hatte sich in seine Stimme geschlichen. Er stand vor ihr, rieb die Hände aneinander, trat von einem Bein auf das andere, als wäre er in großer Eile.

»Ja, ich werde Euch heiraten«, sagte sie leise. »Was bleibt mir anderes übrig, da ich Euch doch schon geschenkt habe, was das Wichtigste bei einem Mädchen ist.«

»Glaubst du wirklich, dass die Tugend das höchste Gut ist?«

»Was sonst?«, fragte Margarete und hörte die Stimme Hildegards von Bingen, die sie beschwor, die Jungfräulichkeit zu schützen, wenn es sein musste, mit dem eigenen Leben.

»Oh, da fällt mir eine ganze Menge ein. Von einer Frau, die ich heiraten möchte und mit der ich den Rest meines Lebens verbringen will, erwarte ich Treue und Verständnis, Kameradschaft und, nun ja, ein wenig Leidenschaft, aber die scheinst du ja in besonderem Maße zu haben.«

Margarete sah den Grafen an, als wären ihm gerade Hörner gewachsen. »Was ist mit Frömmigkeit und Nächstenliebe, mit Gehorsamkeit und Nachsicht?«

»Alles Unfug. Was nützt mir ein Weib, welches ihre Liebe an jemanden verschwendet, von dem nicht einmal sicher ist, dass es ihn auch tatsächlich gibt?«

»Gott nicht gibt? Wie kommt Ihr darauf? Natürlich gibt es Gott. Ich bitte Euch, nicht so zu reden, denn der Herr verzeiht nicht.«

»Seit Jahren rede ich so, und der Herr schweigt dazu.«

»Glaubt Ihr denn etwa nicht an ihn?«, fragte Margarete. Widerstreitende Gefühle hatten sich in ihr angesammelt. Sie wusste weder, wohin sie blicken, noch, was sie spüren wollte. Ebenso wenig wusste sie, was sie wünschen oder wollen sollte. Hin- und her gerissen fühlte sie sich wie das letzte Blatt am Ast eines Baumes, an dem der Herbstwind zerrte.

»Nein, Margarete, ich glaube nicht an den Gott, an den du glaubst. Ich glaube vielmehr daran, dass sich alle Dinge beweisen lassen müssen. Ich glaube an den Verstand. Ich schätze keine Weiber, die sich ihren Männern beugen und nach dem Maul reden und ansonsten dummem Aberglauben anhängen. Ich suche eine Frau, die denken kann und mir auch einmal widerspricht, wenn ich irre. Du bist dazu fähig, Margarete. Du bist jung, gebildet, eigensinnig und stolz. Ich frage dich noch einmal: Willst du meine Frau werden und das Leben mit mir teilen als Gefährte und Gefährtin?«

»Ja«, erwiderte Margarete leise und zaghaft, so als stecke sie in einer Falle. Unvermittelt kam ihr der Gedanke, dass sie nie über ihre Gefühle für den Grafen nachgedacht hatte.

Georg von Radezell lächelte. »Gut. Da nun das Wichtigste besprochen ist, kann ich nach dem Priester schicken lassen. Er wird uns trauen.«

»Heute noch?«, fragte Margarete überrascht.

»Aber ja! Heute noch. Worauf sollen wir warten?«

Margarete zuckte mit den Achseln und spürte schon wieder die Tränen in sich aufsteigen. Eine heimliche Hochzeit ohne Gäste, Glückwünsche, ohne Feier. Sie hatte es nicht anders verdient.

Der Graf verstand, fasste nach ihrer Hand. »Du hast von einem großen Fest geträumt, nicht wahr? Von einem wundervollen Kleid, von Musik und Tanz?«

Margarete nickte.

»Im Augenblick ist das nicht möglich. Vergiss nicht, der Stellvertreter des Erzbischofs lässt nach dir suchen. Ich habe keine Ahnung, warum, aber ich vermute, es hängt mit der letzten Vision der Hildegard von Bingen zusammen.«

»Woher wisst Ihr davon?«

Er lächelte. »Die junge Magdalena aus dem Kloster auf dem St. Rupertsberg ist meine Cousine. Sie schreibt mir gelegentlich und hat mir von dir und deiner Aufgabe berichtet.«

»Magdalena hat das Geheimnis der letzten Vision verraten? Zumindest das, was ich davon noch weiß?«

Margarete war fassungslos.

»Nein, das hat sie nicht. Sie hat mir nur aufgetragen, ich solle, wenn du meinen Weg kreuzt, gut auf dich achtgeben. Deshalb bin ich auf der Uhlenburg gewesen und habe dort bei einem zufälligen Gespräch zwischen Geraldus von Uslar und Markus von Uhlenburg von der letzten Vision gehört.«

»Und deshalb wollt Ihr mich auch heiraten!«, stellte Margarete fest. »Um an das Geheimnis zu kommen und den Stein der Weisen als Erster zu finden.« Sie war nun so verwirrt, dass ihr nur Geraldus von Uslars Worte einfielen.

Georg nahm ihre Hand. »Du bist noch sehr jung und brauchst Zeit. Ich weiß auch, dass du mich nicht liebst. Wieso solltest du auch? Ich bin doppelt so alt wie du, werde zu Beginn des Winters zweiunddreißig Jahre alt. Alles, woran du glaubst, ist mir fremd. Alles, was mir wichtig ist, hat für dich wenig Bedeutung. Während du für Gott und die

Ehre der Hildegard von Bingen kämpfst, stehe ich für Verstand und Wissenschaft.«

»Es ist also wahr«, flüsterte Margarete. »Mein Onkel hatte recht: Ihr wollt mich nur, um hinter das Geheimnis des Steines der Weisen zu kommen.«

Georg von Radezell atmete tief ein und aus. Scheu sah Margarete ihn an, sah den Ärger in seinem Gesicht.

»Der Stein der Weisen ist mir gleichgültig. Ich bin sogar sicher, dass es ihn nicht gibt. Die Wissenschaften sprechen dagegen. Und auch die Religion. Gäbe es einen Stein der Weisen und würde dieser gefunden, nun, so müsste Gott seine Macht abgeben. Doch das ist ein Widerspruch, denn der Herr, so heißt es, ist allmächtig. Ich würde gern wissen, was du über die Kraft der Edelsteine weißt. Doch auch diesem Wissen stehe ich zweifelnd gegenüber. Und ich möchte, dass du dich auf meine Weise mit den Steinen beschäftigst. Wenn du zu all dem bereit bist, lasse ich nach dem Priester schicken.«

Margarete nickte, dann bat sie darum, bis zur Ankunft des Priesters allein gelassen zu werden. Kaum hatte Georg von Radezell den Raum verlassen, ging Margarete zum Fenster. Sie sah aus den geöffneten Läden hinüber zu den Hügeln des Taunus, die von dichten Nebelschwaden bedeckt wurden.

Zweiundzwanzigstes Kapitel

Margarete stand in der kleinen Kapelle der Burg vor dem Altar, trug ein Kleid aus hellgrauem Samt, das über und über mit Perlen besetzt war, dazu ein Netz aus Perlen über dem Haar. Auf der Brust aber prangte an einer Kette ein Stein, der so leuchtete und funkelte, wie Margarete es noch niemals gesehen hatte. Das Licht einer Kerze fiel auf den Stein und ließ ihn in allen Farben der Welt strahlen.

Hinter Margarete stand Mina, hinter dem Grafen hatte sich der Pferdeknecht als Zeuge dieser ungewöhnlichen Trauung postiert.

Am Altar befand sich der Priester, der aus dem Hohelied Salomo vorlas. Er hatte den letzten Satz noch nicht vollendet, als die Tür zur Kapelle weit aufgerissen wurde und Jörg von der Teileburg erschien. Gebieterisch hob er den Arm und befahl: »Halt! Im Namen des Kaisers und des Erzbischofs von Mainz, haltet ein, Priester.«

Der Priester, ein ältlicher Mann, der zeit seines Lebens aus Bonames nicht herausgekommen war, erstarrte beim Anblick des Weihbischofs.

Der Graf wandte sich nur kurz um. »Ihr seid hier auf meinem Besitz, Priester. Hier hat der Erzbischof nichts zu sagen. Hier bestimme ich: Macht weiter.«

Der Priester sah unsicher zu Jörg von der Teileburg und von dort zum Grafen. Dann hob er die zitternde Hand, um den Segen zu sprechen. »Im Namen des Vaters, des Sohnes …«

»Halt ein, habe ich gesagt, sonst lasse ich dich exkommunizieren!«

Jörg von der Teileburg eilte durch die kleine Kapelle nach vorn, packte den Priester und zog dessen rechten Arm herunter. »Dieses Paar wird nicht getraut.«

Der Priester nickte verwirrt. Er kam offenbar gar nicht auf den Gedanken, seinen Bischof nach dem Grund seines Eingreifens zu fragen.

Nun erschien auch Cyriakus von Hoheneck in der Kapelle. Er warf Margarete einen angewiderten Blick zu und stellte sich dann neben seinen Herrn. »Soll ich den Priester nach draußen führen, Exzellenz?«, fragte er beflissen.

»Nein!« Georg von Radezell rief so laut, dass der Priester und der Sekretär des Weihbischofs zusammenzuckten. »Der Priester bleibt hier. Dies ist mein Haus, hier bestimme ich. Und Euch, meine Herren, bitte ich zu gehen.«

Der Weihbischof lächelte hämisch. »Und wenn wir nicht gehen, Graf? Ruft Ihr nach den Bütteln?«

Georg von Radezell antwortete nicht. Er wandte sich an den Priester. »Ich bin der Lehnsherr Eurer Gemeinde. Fahrt fort!«

Der Priester nickte, dann hob er den rechten Arm. »Im Namen des Vaters, des Sohnes ...«

Mit hastigen Schritten trat der Weihbischof ganz dicht an den Priester heran und wiederholte. »Ich werde dich exkommunizieren lassen. Vergiss das nicht. In der Hölle wirst du schmoren, wenn du nicht tust, was ich sage.«

»Und die Hölle auf Erden werde ich dir bereiten, wenn du nicht tust, was ich dir sage. Verheirate uns! Es gibt keinen Grund, dies nicht zu tun.«

Wieder huschten die Blicke des Priesters vom Grafen zum Weihbischof und zurück. Er atmete einmal tief ein und aus, dann hatte er seinen Entschluss gefasst. Er stellte sich direkt vor den Grafen und Margarete, hob den Arm und wiederholte mit diesmal kraftvoller Stimme: »Im Namen des Vaters, des Sohnes und des Heiligen Geistes erkläre ich Euch vor Gott und den Menschen zu Mann und Frau.«

Dann verbeugte er sich kurz und huschte so schnell aus der Kapelle, wie er nur konnte.

Graf Georg von Radezell wandte sich an den Weihbischof. »Exzellenz, gehe ich recht in der Annahme, dass Ihr nicht gekommen seid, um auf das Wohl des jungen Ehepaares zu trinken?«

Der Weihbischof, rot vor Wut und mit pochender Ader auf der Stirn, antwortete nicht.

»Daher«, sprach der Graf weiter. »bitte ich Euch nun, meinen Grund und Boden zu verlassen.«

Mit diesen Worten nahm Georg seine Frau bei der Hand und führte sie aus der Kapelle.

Als sie draußen waren, flüsterte Margarete: »Was geschieht mit dem Weihbischof?«

Der Graf zog sie weiter. »Soll sich der Pferdeknecht um ihn kümmern. Ich werde die Anweisung erteilen, dass ab sofort das Gutshaus bewacht wird. Es gibt noch ein paar tüchtige Männer im Dorf.«

Plötzlich blieb Georg stehen, riss Margarete, so weit er dies mit dem kranken Arm bewerkstelligen konnte, an sich und küsste sie. Und Margarete wurde weich in seinen Armen, lehnte sich an ihn und küsste mit solcher Leidenschaft zurück, dass der Graf sie noch enger an sich zog. Im selben Augenblick eilten der Weihbischof und sein Sekretär an ihnen vorüber. Cyriakus von Hoheneck machte Anstalten, vor Margarete auszuspucken, hielt sich nach einem Blick auf Mina jedoch zurück, welche in der Nähe stand und wie zufällig einen Ochsenziemer in der Hand hielt. Jörg von der Teileburg aber ballte die Fäuste, schüttelte sie gegen das

Ehepaar und wetterte: »Ich kriege dich, Margarete vom Rupertsberg. Und Euch, Graf von Radezell, kriege ich auch.« Dann stoben die beiden davon. Wenig später sah man nur noch den Staub, den die Hufe ihrer Pferde aufwirbelten.

Hand in Hand betrat das junge Ehepaar die Halle des Gutshauses. Margaretes Wangen glühten. Ihr ganzer Körper kribbelte, als steckten Ameisen unter ihrem Kleid. Ich bin verheiratet, dachte sie und war verwundert darüber, dass die Sonne noch am selben Fleck stand, die Köchin noch immer eine blaue Schürze trug, der Himmel ruhig wie ein Laken auf einer Sommerwiese über ihr schwebte. Ich bin verheiratet! Fast war sie ein wenig enttäuscht, dass sich offenbar nichts verändert hatte. Dann aber kam die Köchin, knickste vor ihr. »Frau Gräfin, herzlichen Glückwunsch. Sagt, wenn Ihr Wünsche habt.«

Nach der Köchin verbeugte sich der Pferdeknecht, die Mütze in der Hand, und zum Schluss hieß Mina sie als Frau Gräfin von Radezell herzlich auf dem Gut Bonames willkommen.

Frau Gräfin? Bin ich das?

Margarete dankte, dann sah sie fragend zu Georg von Radezell. »Du bist jetzt mein Mann«, stellte sie fest und konnte nicht aufhören, sich darüber zu verwundern.

Der Graf blickte Margarete in die Augen, dann hob er die Hand, legte sie an ihre Wange, und Margarete schmiegte ihr Gesicht in diese warme, weiche Hand.

Die Köchin war in die Küche geeilt, kam nun zurück, in den Händen eine Platte mit köstlichem Braten zu Ehren der Hochzeit, und verzog mürrisch das Gesicht, als sie erkannte, dass ihr Mahl zunächst nicht angerührt werden würde. Hinter ihr schob sich Mina vor, die eine Kanne Wein hielt.

»Ich würde dich gern über die Schwelle unseres Schlafzimmers tragen«, bekannte der Graf und störte sich weder an der Anwesenheit der Köchin noch der Spülmagd. »Doch dies ist mir im Augenblick nicht möglich.«

Margarete lächelte. Sie wandte sich an die Bediensteten, zuckte mit den Achseln, schüttelte bedauernd den Kopf. Dann nahm sie ihren Mann an die Hand und sagte: »Komm!«

Die Köchin lächelte, stellte die Bratenplatte ab und fischte mit den Fingern nach einer besonders knusprigen Scheibe, die sie sich in den Mund schob. »Eheglück ist meist von kurzer Dauer«, erklärte sie der jungen Mina und wies mit der Hand auf den Braten, dass Mina sich ebenfalls bedienen möge. »Wir sollten beten, dass es hält.«

Dreiundzwanzigstes Kapitel

Jörg von der Teileburg rang nach Atem. Er riss an seinem Kragen, drehte den Kopf hin und her, schnappte nach Luft wie ein Fisch auf dem Trockenen.

»Ich ersticke«, stöhnte er.

Cyriakus von Hoheneck stand neben seinem Herrn im Amtssitz in Mainz und betrachtete ihn forschend.

»Ich kriege keine Luft. Ich brauche Wasser!«

Der Sekretär entfernte sich nur widerwillig, kehrte mit einer Kanne Wasser und einem Becher zurück.

Der Weihbischof trank gierig. Schließlich setzte er den Becher ab, schöpfte tief Atem.

»Was habt Ihr vor, Exzellenz?«, fragte Cyriakus mit maliziösem Lächeln. »Wie wollt Ihr das Mädchen, welches nun die Gräfin von Radezell heißt, gefügig machen?«

Der Weihbischof schüttelte verzweifelt den Kopf. »Das ist ja die Misere. Seit das Weib sich verheiratet hat, kann ich nicht mehr an sie herankommen. Sie ist so gut wie verloren für mich. Die Pfründe in Hechtsheim, mein Amt, alles verloren durch die Infamie des Geraldus von Uslar. Er hat bestimmt gewusst, dass sie heiraten wollte.«

»Natürlich hat er das, Exzellenz. Und er hat Euch auch darauf hingewiesen. Wären wir noch am selben Tag aufgebrochen, hätten wir die Dirne noch zu fassen gekriegt.«

»Was soll das heißen, Kaplan?«

»Nichts, Exzellenz.«

»Und jetzt? Was soll ich jetzt tun? Ich brauche dieses

Mädchen, ganz gleich, ob als Gräfin, als Hure oder Heilige. Ich brauche sie, sonst bin ich verloren.«

Er stand auf, nestelte nach seinem Taschentuch.

»Was wärt Ihr bereit, dafür zu zahlen?«, fragte der Sekretär.

Jörg von der Teileburg fuhr herum. »Was soll das heißen?«

Cyriakus von Hoheneck spielte mit der Gänsefeder, die er in der rechten Hand hielt. Er stand hinter seinem Schreibpult, hatte einen Ellbogen auf das Holz gestützt und zeichnete mit der Feder Kreise in die Luft. Den Blick hielt er vom Weihbischof abgewandt.

»Alles hat seinen Preis«, murmelte er.

»Was soll das heißen?«, brüllte der Weihbischof.

»Pscht!« Der Sekretär legte einen Finger quer über seinen Mund. »Wollt Ihr, dass der gesamte Bischofssitz von Eurer Niederlage erfährt?«

Jörg von der Teileburg sah sich um, als erwarte er, dass aus den Ecken der Kammer plötzlich Bedienstete des Hofes hervorkamen.

»Was soll das heißen?«, wiederholte er nun flüsternd.

»Das soll heißen, dass es vielleicht noch einen Weg gibt, um an das Mädchen zu kommen.«

»Sagt, was Ihr wisst.«

Cyriakus von Hoheneck lächelte triumphierend. »Ich habe eine große Familie und muss dafür sorgen, dass meine beiden Schwestern eine Mitgift bekommen.«

»Ja und – was soll das heißen?«

»Die Geldsorgen tun ihr Übriges, dass ich nicht richtig nachdenken kann. Nähme man mir diese Last, so würde mir wohl etwas einfallen.«

»Wie viel?«

»Einen Beutel mit hundert Rheinischen Goldmark, dazu für mich eine Abtstelle in der Eifel.«

»Ist das nicht reichlich unverschämt?«, fragte Jörg von der Teileburg.

Sein Sekretär zuckte nur mit den Achseln. »Ich kann auch schweigen.«

Der Weihbischof lief im Raum auf und ab. Von der Tür bis zum Fenster waren es genau vier Schritte, vom Fenster zum Schreibpult des Sekretärs acht und von dort zurück zur Tür sechs Schritte.

Ab und zu warf er einen Blick auf seinen Sekretär, der angelegentlich den Gänsekiel anspitzte.

»Gut«, beschloss Jörg von der Teileburg schließlich. »Ihr sollt bekommen, was Ihr wollt. Aber nun sagt, was zu tun ist.«

»Zuerst das Geld und die entsprechende Urkunde«, verlangte der Sekretär.

Der Weihbischof stöhnte auf, aber er wusste, dass er verloren hatte. Also nickte er. »Stellt Euch aus, was Ihr wollt«, sagte er resignierend. »Und bringt mir hernach die Geldlade, damit ich Euch auszahlen kann.«

Als dies geschehen war, wünschte sich der Sekretär noch einen guten Rotwein aus Rheinhessen, dann machte er es sich vor dem Kamin gemütlich. Die Nase des Weihbischofs wurde und wurde nicht frei, so viel er auch schnäuzte. Schließlich, als die Dämmerung hereinbrach, begann er zu sprechen. »Georg von Radezell soll den bezopften Raubritter erschlagen haben. Ein anderer Raubritter samt Sohn sind die Zeugen dafür. Also ist Georg von Radezell ein Mörder.«

»Ein Mörder, sagt Ihr?«

Cyriakus von Hoheneck nickte wichtig. »Sebald von Ammedingen kann es beeiden.«

Der Bischof lehnte sich zurück und kratzte sich am Kinn. Schließlich sagte er: »Mag sein, dass der verruchte Graf ein

Mörder ist. Ich jedenfalls traue ihm alles zu. Aber ...« Er hob den Zeigefinger. »Dieses Verbrechen untersteht der Gerichtsbarkeit des Kaisers. Wir als Vertreter der Geistlichkeit haben damit leider nichts zu schaffen. Wenn das alles ist, was ihr mir anzubieten habt, Kaplan, so gebt die Urkunde zurück und den Beutel mit den Goldmark.«

»Das ist nur halb richtig, mein Bischof. Verurteilt werden muss der Kerl nach weltlichem Gesetz. Dem Todesurteil eines so hohen Adligen muss der Kaiser zustimmen. Da aber das Verbrechen geschehen ist, als der Raubritter in den Diensten Eurer Exzellenz stand, ist es an Euch, den Kerl verhaften und ins Verlies sperren zu lassen.«

»An mir?«, fragte der Weihbischof ungläubig.

Cyriakus von Hoheneck verdrehte die Augen. »Ihr wart es, der den toten Ritter beauftragt hat, eine geflohene Novizin zu fangen. Er stand in Euren Diensten, als er den Tod fand. Also ist es an Euch, seinen Mörder zu fangen. Ihr könnt den Schultheiß von Bonames Euer Anliegen vortragen. Er ist dann verpflichtet, den Kerl in Haft zu nehmen und an uns zu überstellen. Unterdessen aber solltet Ihr an den Kaiser geschrieben haben, auf dass er sich des Falles annimmt. Und vergesst dabei nicht, den Stein des Weisen zu erwähnen.«

Der Weihbischof Jörg von der Teileburg sah seinen Sekretär mit zusammengekniffenen Augen an. »Ihr seid ein gefährlicher Mann, Cyriakus von Hoheneck, verschlagen wie ein Weib. Man sollte sich vorsehen vor Euch.«

Der Sekretär senkte geschmeichelt den Kopf, doch Jörg von der Teileburg betrachtete ihn prüfend, fast wie ein Totengräber, der ein Loch für einen Sarg ausheben musste.

Dann stand er auf und befahl seinen Schreiber an das Katheder.

Margarete wagte kaum, den Diamanten zu berühren. Während der Trauung hatte sie ihn um den Hals getragen. Sie hatte seine kühle Glätte auf ihrer warmen Brust gespürt, doch sie hatte auch da nicht gewagt, ihre Hand danach auszustrecken. Jetzt lag er vor ihr in einem Kästchen, welches ganz mit schwarzem Samt ausgeschlagen war, und Margarete konnte sich kaum sattsehen daran. Der Graf nahm das Kästchen, trat damit ans Fenster und hielt es so, dass ein Sonnenstrahl sich in dem Stein fing. »Sieh her, meine Liebe! Ein Diamant ist im Grunde nicht mehr als ein glänzendes Stück Kohle. Für Liebende aber ist er der schönste Beweis für Ergebenheit und Treue. Jedoch soll sein unrechtmäßiger Besitz Unglück bringen. Diesen Stein habe ich dem Herrscher vom indischen Calicut abgekauft. Jetzt soll er für immer bei dir sein.«

Er drehte den Diamanten ein wenig, und plötzlich sah Margarete alle Farben des Regenbogens darin. Sie hatte im Kloster auf dem St. Rupertsberg schon viele Edelsteine gesehen, doch noch nie einen Diamanten, der heller funkelte als alle Sterne des Himmels gemeinsam.

»Woher hast du diesen Stein? Von wo in diesem fremden Reich Calicut?«, fragte Margarete hingerissen.

»Von weit her«, erwiderte der Graf ausweichend. »Ich habe lange nach ihm gesucht.«

Margarete runzelte plötzlich die Stirn. »Was hat er, dass er so funkelt? Ich sah schon viele Diamanten, aber keinen mit einer so starken Leuchtkraft.«

Der Graf zuckte stumm mit den Achseln.

Plötzlich hörte Margarete im Geiste die Stimme ihrer geliebten Mutter Hildegard von Bingen. »Dieser Stein, den alle Menschen suchen, glänzt mehr als alles Gold und Silber, glänzt stärker als der Rhein in der Sonne, heller als alle Sterne am Himmel.«

Es war ein Satz aus der letzten Vision! Margarete hielt den Atem an und schloss die Augen. Sie faltete die Hände und dachte ganz fest an Hildegard von Bingen und die Nacht, in der sie starb, doch das Bild der Äbtissin zerfloss vor ihren Augen, und die Stimme der Alten verklang.

»Was ist?«, fragte Georg von Radezell. »Du bist ganz blass geworden.«

Margarete schüttelte den Kopf. »Nichts, es ist nichts, Lieber.« Sie nahm sich jedoch vor, sobald als möglich eine Nachricht an Mirjam zu senden, um sie nach dem Stein zu fragen, denn schließlich stammte die Freundin aus Calicut.

Sanft fasste der Graf nach dem Kinn seiner Frau und zwang sie so, ihm in die Augen zu sehen. »Ich möchte wissen, was dich so erschreckt hat, dass du alle Farbe aus dem Gesicht verlierst.«

Margarete versuchte, seinem Blick auszuweichen, doch es gelang ihr nicht. Schließlich gab sie zu: »Ich habe Hildegard von Bingen vor mir gesehen. So, wie sie in der Nacht ihres Todes war. Und auch die Worte jener Nacht habe ich noch einmal vernommen.«

»Was hat sie gesagt?«

Margarete schloss die Augen und wiederholte leise die Worte der Prophetissa teutonica. Sie senkte den Blick, dann hob sie ihn wieder, stammelte schließlich: »Kennst … kennst du etwa das Geheimnis des Steines? Hast du es mit Hilfe der Alchemie gelöst?«

»Nein«, erwiderte Georg. »Dieser Stein funkelt und strahlt nicht, weil er etwas mit dem Stein der Weisen zu tun hat oder es gar selbst ist. Dieser Stein funkelt, weil sich das Licht in ihm bricht. Er ist härter als Marmor, als Eisen, als jeder andere Stein auf dieser Welt, als jedes Metall, welches sich denken lässt. Er funkelt, weil er auf eine ganz bestimmte Art bearbeitet wurde. Ich habe ihn geschliffen.«

Wieder überkam Margarete der Drang, die Augen zu schließen. Wie aus weiter Ferne hörte sie die Stimme ihres Mannes, die nach ihr rief, spürte seine Hand auf ihrem Arm. Alles um sie herum versank, und sie befand sich auf einmal wieder in der Nacht des 17. September 1179 auf dem St. Rupertsberg bei Bingen in der kargen Zelle der Hildegard. Sie selbst sah sich wie damals am Bett der Prophetissa, fühlte deren Hand nach ihr greifen. »Der Stein der Steine ist unzerstörbar und härter als jeder andere Stein, aber Gott hat seine Leuchtkraft gedämpft und ihn vor den Menschen versteckt.«

Margarete sah sich neben dem Bett der Hildegard. Sie sah, wie sie den Mund öffnete und fragte: »Wo befindet sich dieser Stein, Mutter?«

Und sie sah, wie auch Hildegard den Mund zu einer Antwort bewegte, doch noch bevor sie das erste Wort vernehmen konnte, verschwand das Bild.

Langsam kehrte Margarete in die Wirklichkeit zurück.

»Hattest du wieder ein Traumgesicht?«, fragte Georg von Radezell sanft und stützte sie, als befürchte er, sie könnte jeden Augenblick stürzen. Auf einmal bemerkte Margarete auch, wie schwach sie war. Ganz weich und nachgiebig waren ihre Knie, vor ihren Augen flimmerte es. Hätte Georg sie nicht gehalten, so wäre sie sicher zu Boden gesunken. So aber ließ sie sich von ihm bis zum Bett führen, noch immer unfähig, ein Wort zu sprechen. Sanft ließ Georg sie in die Kissen gleiten, setzte sich neben sie, hielt ihre Hand. Margaretes Blick aber war auf das schwarze Samtkästchen gerichtet, in dem der Diamant lag.

»Sie hat mir von ihm erzählt«, hauchte sie. »Die Prophetissa hat mir von diesem Diamanten berichtet. Unzerstörbar hat sie ihn genannt und härter als jeder andere Stein. Doch in ihrer Rede war er nicht so glänzend gewesen, denn

Gott hatte seine Leuchtkraft gedämpft. Du hast ihn gefunden, den Stein der Weisen. Du hast ihn gefunden und zum Leuchten gebracht.«

Sie sah ihn an, und in ihrem Blick wechselte Angst mit Bewunderung. Doch Georg von Radezell schüttelte nur den Kopf. »Ich habe den Stein tief im indischen Reich gefunden, Hunderte Meilen von Calicut entfernt. Es gibt dort eine Diamantenmine. Und nicht nur das! Die Menschen leben seit Jahrhunderten mit den Diamanten. Sie haben sie sich zunutze gemacht. Es gibt ein bestimmtes Verfahren des Schleifens, welchen den Glanz hervorbringt. Sein Glanz hat etwas mit Werkzeugen zu tun. Die Menschen in Indien benutzen Diamanten sogar, um damit zu bohren.«

Sie hatten leise gesprochen. Trotzdem hatte jemand, der hinter der Tür stand, alles genau angehört. Nun eilte dieser Jemand die Treppe hinab und aus dem Haus, vom Hof herunter bis zur großen Straße, an der ein Mann auf einem Pferd wartete.

Vierundzwanzigstes Kapitel

Margarete hätte den Diamanten stundenlang betrachten können. Immer wieder nahm sie ihn aus seinem Kästchen, hielt ihn an das Licht und erfreute sich an den zahllosen Farben.

Sie war glücklich – oder wenigstens beinahe. Sie fühlte sich von Georg geschützt und geliebt. Sie war der letzten Vision der heiligen Hildegard ein Stück nähergekommen und somit auch deren Vermächtnis. Sie litt weder Hunger noch Durst, hatte es warm und behaglich, aber Graf Georg von Radezell mahnte zum Aufbruch.

»Es tut mir leid, meine Liebe, dass die ersten Tage unserer Ehe so anstrengend für dich sein werden, doch es geht nicht anders. Wir müssen das Gut verlassen. Ich bin sicher, der Weihbischof Jörg von der Teileburg findet einen Weg, um das zu kriegen, was er so dringend braucht. Ab sofort, mein Herz, werden wir auf der Flucht sein.«

»Für wie lange?«, fragte Margarete.

Darauf jedoch gab Georg keine Antwort. »Es geht um den Stein der Weisen. Du wirst gejagt werden, bis man dir das Geheimnis entrissen oder jemand anderes es gelöst hat.« Er verharrte und sah nachdenklich auf seine Frau, ehe er leise hinzufügte: »Oder bis endlich auch der Letzte begriffen hat, dass es den Stein der Weisen nicht gibt, nicht geben darf.« Dann verließ er sie, um ihre Abreise vorzubereiten, und Margarete begab sich in ihre Kemenate und sah hilflos auf das Durcheinander. Mina öffnete Truhen und Kästen, zog Kleider, Stoffe, Kissen hervor und legte sie an anderer Stelle ab. Sie band Stiefel zusammen, faltete Decken, verstaute Haarschmuck und die kleinen Behältnisse mit den Duftwassern in einer Spanschachtel und legte diese in eine hohe Reisetruhe.

Von draußen hörte Margarete das Schnauben der Pferde und das Klappern ihrer Hufe auf dem Pflaster.

»Beeilt Euch, Herrin. Wir haben nicht mehr viel Zeit«, hörte sie Mina drängen. »Der Herr steht schon gestiefelt und gespornt unten und sieht nach Eurem Fenster.«

Margarete seufzte, legte den Diamanten behutsam in das Kästchen zurück und barg es in ihrer Gürteltasche. Dann warf sie sich einen Umhang über. »Jetzt muss ich also gehen«, sagte sie leise. Das Mädchen Mina nickte betrübt. »Wie gern hätte ich Euch begleitet, aber der Herr Graf erlaubt es nicht«, sagte sie leise. »Vielleicht sehen wir uns niemals wieder.«

»Ach was«, widersprach Margarete. »Unsere Trennung wird nur von kurzer Dauer sein.« Sie glaubte selbst nicht an das, was sie da sagte, doch sie wollte nicht, dass Mina in Tränen ausbrach. Also trat sie zu ihr und umarmte sie fest.

»Gottes Segen über dich, Mina«, wünschte sie.

»Gott segne auch Euch.«

Ohne ein weiteres Wort riss sich Margarete los und lief eilig die Treppe hinunter. Sie durchquerte die Halle, winkte der Köchin, die händeringend in der Küchentür stand, zu, dann hastete sie beinahe im Laufschritt zu einer Apfelschimmelstute, die Georg ihr geschenkt hatte. Sie ließ sich beim Aufsteigen helfen, nahm die Zügel fest in die Hand und schnalzte mit der Zunge, wie der Pferdeknecht es ihr beigebracht hatte. Auch Georg hatte sein Pferd, den schwarzen Hengst, bestiegen und hielt beide Zügel in einer Hand, um den verletzten Arm zu schonen. Dann ritten sie vom Hof, bis zum Dorf hinunter und von dort auf die Straße, die nach Frankfurt führte. Der Pferdeknecht folgte ihnen in einigem Abstand.

Als sie am Galgen vorüberkamen, zügelte der Graf seinen Hengst. »Hattest du die Maden für den Wundbrand von hier?«, fragte er.

Margarete sah sein vor Abscheu verzerrtes Gesicht und lächelte. »Nein, mein Lieber, die Maden waren nicht von hier.« Dann sah sie ihn an wie eine Mutter ein Kind ansah, das behauptete, im Dunkeln keine Angst zu haben.

Die Herberge, die sie in Frankfurt bezogen, lag an der Straße nach Kassel und war laut und schmutzig. Der Besitzer, ein dürres Männchen mit grauem Gesicht, aschfarbenem Haar und verblichener Kleidung, betrachtete die Neuankömmlinge mit unverhohlener Gier.

»Nur herein, die Herrschaften, nur herein! Wie kann ich Euch dienen? Ich habe ein schönes Zimmer ...« Das Männchen führte alle fünf Finger der rechten Hand zu seinem Mund und machte ein Kussgeräusch. »Die junge Frau wird gar nicht mehr herauswollen aus den Federn.«

Margarete lächelte, doch der Graf schnitt dem Mann das Wort ab. »Wir nehmen das Zimmer.«

»Sehr wohl, Euer Hochwohlgeboren. Darf ich Euch zu einem reichhaltigen Mahl unten erwarten? Es gibt gebratenen Hammel mit dicken, grünen Bohnen. Sehr gut, sehr nahrhaft.« Wieder führte der Mann die fünf Finger seiner rechten Hand an die Lippen und machte ein Kussgeräusch. »Ihr werdet Euch alle Finger danach lecken.«

Georg nickte. »Dann zeigt uns jetzt das Zimmer.«

»Sogleich, edler Herr. Ein Diener wird Euch das Gepäck bringen.«

Das Männchen machte Anstalten, Georg die gefüllte

Satteltasche abzunehmen, doch der Graf stieß das Männchen brüsk davon. »Nehmt die Finger hier weg! Mit dem Gepäck kommen wir allein zurecht. Unser Pferdeknecht wird sich darum kümmern.«

Das Männchen wich hastig einen Schritt zurück und hob die Hände. »Alles, wie Ihr es wünscht, hoher Herr.«

Dann schritt er eine schmale Stiege hinauf, und Margarete und der Graf folgten. Als sie allein in dem engen Raum mit der niedrigen Decke, dem kratzigen Strohsack und dem wackeligen Tisch waren, ließ sich Margarete auf die Bettstatt fallen und seufzte. »Warum nur müssen wir fliehen, Georg? Warum?«

»Du weißt es, mein Herz. Es tut mir so leid, dass ich dir nicht helfen kann.«

Er stand vor ihr, und Margarete sah zu ihm auf. Sie suchte in seinem Gesicht nach verräterischen Zeichen, suchte den Beweis dafür, dass Georg das Geheimnis um den Stein der Weisen längst gelöst hatte, doch sie sah nichts als einen freundlichen, warmen und besorgten Blick, der auf ihr ruhte.

Sie seufzte. »Erzähle mir von den Diamanten. Erkläre mir, warum er nicht der Stein der Weisen ist. Ich möchte wissen, warum ich fliehen muss, möchte wissen, warum ich nirgendwo ein Zuhause haben darf.«

Georg von Radezell setzte sich zu ihr, nahm ihre rechte Hand in seine beiden Hände und bedeckte sie mit einem Kuss.

»Nur durch das Blut eines frisch geschlachteten Bockes kann ein Diamant zerstört werden. So zumindest schreibt es Plinius, der etwa zwanzig Jahre nach der Geburt Jesus gelebt hat, in seinem Werk ›Naturalis historia‹. Plinius selbst starb beim Ausbruch eines feuerspeienden Berges, Vulkan genannt. Er war der Erste, der diesen kostbarsten Stein der

Welt ausführlich beschrieben hat. Kein Hammer, kein Amboss kann ihn zerstören, kein Feuer schmelzen. Plinius meinte sogar, dass der Diamant direkt von den Göttern stammen muss und ein Geschenk an die Menschen ist. Man darf, so sagt er, in keinem Teil der Natur nach dem Grund fragen, sondern nur nach dem Willen.«

»So ähnlich hat auch Hildegard gesprochen«, berichtete Margarete aufgeregt. »Doch erzähle mir weiter von diesem Stein.«

»Der Diamant ritzt jedes andere Gestein, wird selbst aber von keinem anderen Stein geritzt. Er schlummert in der Erde, sehr weit entfernt von hier, in Indien nämlich. Kommt er aus dem Berg, so ist er einem Bergkristall ähnlich, manchmal zeigt er auch die graue Farbe des Silbers.«

»Aber der Stein, den du mir geschenkt hast, funkelt wie tausend Sterne.«

Georg nickte. »Man muss den Diamanten schleifen, dann erst offenbart er seine ganze Schönheit. Ich habe ihn nach den Regeln der alten Inder bearbeitet, mit Werkzeugen, die ich von dort mitgebracht habe. Aus einem silbrigen Stein habe ich diesen funkelnden Stein geschliffen, anschließend die natürlichen Kristallflächen poliert. Man nennt dieses Vorgehen den Spitzsteinschliff. Im Allgemeinen dient ein Diamant nicht zum Schmuck, sondern als Schneidwerkzeug. Gemmen werden damit geschnitten. Auch als Bohrer ist der Stein gut einsetzbar, weil er in jedes andere Gestein eindringt, als wäre es aus Butter.«

Margarete hatte Georg genau zugehört, doch ihre Stirn hatte sie dabei in Falten gelegt und die Augenbrauen zusammengezogen. So betrachtete sie Georg von Radezell, ihren Ehemann vor Gott und den Menschen.

»Du glaubst mir nicht, nicht wahr?«, fragte er.

Margarete zuckte mit den Achseln. »Hildegard hat in ihrer

letzten Vision gesagt: ›Gott hat seine Leuchtkraft gedämpft und vor den Menschen versteckt.‹

Und du, Georg, hast den Stein in einem Berg gefunden und hast ihn zum Leuchten gebracht.«

Der Graf schüttelte den Kopf. Er packte Margaretes Handgelenk und zischte: »Wenn wir erst zu Hause auf unserer Burg sind, werde ich dir im Laboratorium zeigen, wie der Schliff funktioniert. Bis dahin erwarte ich von dir, dass du mir glaubst und mich mit den abergläubischen Visionen der Hildegard verschonst.«

»Aua!« Margarete riss sich los und rieb sich das Handgelenk. »Du sollst nicht so über die Seherin reden. Oder bist du klüger als der Papst, der ihre Visionen bestätigte?«

Georg von Radezell ließ sich auf die Bettstatt fallen. »Ich bin ihr einmal begegnet. In einem kleinen Moseldorf hat sie gepredigt, danach in einem Kloster um Herberge ersucht, in dem auch ich Quartier gesucht hatte. Beim Abendmahl haben wir uns unterhalten.«

Der Graf lächelte, als er daran dachte. »Sie war wahrhaft eine kluge Frau, deine Hildegard. Der Abt des Klosters bat sie um ihre Meinung. Mehrere Mönche waren ihm ausgerissen. Der Abt meinte, der Teufel sitze zwischen seinen Mauern und verderbe die Gottesmänner. Hildegard wurde plötzlich steif und starrte durch den Mann hindurch. Dann sprach sie mit dunkler Stimme und so, als wäre sie inmitten einer Vision. Sie forderte den Abt auf, die Mönche weniger streng zu halten. Sie sollten Freude am Leben haben, bei Gesang und gutem, reichlichem Essen den Herrn loben. Geld dafür sei genug da, man finde es in der Geldlade des Vater Abt.«

»Ist das wahr?«, fragte Margarete und lächelte.

»Ich schwöre, dass es sich genau so zugetragen hat. Seither weiß ich, dass Hildegard von Bingen eine der klügsten

Frauen war, denen ich je begegnet bin. Und ich weiß, dass sie ihre Klugheit gut einsetzte. Damals begann ich mich für ihre Visionen und Schriften zu interessieren. Ich habe mir Kopien beim Kloster St. Rupertsberg bestellt und auch bekommen. Das Erstaunliche an ihren Schauen ist, dass das Wort Gottes stets hervorragend in Hildegards Tagesgeschäft passte. So, als wäre Gott mit nichts anderem als dem Kloster auf dem St. Rupertsberg beschäftigt.«

Margarete strich sich eine Haarsträhne aus der Stirn. Sie war zwar nun eine verheiratete Frau, doch bisher war noch keine Zeit gewesen, eine Haube zu besorgen.

»Du glaubst nicht an ihre Sehergabe?«, fragte sie.

»Es geht nicht darum, ob ich daran glaube. Die Leute glauben es, das ist das Wichtige. Der Papst, der Kaiser, der Erzbischof. Sie alle glauben, dass Hildegard eine Prophetin ist. Ich aber glaube nicht an die Sehergabe …«

»… sondern an die Alchemie und daran, dass Hildegard von Bingen eine durchtriebene Lügnerin ist.«

Margaretes Augen sprühten Blitze und Funken.

»Nein, keine durchtriebene Lügnerin. Gott bewahre. Hildegard von Bingen war eine der klügsten Frauen unserer Zeit, war eine grandiose Theologin und eine wunderbare Heilerin. Mag sein, dass ihr im Traum oder Wachtraum Dinge und Botschaften erschienen sind. Fest steht für mich auf jeden Fall: Eine Diamant ist ein Stein, der aus Kohle besteht, eine hohe symbolische Bedeutung hat, aber darüber hinaus keinerlei Heilkräfte.« Er hob den Finger und fügte hinzu: »Und fest steht auch, dass er nicht der Stein der Weisen ist.«

Georg hatte sich erhoben, die Hände in die Wamstaschen gesteckt und war im Zimmer umhergelaufen, welches so klein war, dass er es mit drei Schritten durchmessen konnte. Plötzlich blieb er stehen und starrte aus dem Fenster.

»Was ist?«, fragte Margarete.

»Wir müssen verschwinden, Margarete. Schnell, steh auf, wir müssen fliehen!«

»Aber warum? Was ist denn?«

»Ich sah gerade, wie der Pferdeknecht von einem Büttel einen Geldbeutel entgegengenommen hat! Komm schnell!«

Er nahm ihre Hand und zog sie hoch. Dann riss er die Tür auf, vor der das Männlein von Wirt mit einem hämischen Grinsen stand, stieß es zur Seite und eilte mit Margarete die Treppe hinab. Doch unten erwarteten ihn schon zwei Büttel. Georg, noch immer durch die schwere Verletzung am Arm behindert, zog sein Schwert gegen die Männer und stieß Margarete von sich.

»Lauf«, rief er ihr hinterher. »Lauf um dein Leben!«

Margarete rannte aus der Herberge, stürmte in den Stall, riss die Apfelschimmelstute vom Futtertrog, sprang mit wehenden Röcken auf das Pferd und galoppierte davon, als wären alle Teufel der Hölle hinter ihr her.

Sie ritt, so schnell sie konnte. Bald war sie am Main und galoppierte am Ufer entlang. Nach einiger Zeit fand sie eine Furt und ritt auf der anderen Seite weiter. Als es Nacht wurde, ruhte sie an einem Bach aus. Doch sobald das Pferd verschnauft hatte, ritt sie weiter.

Nach vier Tagen gelangte Margarete schließlich zum Kloster Maria Laach. Sie wusste, dass Mirjam, die Sarazenin, nun dort war, weil man ihre Kenntnisse der Heilkunde benötigte und sie in Maria Laach ein Infirmarium aufbauen sollte, während Tenxwind auf dem St. Rupertsberg geblieben war. Doch nicht nur diese Tatsache machte das Kloster Maria Laach für sie so einladend; es gehörte überdies nicht zur Diözöse Mainz, sondern unterstand dem Erzbischof von Köln.

Völlig erschöpft klopfte Margarete an die Pforte. Sie war

vom Pferd gestiegen, hielt es am Zügel. Ihr Rücken schmerzte so sehr, dass sie eine Hand ins Kreuz pressen musste. Ihre Kleidung war von Staub und Schmutz übersät, das Haar hing ihr wirr ins Gesicht. Der Saum ihres Umhanges war zerrissen, und von ihren Lederstiefeln löste sich die Sohle.

Endlich knarrte die Luke in der Pforte, öffnete sich und zeigte das rundliche, rotbackige Gesicht einer älteren Nonne. »Gelobt sei Jesus Christus.«

»In Ewigkeit, Amen.«

»Was, um Gottes willen, führt eine so junge Frau, wie Ihr es seid, ohne Begleitung zu uns?«

Margarete winkte ab. »Das ist eine lange Geschichte. Ich benötigte Eure Hilfe und möchte mich unter das Asyl des Klosters stellen.«

Die Schwester von der Pforte runzelte die Stirn. »Dann kommt nur schnell herein, mein Kind. Hier drinnen kann Euch niemand etwas anhaben. Nun, die Äbtissin ist außer Haus. Sie hatte Sehnsucht nach ihrem Heimatkloster, aber ich bin sicher, unsere Priorin kann Euch helfen. Zumindest aber findet Ihr bei uns Speis und Trank, ein Dach über dem Kopf und ein paar Buchenscheite im Kamin.«

»Ihr wisst gar nicht, wie dankbar ich Euch bin«, erwiderte Margarete und trat ein. Sie ließ sich den Apfelschimmel von einem Knecht abnehmen und in das Gästehaus führen. Erst als sie gegessen, getrunken und sich die Glieder am Kamin aufgewärmt hatte, merkte sie, wie erschöpft sie war. Doch nicht nur die Müdigkeit machte ihr zu schaffen, sondern auch die Sorge um ihren Ehemann Georg von Radezell. Wo ist er?, fragte sie sich. Und wie geht es ihm? Sie wusste, dass er keine Chance zur Flucht gehabt hatte. Er hatte sich den Bütteln in die Arme geworfen, um ihr Leben zu retten. Tränen stiegen in Margarete auf, als sie daran dachte.

Trotz ihrer Müdigkeit ließ sie sich von der Schwester im Gästehaus Pergament, Feder und Tinte bringen und schrieb zwei Briefe. Der erste war an Mina im Bonameser Gutshaus gerichtet. In ihm berichtete sie vom Verrat des Pferdeknechtes, von der Verhaftung des Grafen und ihrem Aufenthalt in Maria Laach. »Hüte das Haus«, trug sie ihr auf.

Der zweite Brief war für Edelgard im Kloster St. Rupertsberg bestimmt. »Kommt alle und helft mir«, schrieb sie darin. »Es geht um das Leben meines Mannes, des Grafen Georg von Radezell, es geht um das Vermächtnis der Hildegard und um mich. Lasst mich nicht allein.«

Sie übergab die Briefe der Schwester an der Pforte, die versprach, sie dem nächsten Boten zu übergeben.

Dann begab sich Margarete zur Nachtruhe. Sie lag lange wach, hatte die Arme unter dem Kopf verschränkt und sah durch die mit Ölpergament bespannten Fenster auf den Schatten des Mondes. Sie fühlte sich so allein wie noch nie in ihrem Leben. Oh, sie kannte die Einsamkeit. Seit sie das Kloster der Hildegard von Bingen verlassen musste, hatte sie viele einsame Stunden verbracht. Doch diese Einsamkeit, an der sie nun litt, war anders. Georg fehlte ihr. Sie war erst seit wenigen Tagen seine Frau, doch sie fühlte sich ihm schon jetzt so zugehörig, wie sie sich noch nie einem anderen Menschen zugehörig gefühlt hatte. Liebe ich ihn etwa?, fragte sie sich, doch sogleich schüttelte sie den Kopf. Nein, sie liebte ihn nicht, da war sie sich ganz sicher. Sie mochte ihn, aber Liebe musste etwas anderes sein, musste sich größer und erhabener anfühlen. Liebe musste sein, als würde man stets eine Handbreit über dem Boden schweben, als würde man einfach ein kleines Stück näher am Himmel sein. Doch Margarete stand noch immer mit beiden Beinen fest auf dem Boden, und der Himmel war weiter von ihr entfernt als jemals zuvor. Es dauerte lange, bis sie einschlief. Und ihr Schlaf war unruhig. Immer wieder wälzte sie sich von einer Seite auf die andere.

Als die Glocke zur Vigil rief, erwachte Margarete. Noch betäubt vom schlechten Schlaf, nahm sie ihre alte Gewohnheit auf und lief, ohne nachzudenken, in die Kapelle.

Beinahe hätte sie Mirjam übersehen. Ganz hinten stand die Freundin und zeigte eine überraschte und zugleich besorgte Miene, als sie Margarete entdeckte. Erst auf dem Weg zurück aus der Kapelle gelang es den beiden Frauen, nebeneinander zu stehen.

»Sieh dich vor. Du bist hier in großer Gefahr. Besser wäre es, niemand würde dich sehen«, raunte Mirjam. Doch bevor sie sich genauer erklären konnte, war sie schon von den nachdrängenden Mitschwestern weitergeschoben worden, während Margarete am Eingang der Kapelle zurückblieb. Sie stand inmitten der Nonnen mit ihren schwarzen Gewändern, das Haar unter weißen Gebinden verborgen, die Hände in die Ärmel des Skapuliers gesteckt.

Margarete sah den Schwestern nach, hob die Arme, als wolle sie diese aufhalten, doch die Nonnen eilten zurück in ihre kargen Zellen, um vor der nächsten Messe noch ein wenig Schlaf zu bekommen.

Traurig und sich verlassen fühlend, ging Margarete mit gesenktem Kopf zurück in ihre Gastzelle und schlief bis weit in den Morgen hinein.

Es wunderte sie nicht, dass sie der einzige Gast im Kloster war. Die Novemberstürme hatten eingesetzt, es regnete reichlich, viele Flüsse führten Hochwasser. Es wurde früh dunkel, und die Raubritter sorgten für den Winter vor, indem sie jeden überfielen, der des Weges kam und nur etwas mehr als einen Kanten Brot bei sich trug.

Weil das Gästehaus beinahe leer war, hatte die Schwester,

die nach den Besuchern sah und Barbara hieß, Zeit, sich mit Margarete zu unterhalten.

Sie fragte nach dem Woher und Wohin, doch Margarete hatte die Warnung von Mirjam nicht vergessen. Irgendetwas gab es in diesem Kloster, das sie fürchten musste.

Nach dem Frühstück begab sich Margarete zur Priorin des Klosters. Sie kannte die Frau nicht, aber sie hatte schon viel von der Mutter Maria gehört. Hildegard von Bingen war während ihrer Predigerreisen wiederholt in Maria Laach abgestiegen und hatte auch einen regen Briefwechsel hierher geführt. Sie wusste also, dass sie Vertrauen haben konnte.

Und als sie der älteren, etwas fülligen Frau mit Augen, die wie Diamanten strahlten, gegenübersaß, brach der letzte Rest Beherrschung zusammen, und Margarete begann zu weinen. Mutter Maria sah ihr unbewegt dabei zu, legte ihr nur eine Hand auf den Oberarm und schwieg, bis Margarete bereit war zu sprechen. Dann schüttete sie der Mutter Maria ihr Herz aus. Sie begann in der Nacht von Hildegards Tod, berichtete von der letzten Vision, vom Verschwinden der Wachstafeln, von der Flucht Wiberts von Gembloux und von der geheimen Schwesternschaft. Sie erzählte von den Machenschaften des Jörg von der Teileburg, von ihrer Flucht aus dem Kloster, ihrem Aufenthalt in Erzbistum und von ihrem Onkel Geraldus von Uslar. Weiter berichtete sie von der Gräfin von Uhlenburg, von ihrer ersten Begegnung mit Georg von Radezell. Auch den Raub und ihre Befreiung durch den Grafen Radezell ließ sie nicht unerwähnt. Sie erzählte von seinen Verletzungen und von ihrer Heirat in Bonames, die beinahe im letzten Moment von Jörg von der Teileburg verhindert worden wäre. Auch von der letzten Flucht sprach sie, von Georgs Verhaftung, dem Verrat des Pferdeknechtes und ihrer Sorge um den Ehemann. Als sie geendet hatte, klebte ihr die Zunge vor Durst am Gaumen, und die Mutter Maria saß blass und hilflos in ihrem Lehnstuhl.

»Du hast viel erlebt, mein Kind«, sprach die Frau. Die Besorgnis in ihrem Gesicht war immer größer geworden.

»Jetzt müssen sehen, wo wir dich unterbringen.«

»Bin ich hier nicht in Sicherheit?«, fragte Margarete ängstlich.

»Du bist in Sicherheit, solange niemand weiß, wo du steckst. Erfährt aber irgendjemand von deinem Aufenthaltsort, geraten wir alle in Gefahr.«

Margarete erschrak. Hatte sie ihren Zufluchtsort verraten, indem sie Briefe von Maria Laach geschrieben hatte? fragte sie sich bang.

Fünfundzwanzigstes Kapitel

»Habe ich recht gehört, Exzellenz, Ihr habt den Grafen Georg von Radezell ins Verlies werfen lassen?«

Jörg von der Teileburg nickte. Dann nahm er sich ein Hühnerbein, nagte es genüsslich ab und warf es zurück auf den Tisch.

»Warum fragt Ihr?« beantwortete er die Frage des Geraldus von Uslar mit einer Gegenfrage.

»Weil der Graf ein mächtiger Mann ist, der nicht nur im Reich viele mächtige und einflussreiche Freunde besitzt. Sogar beim König von Calicut soll er so beliebt sein, dass er mit ihm an einer Tafel gespeist hat.«

»Der König von Calicut!« Jörg von der Teileburg lachte laut auf. »Da habt Ihr ganz recht, mein Lieber. Der schwarze König von Calicut, der Menschenfresser, ist ja wohl ein mächtiger Mann. Ein richtiges Reich hat er nicht, eine Kirche hat er nicht; er lebt wie ein Wilder! Einen solchen Freund lobe ich mir.«

»Euch wird das Spotten noch vergehen, Bischof«, erwiderte Geraldus von Uslar und stand auf. An der Tür des Refektoriums hielt er inne: »Aber sagt, was habt Ihr mit meiner Nichte gemacht?«

Jörg von der Teileburg tat, als hätte er die Frage nicht gehört, doch der neue Stellvertreter des Erzbischofs ließ nicht locker. »Ist sie mit ihrem Mann im Verlies?«

Schließlich schüttelte von der Teileburg den Kopf. »Sie ist entwischt.«

Geraldus von Uslar stieß ein trockenes Lachen aus, doch dann wurde sein Gesicht ernst. Ganz dicht trat er an den Weihbischof heran, hob einen Finger und raunte ihm ins Ohr: »Wenn Ihr Fehler macht, mein Lieber, dann badet Ihr sie auch ganz alleine aus. Und wenn meiner Nichte etwas zustößt, so werde ich dafür sorgen, dass der ganze Umfang Eurer … Eurer Unfähigkeit ans Licht kommt.«

Jörg von der Teileburg zuckte zusammen, dann aber straffte er sich. »Was wollt Ihr? Wir haben Georg von Radezell.«

Doch kaum war Geraldus von Uslar gegangen, erhob sich der Weihbischof. Er machte seinem Sekretär ein Zeichen. Cyriakus von Hoheneck, der an einem anderen Tisch speiste, erhob sich langsam und sichtlich gelangweilt. Erst draußen im Flur sagte ihm der Bischof, was er nun vorhatte: »Wir gehen hinunter ins Verlies und werden uns den Grafen vornehmen. Er hat mit dem Mädchen das Bett geteilt, sie ist seine Frau. Sie wird ihm gesagt haben, was sie weiß. Außerdem steht der Mann schon lange im Verdacht, mit dem Teufel einen Pakt geschlossen zu haben. Heute, mein lieber Kaplan, werde ich die Nuss knacken. Nicht eher verlasse ich das Verlies, als bis ich alles weiß. Und schon morgen wird Geraldus von Uslar vor mir knien und mich um Vergebung für seine Hoffart anflehen.«

»Und wenn der Graf nichts sagt?«, fragte Cyriakus von Hoheneck nach. »Wenn er schweigt wie gestern und vorgestern?«

»Ach was!« Jörg von der Teileburg wedelte mit der Hand, als wolle er ein lästiges Insekt vertreiben.

Sie gingen die Treppen hinunter zum Verlies, das sich direkt im Keller des Bischofssitzes befand. Die Wände waren dunkel vom Ruß der Fackeln, die Stufen glitschig von der Feuchtigkeit. Es roch muffig. Eine dürre Ratte quiekte, als sie an den beiden Männern vorbeihetzte.

Georg von Radezell lag auf einem feuchten Bündel Heu, die Hände ungeachtet des verletzten Armes auf dem Rücken gefesselt. Als er die Männer kommen sah, hob er den Kopf, stöhnte leise auf und ließ sich erneut ins Heu sinken. Mit dem Fuß stieß er dabei eine Eisenkanne mit brackigem Wasser um, das einzig Trinkbare, das er hatte.

»Gelobt sei Jesus Christus«, grüßte der Weihbischof leutselig. »Wie geht es Euch heute, Graf?«

Ein Wärter schloss das Gitter auf, dann betraten die beiden Geistlichen den Kerker.

Der Bischof beugte sich über Georg von Radezell, der nicht mehr in der Lage war, sich aufzusetzen, und tippte leicht mit dem Finger an den kranken Arm, sodass der Graf sofort aufstöhnte. »Eure Verletzung sieht nicht gut aus«, stellte er fest und trat mit der Stiefelspitze gegen den Arm. Der Graf stöhnte laut auf, doch er biss die Zähne so fest aufeinander, dass kein Schrei aus seinem Mund entweichen konnte.

»Habt Ihr Euch mein Angebot von gestern überlegt? Eure Freiheit gegen das Geheimnis des Steines der Weisen.«

»Ich kenne das Geheimnis nicht«, presste der Graf hervor.

Der Bischof blieb stehen und kratzte sich am Kinn. »Du wagst es, einem Geistlichen, einem Vertreter deiner Kirche, frech ins Gesicht zu lügen.«

Er tat, als müsse er überlegen, dann aber wandte er sich an seinen Sekretär. »Er hält uns für dumm, Kaplan. Und er weiß nicht, dass wir seinen Knecht haben. Denjenigen, der dabei war in Calicut, als der Graf das Licht im Stein erweckte.«

Cyriakus von Hoheneck nickte. »Er ist zwar von Adel, sein Benehmen jedoch ist schlechter als das seines Pferdeknechtes. Wir werden ihn ausführlicher befragen müssen.«

»Recht habt Ihr, Kaplan.«

Der Weihbischof rief nach zwei Bütteln, die den Grafen hochrissen. Dann zerrten sie ihn hinter sich her in einen Raum, bei dessen bloßem Anblick die meisten derer, die für Verbrecher gehalten wurden, alles gestanden, was sie getan oder auch nicht getan hatten. Graf Georg von Radezell jedoch blieb ruhig. »Was mein Pferdeknecht gesehen hat, ist richtig. Ich verfüge mit Hilfe der richtigen Werkzeuge über die Fähigkeit, Diamanten zu schleifen. Dieses Wissen habe ich mir in Indien, in Calicut, angeeignet. Gebt mir zwei Diamanten, einen davon roh, und ich mache Euch daraus einen funkelnden Stein, in dem sich alles Licht der Sonne bricht, einen Stein, der so hart ist wie kein anderer.«

Der Weihbischof lächelte. »Er will uns für dumm verkaufen, Kaplan«, teilte er seinem Sekretär mit.

»Wenn er als Alchemist ein so großes Wissen über die Steine hat, dann müsste er auch wissen, dass ein Diamant vom Blut des stinkendsten unter den Tieren, dem Bock, aufgelöst wird. Nun, wir haben in seinem Haus gesucht und einen Diamanten gefunden. Aber er hat sich im Bocksblut nicht aufgelöst.«

Jörg von der Teileburg drehte sich zum Grafen um. »Was sagt Ihr dazu?«, donnerte er.

Der Graf lächelte fein. »Der Mann, der behauptet hat, ein Diamant löse sich im Bocksblut auf, ist seit tausend Jahren tot. Er hieß Plinius. Meint Ihr nicht auch, Exzellenz, dass es der Menschheit mit der Hilfe Gottes gelungen sein müsste, so manches Rätsel der Natur zu lösen? Nein, ein Diamant löst sich nicht in Bocksblut auf. Und er ist trotzdem nicht der Stein der Weisen.«

»Ha!«, schrie der Weihbischof. »Jetzt habt Ihr Euch verraten. Jetzt habt Ihr so gut wie ein Geständnis abgelegt. Kaplan, notiert jedes Wort des Schurken. Wenn er weiß, dass der Diamant nicht der Stein der Weisen ist, dann weiß er auch, was und wo dieser Stein ist. Seht Ihr das auch so, Kaplan?«

»Genau wie Ihr, mein Bischof.«

Jörg von der Teileburg rieb sich die Hände. »Nun, Büttel, so spannt ihn auf die Streckbank. Und dann soll er wiederholen, was ein Diamant ist und was nicht.«

»Ich bitte Euch von ganzem Herzen, Mutter Maria«, erklärte Margarete, »schickt einen Boten zum St. Rupertsberg. Inständig flehe ich meine Freundinnen dort an, mir zu helfen. Es geht nicht nur um meinen Mann oder mich; es geht auch um das Vermächtnis der Hildegard, um ihre letzte Vision. Ich habe ihnen zwar schon eine Nachricht geschickt, dabei aber nicht bedacht, dass es für Benediktinerinnen nicht so einfach ist, ihr Kloster zu verlassen. Ladet Ihr sie aber ein, so werden sie eher kommen dürfen.«

Mutter Maria nickte.

Dann aber stürmte die Schwester von der Pforte herein und meldete hohen Besuch.

»Wer ist es?«, wollte Mutter Maria wissen.

»Geraldus von Uslar«, stammelte die Pfortenschwester, vor Aufregung ganz rot im Gesicht. »Geraldus von Uslar, der Stellvertreter des Erzbischofs von Mainz.«

Die Priorin nickte. »Ich komme gleich. Geht schon vor und helft Eurer Exzellenz mit dem Gepäck.«

Als die Schwester wieder gegangen war, sah die Priorin Margarete nachdenklich an. »Er ist nur wegen Euch hier, nicht wahr?«

Margarete zuckte mit den Achseln.

»Ihr müsst Euch verbergen.«

»Aber wo?«

»Am wenigsten fallt Ihr wohl auf, wenn Ihr die Tracht der

Benediktinerinnen tragt. Ich lasse Euch Haube, Binde, Unterkleid und Skapulier bringen.«

Mutter Maria sah auf die Stundenkerze, die im Gästerefektorium brannte. »In wenigen Augenblicken findet der nächste Gottesdienst statt, die Terz.

Seht zu, dass Ihr Euch da schon unter Eure Mitschwestern mischt. Und tut nichts, das Euch gefährden kann. Sprecht nicht, haltet den Kopf gesenkt, die Hände in den Ärmeln verborgen.«

Margarete schaffte es gerade, sich in die Nonnengewänder zu hüllen, als schon zur Messe geläutet wurde. Sie huschte aus dem Gästehaus, lief über den Hof und in den Kreuzgang, an dessen Ende die Kapelle stand. Doch wie groß war ihr Erschrecken, als sie Geraldus von Uslar am Eingang stehen sah. Er lächelte scheinheilig und reichte jeder Schwester die Hand.

Margarete wusste, warum er das tat. Er kannte ihre Hände, hatte die Narben darauf gesehen. Ihre Hände sollten sie ihm verraten.

Margarete befand sich nun inmitten der Schwestern. Sie konnte nicht zurück, denn von hinten drängten weitere Benediktinerinnen nach. Sie konnte aber auch nicht zur Seite ausweichen, da der Kreuzgang von einer Mauer begrenzt war, die bis zu Margaretes Schenkel reichte. Unmöglich, die Röcke zu raffen und darüberzuspringen. Immer näher kam sie ihrem Onkel. Nur noch wenige Schwestern trennten sie von ihm. Schon war sie die Nächste, schon griff er nach ihrer Hand, doch plötzlich erklang ein gellender Schrei.

Geraldus von Uslar sah hoch, sah zur Priorin, die auf dem Hof stand, einen Kessel mit kochendem Wasser in den Händen, und die schrie, weil sie sich daran verbrüht hatte.

»Danke, Mutter Maria«, flüsterte Margarete und nutzte die Unaufmerksamkeit des Bischofs, um schnell an ihm vorbei und hinein in die Kapelle zu schlüpfen. Sie drängte sich zwischen die Schwestern, in der Hoffnung, in der Menge unterzugehen. Als der erste Psalm gesungen war, atmete sie auf und sang zum ersten Mal seit vielen Wochen jeden weiteren Psalm aus ganzer Kehle mit.

Nach der Messe wollte Margarete erneut in der Masse der Schwestern untertauchen, doch plötzlich stieß sie an eine Frau, die sich zu ihr umwandte.

»Ihr seid hier?«, fragte die Frau und rümpfte die Nase. »Ich hatte gehofft, Euch niemals wiederzusehen.«

»Euch auch ein Gott zum Gruße, Lucardis von Algesheim. Ich dachte ebenfalls nicht, Euch jemals wieder zu begegnen. Das Letzte, welches ich von Euch hörte, war, dass Ihr die Nachfolge unserer geliebten Mutter Hildegard in St. Rupertsberg angetreten habt. Was tut Ihr hier?«

Lucardis von Algesheim verzog das Gesicht. Ihr Mund wurde schmal wie ein Strich, die Augen hielt sie zusammengekniffen. »Nicht immer«, sagte Lucardis mit Trotz in der Stimme, »erscheinen die Wege des Herrn gerecht und zum Nutzen aller. Manchmal muss man erst in den sauren Apfel beißen, ehe man Honig zu schlecken bekommt.«

»Nun, dann habt einen schönen Tag und noch einmal Gott zum Gruße«, wünschte Margarete. Sie huschte in den Hof und eilte hinüber zum Gästehaus.

In Maria Laach gab es wie in den meisten anderen Klöstern zwei verschiedene Gästehäuser. Das erste, Pilgerhaus genannt, war für die Armen unter den Reisenden. Sie hatten keine Zellen für sich, sondern nur ein großes Dormitorium mit zahlreichen Strohsäcken und kratzigen Decken. Die hochwohlgeborenen Gäste aber wohnten nebenan im Gästehaus, erfreuten sich im Winter an geheizten Kaminen in jeder Zelle, schliefen unter Daunendecken und erhielten ihr Essen an einer besonders reich gedeckten Tafel.

Bisher hatte Margarete hier gewohnt, doch nun war der Stellvertreter des Erzbischofs zu Gast. Und ihm, der sich als ihr Onkel ausgab, wollte sie wirklich nicht in die Hände fallen. Also hielt sie sich versteckt. Sie betrat das Refektorium des Gästehauses auf leisen Sohlen, wohl wissend, dass Geraldus von Uslar später als sie aus der Kapelle gekommen war. Neben dem Kamin stand ein riesiger, einfach gearbeiteter hölzerner Schrank, in dem das Geschirr aufbewahrt wurde. Dahinter verbarg sie sich und wartete darauf, dass sich eine Gelegenheit fand, unbemerkt an ihre wenigen Sachen zu kommen.

Margarete musste nicht lange warten. Schon ging die Tür auf, und Geraldus von Uslar kam gemeinsam mit seinem Sekretär herein, dessen Namen Margarete nicht kannte.

»Ich könnte wetten, dass sie hier ist«, hörte sie ihren Onkel sagen. »Wo soll sie sonst sein? Auf den Rupertsberg kann sie nicht zurück, auf die Uhlenburg ebenfalls nicht. Gräfin Sidonie hätte mich auf der Stelle verständigt. Das Mädchen ist nicht dumm; sie wird zugesehen haben, aus dem Gebiet des Erzbistums Mainz herauszukommen.«

Er schüttelte den Kopf und schlug leicht mit der Hand auf die Tischplatte. »Ich bin mir sicher, dass sie sich entweder hier oder in einem Kloster der Umgebung aufhält.«

»Werden wir also heute noch weiterreiten?«, erkundigte sich der Sekretär.

»Ja, mein Lieber. Wir werden noch heute zum Kloster Andernach reisen. Ich könnte wetten, über kurz oder lang wird etwas geschehen, was das Mädchen veranlasst, ihr Versteck aufzugeben.«

»Was könnte das sein, mein Bischof?«

Der Bischof kicherte. Es klang, fand Margarete, als würden Hagelkörner auf ein Blech prasseln.

»Ich habe nach Namur geschickt, um den Mönch und Prior Wibert vom Gembloux verhaften zu lassen.«

»Wie das? Ich dachte, man habe bereits nach ihm gesucht, ihn aber nicht gefunden. Aus Gembloux selbst kam die Nachricht, dass ein Mann seines Namens sich derzeit dort nicht aufhält.«

Geraldus von Uslar lachte erneut, dieses Mal klang es selbstgefällig. »Nun, es ist sehr leicht, sich zu verändern. Aus Wibert von Gembloux wurde Giubert von Namur. So einfach ist das. Giubert ist die französische Form von Wibert, und Gembloux liegt ganz in der Nähe von Namur. Ich habe mir einfach die Liste mit den Namen der Mönche des Klosters schicken lassen und bin dabei auf Giubert gestoßen. Wo hätte er sonst sein sollen? Er musste zurück in sein Heimatkloster.«

»Wie klug Ihr doch seid«, schmeichelte der Sekretär, doch der Bischof unterbrach ihn. »Lasst das Gerede! Bringt mir Lucardis von Algesheim, damit ich sie befragen kann. Aber lasst Euch ruhig Zeit; ich muss noch dahin, wo selbst der Kaiser zu Fuß hingeht.«

Margarete hörte das Scharren von Stühlen, danach Schritte, die sich entfernten, und dann herrschte Stille. Vorsichtig begab sie sich aus ihrem Versteck, hastete in ihre Kammer und holte das Wenige, das sie auf der Flucht bei sich hatte. Dann begab sie sich in das Pilgerhaus und suchte sich einen Schlafplatz in der hintersten Ecke des Dormitoriums.

Sie verbrachte die Zeit im stillen Gebet, dachte immer wieder an ihren Mann, den sie im Verlies wusste. Ob sich seine Wunde erneut entzündet hatte? Ob es ihm gut ging? Hatte er genügend zu essen und zu trinken? Oder wurde er am Ende gar gefoltert? Bei dem Gedanken wurde ihr heiß und kalt zugleich. Sie schlug die Hände vor die Augen. »Ich muss mich erinnern«, murmelte sie. »Ich muss mich unbedingt an alles erinnern. Nur, wenn ich die letzte Vision der Hildegard dem Erzbischof mitteilen kann, wird Georg geholfen werden. Ich muss mich erinnern!«

Doch so heftig sich Margarete auch bemühte, sie konnte sich einfach nicht besinnen. Tränen stürzten ihr aus den Augen. Ein Schluchzen schüttelte sie, dass der ganze Körper erbebte. Und eine große, schwarze Angst stieg in ihr auf, Angst um Georg.

Maria fand die Weinende, die sich in die Ecke des Pilgerhäuschens gehockt hatte, die Beine angezogen, die Arme um die Knie gelegt.

»Mein Kind, was ist Euch? Kann ich Euch helfen?«, rief die Priorin aus, doch Margarete schüttelte nur den Kopf.

»Ich muss mich erinnern«, sagte sie. »Unbedingt!«

Dann hob sie den Kopf und wandte ihr tränenüberströmtes Gesicht der Mutter Maria zu. »Habt Ihr etwas von meinem Gatten gehört?«

Maria schüttelte den Kopf. »Es heißt, Jörg von der Teileburg habe einen Brief an den Kaiser geschrieben. Er solle seine Erlaubnis geben, Georg von Radezell von einem weltlichen Gericht wegen Mord an einem Raubritter, Häresie und alchemistischem Tun zum Tode zu verurteilen.«

»Ein Femegericht?«, fragte Margarete angstvoll und umklammerte die Lehne ihres Stuhles.

»Ganz recht, ein Femegericht unter freiem Himmel. Die Namen der Richter und Schöffen werden streng geheim gehalten. Während der Verhandlung werden sie Kapuzen tragen, und das Urteil wird entweder auf Freispruch oder auf Tod lauten.«

»Um Gottes willen«, schrie Margarete auf. »Er darf nicht sterben.« Schon schlug sie erneut die Hände vor das Gesicht und weinte. Sie grub ihre Fingernägel in das dünne Fleisch der Handrücken und zog sich blutige Striemen.

»Ihr liebt ihn, nicht wahr?«, fragte Mutter Maria leise.

Margarete sah auf. Plötzlich war es, als würde ihr ein Schleier von der Seele gezogen. Sie nickte und sagte langsam: »Ja, ich liebe ihn. Ich weiß es erst, seit sein Leben in Gefahr ist. Georg darf nicht sterben. Ohne ihn kann auch ich nicht weiterleben.«

Die beiden Frauen umarmten sich heftig, dann, als sich Margarete wieder etwas beruhigt hatte, schlug Maria vor: »Ich könnte einen Boten zum St. Rupertsberg schicken. Adelgunde von Rohrach ist eine Nichte des Kaisers. Vielleicht kann sie bei ihm Gnade für Euren Mann erwirken.«

»Adelgunde? Adelgunde, die am französischen Hof erzogen worden ist?«

Die Priorin nickte. »Genau die. Wusstet Ihr nichts von dieser Verwandtschaft?«

Margarete schüttelte den Kopf. Sie sah die Frau vor sich, die so klug und so elegant, aber auch so distanziert gewesen war. Adelgunde von Rohrach hatte ein Geheimnis. Jetzt war sich Margarete sicher. Und sicher war sie sich auch, dass die Freundin alles unternehmen würde, was in ihrer Macht stand, um ihr zu helfen. In ihrem Gesicht leuchtete plötzlich ein Hoffnungsschimmer. »Ich danke Euch, Mutter Maria. Ich danke Euch für alles, was Ihr für mich getan habt.«

»Ich tue es nicht nur für Euch«, berichtigte die Benediktinerin. »Ich tue es auch für meine Schwester in Christo, für die Prophetissa teutonica Hildegard von Bingen. Alsdann solltet Ihr Euch in Euch versenken und Euch in Gedanken zurück in die Nacht begeben, in der unsere geliebte Hildegard gestorben ist. Bleibt dort, seht Euch um in Eurer Erinnerung. Vielleicht gibt es etwas, womit ihr dem Geheimnis auf die Spur kommt. Noch besser wäre es, mit jemandem zu reden, der dabei gewesen ist, doch soviel ich weiß, wart Ihr mit dem Sekretär der Hildegard allein.«

Margarete schüttelte den Kopf. »Eine Zeitlang war auch Lucardis von Algesheim dabei.«

»Lucardis von Algesheim? Ach ja, sie stammt aus dem Kloster auf dem St. Rupertsberg.«

»Das Letzte, was ich von ihr hörte, war, dass sie die Nachfolge der Hildegard angetreten hat.«

Mutter Maria schüttelte den Kopf. »Sie ist ein wenig einfältig, hat nicht bemerkt, dass sie nur als Spielball des Stellvertreters des Erzbischofs gebraucht wurde. Sobald dieser herausgefunden hatte, dass sie nichts von den letzten Worten der Hildegard weiß, wurde sie von diesem Posten entbunden und uns überstellt. Seither ist sie wie von einem Dämon getrieben. Den ganzen Tag sitzt sie im Scriptorium und durchblättert die Kopien der Hildegardschriften nach Hinweisen. Noch immer glaubt sie, wenn sie die letzten Vision entdecken würde, gäbe man ihr das alte Amt zurück und holte sie heim auf den St. Rupertsberg.«

Wenig später sah Margarete aus dem Fenster des Pilgerhäuschens einen Boten, der mit der Mutter Maria sprach und ein versiegeltes Schreiben überreicht bekam. Dann eilte der Bote mit großen Schritten zu seinem Pferd und sprengte kurz darauf davon.

Margarete wartete, bis es langsam dämmrig wurde. Als die Glocken zum Vespergottesdienst riefen, passte sie im Kreuzgang Lucardis von Algesheim ab.

»Was willst du?«, herrschte Lucardis sie an, doch Margarete erkannte an ihrem flackernden Blick, dass Lucardis Angst vor ihr hatte.

»Ich will«, erwiderte Margarete mit fester Stimme und hielt Lucardis dabei am Ärmel ihres Skapuliers fest, »ich will, dass Ihr Euch erinnert, was in der Nacht, in der Hildegard von Bingen starb, geschehen ist. Jede Kleinigkeit will ich wissen.«

Lucardis von Algesheim schüttelte den Kopf. »Ich weiß nichts. Du warst doch dabei; du musst doch wissen, was gesagt und getan wurde. Wegen dir bin ich jetzt hier. Es ist alles deine Schuld.«

Sie wollte sich losreißen und zum Gottesdienst eilen, doch Margarete blieb ihr auf den Fersen. Sie wusste, dass Lucardis sich vor etwas fürchtete. Sie hatte es an ihrem Blick gesehen, an ihrer Körperhaltung. Und sie musste Lucardis dazu bringen, mit ihr über die Nacht zu sprechen.

Der Weihbischof Jörg von der Teileburg schüttelte sich vor Ekel, dann wischte er die Blutspritzer aus dem Gesicht. Er trat auf den Mann auf der Streckbank zu, dem man Daumenschrauben angelegt hatte, und stieß ihn an. Georg von Radezell rührte sich nicht.

Cyriakus von Hoheneck räusperte sich. »Er darf nicht sterben, mein Bischof. Tot nutzt er Euch nichts. Haltet ein, lasst ihm ein wenig Ruhe. Ein Mann von so hohem Adel sollte nicht behandelt werden wie ein normaler Galgenvogel. Am Ende ist er noch mit dem Kaiser verwandt.«

Der Weihbischof drehte sich zu seinem Sekretär. »Lebt er noch? Nun, wir werden es gleich sehen.« Dann hieß er die Büttel, einen Eimer eiskaltes Wasser über dem Grafen auszuschütten.

Ein Stöhnen erfüllte den Raum.

»Schafft ihn weg!«, befahl Jörg von der Teileburg. »Bringt ihm ein bisschen Suppe und vielleicht einen Becher Wein, damit er sich ein wenig erholt.«

Einer der Büttel lachte. »Um den ist es nicht schade.«

Unvermittelt wurde Jörg von der Teileburg wütend. Er fuhr herum, packte den Büttel am Wams und schüttelte ihn. »Sorgt dafür, dass der Mann zu Kräften kommt«, brüllte er so laut, dass der andere das Gesicht verzog. »Wenn ich wieder in den Keller zurückkehre, so ist der Mann munter wie ein Fisch im Wasser. Hast du das verstanden, du Schwachkopf?«

Der Büttel nickte ergeben. Da ließ Jörg von der Teileburg ihn los, und der Büttel taumelte gegen die Zellenwand und zerrte an seinem Wams.

»Los jetzt!«

Für einen Augenblick war es so still in der Folterkammer des Verlieses, dass man die schweren Atemzüge des Geschundenen hören konnte. Sein Gesicht war zerschlagen, die Augen waren zugeschwollen. Aus der Nase lief Blut. Doch der Mund öffnete sich, schnappte wie ein Fisch ein paar Mal nach Luft, dann begann der Graf zu sprechen.

»Schafft einen Diamanten herbei«, flüsterte er. »Und ich zeige Euch, wie man in ihm das Licht Gottes weckt.«

Der Bischof stand starr, stierte auf das zerschlagene Bündel Mensch und überlegte. Dann schüttelte er den Kopf und grinste hämisch. »Nein, mein Graf, ein Diamant ist viel zu kostbar. Ich werde etwas anderes machen. Ich werde nach Margarete von Radezell suchen lassen und sie mit Euch der Ketzerei bezichtigen. Ihr werdet Seite an Seite hängen, das verspreche ich Euch.«

Als der Graf den Namen seiner Frau hörte, brüllte er auf wie ein Stier, doch der Bischof trat ihm so hart in die Seite, dass er nach Luft rang.

»Nicht meine Frau«, flehte der Graf. »Nicht Margarete. Macht mit mir, was Ihr wollt, aber lasst meine Frau zufrieden.«

»Du würdest alles tun, um das Leben deiner Frau zu retten?«, wollte Jörg von der Teileburg wissen und beugte sich über den Liegenden.

Der Graf nickte.

»Gut«, bestimmte der Bischof. »Dann trage ich dir auf,

aus deiner eigenen Scheiße bis morgen Gold zu machen. Gelingt dir das, so ist deine Frau frei. Gelingt es dir nicht, seid Ihr beide beim Teufel.«

Er lachte schallend, hieb vor Freude über seinen klugen Einfall auch Cyriakus von Hoheneck auf die Schulter, dann verließ er die Folterkammer und überließ den Grafen den Bütteln.

Dabei hatte er ganz und gar vergessen, dass er nicht wusste, wo Margarete war.

Sechsundzwanzigstes Kapitel

Nach dem Gottesdienst verfolgte Margarete Lucardis von Algesheim. In einem Seitengang stellte sie sich ihr schließlich in den Weg. Ihr Herz klopfte ihr dabei bis zum Hals. Sie fühlte den Angstschweiß an ihrem Rücken, fühlte die Feuchtigkeit ihrer Hände.

»Hüte dich vor Lucardis von Algesheim«, hatte Mirjam sie gewarnt. »Ich habe gehört, sie habe gedroht, dass du büßen musst dafür, dass sie nicht mehr die Äbtissin auf dem St. Rupertsberg ist. Noch nie war sie dir wohlgesinnt, aber nun kennt ihr Hass keine Grenzen mehr.«

Margarete hatte Mirjams Worte im Kopf, als sie der gefürchteten Gegnerin gegenüberstand.

»Was willst du?«, greinte Lucardis. »Alles, was ich weiß, habe ich schon dem Bischof erzählt.« Sie hob die Arme und legte sie gekreuzt vor das Gesicht, als hätte sie Furcht, Margarete könne sie schlagen.

Margarete schüttelte sich ein wenig. Sie fand keinen Gefallen daran, dass jemand Angst vor ihr hatte. Sie lächelte begütigend, legte Lucardis sogar eine Hand auf den Unterarm.

»Ihr braucht vor mir keine Angst zu haben. Ich tue Euch ganz bestimmt nichts. Nur sagen müsst Ihr mir, was Ihr dem Bischof gesagt habt. Und wann und wo das war.«

Vorsichtig nahm Lucardis die Arme herunter und reckte den Kopf so hoch, dass Margarete ihre Kehle sehen konnte.

Bei Hunden, dachte diese, ist das Kehlezeigen ein Zeichen

dafür, dass sie sich ergeben. Aber Lucardis von Algesheim wird sich niemals ergeben.

»Was habt Ihr dem Bischof gesagt? Wann und wo?«

»Vor dem Gottesdienst«, stammelte Lucardis. »Er ließ mich kurz vor seiner Abreise aus dem Scriptorium in das Gästehaus holen und fragte, ob ich dabei war in jener Nacht. Ich nickte. Dann fragte er mich, was dort geschehen war. Jedes Wort wollte er wissen. Und ich …«

»Halt!«, bat Margarete. »Kommt mit mir ins Pilgerhäuschen. Dort sind wir ungestört. Auch ich will alles wissen, was Ihr damals gehört und gesehen habt.«

Margarete wollte Lucardis nicht ohne Absicht ins Pilgerhäuschen locken. Zwar waren sie dort tatsächlich ungestört, doch die Freundinnen würden nicht lange auf sich warten lassen, sodass Margarete wenig Gefahr drohte.

Die beiden Frauen gingen nebeneinander über den Hof.

Lucardis fasste einmal kurz nach Margaretes Hand. Darüber erschrak Margarete so sehr, dass sie stehen blieb. »Was soll das?«, fragte sie.

Lucardis lächelte und senkte den Kopf. »Früher, auf dem St. Rupertsberg, da habe ich dich beneidet. Du warst so schön und so klug, und alle mochten dich, obwohl deine Abkunft im Dunklen lag. Schon damals wäre ich gern mit dir befreundet gewesen. Vielleicht können wir es ja nun werden.«

»Ja, vielleicht«, erwiderte Margarete knapp. Sie glaubte ihr kein Wort und war doch verblüfft, was aus der großmäuligen, neidischen Lucardis von Algesheim für eine Frau geworden war. Das Leben hat es nicht gut gemeint mit ihr, dachte Margarete, und ein Hauch von Mitleid flog sie an.

Dann hatten sie das Pilgerhäuschen erreicht. Margarete entzündete ein Wachslicht und stellte es auf den Boden. Sie hockte sich davor und bat Lucardis, ihr gegenüber Platz zu nehmen, sodass die Kerze genau in der Mitte zwischen ihnen stand.

»Schaut in das Licht«, bat Margarete. »Schaut ganz fest in das Licht und erinnert Euch an jene Nacht des 17. September. Lasst die Bilder vor Euch aufsteigen, und dann sprecht.«

Lucardis nickte, dann stierte sie in die Flammen. Auch Margarete konzentrierte sich ganz auf das Licht. Plötzlich verschwand das Wachslicht vor ihren Augen, und sie sah die Kammer der Hildegard von Bingen vor sich. Sie sah sich selbst auf einem Schemel sitzen, hinter ihr stand Wibert von Gembloux. Am Giebel des Bettes aber befand sich Lucardis von Algesheim, das Gesicht vorwurfsvoll verzogen.

Und schon hörte sie auch eine Stimme und befand sich wieder im Sterbezimmer der Hildegard von Bingen.

»Gleich«, flüsterte der Sekretär Wibert von Gembloux. »Gleich wird sie sprechen. Bist du bereit?«

Margarete nickte, packte den Griffel fester. Sie saß ganz starr, hatte jeden Muskel angespannt und den Blick gerade auf Hildegard gerichtet. Sie sah nicht den zahnlosen Mund, der beinahe ohne Lippen war, sah nicht die eingefallenen Wangen, die faltige Haut, sondern nur die großen, hellen Augen, die plötzlich so klar wie Quellwasser waren und noch immer ins Nirgendwo blickten. Doch dann veränderte sich Hildegards Gesicht. Die Wangen füllten sich, der Mund bekam die Lippen zurück und lächelte, die Falten verschwanden und machten der puren Glückseligkeit Platz.

»Ich sehe einen Engel, an dessen Gewand alle Edelsteine dieser Welt funkeln, als da sind Saphire, Diamanten, Blutsteine, Lapislazuli, Jade, Onyx, Karneol, Jaspis, Sarder, Topas, Achat, Amethyst und viele andere.«

An dieser Stelle brach ihre Stimme, ein heiteres Kichern war zu hören und ein Gesicht zu sehen, welches noch immer in höchster Verzückung war.

Ganz leise hatte sich Wibert von Gembloux an Hildegards Bettstatt, genau neben Margarete, gesetzt. »Ist es der Engel, den Ihr früher schon einmal gesehen habt?«, fragte er mit sanfter Stimme.

»Ja«, hauchte Hildegard. »Ja. Der Engel, in dessen Gewand sich die Herrlichkeit und das Licht Gottes spiegelt, aber ... ach ...«

Hildegard brach ab, ihr Gesicht überschattete sich, die Augen trübten ein. Die alte Frau begann zu zittern. Zuerst bebten die Nasenflügel, dann die Lippen, schließlich zitterte die ganze Frau, als ob sie im Schüttelfrost läge.

»Was ist?«, drängte Lucardis. Sie kam um das Bett herum, packte die alte Frau bei den Schultern und schüttelte sie. Da aber sprang Wibert von Gembloux auf und riss Lucardis zurück. »Seid Ihr verrückt geworden? Seht Ihr nicht, dass sie mit unserem Herrgott spricht? Wollt Ihr Euch etwa in dieses Gespräch mischen?«

»Aber sie leidet«, beharrte Lucardis mit hochrotem Gesicht, doch Wibert stieß sie heftig zur Seite, sodass sie gegen die Zellenwand taumelte und sich den Kopf dabei anstieß.

Margarete sah derweil in das Gesicht der Prophetissa teutonica und fragte leise und mit sanfter Stimme: »Ist es das Dunkle, welches Ihr seht?«

Die Prophetissa nickte heftig. »Die Steine, welche das Licht des Herrn hüten, beleuchten nicht nur Gutes. Nein, auch die Mächte der Finsternis können Macht und Weisheit daraus schöpfen. Hütet die Steine! Hütet die Steine! Hütet die Steine!«

Dann schwand das Bild und Margarete erwachte, sah sich um und fand sich Lucardis von Algesheim gegenüber.

»Nun?«, fragte sie. »Habt Ihr Euch erinnert?«

Lucardis lächelte dunkel. »Sie hat den Teufel gesehen. Ich erinnere mich genau.«

Margarete nickte. »Aber das kann nicht alles gewesen sein. Da ist noch etwas. Etwas, auf das wir beide nicht kommen.«

Lucardis sah sie mit zur Seite geneigtem Kopf an. Das Lächeln auf ihrem Gesicht schien Margarete verschlagen. »Ob es mit dem Engel zu tun hat? Ob man nach dem Engel suchen sollte in ihren Schriften? Ob sie das gemeint hat?« Sie schüttelte den Kopf. »O mein Gott. Manchmal kommen mir die letzten Wochen seit Hildegards Tod vor wie ein böser Traum.«

»Was?« Margarete schrak hoch. »Wiederholt den letzten Satz.«

»Manchmal kommen mir die letzten Wochen seit Hildegards Tod vor wie ein böser Traum.«

Margarete schloss die Augen, stand ganz still, doch nach einer kleinen Weile schüttelte sie den Kopf.

»Was ist?«, fragte Lucardis von Algesheim.

»Nichts. Da war ein Wort, das etwas in mir ausgelöst hat. Aber ich weiß nicht, welches es war.«

»Vielleicht ist der Engel der Schlüssel zur letzten Vision«, wiederholte Lucardis.

Der Gedanke war Margarete auch schon gekommen, doch an der Art, wie Lucardis ihre Sätze aussprach, erkannte sie, dass die einstige Mitschwester in dieser Richtung bereits Erkundigungen eingezogen hatte.

Sie lächelte Lucardis ins Gesicht. »Das ist eine gute Idee«, flüsterte sie und sah sich um, als wäre da jemand, der sie belauschen würde. »Ihr kennt Euch im Scriptorium und in den Schriften der Hildegard gut aus. Ob Ihr diese Aufgabe wohl übernehmen könntet? Immerhin bin ich nur Gast in diesem Hause.«

Lucardis von Algesheim stimmte zu, erhob sich und machte sich sogleich auf den Weg. Margarete blieb nachdenklich zurück. Sie stand auf und ging einige Schritte hin und her, doch so viel sie auch nachdachte, es wollte ihr nicht einfallen, was Hildegard von Bingen gesagt hatte. Die wenigen Worte schienen für immer verloren. Hatte sie diese Worte auf die Wachstafeln notiert? Margarete kramte in ihrem Gedächtnis wie eine Magd in ihrer Aussteuertruhe, doch sie fand keine Antwort. Entweder, so kam sie zum Schluss, kannte der Besitzer der Tafeln das Geheimnis der letzten Worte, oder sie waren mit Hildegard ins Grab gesunken. Wenn aber die Worte auf den Wachstafeln gestanden hatten und Wibert von Gembloux die Tafeln an sich genommen hatte und mit ihnen geflohen war, so war es richtig, dass Geraldus von Uslar ihn in Haft nehmen und nach Mainz ausliefern ließ. Aber war der Mönch, der einst der engste Vertraute der Hildegard von Bingen war, ihr gänzlich ergeben und von adliger Abstammung, fähig, andere Menschen um des Geheimnis willen in den Tod zu stürzen? Margarete schüttelte den Kopf.

Plötzlich stieg eine weitere Erinnerung in ihr hoch. Sie sah Wibert von Gembloux und sich selbst. Es war Nacht, und der Mönch war in ihre Zelle gedrungen. Er hatte sie an sich gerissen und sie geküsst. Und sie, Margarete, hatte seinen Kuss erwidert.

Sie stöhnte leise auf, als sie an dieses Ereignis dachte. Natürlich! Wibert von Gembloux musste die Tafeln haben! Er konnte doch nicht zulassen, dass ein liederliches Geschöpf wie sie als Bewahrerin des Vermächtnisses der großen Prophetissa teutonica galt. Vor ihr war der Mönch geflohen, vor dem Weib in ihr, das vor Wollust keuchte.

Margarete begann zu weinen. Es war ein Weinen der Ohnmacht. Ich habe alles in meinem Leben falsch gemacht, dachte sie. Ich bin nicht gemacht für die Liebe. Weder für die Liebe zu Gott, noch zur Liebe für einen Mann. Selbst dem eigenen Ehemann habe ich niemals von Liebe gesprochen. Verdorben bin ich ganz und gar.

Siebenundzwanzigstes Kapitel

Die nächsten Tage vergingen mit Warten. Margarete hatte sich auf Geheiß der Mutter Priorin unter die Nonnen gemischt und arbeitete zwischen den Gottesdiensten in der Krankenstation und in der Apotheke. Hier erfuhr sie von Mirjam, was sich seit ihrer Abwesenheit im Kloster auf dem St. Rupertsberg getan hatte.

»Wir alle haben dich vermisst. Tenxwind hat an ihren Bruder geschrieben, der als Marschall im Erzbistum arbeitet, er möge uns auf dem Laufenden halten. So wussten wir, dass du von Geraldus von Uslar auf die Uhlenburg gebracht worden bist.«

Als Mirjam dies erzählte, verdunkelten sich ihre ohnehin schon sehr dunklen Augen.

»Was ist?«, fragte Margarete.

Mirjam sah sie an, hob die Hand und strich ihr sanft über die Wange. »Nichts, meine Kleine. Nichts ist.« Sie seufzte. »Nur Lucardis macht mir Angst. Ich weiß nicht, was sie vorhat, aber ich glaube nicht, dass es etwas Gutes ist.«

Margarete hütete sich nachzufragen. Auf ihren Schultern lag genug Last. Allein, wenn sie an Georg auch nur dachte, brach ihr der Angstschweiß aus, und ihre Augen füllten sich mit Tränen.

»Hast du etwas aus Mainz gehört?«, fragte sie Mirjam. »Hat die Priorin etwas zu dir gesagt?«

Mirjam schüttelte den Kopf, dann aber zeigte sie auf den Hof hinaus. »Dort geht sie! Frage sie!«

Margarete zögerte nicht, sondern lief aus der Apotheke direkt in Mutter Marias Arme. »Wisst Ihr etwas aus Mainz?«

Mutter Maria nickte, doch es war kein frohes Nicken.

Sie strich Margarete über die Schulter. »Dein Mann ist der Ketzerei, der Zauberei, des Mordes und Häresie angeklagt. Der Bischof wartet nur auf das Schreiben des Kaisers. Sobald dieses eintrifft, wird er den Grafen der weltlichen Gerichtsbarkeit übergeben. Diese wird nicht lange fackeln und das Todesurteil so rasch wie möglich vollstrecken.«

Margarete schluckte. Jetzt, da jeder mit ihren Tränen rechnete, blieben ihre Augen trocken. Sie hatte keine Tränen mehr. Sie begann zu zittern, und ihr Blick war so leer, dass Maria sie besorgt am Arm fasste. »Eine Hoffnung gibt es noch«, tröstete sie. »Denkt an das Schreiben Eurer ehemaligen Mitschwester Adelgunde, welches sie an ihren Oheim, den Kaiser, geschickt hat. Vielleicht kommt schon bald eine Antwort.«

Margarete nickte. Sie zwinkerte mit den Augen, um das Brennen darin zu lindern, hob dabei den Kopf und sah Lucardis von Algesheim an einem der Fenster des Scriptoriums.

Um sich von ihrem Kummer abzulenken, berichtete sie Mutter Maria: »Lucardis von Algesheim bemüht sich, hinter die Bedeutung eines Engels zu kommen, den Hildegard von Bingen in verschiedenen Visionen gesehen hat.«

»Was tut sie?« Mutter Maria schüttelte verblüfft den Kopf.

»Sie sucht den Engel.«

»Nein«, widersprach Maria. »Das tut sie nicht. Lucardis von Algesheim ist dabei, ihr Latein zu verbessern und brüstet sich damit, noch Großes damit vorzuhaben.«

Margarete erstarrte. Sie sah noch einmal hoch zum Fenster des Scriptoriums, dann fragte sie: »Was hat Lucardis von Algesheim aus dem Heimatkloster mitgebracht?«

»Nichts«, verwunderte sich Maria. »Sie ist beim Erzbischof in Ungnade gefallen, doch niemand weiß genau, warum. Er hat sie als Äbtissin abgesetzt und zu uns geschickt. Sie kam und hatte noch nicht einmal die Anteile dabei, welche sie bei ihrem Eintritt ins Kloster dem Orden überlassen hat.«

»Also wurde sie hierher strafversetzt.«

Mutter Maria nickte.

»Und nicht einmal Euch hat man den Grund genannt?«

Die Priorin schüttelte den Kopf. »Ich bin nur eine Frau, mein Kind. Der Erzbischof muss sich mir gegenüber nicht erklären. Vater Blasius, der uns die Beichte abnimmt und das Kloster nach außen hin vertritt, wird wissen, was geschehen ist. Leider genießt ein Mensch weiblichen Geschlechts von vornherein sein Misstrauen. Es dürfte keinen Zweck haben, ihn zu fragen.«

Margarete nickte gedankenverloren.

»Ich muss ins Scriptorium«, murmelte sie und eilte über den Hof ins Haupthaus, von dort die Treppe hinauf bis in die Schreibstube. Dunkelheit herrschte dort, alle Pulte waren verlassen. Margarete blies ihr Wachslicht aus, stand in der Schwärze und lauschte auf Geräusche. Es war nichts zu hören, doch sie wusste, dass jemand im Raum war. War es der Geruch, sonst nach Pergament, Farbe und Siegellack, der jetzt anders war? Oder handelte es sich um eine Ahnung? Eine Ahnung, wie Tiere sie haben, die weglaufen, noch bevor die Gefahr zu sehen ist. Das Herz schlug ihr bis zum Halse. Sie fühlte eine Gefahr auf sich zukommen, ohne sie benennen zu können.

Da! Was war das? Margarete beugte sich ein wenig nach vorn, als könne sie so besser hören, doch da war nichts. Vorsichtig machte sie einen Schritt nach vorn – und schrie plötzlich auf.

»Pscht! Was schreist du so?«, fragte Lucardis von Algesheim. Schon hantierte sie mit dem Zündschwamm, und es flackerte ein Licht auf.

Margarete presste ihre Hand auf die Brust, um sich zu beruhigen. Ihr Atem ging schnell und stoßweise.

»Habe ich dich erschreckt? Das tut mir leid.« Lucardis hatte ihr liebenswürdigstes Lächeln aufgesetzt.

»Was tut Ihr im Dunkeln?«, fragte Margarete.

Lucardis machte eine wegwerfende Handbewegung. »Nichts. Ich habe etwas ausprobiert, das ist alles.«

Margarete musterte sie misstrauisch, doch Lucardis sah ihr offen in die Augen. Als sie die Hand hob, um sich die Haube, die ein wenig verrutscht war, zurechtzurücken, bemerkte Margarete an Lucardis' Händen etwas Viereckiges, das diese sogleich im Ärmel ihres Skapuliers versteckte.

»Was willst du eigentlich hier im Scriptorium?«, fragte Lucardis.

Margarete lachte geziert, dann senkte sie ein wenig den Kopf, so als wäre sie verlegen. »Um ehrlich zu sein, ich habe Euch gesucht«, sagte sie leise.

»Stimmt es, was Ihr gestern gesagt habt?«

»Was meinst du?«

»Dass Ihr Euch gewünscht habt, mit mir befreundet zu sein?«

Lucardis nickte. »Zuerst war ich wütend auf dich, als ich merkte, dass die Mutter Hildegard dich viel lieber hatte als mich. Gehasst habe ich dich. Doch seit Hildegards Tod sind Zorn und Hass verflogen.«

Margarete spürte, wie Ärger in ihr hochstieg, aber sie schluckte ihn hinunter. »Ich war fast noch ein Säugling und Hildegard mir wie eine Mutter. Wie konntet Ihr ein so kleines Kind hassen?«

Lucardis zuckte mit den Achseln. »Ich war auch erst acht

Jahre alt, als ich ins Kloster kam.« Sie hob den Zeigefinger. »Als Klausnerin, wie einst unsere Mutter Hildegard. Auch sie wurde im Alter von acht Jahren mit ihrer Lehrerin Jutta von Sponheim eingemauert. Nur durch eine winzige Luke hatte sie Kontakt mit der Außenwelt im Kloster auf dem Disibodenberg. Durch dieselbe Luke, durch welche die Mönche ihr Essen und Trinken reichten und durch die sie die Gottesdienste der Mönche verfolgen konnte. Ja, auch ich war noch ein kleines Kind, als ich von zu Hause, von Algesheim fort musste. Und das zu einer Zeit, als meine Lieblingstante schwanger ging. Ihr Kind starb bei der Geburt. Man überlegte, ob sie mich aus dem Kloster holen und als Erbin der Tante großziehen sollten. Doch daraus wurde leider nichts.

Neun Jahre war ich, als ich auf den St. Rupertsberg kam. Bleiben sollte ich, bis ich eine gute Erziehung genossen hatte. Doch dann, als ich sechzehn Jahre alt war, wurde meine Lieblingstante erneut schwanger, und mein Onkel befand, dass ich auf ewig im Kloster bleiben sollte. Obwohl es hieß, dass auch dieses Kind gestorben wäre.

Kurz darauf wurdest du als Säugling gefunden und nahmst mir die Mutter, die ich gerade gefunden hatte.«

Margarete fand in Lucardis' Gesicht Trauer, Kränkung und Enttäuschung, und sie begriff, dass ihre Kontrahentin tatsächlich in all den Jahren gelitten hatte.

Trotzdem traute sie ihr nicht. Vielleicht war Lucardis nicht von Natur aus böse, aber das Leben, die Kränkungen und Enttäuschungen hatten sie missgünstig gemacht. Margarete wollte ihr etwas Liebes sagen, doch ihr fiel nur ein: »Vielleicht hätten wir unter anderen Umständen Freundinnen werden können. Ich war kürzlich auf der Uhlenburg. Algesheim, habe ich gehört, ist der Nachbarort.«

Lucardis wurde bleich. Sie hielt sich an einem Katheder

fest, und Margarete hätte schwören können, dass sie leicht taumelte.

»Ist alles in Ordnung mit Euch?«, fragte sie.

»Es ist alles bestens.« Lucardis schluckte und strich sich über das Gesicht.

»Ihr habt Großes vor, habe ich gehört«, begann Margarete vorsichtig. »Was ist es? Hat es mit Latein zu tun?«

Lucardis schwieg und starrte an ihr vorbei.

Margarete zuckte mit den Achseln. »Ihr müsst es mir nicht sagen. Warum auch? Ich dachte nur, dass wir vielleicht Freundinnen werden wollten.«

Mit diesen Worten drehte sie sich um und wollte zur Tür hinaus, doch Lucardis hielt sie am Ärmel fest. »Halt! Warte!«

Margarete blieb stehen, wandte sich aber nicht um.

»Ich … ich kann nicht darüber sprechen«, stammelte Lucardis von Algesheim. »Es geht einfach nicht. Noch nicht. Aber ich verspreche dir, du wirst die Erste sein, die davon erfährt.«

»Wovon?«

Lucardis wand sich. »Das kann ich dir nicht sagen. Bitte, ich kann einfach nicht. Außerdem …«

Sie brach ab.

»Was ist außerdem?«

»Du lässt mich an deinen Geheimnissen auch nicht teilhaben. Aber Freundschaft ist, dass jede der anderen sagt, was in ihr vorgeht. Freundschaft ist, wenn man keine Geheimnisse voreinander hat.«

Margarete hatte für wenige Augenblicke ein schlechtes Gewissen, weil sie nicht im Traum daran dachte, jemals Lucardis' Freundin zu werden. Auch glaubte sie nicht, dass Lucardis Ähnliches vorhatte, aber sie erwiderte nichts darauf.

»Gute Nacht«, sagte sie leise und ging.

Ihre Schritte hallten gerade über den gepflasterten Innenhof, als sie vor der Pforte einigen Lärm vernahm. Frauenstimmen, die durcheinandersprachen. Jemand lachte, ein Pferd wieherte. Obwohl Margarete die Stimmen nicht erkennen konnte, drängte es sie zur Pforte.

Als sie schließlich ihre Schwestern aus dem Kloster der Hildegard erkannte, brach sie in Jubel aus, flog Tenxwind in die Arme, küsste Magdalena auf beide Wangen, schmiegte sich kurz an Rautgundis und nahm Adelgunde beim Arm, um sie in das Gästehaus zu führen. Doch kaum war die erste Freude verklungen, wandte sich Margarete ängstlich an Adelgunde. »Hast du etwas von deinem Oheim, dem Kaiser, gehört?«

Adelgunde zögerte einen Augenblick, dann schüttelte sie den Kopf. »Nichts, das uns Grund zur Freude gibt. Einen Aufschub hat er gewährt. Man soll so lange mit der Hinrichtung warten, bis der Mönch aus Gembloux gefunden ist. Des Weiteren wird er höchstselbst demnächst nach Mainz kommen, um sich vor Ort einen Eindruck zu verschaffen. Vorher wird Georg von Radezell nichts passieren. Kaiser Barbarossa ist ein großer Verehrer der Hildegard. Ihm ist wahrhaftig daran gelegen, ihr Angedenken zu bewahren. Nun hat aber der Weihbischof in seinem Brief gerade das Andenken der Hildegard zum Thema gemacht. Dein Mann und du, so schrieb er, ihr wärt ausgezogen, dieses Angedenken zu schmälern.«

»Aber das stimmt doch nicht«, fuhr Margarete auf.

»Ich weiß«, beruhigte die Ältere sie.

Dann waren sie am Gästehaus angekommen, hatten sich ihre Plätze gesucht.

»Es ist spät, meine Liebe. Die Reise war anstrengend. Wir werden morgen reden«, versprach Adelgunde.

Margarete nickte, auch sie fühlte sich erschöpft vom Tag. Da fiel ihr noch etwas ein: »Wo ist Edelgard?«

Adelgunde lächelte. »Edelgard ist nunmehr die Äbtissin des Klosters auf dem St. Rupertsberg. Sie konnte nicht mitkommen. Es ist nicht gut, das eigene Haus ohne Hüter zu lassen.«

Margarete schlief nicht in dieser Nacht. Sie war so müde wie niemals zuvor in ihrem Leben. Die Last der Tage drückte sie nieder, die Angst um Georg von Radezell machte sie verletzlich, doch die Freude über das Wiedersehen der Freundinnen und Mitschwestern brachte ihr den Lebensmut zurück. Jetzt wusste sie, dass sie nicht einsam und verlassen war; jetzt gewann die Hoffnung, dass alles doch noch gut werden könnte, die Oberhand.

Als sie endlich einschlief, schlug die gerade die Glocke und holte die Schwestern zur Vigil. Margarete aber verschlief die nächtliche Messe, und niemand nahm daran Anstoß.

Achtundzwanzigstes Kapitel

Wo ist er?«

»Verschwunden. Wie vom Erdboden verschluckt.«

Geraldus von Uslar schwieg. Er saß in seinem Lehnstuhl, hatte die Ellbogen auf die Lehnen gestützt, die Finger beider Hände gegeneinandergelegt und starrte vor sich hin.

»Ist er zu Fuß aufgebrochen oder zu Pferd?«, fragte er schließlich.

Der Sekretär zuckte mit den Achseln. »Der Bote sagte, man wisse es nicht. Auf Pilgerfahrt habe er sich gemacht. Nach Santiago de Compostela wollte er.«

»Hm!« Geraldus von Uslar versank erneut in seinen Gedanken. Der Sekretär stand unruhig dabei, trat von einem Fuß auf den anderen. »Braucht Ihr mich noch, mein Bischof?«

»Was?« Geraldus von Uslar schrak hoch. »Nein, Ihr könnt gehen, Kaplan.«

Kaum war der Sekretär gegangen, sprang der Weihbischof auf und durchquerte sein Zimmer. Sechs Schritte bis zur Tür, von dort sieben bis zum Arbeitstisch, sechseinhalb bis zum Kamin, vor dem zwei Lehnstühle standen. Es war kalt, draußen herrschte Novemberwetter. Bis zum Mittag hatten sich die Nebelschwaden zwischen den Häusern gehalten. Nun hingen die Wolken dicht über der Stadt. Es nieselte leicht, dazu blies ein kräftiger Wind. Gerald von Uslar trat ans Fenster und sah hinaus. Unter ihm auf der Gasse hasteten die Leute mit hochgezogenen Schultern eng an der

Hauswand entlang, um dem Wind zu entgehen. Eine Hausfrau trug einen Korb über dem linken Arm und hielt mit der rechten Hand ihre Haube fest. Ein Lehrjunge geriet mit seinen Holzpantinen ins Schlittern, in den Händen zwei Kannen, die mit Bier gefüllt waren. Plötzlich rutschte er auf einem Kohlblatt aus und stürzte in den Dreck, sodass der Weihbischof auflachen musste. Ein Hund hob das Bein und pinkelte gegen einen Stein, eine Katze, die nur ein Auge hatte, flüchtete vor dem Regen.

Still war es in Mainz an diesem Regentag, nicht einmal der Markt fand statt, kein Schiff wurde beladen, um Fracht nach Frankfurt oder Koblenz zu bringen. Keine Warenkolonnen rumpelten über das Pflaster. Es war Sonntag, der Gottesdienst war vorüber. Die Werkstätten hatten geschlossen, die Knechte und Mägde feierten ihren freien Tag. Nur im Bischofssitz wurde gearbeitet. Geraldus von Uslar öffnete das Fenster und beugte sich ein wenig nach vorn, sodass er in den Raum des Jörg von der Teileburg sehen konnte. Dort war alles still, kein Licht brannte. Er wird bei seinem Liebchen sein, dachte Geraldus von Uslar. Er wird mit ihr in den Federn liegen, sie herzen und küssen.

Der Bischof schüttelte sich. Auch er war den Weibern nicht abgeneigt, ganz gewiss nicht, aber eine Küchenmagd würde er nicht einmal mit der Feuerzange anpacken. Naserümpfend schloss er da Fenster, rieb sich die Hände und rückte den Lehnstuhl näher an den Kamin.

Er nahm ein Buchenscheit, warf es in das prasselnde Feuer, dann goss er sich einen Becher gewürzten Wein ein und versank erneut in seinen Gedanken. Wibert von Gembloux oder Guibert von Namur, wie er sich jetzt wohl nannte, war verschwunden. Er war nicht mehr im Kloster. Der Bote war unverrichteter Dinge zurück nach Mainz gekommen. Das war nicht gut. Die Möglichkeit, über den

Mönch an die Wachstafeln zu kommen und damit schneller zu sein als Jörg von der Teileburg, war merklich geschrumpft. Ohnehin glaubte Geraldus von Uslar nicht an einen Stein der Weisen. Er war Theologe, hatte in Paris an der Kathedralschule studiert, an welcher der berühmte Petrus Abaelard gelehrt hatte. Geraldus von Uslar war eher ein Mann der Wissenschaft als ein Mann des Glaubens. Er interessierte sich für Physik, für die Sternenkunde und für die Kunst, Kriege erfolgreich zu führen. Die geistliche Laufbahn hatte er ergriffen, weil sein Vater das so gewollt hatte. Geraldus war der vierte Sohn derer von Uslar. Die Liegenschaften waren zu klein, um sie durch vier Söhne zu teilen. Also bekam der Älteste alles, und die drei anderen wurden in Klöster geschickt. Was aus seinen Brüdern geworden war, interessierte Geraldus von Uslar herzlich wenig. Sein Zwillingsbruder war tatsächlich auf einem Kreuzzug vermisst, und jemand, der behauptete, dabei gewesen zu sein, beharrte darauf, dass er nun in Damaskus lebte.

Der Stein der Weisen! Wie lange hatte er über dieses Phänomen nachgedacht. Aber nein, es konnte nicht sein, einen solchen Stein gab es nicht.

Plötzlich erstarrte er. Sein Blick war ins Feuer gerichtet. Nach einer kleinen Weile erwachte er aus der Starre, stand auf, strich ordnend über seine Kleidung. Dann verließ er sein Zimmer, lief über den Gang des sonntäglich stillen Bischofssitzes bis hinunter ins Verlies. Die beiden Büttel, die zur Wache abgestellt waren, spielten Würfeln.

»Bringt mich zu Graf Georg von Radezell«, befahl der Weihbischof.

Die Büttel zögerten. »Niemanden sollen wir zu ihm lassen«, sagte endlich einer von ihnen, wagte es aber nicht, Geraldus von Uslar dabei in die Augen zu sehen.

Der Bischof richtete sich auf, reckte das Kinn. Er wusste,

wer er war, wusste um seine Stellung, um seine Macht. Mit Bütteln würde er sich gewiss nicht streiten.

»Mach auf, aber hastig!«

Der Büttel erhob sich und ging vor dem Bischof durch den feuchten Kellergang, dessen Wände mit Schimmel bedeckt waren.

Er ließ sich das Gitter aufschließen, trat ein – und prallte zurück. Der Gestank war unerträglich. Graf Georg von Radezell lag auf dem Bauch, die Hände auf dem Rücken gefesselt. Auf der offenen Wunde am Arm krabbelten Fliegen umher. In einer Ecke stand ein Eimer, der voll von Exkrementen war und einen unerträglichen Gestank verbreitete.

Der Bischof nestelte nach seinem Schnupftuch und hielt sich die Nase zu. Dann befahl er dem Büttel: »Mach ihn los und nimm ihm die Fessel ab!«

Der Büttel gehorchte.

»Und jetzt verschwinde und kümmere dich darum, dass hier gleich ein Eimer mit warmem Wasser steht. Dazu Verbandszeug und dergleichen.«

Der Büttel nickte und verschwand.

»Könnt Ihr mich hören, Graf?«, fragte Geraldus von Uslar sodann.

Graf Georg von Radezell drehte sich um. Sein ohnehin schmales Gesicht war noch schmaler geworden. Die blauen Augen waren von dunklen Schatten umrandet, die Lippen zu einem Strich gezogen.

Vorsichtig bewegte der Graf den verletzten Arm und stöhnte dabei, dann erst sah er den Bischof an.

»Kommt nach der Folterkammer mit Streckband, Daumenschrauben und nochmaligem Brechen meines ohnedies kaputten Armes nun die Folter mit glühenden Zangen?«, fragte er.

Der Bischof schüttelte den Kopf. »Ich bin nicht gekommen, um Euch zu foltern. Gekommen bin ich, um mit Euch zu reden.«

»Ich wüsste nicht, was ich mit Euch zu bereden habe«, erwiderte der Graf stolz, setzte sich endgültig auf und wandte den Blick ab.

»Ich möchte mit Euch über den Stein der Weisen sprechen.«

»Die ganze Welt scheint im Augenblick kein anderes Ansinnen an mich zu haben.«

»Graf! Ich bin ein Mann der Wissenschaft. Genau wie Ihr. Ich möchte mit Euch die Möglichkeit diskutieren, ob es einen solchen Stein geben kann oder nicht. Ich persönlich halte es als Theologe für unmöglich. Dennoch habe ich Zweifel.«

Der Graf sah den Bischof spöttisch an. Nach einer Weile fragte er: »Aus theologischer Sicht ist es unmöglich, dass ein Priester, der den Zölibat gelobt hat, eine Tochter hat. Als Alchemist halte ich dies jedoch für sehr gut möglich.«

»Was wollt Ihr damit sagen, Graf?«

Georg von Radezell antwortete nicht, doch sein Gesicht zeigte ein spöttisches Lächeln.

Geraldus von Uslar schwankte zwischen Ärger und Bewunderung. Er ist ein ganzer Kerl, dachte er. Er sitzt vor mir, stinkt wie ein Bock, ist unrasiert, mit filzigen Haaren und zerrissenen Kleidern. Doch seine Würde, seinen Stolz hat er sich bewahrt. Und nicht nur das. Er lässt sich von niemandem täuschen.

»Wie dem auch sei«, wechselte der Bischof nun das Thema. »Sagt mir nur, ob Ihr die Existenz des Steines für möglich haltet.«

»Welchen Sinn soll dieser Disput für mich haben? Entlasst Ihr mich aus dem Kerker, wenn ich Euch nachweise, dass es den Stein nicht geben kann?«

»Graf, Ihr sitzt hier wegen Mordes!«

»Ich habe niemanden ermordet. Aus welchem Grund auch? Die Raubritter werden sich untereinander bekriegt haben. Die und deren Leute solltet Ihr befragen.«

Geraldus von Uslar nickte und umfasste sein Kinn mit der rechten Hand. »Das werde ich tun, Graf, wenn Ihr bereit seid, mit mir zu reden. Glaubt Ihr an den Stein der Weisen?«

»Es spricht einiges dagegen«, erwiderte er langsam, dann lehnte er den Kopf gegen die Wand und seufzte laut.

»Ist alles in Ordnung mit Euch?«, fragte Geraldus von Uslar.

»Ihr verlangt, dass ich mich anstrenge. Das aber sollte ich gerade vermeiden, denn die Folter, der ich hier täglich unterzogen werde, zehrt all meine Kräfte auf.«

Der Bischof verstand. Es scheint, dachte er, als hätte alles auf dieser Welt seinen Preis. »Ich lasse Euch ein richtiges Mahl kommen. Fleisch, Brot, Gemüse. Dazu eine Kanne Wein.«

Der Graf nickte, bedankte sich aber nicht, sondern setzte sich auf das feuchte Stroh, lehnte sich mit dem Rücken gegen die schimmeligen Kerkermauern und legte das linke Bein über das rechte. Er wies mit der Hand auf sein Lager und sagte: »Ich würde Euch gern einen Platz anbieten, Exzellenz, doch würde mir das Stroh für die Nacht fehlen.«

»Soll ich meine Frage wiederholen?«, fragte der Bischof.

»Nein, ich habe Euch gut verstanden. Und ich sage es noch einmal: Aus theologischer Sicht darf es den Stein der Weisen nicht geben. Zumindest nicht so, wie man sagt. Der Stein mit der Macht über Leben und Tod würde an die Stelle Gottes treten oder ihm gleich sein. Damit aber wäre die Allmächtigkeit Gottes verloren. Da Gott jedoch allmächtig ist, hat der Stein der Weisen entweder nicht die besagten Eigenschaften oder es gibt ihn schlichtweg nicht. Als

Alchemist aber halte ich vieles für möglich. Seit einigen Jahrzehnten wird in unserem Reich Steinkohle abgebaut. Vor fünfzig Jahren träumten die Menschen davon. Aus China hörte ich von der Erfindung des Schießpulvers aus Salpeter. Auch Alkohol kann man inzwischen durch Destillation gewinnen. Wusstet Ihr, Exzellenz, dass das Wort aus dem Arabischen stammt? ›Alkol‹ bedeutet ›das Ganze‹. Einem Medicus aus dem Orient ist diese Erkenntnis zu verdanken. Er benutzt den Alkohol, um Wunden zu reinigen und zu desinfizieren.«

Der Bischof winkte ab. »Ihr mögt recht haben, und Euer Vortrag über die neuesten Entdeckungen mag von großem Gewicht sein; ich aber bin im Augenblick an anderen Themen interessiert.«

»Was ich zum Stein der Weisen zu sagen habe, habe ich gesagt. Meiner Meinung nach ist der Stein der Weisen ein theologischer Widerspruch.«

Der Bischof nickte und sah nachdenklich an die Kerkerwand.

Endlich fragte der Graf: »Wozu wollt Ihr das wissen?«

»Könnt Ihr Euch das nicht denken?

Georg von Radezell schüttelte den Kopf.

»Es geht um meine … meine … äh … Nichte. Um Euer Eheweib. Jörg von der Teileburg ist wild entschlossen, hinter das Geheimnis des Steines zu kommen. Ich selbstverständlich auch, allerdings hege ich – wie Ihr – Zweifel an der Existenz des Steines.«

»Ist meine Frau in Gefahr?«, fragte der Graf. Er richtete sich so weit auf, wie er konnte. »Hat er sie gefunden? Ist sie bereits in Haft?«

Der Bischof antwortete nicht.

»Ist meine Frau in Gefahr? Wo ist sie?«, brüllte der Graf so laut, dass die Büttel angelaufen kamen.

Geraldus von Uslar zuckte mit den Achseln. »Sie ist in Sicherheit, vermute ich.«

»Was soll das heißen?«

»Dass ich sie nicht gefunden habe.«

»Das ist gut.«

»Wie man es nimmt, Graf. Sie ist Blut von meinem Blute. Von mir droht ihr die geringere Gefahr. Ich war gegen eine Heirat meiner … von Margarete mit Euch. Ich gebe zu, dass es mir lieber wäre, sie weit weg zu wissen, doch man kann im Leben nicht alles haben.«

Mit diesen Worten verabschiedete sich der Bischof und verließ die Zelle.

Zurück in seinem Zimmer, saß er nachdenklich vor dem Kamin. Zum ersten Mal in seinem Leben hatte er das Gefühl, sich schuldig gemacht zu haben. Nicht, indem er anderen etwas angetan hatte, sondern in der Art, dass er es versäumt hatte, Verantwortung zu übernehmen. Geraldus von Uslar konnte sich selbst viel verzeihen, Verantwortung aber war für ihn das höchste Gut und jeder Mann ein Schwächling, der sich seiner Verantwortung nicht stellte.

Dann hielt es ihn nicht mehr in seinem Sessel. Er stand auf, überlegte, ob er seinen Sekretär rufen sollte, doch er entschied sich anders. Er trat in das Vorzimmer seiner Kanzlei, stellte sich hinter das Schreibpult, spitzte die Feder, öffnete das Tintenfass, glättete das Pergament und begann zu schreiben.

Neunundzwanzigstes Kapitel

Am nächsten Morgen gleich nach dem Frühstück – die Sonne war noch nicht erwacht, und das Eifeltal lag in dichten Nebelschwaden – trafen sich die Schwestern in einer Seitennische des Kreuzganges.

Offiziell waren sie von der Äbtissin Edelgard vom St. Rupertsberg in das Kloster Maria Laach entsandt, um gemeinsam mit den dortigen Nonnen die Gesänge der Hildegard von Bingen für das bevorstehende Weihnachtsfest einzuüben.

Hildegard von Bingens Lebenswerk enthielt nicht nur Schriften über Theologie und Heilkunde; auch ihr musikalisches Werk war so umfassend, wie es nie zuvor eine Frau geschrieben hatte. Und dieses Werk wollte gehütet und verbreitet sein. Deshalb zogen stets einige Benediktinerinnen des Binger Klosters durch das Reich.

Doch nun saßen die sechs im Refektorium des Pilgerhauses.

Mirjam, die schon seit einigen Wochen hier in Maria Laach weilte, ergriff das Wort: »Margarete ist in Gefahr. Lucardis von Algesheim hat es sich zur Aufgabe gemacht, die letzte Vision der Hildegard ans Tageslicht zu bringen, damit sie ihre Stellung als Äbtissin wieder einnehmen kann. So hat es ihr zumindest Jörg von der Teileburg versprochen. Nun hat Lucardis begonnen, ihre Lateinkenntnisse, um die es nicht zum Besten bestellt war, aufzufrischen. Sie lernt wie ein Kathedralschüler, befragt beinahe jeden Tag die Apothekerin nach diesem oder jedem Begriff. Insbesondere die Heilkunde scheint sie zu interessieren.«

Mirjam senkte die Stimme und sah sich um, ob wirklich niemand hier im Pilgerhaus war, der sie belauschen könnte. »Ich vermute, sie hat Hildegards Schrift über die Steine entwendet. Des Weiteren hege ich die Befürchtung, dass sie einen Anschlag auf Margarete plant.«

Adelgunde sah hoch, als hätte sie genau diese Worte erwartet. »Wir haben die besagten Schriften überall auf dem Rupertsberg gesucht, doch wir haben sie nicht gefunden. Es ist also gut möglich, dass Lucardis sie hat. Immerhin hat sie das Scriptorium geleitet.«

»Was also wollen wir jetzt tun?«, fragte Tenxwind.

»Ich ... ich wür... würde gegern wissen, wawas eigentlich lolos ist«, stammelte Magdalena, die stotterte, seitdem sie wusste, dass ihr Onkel Graf von Radezell im Verlies war.

»Also gut, fassen wir zusammen«, begann Rautgundis.

»Margarete wird von Jörg von der Teileburg gesucht. An ihrem Aufenthaltsort ist ebenso der Stellvertreter des Erzbischofs Geraldus von Uslar interessiert. Ob von ihm eine Gefahr ausgeht, ist nicht klar, jedoch hat er Margarete drei Raubritter auf den Hals geschickt. Ihr Mann, Graf Georg von Radezell, sitzt im Verlies und ist der Ketzerei, der Zauberei, der Häresie und vor allem des Mordes angeklagt. Eine Anklage wegen Ketzerei könnte auch Margarete widerfahren, wenn sie die letzte Vision mit dem Versteck des Steines der Weisen nicht preisgibt, was sie nicht kann, da ihr jede Erinnerung fehlt. Die Wachstafeln mit den Worten der Hildegard sind verschwunden, genau wie Wibert vom Gembloux. Die Fragen, die sich uns stellen, lauten: Wer hat die Tafeln? Sind sie wirklich im Besitz des Mönches? Und was steht darauf? Für uns geht es jetzt darum, Margarete vor den Machenschaften der Lucardis von Algesheim zu beschützen.

Außerdem müssen wir versuchen, Graf Georg von Radezell zu helfen.«

Mirjam hielt inne und sah die Schwestern der Reihe nach an. »Zwei von uns bleiben am besten stets in der Nähe von Margarete. Die anderen wechseln sich bei der Beobachtung von Lucardis ab.«

So beschlossen sie es. Ab sofort wich Margarete Mirjam nicht von der Seite. Gemeinsam arbeiteten sie in der Apotheke und im Infirmarium. Margarete staunte, wie viel die dunkelhäutige Benediktinerin über Heilsteine wusste, und fasste sich ein Herz. »Mirjam, was weißt du über Diamanten? Gibt es dort, wo du herkommst, diese Steine?«

Mirjam schüttelte den Kopf. »Nein, ich komme aus Calicut. Dort gibt es keine Diamantminen. Aber die Alchemisten bei uns haben viel mit Diamanten gearbeitet. Und nicht nur die Alchemisten. Warum willst du das wissen? « Mirjams Augen begannen zu leuchten. »Dort, wo ich herkomme, ist ein Diamant das Unterpfand der Liebe. Er gilt als Stein der Steine, wird auch Königsstein genannt.«

Margarete schwieg eine kleine Weile. Wieder war ihr, als hätte Mirjam etwas ganz Wichtiges gesagt. Etwas, das sie dem Geheimnis einen Schritt näher bringen würde. Doch sosehr sie auch nachdachte, sie kam einfach nicht darauf!

Schließlich berichtete sie: »Georg behauptet, es gäbe den Stein der Weisen gar nicht. Aber vielleicht sagt er das nur, um sein Geheimnis nicht preisgeben zu müssen. Er hat mir einen Diamanten geschenkt, der heller strahlt als alle Sterne am Himmel zusammen.«

Mirjam dachte nach. Margarete erkannte es daran, dass sie sich mit den Zähnen auf die Unterlippe biss.

»Was ist?«, fragte Margarete, doch Mirjam schüttelte nur den Kopf.

»Wo ist er?«, fragte sie.

Margarete öffnete den Mund, doch Mirjam hob die Hand. »Nein, sage es nicht. Es ist besser, bestimmte Dinge nicht zu wissen. Hüte ihn, deinen Diamanten! Du wirst ihn bald brauchen.«

Nach dem Abendessen trafen die Schwestern erneut zusammen und berichteten, was sie den Tag über getan hatten. Nur Mirjam fehlte bei der Zusammenkunft.

»Gibt es neue Nachrichten aus Mainz?«, fragte Margarete zuerst, doch sie erntete nur Kopfschütteln.

»Das heißt, dass Georg nur noch wenige Tage bis zur Vollstreckung des Urteils bleiben.«

Für einen Augenblick sackte sie in sich zusammen und kämpfte mit den Tränen. Plötzlich hatte sie allen Mut verloren. Was nützte es, dass die Gefährtinnen da waren? Nichts. Sie konnte sich einfach nicht erinnern. Der Gedanke, dass Georg vielleicht sterben musste, weil ihr nicht rechtzeitig einfiel, was Hildegard von Bingen in ihrer letzten Nacht über den Stein der Weisen gesagt hatte, ließ sie zittern.

Rautgundis legte ihr beruhigend eine Hand auf den Rücken, doch das half alles nichts. Margarete brach unter der Verantwortung, die sie zu tragen glaubte, beinahe zusammen.

»Ich muss mich erinnern«, rief sie aus und schlug sich mit der Hand vor die Stirn. »Es kann nicht sein, dass Georg wegen mir sterben muss.«

Magdalena, die einer weltlichen Liebe entsagen musste, kämpfte ebenfalls mit den Tränen, dann sagte sie: »Du hast keine Schuld daran, dass dein Mann im Verlies sitzt. Er war den Geistlichen schon lange ein Dorn im Auge. Du und der Eindruck, er kenne das Geheimnis des Steins, sind nur der Vorwand, um einen, der die Kirche kritisch sieht, zu entfernen.«

Margarete nickte. Es konnte gut sein, dass Magdalena recht hatte, doch ihr blieb nicht die Zeit, dies herauszufinden.

In der Nacht zwischen Komplet und Vigil schlüpfte Margarete von ihrer Bettstatt. Sie nahm einen Feuerschwamm und ein Wachslicht und machte sich auf den Weg ins Scriptorium. Als sie über den Hof ging, bemerkte sie hinter den Fenstern einen hin und her huschenden Lichtschein. »Habe ich es doch geahnt«, murmelte sie und schlich leise und in völliger Dunkelheit die Treppe hinauf. Sie wusste, dass sie sich in große Gefahr begab. Einen Augenblick blieb sie stehen und überlegte, ob sie zurückeilen und den Schwestern Bescheid geben sollte. Doch die Zeit drängte.

Vorsichtig und mit angehaltenem Atem öffnete sie die Tür zur Schreibstube und huschte hinein. Der Raum lag in dichter Schwärze, der Lichtschein war verschwunden. Auf Zehenspitzen schlich Margarete durch den Raum, wagte kaum zu atmen dabei. Sie war erst einmal hier oben gewesen und hatte sich die Räumlichkeit nur ungenügend eingeprägt. Links befand sich die Wand mit den hohen Fenstern, hinter ihr die Tür, vor ihr eine Wand, die mit Regalen bedeckt war, rechts mehrere große Kastenschränke, die wertvolle Handschriften, Karten und Ikonen bargen.

Margarete blieb stehen und hörte sich um. Wie aus weiter Ferne vernahm sie ein Rascheln. So gedämpft, als käme es aus einem Schrank.

Natürlich! Plötzlich fiel es ihr ein. Sie wusste doch, dass sich hinter manchem Schrank ein heimliches Gemach oder ein Gang befand.

Immer noch auf Zehenspitzen schlich sie zu den Schränken, öffnete die erste Tür. Der Geruch von Pergament schlug ihr entgegen. Mit der Hand tastete sie im Inneren des

Möbels herum, doch sie fand nur gebundenes Pergament. Hier war kein Gemach, kein Gang.

Margarete ging zum zweiten Schrank und bemerkte schon beim Öffnen, dass ihr ein leicht modriger Geruch entgegenschlug. Sie hielt den Atem an. Ihre Hand fuhr hinein, tastete eine raue Wand ab und fand plötzlich einen Eingriff, einen Spalt im Stein. Mit den Fingerspitzen suchte sie den Spalt ab, bis sie eine kleine Erhebung fühlte. Mit ganzer Kraft drückte sie auf diese Erhebung, und schon schwang eine steinerne Tür beiseite und eröffnete ihr den Weg in ein geheimes Gemach – und zu Lucardis von Algesheim.

Als Margarete sie entdeckte, schrie Lucardis kurz auf und wollte etwas im weiten Ärmel ihres Skapuliers verstecken. Doch im Schein der Fackel, die das Gemach erleuchtete, hatte Margarete zwei kleine Wachstafeln erkannt.

»Ihr habt sie also!«, sagte sie.

»Ganz recht«, erwiderte die ehemalige Scriptoriumsleiterin vom St. Rupertsberg und legte die Tafeln vor sich auf ein Katheder, bedeckte sie mit ihrer Hand. »Ich habe sie. Du bist und bleibst ein Tölpel, der eins und eins nicht zusammenzählen kann. Oder hast du bis eben etwa nicht geglaubt, dass Wibert von Gembloux die Wachstafeln mitgenommen hat? Sein Verschwinden kam mir wie gerufen!«

Margarete schwieg. Sie betrachtete das Gesicht ihrer Kontrahentin, in dem die Augen wie Fackeln leuchteten. Jetzt warf sie den Kopf in den Nacken und lachte so grell, dass Margarete die Schultern hochzog.

»Ich habe Euch alle an der Nase herumgeführt«, schrie Lucardis. »Den Prior, die Schwestern und dich, du Bankert. Du, die du zu dumm bist, etwas über deine Abkunft zu erfahren. Zu dumm, sich ein paar lächerliche Worte zu merken.«

Noch immer stand Margarete stumm da und wartete darauf, dass Lucardis ihren Hass aus sich herausschrie. »Dumm wie die Nacht dunkel bist du. Aber ich ...« Sie schlug sich auf die Brust. »Ich habe das Geheimnis des Steines längst gelöst.«

»Und?«, wollte Margarete wissen. »Habt Ihr Euer Wissen aus den Wachstafeln?«

»Lapis philosophorum«, flüsterte Lucardis. »Arabisch: El-Iksir.«

Sie sah Margarete beifallheischend an.

»Ich verstehe nicht.«

Lucardis verdrehte die Augen. »Ganz einfach: Auf den Wachstafeln steht, dass Hildegard einen Engel gesehen hat, dessen Gewand über und über mit Steinen besetzt war. Dann hat sie vom Stein der Steine gesprochen. Na? Begreifst du jetzt?«

Wieder schüttelte Margarete den Kopf. Eine Ahnung stieg in ihr auf, doch sie verdrängte sie sogleich wieder. Nein, so einfältig konnte Lucardis wirklich nicht sein.

»Man muss nur alle Steine vom Gewand des Engels nehmen, als da sind: Saphire, Diamanten, Blutsteine, Lapislazuli, Jade, Onyx, Karneol, Jaspis, Sarder, Topas, Achat und Amethyst. Dann braue man daraus ein Elixier, arabisch El-Iksir, lateinisch Lapis philosophorum, und schon hat man den Stein der Weisen, den Stein der Steine.«

Lucardis strahlte triumphierend. Einen Moment lang herrschte Schweigen.

»Das ist es, was Ihr aus den gestohlenen Tafeln gelesen habt?«, fragte Margarete dann, vor Verblüffung nach Worten suchend.

»Genau so steht es hier.« Lucardis nahm die oberste Wachstafel auf, hielt sie vor ihre Augen und las stockend: »Die Steine, welche das Licht des Herrn hüten, beleuchten nicht nur Gutes. Nein, auch die Mächte der Finsternis können Macht und Weisheit daraus schöpfen. Hütet die Steine! Hütet die Steine! *Hütet die Steine!*«

Wieder sah sie triumphierend zu Margarete. »›Hütet die Steine!‹, sagte Hildegard. Natürlich sagt sie das, denn aus ihnen kann ja der Stein der Weisen gemacht werden. Warum sonst sollte man Heilsteine hüten?«

»Habt Ihr es schon hergestellt – das Elixier des Steines der Weisen?«, fragte Margarete. Sie hielt sich eng am Ausgang des Gemaches und ließ Lucardis nicht aus den Augen. Deren Blick flackerte, leuchtete irr. Von ihrer blutig gebissenen Unterlippe hing die Haut in dünnen Fetzchen, ihr Antlitz war blass mit tiefen Augenschatten, die Bewegungen waren fahrig.

Sie ist verrückt, dachte Margarete. Sie ist endgültig verrückt geworden.

Lucardis schüttelte den Kopf, dann sprang sie plötzlich auf und packte Margaretes Handgelenk. »Du musst es tun. Auf den Tafeln steht, dass du den Stein der Weisen herstellen musst. So hat es Gott durch Hildegard verfügt, so wird es geschehen.« Sie lachte schrill auf, dann schlug sie mit der Hand nach der Fackel, die aus dem Halter fiel und erlosch.

Plötzlich standen die beiden Frauen sich im dunklen Gemach gegenüber.

»Du musst den Stein herstellen. Tust du es nicht freiwillig, so werde ich dich zwingen«, zischte Lucardis.

Margarete wich so weit zurück, wie sie konnte. Sie fühlte die Wand in ihrem Rücken. »Wir … wir sind doch Freundinnen, Lucardis. Natürlich werde ich Euch den Stein herstellen, wenn Ihr wollt. Doch dazu benötige ich Licht und ein Laboratorium.« Sie schob sich langsam an der Wand entlang, um den Ausgang zu finden.

Plötzlich hörte sie Lucardis' Stimme dicht an ihrem Ohr: »Du willst fliehen von hier, du falsche Schlange! Das lasse ich nicht zu. Dieses Mal brüskierst du mich nicht. Dieses eine Mal werde ich das Vermächtnis der Hildegard erfüllen, und du wirst mir die Lorbeeren nicht stehlen.«

Margarete spürte einen Luftzug, dann traf sie ein Schlag an der Schläfe. Es wurde dunkel um sie herum, und sie fühlte, wie sie fiel …

Dreissigstes Kapitel

»Wo bin ich?«

Margarete schlug die Augen auf und stöhnte. Die Sonne tat ihr weh, und sie legte eine Hand über ihre Augen.

»Wo bin ich? Was ist geschehen?«

»Es ist alles gut. Du bist bei uns. Hast nur eine kräftige Beule am Kopf.« Tenxwinds Stimme beruhigte sie.

Margarete blinzelte, sah Mirjam neben Tenxwind stehen, dahinter Magdalena.

»Wir haben dich im Scriptorium gefunden. Du lagst vor einem Schrank auf dem Boden. Wie bist du nur dort hingekommen? Und was bedeutet die Beule auf deinem Kopf.«

Mühsam richtete Margarete sich auf und ließ sich dabei von Mirjam einen Essiglappen auf die Beule legen.

»Es gibt ein Gemach hinter dem zweiten Schrank. Ich habe es durch Zufall gefunden. Lucardis war dort und mit ihr die verschwundenen Wachstafeln.«

Mirjam und Tenxwind sahen sich an. Dann griff die Apothekerin Margaretes Hand. »Du hast großes Glück gehabt. Sie hätte dich auch töten können, so voller Hass wie sie ist.«

Margarete schüttelte den Kopf. »Ihr täuscht Euch. Von ihr ging nie eine Gefahr aus. Zumindest noch nicht.« In wenigen Sätzen berichtete sie, was in dem Gemach geschehen war. »Sie ist der Meinung, nur ich könnte das Elixier, die Universalmedizin, aus allen anderen Edelsteinen herstellen. Sie hätte mich erst getötet, nachdem sie das Elixier in den Händen gehabt hätte.«

Sie tastete mit einer Hand nach ihrer Beule – hielt inne und sah die Freundinnen mit großen Augen an.

Mirjam griff nach ihrer Hand, Tenxwind strich ihr über den Arm. »Wir haben dich so gefunden.«

Ungläubig, die Freundinnen mit großen Augen anstarrend, befühlte sie ihren Kopf. Sie wollte ihren Fingerspitzen nicht trauen, und es dauerte einige Augenblicke, bis sie begriff: Von ihrem Haar war nur noch die Hälfte da. Lucardis hatte ihr das Haar geschnitten. Nein, das war nicht das richtige Wort: Sie hatte ihr die Haare gerupft wie einer Gans die Federn.

Schon füllten sich ihre Augen mit Tränen. »Warum nur?«, flüsterte sie. »Warum?«

Mirjam zuckte mit den Achseln. Tenxwind aber verwies auf die Geschichte von Samson und Delilah. »In der Bibel steht, dass Samsons Kraft in seinem Haar steckte. Es ist möglich, dass Lucardis in ihrer Verrücktheit dasselbe von dir und deinem Haar glaubte. Es ranken sich viele Legenden um den Stein der Weisen. In einigen ist die Rede davon, dass Jungfrauenhaar zwingend zu den Ingredienzien gehört.«

Margarete strich sich noch immer mit der Hand über den zerzausten Schopf. Tränen hatten sich in ihren Augenwinkeln gesammelt. »Wo ist sie jetzt?«

»Niemand weiß es. Sie ist mit den Tafeln geflohen. Rautgundis und Adelgunde haben ihre Zelle durchsucht und etwas Merkwürdiges gefunden: eine Windel.«

Margarete schloss die Augen und hob die Hand, um den Freundinnen zu bedeuten, dass sie einen Augenblick leise sein mögen. Die Windel! In Hildegards letzten Worten, die sie über Margaretes Abkunft gesagt hatte, war von einer Windel die Rede gewesen.

Plötzlich erhellt sich Margaretes Gesicht. »Es ist ein Wappen mit einem Vogel darauf abgebildet, nicht wahr?«

Tenxwind war verblüfft. »Woher weißt du das?«

Margarete öffnete die Augen, sah von Mirjam zu Tenxwind und zitierte: »Du warst in eine Windel gewickelt, welche ein Wappen trug. Verschwunden ist die Windel seither. Ein Vogel war darauf zu sehen, eine …«

»Ja?«, fragten Tenxwind und Mirjam wie aus einem Mund.

Margarete schüttelte den Kopf.

Dann bückte sich Tenxwind und nahm aus einem Kästchen ein Stück weißes Linnen. Ein Wappen war daraufgestickt, und in der Mitte des Wappens befand sich ein Vogel.

»Das … das«, stammelte Margarete. »Das ist eine Eule!«

Mirjam nickte. »Oder auch Uhle genannt.«

Plötzlich war ihr, als fiele ein Schleier. »Ich bin die heimliche Tochter von Geraldus von Uslar und Sidonie von Uhlenburg! Sie wollte mich verheiraten, damit sie einerseits für mich gesorgt hat, andererseits ihr Leben und ihre Ehe mit Markus von Uhlenburg nicht gefährdet ist. Und die Uhlenburg bei Ingelheim liegt in enger Nachbarschaft zu Algesheim. Lucardis ist die Nichte und gleichzeitig das Patenkind von Markus von Uhlenburg. Gäbe es mich nicht, so würde Lucardis eines Tages den gesamten Besitz der Uhlenburgs erben, da diese selbst ja keine gemeinsamen Kinder haben. Brächte sie einen so großen Besitz wie das Lehen Uhlenburg in eine Klostergemeinschaft ein, wäre ihr der Posten der Äbtissin sicher. Kein Wunder, dass sie mich gehasst hat.«

Sie nahm Tenxwind die Windel aus der Hand und starrte auf die gestickte Eule. Eine einzelne Träne benetzte den Stoff. Dann seufzte sie tief, barg die Windel unter ihrem Skapulier und sagte: »Damit beschäftige ich mich später. Jetzt muss ich mich um Georg kümmern.«

Während Margarete sich aufrappelte und ihr gerupftes Haar unter Haube und Schleier verbarg, betrat Adelgunde das Dormitorium des Pilgerhauses.

»Ich habe Nachricht«, stieß sie hervor. »Nachricht vom Kaiser.«

»Zeig her!«

Margarete musste an sich halten, um der Freundin das Schreiben nicht aus der Hand zu reißen. Ungeduldig scharrte sie mit den Füßen, während Adelgunde das kaiserliche Siegel brach.

»Liebe Nichte«, las Adelgunde vor.

»Gott möge dich schützen und Tag und Nacht über dich wachen. Gott möge dich vor falschem Umgang behüten und falsche Freunde fernhalten.«

Adelgunde räusperte sich, als wäre es ihr peinlich, diese Sätze vorzulesen. Margarete spürte Ärger in sich aufsteigen, doch die Ungeduld ließ den Ärger nicht hochkommen. »Lies weiter!«, bat sie.

Adelgunde schluckte. Vor Aufregung hatte sie rote Flecke im Gesicht bekommen.

»Zu deinem Anliegen teile ich dir mit, dass ich mich bereits auf den Weg nach Mainz befinde und mir vor Ort ein Bild über die dir so wichtige Angelegenheit machen werde. Ich hoffe, gegen Ende des Monats einzutreffen. Gott segne dich. Friedrich I., genannt Barbarossa.«

Adelgunde ließ das Schreiben sinken.

»Ende des Monats? Wann ist das? Welches Datum haben wir heute?«

»Heute ist der 25. November Anno Domini 1179«, antwortete Tenxwind auf Margaretes Frage.

Sie zog ihr Skapulier zurecht, straffte die Schultern. »Dann reise ich noch heute ab. Ich muss vor dem Kaiser in Mainz sein.«

Einunddreissigstes Kapitel

»Ich kriege keine Luft!«

Bischof Jörg von der Teileburg litt immer stärker unter seiner verstopften Nase. Ihm schien, als hätte er seit Monaten nicht mehr richtig durchatmen können. Er fühlte sich erschöpft und konnte den Verdacht, grandios gescheitert zu sein, nicht unterdrücken.

Margarete war für ihn nicht mehr zu fassen, seit sie verheiratet war. Überdies hatte er keine Ahnung, wo sie war. Georg von Radezell erholte sich erstaunlicherweise im Kerker, sah von Tag zu Tag besser aus. Seit der Kaiser seine Ankunft gemeldet hatte, hatte es der Bischof nicht mehr gewagt, den Grafen zu foltern. Nur gedroht hatte er ihm. Doch das schien nichts zu nützen. Hundert Mal hatte Jörg von der Teileburg ihm in allen Einzelheiten ausgemalt, was er tun würde, bekäme er seine Frau zu fassen. Georg von Radezell hörte sich die Phantasien des Bischofs an, und Jörg von der Teileburg konnte sich des Gefühls nicht erwehren, dass der Graf ihn verachtete. Es musste jemanden hier im Bischofssitz geben, der dafür sorgte, dass sich der Kerl von den Folterungen und Entbehrungen erholte. Aber sooft der Bischof sich auch im Verlies sehen ließ, immer war der Graf allein. Stets standen nur eine Kanne brackigen Wassers und ein Kanten Brot neben seinem Lager aus feuchtem, fauligem Stroh. Trotzdem hätte er wetten können, dass es von Radezell mit jedem Tag besser ging. Vielleicht, überlegte der Bischof, ist das gar nicht schlecht. Man weiß nie, wie der Kaiser reagierte, wenn er einen Adligen als Verbrecher vor sich stehen sah. Immerhin war der Graf ein Mann von Ehre. Dass er ein Häretiker war, musste Kaiser Barbarossa nicht unbedingt stören. Schließlich war er es gewesen, der einen Gegenpapst zum Papst in Rom eingesetzt hatte. Und manch einer seiner Gegner hielt das für die größte Häresie überhaupt.

Jörg von der Teileburg fühlte sich müde und krank. Mit Nörgelstimme rief er nach seinem Sekretär. Doch niemand kam. Er rief noch einmal und noch einmal. Schließlich rappelte er sich aus seinem Lehnstuhl und ging ins Sekretariat. Das Katheder von Cyriakus von Hoheneck stand verwaist. Der Sekretär hatte sich aus dem Staub gemacht.

»Was willst du tun, wenn wir erst in Mainz sind?«, fragte Adelgunde.

»Ich werde mich dem Kaiser vor die Füße werfen und für das Leben meines Mannes bitten«, erwiderte Margarete.

Tenxwind, Mirjam und Rautgundis schwiegen. Was sollten sie auch dazu sagen? Vor wenigen Wochen hatten sie im Kloster auf dem St. Rupertsberg einen Schwur getan. Sie wollten nicht eher ruhen, als bis alle Schriften einschließlich der verlorenen Wachstafeln, der letzten Vision und der Notizen über die Heilkraft der Steine wieder in der Bibliothek versammelt waren und die Lehren der Hildegard von Bingen ernst genommen und vom Erzbischof anerkannt worden waren. Und jetzt?

»Manchmal habe ich den Eindruck, dass die letzten Worte unserer Mutter uns mehr Schaden als Nutzen gebracht haben«, ließ sich Rautgundis vernehmen.

Die vier Frauen saßen auf einem Planwagen, der rumpelnd in Richtung Mainz rollte. Ein Kaufmann, der in Mainz Waren einkaufen wollte, die aus den großen Städten über den Rhein dorthin gelangt waren, hatte sie mitgenommen.

»Das darfst du nicht sagen!«, fuhr Tenxwind sie an. »Wenn wir alle so denken, dann war das Leben unserer Mutter Hildegard, dann war ihr Forschen und Denken vergeblich.«

Rautgundis schwieg und blickte zu Margarete. Die saß stumm, starrte vor sich hin und zog mit den Fingernägeln der rechten Hand blutige Striemen über den linken Handrücken.

»Was denkst du?«, fragte Rautgundis sie.

Margarete zuckte mit den Achseln. »Es ist nicht richtig, dass Menschen sterben sollen«, erklärte sie. »Das hat auch Hildegard nicht gewollt. Wüsste sie, dass jemand wegen ihrer letzten Worte in Lebensgefahr geriete, so würde sie sich aus ihrem Grab erheben.«

Die anderen nickten. »Also ist die Rettung des Grafen eine Sache, die untrennbar mit dem Vermächtnis unserer Mutter Hildegard verknüpft ist«, stellte Tenxwind fest. Sie saß neben Margarete, die so blass aussah, dass die Apothekerin ihr einen Arm um die Schulter legte und sie an sich drückte.

Geraldus von Uslar seufzte. Er streute Löschsand über die noch feuchte Tinte, dann schüttelte er den Sand ab, blies noch einmal über die Buchstaben, faltete das Pergament und versiegelte es. Schließlich rief er nach einem Boten. »Bringt die Nachricht nach Ingelheim auf die Uhlenburg! Gebt sie Gräfin Sidonie persönlich! Nicht dem Grafen, nur der Gräfin. Habt Ihr verstanden?«

Der Bote nickte.

Der Bischof nestelte eine Münze aus seiner Börse und drückte sie dem Boten in die ausgestreckte Hand. »Beeilt Euch!«

Kaum war der Bote verschwunden, verließ Geraldus von Uslar sein Zimmer und wollte hinunter in das Verlies, als der

Schall der Businen das Nahen des Kaisers verkündete. Sofort eilte Geraldus von Uslar hinunter in den Hof und ließ sich ein Pferd satteln. An den Straßen hatte sich schon das Volk versammelt und wartete auf den Kaiser. Ein kleiner Junge erhielt von seinem Vater eine Maulschelle, als er mit einem Pferdeapfel spielen wollte. Der Bischof, begleitet vom Kämmerer und anderen Würdenträgern des erzbischöflichen Sitzes, folgte den beiden Wachmannen, die dem Zug voranritten und alles Volk und Vieh von der Straße trieben.

Die Abordnung passierte das Stadttor. Es war kalt geworden. Die ersten Bodenfröste überzogen das Mainzer Land. Die Wiesen waren am Morgen von Raureif bedeckt. Geraldus von Uslar fror. Zwar war sein Mantel, der an der rechten Schulter von einer goldenen Fibel gehalten wurde, mit Pelz verbrämt, doch die Kälte war ihm längst in die Knochen gekrochen. Als er die kaiserliche Vorhut am Horizont erblickte, atmete er auf.

»Der Kaiser! Seht, das ist der Kaiser!« Tenxwind machte die Freundinnen auf den noblen Tross aufmerksam, dem ihr Planwagen aus dem Weg fahren musste. Der Kaufmann hatte seine Pferde auf den Acker lenken müssen, um die kaiserliche Kolonne vorüberzulassen.

Die Benediktinerinnen und Margarete, die das geistliche Gewand im Kloster gelassen und zu ihrer Alltagskleidung zurückgekehrt war, standen im offenen Feld und betrachteten den Tross mit gesenkten Augen. Als der Kaiser an ihnen vorüberritt, blinzelte Margarete, doch sie sah nur einen Schatten aus rotem Atlasstoff und Hermelin an sich vorübergaloppieren. Auch Adelgunde hatte – wie es sich gehörte – den Blick nicht erhoben, um ihren Oheim zu grüßen.

Sie mussten noch fast eine ganze Stunde warten, bis der Letzte aus der Kolonne des Kaisers vorbeigeritten war. Dann steckte der Wagen im Morast fest. Die Frauen versuchten, das Gefährt mit Hilfe von Muskelkraft vom Acker zu bekommen, doch vergebens. Schließlich machten sie sich zu Fuß auf den Weg nach Mainz.

Der Festsaal des Bischofssitzes erstrahlte im Glanz Hunderter Kerzen. Überall standen silberne Leuchter auf der großen Tafel, deren Lichter sich im Silbergeschirr vervielfachten. Der weiße Damast war ganz und gar bedeckt von Platten und Körben, Kesseln und Kannen, welche die größten Köstlichkeiten enthielten. Bedienstete eilten lautlos hin und her, um den zahlreichen Bischöfen, Kardinälen und anderen hochrangigen Vertretern des Reiches die Leckerbissen anzureichen und erlesene Weine zu bringen.

Geraldus von Uslar saß auf der linken Seite neben Kaiser Friedrich I. Rechts neben Barbarossa hatte Jörg von der Teileburg sich niedergelassen.

»Was für Unruhe hat es in meinem Erzbistum Mainz gegeben?«, fragte der Kaiser und ließ sich den Silberbecher voll Wein schenken. Er wandte sich zuerst an Jörg von der Teileburg. »Ich höre!«

Der Bischof wand sich auf seinem Sitz. »Nun, ich bin ein kranker Mann«, nuschelte er und deutete auf seine Nase. »Ich bekomme schlecht Luft. In der letzten Zeit war alles ein bisschen viel.«

Der Kaiser runzelte bei dieser Nachricht die Stirn. »Es hat aber ausgereicht, mein Bistum in Unruhe zu versetzen.«

»Majestät«, widersprach von der Teileburg zögerlich. »Das war nicht meine Absicht. Ganz im Gegenteil. Ich wollte Euer Land von Häresie und Ketzertum befreien, wollte den sich ausbreitenden Ungehorsam der Nonnen brechen.«

Der Kaiser zog die Augenbrauen hoch. »Erreicht habt Ihr, dass einer meiner mächtigsten Grafen morgen vor einem Femegericht erscheinen muss.« Der Kaiser beugte sich zu Jörg von der Teileburg. »Graf Georg von Radezell hat mir in der Vergangenheit große Dienste erwiesen. Ich möchte ihn nicht wegen Eurer Unfähigkeit verlieren!«

Jörg von der Teileburg verzog das Gesicht. »Er ist ein Mörder!«

Der Kaiser winkte ab. »Wer hat Euch diesen Bären aufgebunden?« Dann wandte er sich um und beachtete Jörg von der Teileburg den ganzen Abend lang nicht mehr, während er mit Geraldus von Uslar angeregt plauderte und sogar mehrfach in lautes Lachen ausbrach.

Gräfin Sidonie stand am offenen Fenster und sah hinaus in die herbstliche Landschaft. Am Vormittag hatte die Sonne geschienen und die Wälder in lodernde Farbenspiele verwandelt. Nun hing der Himmel graubäuchig bis auf die Hügel hinab, doch es regnete nicht. Gräfin Sidonie zog ihren Umhang fester um sich, doch das Frösteln hörte nicht auf. Hinter ihr knisterte ein Feuer aus Buchenscheiten im Kamin. Auf einem kleinen Tisch stand eine Kanne mit gewürztem, heißem Wein, den die Zofe gerade gebracht hatte. Es gab keinen äußeren Grund, zu frieren. Doch Sidonie von Uhlenburg hatte den Eindruck, dass der Frost noch nie so tief in ihr Inneres gekrochen war wie jetzt.

In der rechten Hand hielt sie ein Schreiben mit bischöflichen Wappen. Sie nahm es auf und las es noch einmal.

»Liebste Sidonie,

Du weißt, wie sehr ich Dich geliebt habe, wie sehr ich Dich noch immer liebe. Und ebenso gut weißt Du, dass es für uns keine gemeinsame Zukunft geben kann. Unsere Tochter konnte nur heimlich geboren und musste sogleich weggeben werden, um uns nicht zu gefährden. Dich und Deine Ehe mit Markus von Uhlenburg. Mich und meine Laufbahn am bischöflichen Hof. Doch jetzt, meine Liebste, ist es Zeit, Verantwortung für das, was vor mehr als sechzehn Jahren geschah, zu übernehmen. Sidonie, wir müssen unsere Tochter retten! Georg von Radezell, inzwischen ihr Ehemann, sitzt im Verlies. Er ist des Mordes an einem Raubritter angeklagt. Du, meine Liebste, hast gesehen, wer den Mann tatsächlich erschlagen hast. Du hast es mir erzählt, erinnerst du dich? Am Tag, als Margarete verschwand. Du hast nur halbherzig nach ihr gesucht, froh, das Problem gelöst zu wissen. Dabei hast du die Burg verlassen und bist Zeugin eines Mordes geworden. Ein Raubritter, Sebald von Ammedingen genannt, hat seinen Kumpan erschlagen. Einen Mann, den man den ›Bezopften‹ nannte. Ich bitte Dich, Sidonie, Liebste, komm so schnell Du kannst nach Mainz. Du musst vor dem Femegericht aussagen, dass Georg von Radezell nicht der Mörder des Bezopften ist. Nur so ist der Mann zu retten. Die Beschuldigungen wegen Häresie und Ketzerei wiegen schwer genug und können nur mit Margaretes Hilfe ausgeräumt werden. Steh unserer Tochter bei, so wie ich es auch tun werde.

In immerwährender Liebe
Geraldus von Uslar.«

Sidonie von Uhlenburg seufzte. Sie wandte sich um und ließ ihren Blick schweifen, als wollte sie Abschied nehmen.

Ihr Entschluss stand fest. Sie wischte sich eine einzelne Träne aus den Augenwinkeln und rief nach ihrer Zofe. »Packe mir ein paar Sachen zusammen und lasse mir ein Pferd satteln. Ich reite nach Mainz.«

In der Halle traf sie ihren Mann. Markus von Uhlenburg schwieg. Sie trat zu ihm, strich ihm sanft mit dem Handrücken über die Wange. Er rührte sich nicht.

»Habe ich dich verloren?«, fragte Sidonie von Uhlenburg.

Ihr Mann zuckte mit den Achseln. »Darüber reden wir später.«

Zweiunddreissigstes Kapitel

Der Prozess fand unter freiem Himmel an einem öffentlichen Platz statt, so, wie es das Gesetz vorsah. Am Rheinufer, genau dort, wo sonst der Jahrmarkt stattfand, hatte man ein hölzernes Podest aufgebaut und eine Plane darübergehängt. Man hatte bequeme Lehnstühle aufgestellt, auf denen das hohe Gericht und der Kaiser Platz nehmen sollten.

Die hölzerne Bank davor war für den Angeklagten bestimmt – für Georg von Radezell.

Dahinter patrouillierten die Büttel, die Lanzen griffbereit, um das Volk im Schach zu halten.

Hunderte hatten sich versammelt, um dem Spektakel beizuwohnen. Pastetenbäckerinnen boten ihre Ware feil, am Ufer hatte ein Winzer mehrere Weinfässer aufgebaut und schenkte einem jeden, der seinen Becher dabeihatte, großzügig ein. Feuerschlucker zeigten ihre Künste, Jongleure warfen Lumpenbälle in die Luft, fein gekleidete Familien hielten Einzug. Die Menschenmenge brodelte und rumorte.

Ganz weit vorn, beinahe direkt hinter dem Angeklagten, standen die vier Freundinnen aus dem Kloster St. Rupertsberg. Margarete biss auf ihrem Handrücken herum und blickte wie gebannt auf das noch leere Podest, als wolle sie es verzaubern. Adelgunde und Tenxwind hielten sich bei den Händen. Rautgundis riss plötzlich die Hand nach oben und winkte und schrie.

»Was hast du?«, fragte Tenxwind.

»Ich habe Mirjam gesehen«, erklärte Rautgundis und winkte noch einmal in die Richtung, in der sie die Freundin zu sehen geglaubt hatte.

Adelgunde schüttelte den Kopf. »Du hast dich getäuscht«, erwiderte sie. »Mirjam ist im Kloster. Einer muss doch das Infirmarium hüten.«

Die Menge, ohnehin unruhig wie das Meer bei hoher See, wogte auf einmal heftiger. Aus dem Geraune drängten sich Rufe hervor. »Da ist er!«, »Da kommt er!«, »Der schwarze Graf trifft ein!«.

Eine Gasse bildete sich. Margarete beugte sich vor. Als sie ihren Mann sah, der gefesselt war und von zwei Bütteln nach vorn gestoßen wurde, konnte sie einen Aufschrei kaum noch unterdrücken. Georg von Radezell war unrasiert. Das Haar hing in verfilzten Strähnen um seinen Kopf, sein Hemd ragte aus den Beinkleidern, die vor Dreck starrten, das Wams war zerrissen. Um beide Hände waren dicke Verbände gewickelt.

Margarete sah auf ihren Mann, eine Hand auf ihr Herz gepresst, das bei seinem Anblick zu schmerzen begonnen hatte. Sie wagte kaum zu atmen, hielt sich an Rautgundis fest und befürchtete, jeden Augenblick in Ohnmacht zu fallen. Als er auf gleicher Höhe war wie sie, rief sie ihn an. Für einen Augenblick kreuzten sich ihre Blicke.

»Ich liebe dich!«, raunte Margarete. »Was immer auch geschieht, ich liebe dich.«

Ein Lächeln erblühte auf dem Gesicht des Grafen. Mit dem Mund formte er die Worte: »Ich liebe dich auch!«, dann zerrten die Büttel ihn weiter.

Vorn auf dem Podest hatten die Edlen Platz genommen. In der Mitte thronte der Richter. Neben ihm saß Geraldus von Uslar als amtierender Erzbischof. In einem dick gepolsterten Lehnstuhl hatte Friedrich Barbarossa Platz genommen. Seine Majestät und seine Exzellenz sollten hier als Zeugen gehört werden.

Der Richter trug eine Kapuze über dem Kopf, die Schöffen – wie es bei Femegerichten üblich war – ebenfalls.

Der Richter schlug mit einem Holzhammer auf einen kleinen Tisch, der vor ihm stand. »Ich bitte um Ruhe!«, rief er, und die Büttel hinter dem Angeklagten hoben drohend die Lanzen.

Sogleich kehrte Stille ein. Das Wispern und Tuscheln, Lachen und Fluchen, Scharren und Schmatzen hörte auf. Nur ein kleines Kind greinte unverdrossen weiter.

Der Richter ließ seinen Blick über die Menge schweifen, dann verlas er die Anklageschrift. »Georg von Radezell wird des Mordes, der Häresie und Ketzerei beschuldigt.«

Danach erteilte er Jörg von der Teileburg das Wort. Der Bischof sollte den Hergang der Taten darlegen. Mehrmals rief der Richter seinen Namen, doch niemand erhob sich.

Schließlich machte sich Geraldus von Uslar bemerkbar. »Jörg von der Teileburg hat gestern Nacht den bischöflichen Hof verlassen. In einem Schreiben teilt er mit, dass er die geistlichen Würden aufgibt und auf sein Gut zurückkehren will.«

Der Kaiser runzelte die Stirn. »Schon gestern dachte ich mir, dass er kneifen wird. So billig kommt er mir jedoch nicht davon. Darüber wird noch zu sprechen sein. Doch nun redet Ihr an seiner Statt, wenn Ihr könnt.«

Der Richter nickte zum Einverständnis, und Geraldus von Uslar stand auf. Der Richter rief Gräfin Sidonie von Uhlenburg in den Zeugenstand. Margarete hielt den Atem an. Und als sie hörte, wie die Gräfin über den Mord an dem Bezopften berichtete, der von dem Bärtigen erschlagen worden war, und dabei auf die Bibel schwor, die Wahrheit gesagt zu haben, brach Margarete in Tränen aus. Die Gräfin ließ ihren Blick über die Menge schweifen, bis sie Margarete gefunden hatte. Sie sah ihr in die Augen, nickte und lächelte. Dann hüllte sie sich in ihren warmen Umhang, zog die Kapuze so tief in die Stirn, dass ihr Gesicht beinahe unsichtbar war, und verließ den Richtplatz.

Der Lärm war wieder angeschwollen. Die Menge kommentierte das eben Gehörte. Manch einer wollte der Gräfin glauben, andere waren der Ansicht, der schwarze Graf habe magische Kräfte und damit die Gräfin verzaubert.

Doch der Richter schwang seinen Holzhammer. Er mahnte zur Ruhe und benannte den nächsten Anklagepunkt: Ketzerei und Häresie.

»Der Angeklagte Georg von Radezell wird beschuldigt, den Stein der Weisen hergestellt zu haben, um sich die Macht über Leben und Tod, Reichtum und Erfolg zu sichern. Dabei geholfen haben ihm die Worte der letzten Vision der Hildegard von Bingen. Auf welche Weise dies geschah, wird noch zu klären sein.«

In der Menge rumorte es. Margarete stand stocksteif da. Die Gespräche und Vermutungen der Umstehenden flirrten wie Windböen um ihren Kopf. Sie schloss die Augen. Ihr Herz raste, der Puls klopfte. Margarete biss die Zähne fest aufeinander – und plötzlich sah sie sich wieder in der Nacht des 17. September 1179 in der kargen Sterbezelle der Hildegard von Bingen. Sie sah die Sterbende vor sich, die sich um Worte mühte. Sie sah sich selbst, wie sie sich über die Frau beugte, um zu verstehen, was sie sagte.

Margarete hielt den Atem an, dann riss sie sich aus der Menge, bohrte ihre Ellbogen in die Rippen der Umstehenden, kam endlich bis zu den Bütteln. »Lasst mich vor!«, rief sie. »Ich bin Margarete von Radezell und kenne die letzten Worte der Hildegard von Bingen.«

Die Menge wogte bei diesen Worten hin und her. Kaiser

Barbarossa, der bis eben das Kinn in die Hand gestützt hatte, sah auf. Geraldus von Uslar sprang von seinem Sitz und beschwor den Richter. Der hob schließlich den Hammer und ließ Margarete von einem der Büttel in den Zeugenstand nehmen.

Margarete hob die Hand und schwor auf die Bibel, die Wahrheit und nichts als die Wahrheit zu sagen. Dann schilderte sie die Nacht, in der Hildegard von Bingen gestorben war.

Als sie die letzten Worte zitierte, herrschte eine solche Stille auf dem Richtplatz, dass man eine Nadel hätte fallen hören: »Der Stein der Steine ist der Diamant. Er und nur er ist der Königstein. Den Stein der Weisen aber gibt es nur in den Träumen gottloser Menschen.« Margarete streckte die Arme aus, fast lachte sie: »In der letzte Vision war niemals vom Stein der Weisen die Rede, sondern stets nur vom Stein der Steine und vom Königsstein. Hildegard hat recht: Der Stein existiert nur in den Träumen der Menschen. Wir alle haben eine Zeitlang von ihm geträumt, haben Dinge gehört, die niemals gesagt worden waren.«

Wieder wogte die Menge wie ein Schiff bei schwerem Sturm. Margarete suchte Georgs Blick. Er nickte ihr zu, führte eine bandagierte Hand an seine Lippen und hauchte ihr einen Kuss zu.

Margarete atmete auf. Aber noch war Georgs Leben nicht gerettet.

Die Schöffen steckten die Köpfe zusammen und tuschelten. Margarete sah, wie zwei von ihnen nickten, zwei andere die Köpfe schüttelten. Geraldus von Uslar sprach auf Kaiser Barbarossa ein. Für eine kurze Zeitspanne wusste niemand, wie es weitergehen würde. Doch dann endlich schlug der Hammer des Richters auf den Tisch, und die Menge beruhigte sich allmählich.

»Den letzten Worten einer Sterbenden gebührt Respekt, zumal wenn die Sterbende eine Seherin war. Fest steht auf der anderen Seite, dass im Besitz des Grafen bekanntermaßen ein Diamant war, der mehr als alle anderen Steine glänzte und härter sein soll als Marmor oder Eisen. Hätte das Gericht den Diamanten vorliegen, so fiele eine Entscheidung zugunsten des Angeklagten erheblich leichter.«

Bei diesen Worten griff Margarete nach dem kleinen Lederbeutel, welchen sie unter dem Kleid auf der Brust hängen hatte. Dort lag der Diamant. Sie zögerte nur einen winzigen Augenblick. Dann holte sie den Stein hervor und rief: »Hier ist der Stein. Seht selbst, dass man damit keine Toten erwecken kann!«

Der Richter machte einem Büttel ein Zeichen. Dieser nahm den Stein aus Margaretes Hand und brachte ihn zum Richtertisch. Der Richter besah den Stein und gab ihn dann an den Kaiser weiter.

»Wie«, fragte der Kaiser laut. »wollt Ihr, Graf von Radezell, beweisen, dass dieser Stein ein Diamant ist und nicht der Stein der Weisen?«

Der Graf wechselte einen Blick mit Geraldus von Uslar, dann erwiderte er: »Es gibt eine Nonne aus dem Kloster St. Rupertsberg, die aus dem Land stammt, in dem man lernt, Diamanten zu schleifen: aus Calicut.«

In diesem Augenblick winkte Geraldus von Uslar einer jungen Frau mit dunklem Teint und in der Kluft der Benediktinerinnen. Mirjam trat vor, grüßte den Kaiser und die anderen hohen Herren ehrerbietig.

»Sie kann aus einem stumpfen Diamanten, der einem Flusskiesel nicht unähnlich sieht, einen funkelnden Stein schaffen. Sie benötigt dazu lediglich ein wenig Werkzeug.«

Geraldus von Uslar holte aus einem Kästchen einen Diamanten hervor und reichte ihn Mirjam. Die Nonne atmete tief ein und aus, dann begann sie mit ihrer Arbeit. Sie schliff mit feinem Diamantenstaub, den sie von Gerald von Uslar bekommen hatte, die Oberfläche des stumpfen Steines, bis diese leuchtete und funkelte wie alle Sterne am Himmel. Dabei erklärte der Graf genau, was sich hier vor den Augen der vielen Menschen abspielte.

Der Kaiser betrachtete den Stein, während die Schöffen miteinander flüsterten. Margarete brach durch die Barriere der Büttel, die sie mit Lanzen zurückhalten wollten. Doch der Kaiser machte ihnen ein Zeichen, die junge Frau zu lassen.

Langsam näherte sie sich ihrem Mann. Sie streckte die Hände nach ihm aus, als fürchte sie, er könnte vor ihren Augen verschwinden. Sie sah sein Gesicht so nahe vor sich, dass sie jede Bartstoppel erkennen konnte. Sie roch den vertrauten Duft seiner Haut. Nur ein Büttel stand noch zwischen ihnen. Beinahe konnte Margarete ihren Mann berühren, da hörte sie den Kaiser sagen: »Nun, für mich, der ich viel herumgekommen bin, steht fest, dass Georg von Radezell mit dem Stein der Weisen nichts zu tun hat. Im Gegenteil: Mein amtierender Erzbischof Geraldus von Uslar hat in seinen Vernehmungen des Grafen sogar einen theologischen Disput dokumentiert, in dem der Graf theologisch die Unmöglichkeit der Existenz des Steines der Weisen beweist. Dieses und die Vorführung der Benediktinerin lässt mich seine Unschuld glauben. Doch will ich dem Gericht nicht vorgreifen.«

Margarete hörte das – und nichts hielt sie mehr. Sie flog an Georgs Brust, schmiegte sich an ihn, nahm sein Gesicht in ihre Hände und küsste ihn.

Sie hörte nicht das Applaudieren der Menge, sie sah das Lächeln ihres Vaters nicht, sie vernahm nicht den Jubel der Freundinnen. All ihre Sinne waren auf Georg ausgerichtet. Nur ihn sah sie, nur ihn hörte sie noch.

Mirjam stand nur wenige Schritte entfernt und wischte sich eine Träne aus dem Gesicht. Dann wandte sie sich um und verließ den Platz, noch bevor der Richter sein Urteil und das seiner Schöffen verkündete: »Freispruch für Graf Georg von Radezell.«

Epilog

Die Silvesternacht war kalt. Draußen heulte ein Schneesturm, die Waschglasfenster waren mit Eisblumen bedeckt. Im Kamin flackerte ein heimeliges Feuer. Margarete hatte einen Zweig getrockneten Thymian mit in das Feuer geworfen, sodass es in der kleinen Halle wunderbar duftete. Seit vier Wochen weilten Georg und Margarete von Radezell schon auf der Burg Radezell, die auf einem Berg stand, um den sich der Fluss Ahr wand.

Seit drei Wochen war Mina bei ihnen, während die Köchin das Gut in Bonames hütete.

Margarete hatte sich allmählich an den Alltag mit Georg gewöhnt, der zumeist nach dem Frühstück ins Laboratorium führte. Schnell hatte sie gelernt, mit Brennofen und Salzen, mit Kristallen und Steinen umzugehen. Und beinahe ebenso schnell hatte Georg von Radezell lernen müssen, dass einige der Steine wahrhaftig heilen halfen. Zumindest behauptete er das. Als Margarete ihn auf sein Augenzwinkern ansprach, erklärte er das mit einer Mücke, die ihm ins Auge geflogen sei. Margarete wusste aber genau, dass es im Dezember keine Mücken gab.

»Gleich ist Mitternacht.« Georg von Radezell zeigte auf die Stundenkerze, die kurz vor dem Verlöschen war.

»Zeit zum Bleigießen.«

»Endlich!« Margarete lachte und klatschte in die Hände. Georg fing die Hände im Flug, küsste die Rücken. »Du hast dir lange keine neuen Narben zugefügt«, stellte er fest.

»Es gibt nichts mehr in meinem Leben, für das ich mich schämen muss«, erwiderte Margarete.

Sie hatte den kleinen Brennofen aus dem Laboratorium in die Halle geholt und ein Schälchen mit kleinen Bleistückchen und eines mit kaltem Wasser danebengestellt. In diesem Augenblick begann die Glocke der Radezeller Kirche zu läuten.

»Komm her, lass dich küssen!«

Georg zog seine Frau an sich und hielt sie so fest, dass Margarete nach Luft schnappen musste. »Ich wollte dir danken, dass du mir in den letzten Wochen, als mein Arm noch schmerzte, im Laboratorium geholfen hast. Ich habe es genossen, mit dir zu arbeiten. Beinahe überlege ich, wie ich zu einer neuen Blessur komme.«

Noch immer wurde Margarete bei solchen Geständnissen verlegen. Sie spürte, wie ihr das Rot in die Wangen schoss. »Lass uns Blei gießen.«

Sie legte ein Bleistück auf einen Löffel, hielt ihn schräg über die Kerzenflamme, sodass das Holz nicht beschädigt, das Blei aber heiß wurde. Als es kurz vor der Verflüssigung stand, zog sie den Löffel zur Seite und tunkte ihn samt Bleistück in die Schale mit dem kalten Wasser.

»Sieh!«, rief sie aus. »Ein Stern!«

Georg lächelte. »Ein Hinweis auf die letzte Vision?«, fragte er und zwinkerte ihr zu.

Sofort wurde Margarete ernst. »Es ist schön, dass der Schwur unserer Schwesternschaft eingelöst ist, wenn auch nicht ganz. Noch immer fehlen die Schriften über die Heilsteine. Doch selbst die letzte Vision lagert vollständig und in elegantem Latein im der Bibliothek auf dem St. Rupertsberg. Geraldus von Uslar hat versichert, dass die Lehren der Prophetissa teutonica schon bald auch vom Erzbischof von Mainz anerkannt werden. Ihre Schriften erfreuen sich im ganzen Land großer Beliebtheit. Edelgard schrieb mir, dass immer mehr Frauen darum bitten, im Kloster in die Heilkunde der Hildegard von Bingen eingeweiht zu werden.«

»Trotzdem bist du nicht glücklich, wenn du an Hildegards Vermächtnis denkst, nicht wahr, meine Liebe?«

Margarete schüttelte den Kopf. »Du hast recht. Wibert von Gembloux bleibt verschwunden. Es hat sich herausgestellt, dass er nicht mit Guibert von Namur identisch ist, wie Geraldus von Uslar es vermutet hat.«

»Das ist nicht alles, was dir Sorgen macht, habe ich recht?«

Margarete seufzte. Sie hielt den Bleistern in der Hand und rieb mit dem Daumen darauf herum.

»Nein. Rautgundis, Adelgunde, Magdalena, Tenxwind und Edelgard sind wohlbehütet im Kloster. Aber von Mirjam fehlt seit dem Gerichtstag jede Spur.«

Für einen Augenblick schwiegen beide. Dann nahm Georg von Radezell ein Stückchen Blei, hielt es über das Feuer und tauchte es ins Wasser. »Sieh, ein Herz«, sagte er. »Den Diamant, das Unterpfand meiner Liebe, hat der Kaiser eingezogen.« Der Graf zuckte mit den Achseln. Er wischte das kleine Bleiherz an seinem Wams trocken. »Jetzt, meine Liebste, habe ich ein neues Unterpfand.«

Mit diesen Worten reichte er ihr das kleine Bleiherz, und für Margarete war es ebenso wertvoll wie der größte Diamant der Welt.

Nachwort

Hildegard von Bingen war eine der faszinierendsten Frauen ihres Jahrhunderts, die heute oft verkannt oder nur in bestimmten Teilen ihrer Persönlichkeit wahrgenommen wird. Denn Hildegard von Bingen war mehr als eine Heilerin. Sie war die klügste Theologin des 12. Jahrhunderts, sie stand mit Fürsten und allen großen Gelehrten ihrer Zeit in Verbindung: Bernhard von Clairveaux, Peter Abaelard, Friedrich Barbarossa und vielen anderen.

Und sie hat ein umfangreiches kompositorisches Werk hinterlassen, das noch heute aufgeführt wird.

Nachgewiesen ist, dass Hildegard von Bingen die erste Frau war, die öffentlich gepredigt hat. Ein Skandal zu dieser Zeit! Ein unerhörtes Vorkommnis in einem Reich, in dem Frauen nur sehr wenige Rechte hatten, eher den Tieren als den Menschen zugeordnet wurden. Eine Frau, die sich einem Altar nähert! Hildegard von Bingen tat es. Sie hatte etwas zu sagen, und sie nahm sich die Freiheit, es zu tun. Damit ist sie den Frauen bis in die heutige Zeit ein großes Vorbild.

Als Äbtissin des Klosters auf dem St. Rupertsberg bei Bingen wirkte sie viele Jahre lang. Die Nonnen ihres Klosters nannte sie liebevoll »Töchter«.

Mich hat stets interessiert, wie groß Hildegards Einfluss auf ihre »Töchter« war. Leider finden sich darüber in den Quellen nur sehr wenige Auskünfte. So blieb mir nichts anderes übrig, als meine Phantasie zu Hilfe zu nehmen und eine Schwesternschaft der Hildegard zu erfinden.

Während alle Rezepturen im Buch aus dem reichen Schatz der Hildegard stammen und auch einige Zitate wortgetreu übernommen worden sind, ist die Geschichte von Margarete, Georg von Radezell und den sechs Schwestern frei erfunden.

Auch die beiden Weihbischöfe Jörg von der Teileburg und Geraldus von Uslar gab es ebenso wenig wie den Grafen und die Gräfin von der Uhlenburg.

Historisch verbürgt sind jedoch der Schreiber Wibert von Gembloux und der Mainzer Erzbischof Christian von Buch, der sich zu der Zeit, in der der Roman spielt, in italienischer Gefangenschaft befand.

Ich habe mich bemüht, den Alltag so historisch korrekt wie möglich zu beschreiben. Die Geschichte von Margarete und der geheimen Schwesternschaft hat es niemals gegeben, aber es hätte sie so oder so ähnlich geben können.

Bettina Darre, November 2007

Glossar

Avicenna – (980–1037) war Arzt und Naturforscher, gilt als einer der bedeutendsten Mediziner des Mittelalters.
Apsis – halbrunde Altarnische.

Businen – Naturtrompeten, durften zwischen dem 11. und 16. Jahrhundert nur von Leuten gespielt werden, die im Dienste eines Kaisers, Königs, Fürsten oder Adligen standen. Sie ist wahrscheinlich arabischer Herkunft und während der Kreuzzüge nach Europa gelangt.

Constantinus Africanus – (1020–1087), arabischer Kräuterhändler, Laienbruder der Benediktiner, medizinischer Forscher und Übersetzer.

Dormitorium – Schlafsaal in einem Kloster.

El-Iksir – arabische Bezeichnung für den Stein der Weisen.

Galen – (129–216) war ein bedeutender Arzt und Anatom der griechischen Antike.

Hübschlerin – mittelalterlicher Ausdruck für Prostituierte.

Infirmarium – Krankenstube in einem Kloster.
Interdikt – ist eine kirchliche Strafe, die über einzelne Kirchen oder Klöster, aber auch über ganze Ortschaften

verhängt werden kann. Beim Interdikt werden alle gottesdienstlichen Handlungen einschließlich der Sakramente eingestellt.

Kaplan – geistliches Amt und Bezeichnung für einen geweihten Priester, dem keine Pfarrei unterstellt ist.

Komplet – Nachtgebet im Stundengebet.

Lapis philosophorum – lateinische Bezeichnung für den Stein der Weisen.

Laudes – Gottesdienst am Morgen.

Plinius – (23–79) war ein römischer Gelehrter, die sich u.a. mit Mineralien, darunter Diamanten, befasst hat.

Prior – Stellvertreter des Abtes.

Profess – Ordensgelübde, öffentliches Bekenntnis, in einer christlichen Glaubensgemeinschaft nach deren Regeln zu leben.

Scriptorium – Schreibstube in einem Kloster.

Sext – Stundengebet zu Mittag.

Skapulier – Überwurf über die Tunika, Bestandteil der Ordenstracht.

Terz – Stundengebet der katholischen Kirche, das ungefähr um neun Uhr abgehalten wird.

Vigil – Teil des Stundengebetes, meist zwischen Mitternacht und zwei Uhr morgens abgehalten.

Über die Autorin

Bettina Darré lebt in Frankfurt. Für diesen Roman hat sie viele Schriften von und über Hildegard von Bingen studiert und aufwendige Recherchen in alten Archiven betrieben.

Titus Müller
Das Mysterium
Roman
469 Seiten. Gebunden
ISBN 978-3-352-00748-4

Das Vermächtnis der Katharer

München, 1336. Nemo ist ein Meister der Täuschung. Und er hat allen Grund, seine wahre Identität zu verbergen. Denn er hütet ein düsteres Geheimnis: das Vermächtnis der Katharer. Doch als eines Tages der charismatische Sektenführer Amiel von Ax auftaucht, holt Nemo seine Vergangenheit ein. Nicht nur die Inquisition, sondern auch William von Ockham, Intimus des Kaisers, wollen Amiel von Ax vernichten. Nemo steht plötzlich zwischen den großen Magiern, und der Kampf um das heilige Vermächtnis entbrennt. Ein historischer Roman höchsten Ranges. Schon Umberto Eco setzte dem Franziskaner William von Ockham, einem der größten Gelehrten des Mittelalters, im »Namen der Rose« ein Denkmal.

»Ein erstaunlicher Autor.« Hessischer Rundfunk

Mehr von Titus Müller im Taschenbuch (Auswahl):
Der Kalligraph des Bischofs. Roman. AtV 1856
Die Priestertochter. Roman. AtV 1990
Die Todgeweihte. Roman. AtV 2180
Die Brillenmacherin. Roman. AtV 2288

Mehr Informationen erhalten Sie unter
www.aufbauverlagsgruppe.de oder in Ihrer Buchhandlung

rütten & loening
AUFBAU VERLAGSGRUPPE

TIM WILLOCKS
DAS SAKRAMENT
Roman
Rütten & Loening

Historische Romane: Hexen, Huren, Magie

MICHAEL WILCKE
Der Glasmaler und die Hure
Während katholische Truppen das feindliche Magdeburg belagern, wird Martin, ein tüchtiger Glasmaler, überfallen und seine Frau getötet. Ausgerechnet Thea, seine Jugendliebe, die sich als Hure verdingen muss, rettet ihn aus der brennenden Stadt. Obwohl sie alles tut, ihn von seinen Plänen abzubringen, macht Martin sich daran, den Mörder seiner Frau zu finden. Spannend und exzellent recherchiert – ein Liebesdrama vor dem Hintergrund der Religionskriege.
Roman. 358 Seiten. AtV 2203

MICHAEL WILCKE
Hexentage
Osnabrück im Jahr 1636. Wegen angeblicher Teufelsbuhlschaft lässt der Bürgermeister die Frau eines angesehenen Apothekers in den Kerker werfen. Jakob, ein junger Jurist, verfolgt den Prozess, weil er selbst gegen Hexen zu Felde ziehen will. Doch dann verliebt er sich in die schwangere Sara, die hinter der Anklage nur dunkle Machenschaften der Stadtoberen vermutet. Eine spannende Hexengeschichte, die auf historischen Tatsachen beruht.
Roman. 320 Seiten. AtV 1999

ANGELINE BAUER
Die Seifensiederin
Frankreich im 17. Jahrhundert. Manchen gilt die schöne Ambra als eine Hexe, weil sie betörend duftende Seifen zu sieden versteht. Als man sie festnehmen will, verhilft ihr der junge Mathieu zur Flucht nach Paris. Bald schon erhält sie einen besonderen Auftrag. Eine Marquise will den König verführen – und bittet Ambra, eine besonders duftende Seife zu sieden. Ein wunderbarer Roman über die Liebe und die geheimen Spiele der Macht.
Roman. 361 Seiten. AtV 2277

GEORG BRUN
Der Magier
Italien in der Spätrenaissance. Der junge Kaufmannssohn Paolo Scalieri mißbraucht seine alchimistische Ausbildung für eine Karriere an den Fürstenhöfen. Schnell steigt er zum Vertrauten der Mächtigen im Kampf um den Papstthron auf. Doch nicht nur er ist auf der Suche nach einem Buch mit teuflischem Inhalt, das grenzenlose Macht verleihen soll. Ein farbenprächtiger historischer Roman, der den alten Glauben an die Magie lebendig werden lässt.
Roman. 459 Seiten. AtV 2244

Mehr Informationen unter
www.aufbauverlagsgruppe.de
oder bei Ihrem Buchhändler

aufbau taschenbuch
AUFBAU VERLAGSGRUPPE

Walter-Jörg Langbein: Die Geheimnisse der Bibel

Das Sakrileg und die Heiligen Frauen
Das Geheimnis um die Nachkommen Jesu
Hatte Jesu Kinder? Was ist der »Heilige Gral«? War Maria Magdalena Jesu Geliebte? Die Wahrheit findet sich versteckt in der Bibel. Langbein hat sich auf Spurensuche begeben. Er schildert anschaulich und packend, wie die Heiligen Frauen nach dem Tod Jesu systematisch zurückgedrängt wurden, und die Männer die Herrschaft über die Kirche übernahmen. Eine fesselnde Geschichte über geheime Texte, Symbole und verdeckte Spuren der Heiligen Frauen in der Kirchengeschichte bis heute.
231 Seiten. AtV 8141

Maria Magdalena
Die Wahrheit über die Geliebte Jesu
Wer war Maria Magdalena? Dan Brown hat in seinem Bestseller »Das Sakrileg« versucht, ein großes Rätsel des Christentums zu lösen. Für ihn war Maria Magdalena die Geliebte Jesu. Finden sich dafür wirklich Hinweise? Walter-Jörg Langbein zeigt auf, dass Maria Magdalena weit mehr war als eine treue Jüngerin. Sie steht vielmehr für den unterdrückten weiblichen Aspekt in der christlichen Religion. Ein spannendes, aufregendes Buch mit vielen Enthüllungen.
Nicht nur für Dan-Brown-Leser!
234 Seiten. AtV 8146

Lexikon der biblischen Irrtümer
Lügt die Bibel? Irrten die Propheten? So spannend waren die biblischen Geschichten noch nie: Von A wie Auferstehung Christi bis Z wie Zeugen Jehovas werden die biblischen Irrtümer aufgezeigt. Die Flucht des Volkes Israel aus Ägypten ist eine Erfindung, Noahs Sintflut war ein Plagiat und Jesu kam gar nicht aus Nazareth ...
Auf intelligente wie amüsante Weise wird das Buch der Bücher verständlich gemacht.
364 Seiten. AtV 8140

Mehr Informationen erhalten Sie unter www.aufbauverlagsgruppe.de oder bei Ihrem Buchhändler